비상 연락처

비상 연락처

Emergency Contact

최현경 지음, **서나연** 옮김

일러두기

* 모든 각주는 옮긴이 주다.
* 본문은 현행 한글맞춤법과 외래어표기법에 따랐으나 두루 쓰이는 표현의 경우 허용했다.
* 본문 내 나오는 단행본과 영화 중 국내에 번역된 작품이 있는 경우 국역된 제목을 따라 표기했다.
* 단행본 제목은 『 』, 잡지와 일간지는 《 》, 영화, 드라마, TV 프로그램, 노래 제목은 〈 〉로 표기했다.
* 원서에서 이탤릭체와 대문자로 강조한 부분은 고딕체로 표기했다.

엄마를 위해

이 책에 대한 찬사

재치 있고 재미있다. 너무나 현실적인 인물들, 상처받기 쉬운 그들에게 위로할 선물을 보내고 싶어진다. 마음에 쏙 드는 작품이다.

레인보 로웰, 《뉴욕타임스》 베스트셀러 1위 『팬걸』의 저자

문자 메시지를 기반으로 하는 십 대들의 감수성 충만한 로맨스.

《엔터테인먼트 위클리》

엉뚱하고 독특한 개성과 재기발랄한 입담을 갖춘 샘과 페니. 하지만 그들에게는 그보다 훨씬 많은 것이 있다. (…) 잡힐 듯 잡히지 않는 로맨스의 가슴 설레는 이야기가 이어지는 중에도 감정의 핵심은 깊숙한 곳을 파고든다.

NPR

얼굴이 상기될 정도로 감각적이고 짜릿하다.

《뉴욕타임스 북 리뷰》

경쾌하면서도 배울 점이 많다.

《더 버지》

사랑을 찬양한다. 오늘날 이루어지는 사랑의 모습 그대로, 문자 메시지로 주고받는 사랑까지도.

《리파이너리29》

무척 재치 있고 유쾌하며, 가슴 저미는 작품이다. (…) 최현경의 글은 음미해야 한다.

《버펄로 뉴스》

번뜩이는 재치와 인물을 발전시키는 능수능란한 솜씨 덕분에 독자들은 페니와 샘을 속속들이 안다고 느끼고 만족스러운 결말을 맞이하게 될 것이다.

《퍼블리셔스 위클리》

최현경은 진부한 사랑 이야기를 뒤집어 가장 현대적이고 사실적인 당대의 로맨스를 창조한다. (…) 니콜라 윤의 『에브리씽 에브리씽』과 레인보 로웰의 『아무것도 끝나지 않았어』를 좋아하는 독자에게 추천한다.

《스쿨 라이브러리 저널》

독자들은 『비상 연락처』에 흠뻑 빠져들 것이다. (…) 약자에게 성원을 보내고, 실의에 빠진 사람들이 함께하면서 치유될 수 있다고 믿는 이들에게 딱 맞는 작품이다.

《RT 북 리뷰스》

차례

페니

"말 좀 해봐, 페니……."

페니는 매디슨 챈들러가 무슨 말을 하든 마음에 들지 않으리라는 것을 알았다. 매디슨이 몸을 가까이 기울였다. 입가에 미소를 띤 채 초롱초롱한 눈을 가늘게 뜨고 있었다. 페니는 숨을 참았다.

"너희 엄마는 왜 저렇게 난잡한 여자인 거야?"

두 여자애 중에서 키가 큰 쪽이 페니의 엄마를 날카롭게 쏘아봤다. 페니의 엄마는 조금 떨어진 곳에서 매디슨의 아버지와 얘기를 나누고 있었다.

심장이 쿵쾅대는 소리가 페니의 귓가를 때렸다.

매디슨 챈들러가 엄마를 난잡한 여자라고 부를 때 네가 보일 수 있는 반응:

1. 그녀의 얼굴을 갈겨준다.

2. 그녀 아버지의 역겹고 단순무식하며 변태적인 얼굴을 갈겨준다.

3. 아무것도 하지 않는다. 나중에 방에서 혼자 '더 스미스'*를 들으면서 울부짖는다. 너는 품위 있는 평화주의자다. 나마스테.

4. 태어날 때부터 물려받은 불을 일으키는 능력을 발휘해 1조 개의 태양 불로 쇼핑몰을 검게 태워버린다.

페니는 상대의 초록 반점이 있는 파란 눈을 쓱 훑었다. 왜 이런 일이 일어난 거지? 게다가 애플 스토어에서? 여기는 안전한 곳이었다. 안식처였다. 페니는 이 숨 막히는 동네에서 영원히 벗어날 참이었다. 거의 다 왔었다.

"내가 물었잖아."

매디슨은 혀로 이를 쭉 핥았다. 그녀가 낀 투명한 교정기는 아무도 속이지 못했다.

'얼굴을 갈겨버리면 마음이 평안해질 거야.'

"여보세요? 거기 아무도 없어요?"

'정말 평안해질 거야.'

맙소사, 무슨 소리를 하는 건가? 답은 3번이다. 언제나 3번이었다. 이 단계에서 굳이 영웅이 될 필요는 없었다. 155센티미터 키에 깜찍한 라이트 훅을 날리고, 기껏해야 달팽이 같은 속도로 대응할

---

* 1980년대에 활동한 영국의 얼터너티브 록 밴드.

영웅은 더더구나 필요하지 않았다.

아무튼. 나흘 후면 페니는 대학으로 떠날 테고, 이렇게 초미세 지역에서만 유명한 사람들의 의견은 더는 중요하지 않았다.

매디슨이 뒤로 물러나 다른 각도, 틀림없이 더 위협적인 각도에서 페니를 노려보는 순간, 페니에게 배정된 애플 지니어스 직원이 새 핸드폰과 함께 등장했다.

'데우스 엑스 맥스토어 같으니라고.'*

페니는 매끈한 상자를 움켜잡았다. 상자는 가능성으로 빛났고 그녀의 손에는 값비싼 묵직함이 느껴졌다. 페니는 노트북들 너머로 자칭 '매디 아빠'를 흘낏 봤다. 자신을 '매디 아빠'라고 소개한 (웩) 그 사람이 페니의 엄마 셀레스트에게 슬금슬금 추파를 던지고 있었다. 페니는 한숨을 쉬었다. 크리스마스 때부터 그녀는 새 핸드폰을 쟁취하기 위해 대대적으로 노력해 왔는데, 지금 상황은 계획과는 전혀 달랐다. 페니는 더 화려한 기념식을 그리고 있었다. 적어도 케이스 고르는 것을 도와주는 정도는 기대했다.

"진짜, 너희 엄마 옷은 왜 저런 거야? 게이샤 창녀 옷이야?"

좋다. 매디슨은 열네 살에 (물려받은) 샤넬 캐비어 핸드백을, 열여섯에는 지프 랭글러를 가졌겠지만, 와, 아무리 그래도 차라리 샌드위치가 이 여자애보다는 더 똑똑하겠다.

---

* 무대에 갑작스럽게 등장한 신이 위기를 해결한다는 의미의 '데우스 엑스 마키나'를 이용해, '맥스토어' 직원이 공교로운 시점에 등장한 것을 나타낸 말이다.

우선 첫째로, 게이샤는 매춘부가 아니다. 흔한 실수다. 고집스럽게 무지하고 지적으로 무관심한 사람들이 저지르는 전형적인 실수다. 『게이샤의 추억』에서처럼 춤과 능란한 대화로 고객들을 매혹한 게이샤들도 있었다. 웬 백인 남자가 쓴 작품이었다는 사실을 알게 되기 전까지 페니는 그 소설을 흠모했다. 둘째, 아무리 무성의한 관찰력의 소유자라도 기모노가 몸을 많이 가리는 옷의 전형이라는 것은 알 수 있다. 부르카에 가깝거나 아마도 차도르에 버금갈 것이다. 기모노에는 머리와 얼굴을 가리는 부분이 없으니까.

하지만 페니는 엄마가 크롭 톱을 그만 입기를 바랐고, 그런 생각을 처음 한 것도 아니었다. 레깅스까지 같이 입는 것은 특히나. 그것은 확실히 산부인과를 연상시켰다. 페니는 물론 여느 때와 같이 볼품없는 검정 옷을 입었다. 밤이든 낮이든 모두가 모르고 지나치기에 딱 좋은 옷이었다.

"우린 한국인이야."

페니가 중얼거렸다. 어리둥절해진 매디슨의 입이 씰룩거렸다. 마치 아프리카는 국가가 아니라는 통보라도 받은 듯했다.

"게이샤는 일본 사람들이고."

그녀가 마저 말했다. 인종차별주의자가 되려거든 덜 무식해지도록 노력해야 한다. 그건 모순일지도 모르지만……. 챈들러 씨는 셀레스트의 말에 요란한 웃음을 터뜨렸다. 확실히 말해두자면, 셀레스트는 매력은 있었지만 재미는 없었다.

“아빠.”

매디슨이 그에게 가며 징징거렸다.

‘아빠? 으윽.’

페니는 그들이 분명히 입에다 뽀뽀하는 부류의 가족일 것이라고 확신했다. 페니도 걸어갔다.

“원하시면 사무실에 들러도 돼요. 포트폴리오를 한번 봐 드릴게요.”

챈들러 씨가 이어서 말했다. 그는 적어도 195센티미터는 됐고, 페니는 그의 코털까지 정확히 볼 수 있었다.

“우리 고객들에게도 하는 말이지만, 일찍 일어나는 새가 은퇴한 벌레를 잡는 거예요. 그중에서도 빈 둥지에 있는 새가.”

그는 페니에게 고개를 까딱했다.

“아이고.”

그가 부자연스러운 태도로 주머니를 두드리며 말했다.

“명함이 없네요. 하지만 원하시면…….”

챈들러 씨는 전화기를 내밀고 이를 드러낸 채 웃으며 입력하는 시늉을 했다.

페니가 그 상황을 종료시켰다.

“엄마, 가야 해요.”

페니는 엄마의 손목을 잡았다.

반짝거리는 결혼반지를 끼고 강렬한 분홍색 폴로 셔츠를 입은 챈들러 씨와 엄마가 주고받은 모든 것이 페니를 머리끝까지 화나게 했다. 그건 셀레스트와 남자들 사이에 벌어지는 뻔한 이야기였다. 다음 주면 **하나뿐인 딸**이 대학으로 떠나는 만큼, 셀레스트가 이제 그런 짓은 그만두고 딸에게 조금이나마 관심을 주리라고 생각했지만, 그렇지 않았다. 그녀는 가짜 구릿빛 피부를 가진 기분 나쁜 남자를 향해 이어 붙인 속눈썹을 펄럭거리기에도 너무 바빴다.

차에서 셀레스트는 회색 줄무늬 크롭 톱 안쪽의 가슴을 다시 정리하고 안전띠를 맸다. 섹시한 아줌마를 엄마로 갖는 것은 아무짝에도 소용없는 일이었다.

불편한 침묵이 짙게 깔리는 사이 셀레스트는 주차장에서 빠져나왔다.

고속도로에서 엄마의 자동차 계기판에 올려진 일본 고양이 인형이 달그락거렸다. 페니는 인형을 빤히 봤다. 디너 롤만 한 크기에 용수철이 든 머리가 몸과는 분리돼 있었고, 커다란 눈동자는 초점이 없었다. 최근에 들인 이 고양이 인형은 햇빛에 색이 바랜 플라스틱 헬로 키티가 있던 자리를 차지했다. 셀레스트는 끈질기게 무엇에든 장식품을 달았다. 병적인 행동이었다. 페니는 '슈퍼 식스' 무리의 부잣집 여자애들을 떠올렸다. 매디와 레이철 뒤마, 앨리리드, 그리고 다른 셋은 반지르르한 머릿결의 사디스트들로, 엄청나게 많은 반지와 팔찌를 끼고 반짝거리는 폰 케이스를 매주 새것으로 바꿨다. 그 애들이 가방에 달아놓은 쨍그랑거리는 쓰레기들이 어찌나 시끄러운지 복도를 걸어오면 소리로 다 알 수 있을 정도였다. 실은 셀레스트가 래니어 고등학교에 다녔다면 분명히 그들과 친구가 됐을 것이다.

페니는 또래 친구를 간절히 원했다. 그녀는 여러 명과 두루 인사하는 사이였다. 하지만 가장 친한 학교 친구인 앤지 살라자르가 2학년이 되기 전 여름에 소저너 고등학교로 전학을 가버리자 페니는 사회적인 표류 상태로 남겨졌다. 만약 완벽하게 보이지 않는 상태보다 더 아래에 지하층 같은 곳이 있다면, 페니는 그곳으로 통하는 뚜껑 문으로 떨어질 방법을 찾았을 것이다. 그녀의 사회적 지위는 비존재 상태였다.

고양이 인형은 계속해서 달그락거렸다. 이런 식으로 가다가는 고속도로를 타기도 전에 완전히 망가질 것이었다. 이건 장식품 세계의 다윈주의였다. 연약한 동물 인형은 고속 이동 차량에 실릴 자격이 없었다. 적어도 엄마가 모는 고속 이동 차량에는 실릴 수 없었다. 더구나 엄마는 이 세상 어디에서도 그 어떤 것도 몰고 갈 권리가 없…….

"왜 그러는 거예요?"

페니가 폭발했다. 그녀는 창문을 박살 내고 고양이 인형을 내던져 버리고 싶었다. 가능하면 자신도 뒤따라가고 싶었다. 오늘은 달라야 했다. 페니는 몇 주 동안 들떠 있었다. 그녀의 엄마는 오후 휴가를 냈다. 그리고 페니는 엄마가 챈들러 부녀를 보자마자 자신을 버린 것에 상처받았다. 그렇다고 페니가 그 일에 신경 쓰인다는 사실을 인정한 것은 아니었다. 애처롭게 버림받은 사람이라도 기준은 있었다.

"뭐라고?"

셀레스트는 눈을 굴렸다. 엄마의 십 대 같은 몸짓이 그녀를 더 화나게 했다. 페니는 셀레스트의 알맹이가 다 헐렁해질 때까지 마구 흔들어 버리고 싶었다.

"왜 매 순간 모든 사람과 시시덕거리고 있는 거예요? 이제 지겹다고요."

셀레스트는 깃털 목도리 같은 엄마였다. 아니면 인간 반짝이라거나.

"누구 말하는 거야?"

"누군지 잘 알잖아요……."

"매트 챈들러?"

"네, 그 역겹고 끔찍한 데다 결혼까지 한 '매디 아빠' 말이에요!"

"결혼한 건 나도 알아."

셀레스트가 발끈했다.

"누가 시시덕거렸다는 거야? 나는 예의 바르게 대한 것뿐이야.

그런다고 해서 죽는 것도 아니잖아. 네가 눈알을 굴리고 노려보는 바람에 얼마나 난처했는지 알기는……?"

"난처했다고요? 나 때문에? 내가 엄마를 난처하게 한다고요?"

페니가 멈칫했다.

"어이없네요."

페니는 까탈을 부리며 팔짱을 꼈다.

"엄마, 그 사람은 소름 끼치게 불쾌한 남자였고 엄마는 거기서 우스꽝스럽게 생글거리는 웃음을 줄줄 흘리면서……."

마치 고개를 끄덕이듯이 차가 덜컹거렸다.

"그 남자가 어째서 불쾌한 사람이니? 나한테 투자에 대해 조언해 주려고 해서?"

페니는 엄마가 이렇게까지 어리석을 수 있다는 것이 믿어지지 않았다. 그 '매트'가 엄마에게 단지 투자에 대한 조언만이 아닌 그보다 훨씬 더 많은 것을 주고자 했다는 것은 누구라도 뻔히 알 수 있었다. 맙소사, 심지어 매디슨도 무슨 일이 일어나고 있는지 알았다.

"어떻게 이렇게 어리석을 수가 있어요?"

셀레스트는 입을 열었다가 이내 다물었다. 얼굴에는 화난 빛이 훽 드러났다. 곱슬곱슬하게 부풀린 머리카락조차 오그라드는 것 같았다.

지금까지 페니는 엄마에게 노골적이고 의도적으로 못된 말을 한 적이 한 번도 없었다. 그래서 그 말이 입 밖으로 튀어나온 순간 바로 후회했다. 엄마는 바보가 아니었지만, 뭐랄까, 약간은 멍청하다고 오해받곤 했다. 셀레스트는 다국적 행사 대행 기업의 지역 사업부를 운영했으며, 해시태그를 사용했고 아이돌 그룹 콘서트에 가는 듯한 복장을 자주 했다. 엄마는 그런 사람이었다.

페니는 엄마를 지키기 위한 방어 체제를 끊임없이 가동했다. 이웃 남자들은 상어 떼처럼 셀레스트를 에워쌌다. 슈퍼마켓의 높은 선반에서 물건 내리는 것을 도와주거나, 주제를 막론하고 부탁하지도 않았는데 남자랍시고 거들먹거리며 설명을 늘어놓는 식으로 편리하게도 거치적거렸다. 씨 뿌리는 사람처럼 눈을 반짝이며 마치 뭐라도 기다리는 듯이 셀레스트의 차 옆에서 서성대는 그들의 모습에 페니는 질겁했다. 언제나 상냥하게 구는 셀레스트의 태도는 도움이 되지 않았다.

한 가지 예로, 지난 밸런타인데이에 고령의 우체부 헴필 씨가 셀레스트에게 마트에서 산 조그만 초콜릿 상자를 선사한 일이 있었다. 쥐가 들어갈 만한 크기의 관같이 생긴 그 상자에는 산패된 봉봉 초콜릿 네 개가 들어 있었고, 헴필 씨는 마치 공통의 관심사라도 되는 듯이 자꾸만 베트남전 이야기를 했다. 그가 그들과 가까워지고 싶어 한다는 것은 분명했는데, 페니가 생각하기에 그는 동네에서 가장 알고 싶지 않은 남자였다. 셀레스트는 동의하지 않을 것이다.

페니는 창밖을 내다봤다. 엄마와 싸우는 일은 일상이 돼버렸다. 하지만 이제 페니는 떠날 테니 셀레스트는 세상살이에 더 능숙해져야 했다. 부끄러움이 없는 진절머리 나는 놈들을 가까이하지 않는 것이 그 시작이다. 페니는 지쳤다. 셀레스트를 걱정하는 것에. 그녀에게 분노하는 것에. 휙휙 지나가는 패스트푸드 가게들과 주유소들이 시야에서 흐릿해졌다. 페니는 엄마에게 보이지 않도록 소매로 정처 없이 흐르는 뜨거운 눈물을 닦아냈다.

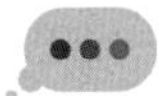

그날 늦게 페니의 남자 친구가 들렀다. 페니는 마크를 공공연하게 '남자 친구'라고 말하지는 않았다. 그랑 사귄 것은 앤지가 이사 갔을 때 완벽하게 고립되는 것을 막기 위한 임시방편이었기 때문이다. 그렇게 생각하면 정말 끔찍했다. 특히 경험에 비춰볼 때 마크는 페니가 넘볼 만한 수준이 아니었다. 적어도 신체적으로는 그랬다. 그게 전부는 아니었지만, 고등학교에서는 그럴지도 몰랐다. 페니는 자신들이 만난다는 것이 믿어지지 않았다. 마크가 처음 관심을 보였을 때 페니는 그가 어딘가 모자라거나 자신을 놀리는 줄 알았다. 그런 것이 아닌 듯했을 때도 그녀의 의심은 커지기만 했다. 페니는 무엇보다도 자신이 어떻게 보이는지 알고 있었고, 1학년 때나 지금이나 정확히 똑같다는 것도 잘 알았다. 자그마한 눈에 들창코와 터무니없이 큰 입술. 엄마는 페니가 자라면서 점점 더 비율이 맞게 되리라고 장담했지만 그런 일은 일어나지 않았다. 그녀와 마크가 함께 있으면 당혹스러울 정도로 안 어울렸다. 사람들끼리 맺는 관계는 그 관계를 뭐라고 부르든 실상은 전혀 다를 수도 있다는 사실을 페니도 깨닫고 있었지만, 도움은 되지 않았다. SNS에는 '친구'가 수백 명도 넘지만 정작 얘기를 나눌 사람은 아무도 없을 수도 있지 않은가. 앤지, 그 브루투스* 같은 배신자가 완전히 잠수를 타기 전까지 페니를 가장 친한 친구라고 불렀던 것처럼 말이다. 마크는 페니를 '베이'**라고 했지만, 그녀는 그 말이 매우 불쾌했다. 그는 피자를 가리켜서도, 심지어 '베이'도 아닌 '베이 에이에프'***라고 했기에 너무 역겨웠기 때문이다. 그렇다. 확실히 그 점이 문제였다. 그들은 둘 다 상대방보다는 피자를 훨씬 더 좋아했다.

"그래서, 그건 받았어?"

페니는 차라리 받지 않았더라면 좋았겠다고 생각했다.

마크는 셀레스트가 선택할 만한 부류의 남자였다. 페니는 자신이 마크에게 미온적인 이유가 어느 정도는 그런 점 때문이라는 사실을 알았다. 그는 어두운 빛의 금발에 홀리스터**** 모델처럼 사립고등학교에 다니는 좋은 집안의 아들 같은 모습이었다. 거리 광

---

* 로마 공화정 시대에 카이사르는 내란에 참여했던 브루투스를 사면하고 정무관으로 임명하며 몹시 아꼈으나, 결국 브루투스가 가담한 암살 음모에 목숨을 잃었다.

** BAE, Before Anyone Else(다른 누구보다 먼저)의 머리글자를 따온 말로 연인을 가리키며, 베이비를 줄인 말이기도 하다.

*** AF, As Fuck의 머리글자를 따온 말로 앞말을 강조하는 의미로 쓰인다.

**** 미국의 캐주얼 의류 브랜드.

고판까지는 아니어도 단체로 등장하는 화보 사진에는 충분히 들어갈 만했다. 키는 작으니까 앞쪽에 섰을 것이다.

게다가 마크는 한 학년 아래였다. 그것은 곧 점심시간이 다르다는 뜻이었고, '사귀는것같기도하고아닌것같기도하지만어쩌면사귈지도모르는' 사이일 때는 편리한 점이었다. 마크의 무리에는 적당히 인기 있는 축구부 부원들이 껴 있어서 그 외에 나머지는 폐인 상태인데도 인기가 있었다. 마크는 마리화나를 엄청나게 피워댔고, 그의 뇌는 뭐든 술술 빠져나가는 체와 같아서 기억력이 형편없었다. 그것은 유감스러운 점이었다. 둘 사이에서만 통하는 농담이 될 법한 소소하고 재미있는 일들도 잊히고 말았다. 이를테면 마크의 핸드폰이 자동 수정 기능으로 거친 욕을 '식빵'으로 계속 바꿔버려서, 페니가 욕설 대신 보낸 식빵 이모티콘을 그는 그저 배고프다는 뜻으로 이해했다.

마크는 한결같았다.

페니가 먼저 물러났다.

"뭐 좀 먹을래?"

그녀는 냉장고를 열고 아이스티가 든 병을 꺼내 두 잔을 따랐다. 아이스티는 셀레스트가 할 줄 아는 유일한 '요리'였다.

페니는 5교시가 끝난 후에 마크가 처음으로 그녀에게 말을 걸었던 날을 돌이켜봤다. 문제는 그가 어떤 면에서 결함이 있다는 점이었다.

그에게 '옐로 피버'*가 있다는 사실은 누구나 알았다. 그의 예전 여자 친구인 오드리는 화끈한 매력이 넘치는 베트남계로, 아버지가 독일로 파견된 공군이었다. 그리고 중학교에서는 태국계 혼혈인 에밀리와 잠깐 만나기도 했다.

"응?"

마크는 단념하지 않았다.

"받은 거야, 그거?"

그는 애교 띤 얼굴로 활짝 웃었다.

페니는 컵이 이에 부딪칠 정도로 거칠게 아이스티를 입에 가져갔다.

"베이비."

그가 말했다. 페니는 다 자란 성인 여성에 대한 호칭으로 '베이'에 앞서 '베이비'를 쓰는 것을 경멸했다. 마치 핼러윈에는 무조건 야하게 입는 것처럼 너무 관행적인 호칭이었다.

마크는 아일랜드 식탁의 맞은편에 놓인 의자에 앉아 그녀에게 유혹적으로 가까이 오라고 손짓했다. 그의 머리카락이 흘러내려 오른쪽 눈을 덮었다.

맙소사, 그는 잘생겼다.

마크가 팔을 벌렸고, 페니는 그 사이로 걸어 들어갔다.

---

* 비아시아계 남성이 아시아 여성에게 성적 매력을 느끼는 현상으로, 그 기반에는 아시아 여성이 순종적이라는 편견이 깔려 있다.

"이렇게 소통하는 데 익숙해지는 게 제일 좋겠는데."

속삭이는 마크의 숨이 그녀의 귀를 간질였다.

"우리 둘 다 전화로 얘기하기 싫어하잖아. 그리고 백문이 불여일견이라는 말도 있잖아."

'이야.'

페니는 마크의 어깨에 턱을 올렸다. 그에게서 쾨쾨한 냄새가 났다. 어떤 면에서는 다행스러웠다. 그는 한참 동안 옷을 빨지 않은 듯한 냄새를 풍기곤 했다. 그녀는 선택지를 따져봤다.

쉽게 정신이 빠지는 남자 친구의 정신을 빼놓을 작전:

1. 그와 헤어진다. 천재지변 수준의 무관심 속에서 하는 장거리 연애는 영혼을 좀먹는다.
2. 화제를 바꾸기 위해 그와 섹스한다.
3. 울음을 터뜨리고 아무런 설명도 하지 않는다.

"그래. 받았어, 그거."

페니가 한숨을 쉬었다. 그리고 덧붙여 말했다.

"고마워."

그녀는 진심인 듯 들리게 하려고 애썼다.

엄밀히 말하면 '그거'가 아니라 '그것들'이었고, 그것들은 나체 사진들이었다. 페니는 두 개의 페퍼로니 같은 남자 친구의 젖꼭지를 떠올리며 속으로 진저리를 쳤다. 마크는 새 핸드폰을 처음 개시할 때는 야한 메시지가 제격이라고 생각했다. 페니의 생각은 완전히 반대였지만.

좋다. 그러니까 그 사진들은 완전히 정면으로 찍은 것은 아니었다. 고맙게도. 마크는 아직 열여섯이었고, 아동 음란물로 대학 기숙사에 FBI가 찾아오는 것은 페니가 가장 피하고 싶은 일이었다. 그렇지만 그 사진들은 아슬아슬했다. 모두 배꼽에서 치골로 이어지는 체모를 살짝 보이는 사진이었다. 사진마다 다른 필터를 적용했다. 심지어 페니는 적어도 한 장은 페이스튠 앱으로 보정한 사진이라고 확신했는데, 남자의 그런 면은 존중해 줄 수가 없었다. 그녀도 이럴 때 가장 적절하고 싹싹하게 반응하려면 똑같이 보답해줘야 한다는 정도는 알았다. 젖꼭지가 보일락 말락 하는 가슴 사진이면 충분할 것이다. 하지만 페니는 그렇게 하고 싶지 않았다. 전혀. 그녀는 받은 사진들을 삭제하고, 이런 일은 일어나지도 않았다는 듯이 떠나고 싶을 뿐이었다.

그러면 그녀는 처벌을 피할 수 있을 것이었다. 적어도 법적으로는 그랬다. 나체 사진을 추적하는 법령이 분명 시 경계를 넘어서까지 미치지는 못할 것이었다. 아무리 그렇다 하더라도 페니는 다른 주로 갈 생각을 해야만 했다.

S

샘

샘은 특이한 통근을 즐겼다. 계단 하나와 8미터쯤 되는 복도만 지나면 되는 통근길이었다. 확실히 길이 막힐 걱정은 전혀 없었다. 하지만 늘 일터에 있는 기분이기도 했다. 샘이 매니저로 일하는 '하우스 커피'는 오스틴의 명물이었다. 작은 회색 박공지붕에 건물 전체를 둘러싼 포치가 있고, 입구 쪽에는 커다랗고 하얀 그네가 있는 미국식 건물이었다. 집처럼 편안한 분위기라는 말 외에는 달리 표현할 길이 없었다. 1층의 카페에는 삐걱거리는 목재 바닥과 큰 창문, 붙박이 책장, 짝이 맞지 않는 의자와 지저분한 소파가 보란 듯이 들어차 있었다.

방이 네 개, 화장실이 두 개인 위층은 마치 정신 나간 수집광이 사는 곳 같았다. 샘은 이곳에 처음 들어왔을 때, 혹시 경매로 거금을 벌 만한 숨은 보물은 없는지 찾으려고 기웃거렸다.

실제로 찾은 것들은 〈앤티크 로드쇼〉*보다는 쏟아져 내린 비디오테이프 무더기에 깔려 죽은 쌍둥이 형제를 다뤘던 특집극에나 나올 법한, 46달러어치의 우표와 빈 통조림 캔 수천 개였다. 통조림 캔에 붙은 포장지의 변천사가 시간의 흐름을 알려줬다. 위층에서 한 곳을 제외한 모든 방에는 서류 상자와 책과 옷, 그리고 '하우스'의 소유주인 앨 페트리디스가 자신의 집에 쑤셔 넣지 못한 물건들로 넘쳐났다. 계단에서 가장 멀리 떨어진 가장 작은 방의 바닥에는 매트리스가 놓여 있었다.

그곳에서 샘은 잠을 잤다.

마치 고아처럼. 엄밀히 말해 샘은 고아가 아니었지만 차라리 고아인 편이 더 나았을 것이다.

샘은 침대에 누워 생각을 정리했다. 밖은 어두웠다. 아직은. 잠 못 드는 밤은 암울한 낮을 의미했고, 그럴 때면 물속에 잠긴 듯 몸을 움직이기가 힘들었다.

샘은 '탈옥'한** 아이폰을 힐끗 봤다. 오전 4시 43분이었다. 그가 잠들었던 때는 2시가 다 돼갈 무렵이었다. 그는 정오가 되기 전에는 자신을 잠자리에서 끌어낼 수 없었던 시절을 떠올렸다. 풋내기 시절이었다.

---

* 우리나라의 〈TV쇼 진품명품〉과 비슷하게 신청인의 골동품을 전문가가 감정해 진위를 가리고 감정가를 제시하는 미국 PBS의 TV 프로그램.

** 제조사에서 제한한 기능을 사용할 수 있도록 조작한 핸드폰을 '탈옥한 폰'이라고 표현한다.

'아!'

그래도 커피는 있었다. 믿음직하고 활력을 주는 맛있는 커피였다. 그는 아래층으로 조용히 내려갔다.

한 시간 뒤 갓 분쇄한 커피 원두의 향기가 기름에 튀긴 탄수화물 냄새와 뒤섞였다.

"맙소사, 새미. 도넛이야?"

샘의 고용주이자 집주인인 앨 페트리디스가 나타났다. 샘보다 머리 하나가 크고 체중이 70킬로그램 정도 더 나가는 앨은 덩치가 어마어마하게 큰 그리스인으로, 팔뚝이 드럼통만 했다. 샘은 그를 보면 '동키 콩'이 떠올랐지만, 그런 말은 다른 사람에게 하는 게 아니라고 생각했다. 샘이 구워낸 모든 작품을 가장 먼저 시식하는 사람이 그 우람한 후원자 앨이었다. 그리고 그는 한결같이 "먹어본다"라고 말했다. 설령 같은 머핀을 수천 번 먹었더라도 그는 "새미, 머핀 한번 먹어볼까?"라고 말할 것이었다. 마치 머핀을 먹는 것이 정확히 어떤 느낌일지 모르겠다는 듯이, 머핀 하나를 다 먹고 싶어질지 의심스럽다는 듯이 말했다.

스포일러: 앨은 언제나 머핀을 먹고 싶어 했다.

샘은 그래도 괜찮았다. 앨은 샘에게 임대료를 받지 않았다. 단 한 푼도. 절대로. 앨은 심지어 최저임금보다 몇 달러 더 주기까지 했다. 샘은 그 대가로 베이킹과 요리와 청소를 했다. 앨이 부탁하면 등에 난 털을 미스터리 서클 모양으로 면도해 주기도 했다.

"저건 뭐지? 견과인가?"

앨은 갓 글레이즈를 입힌 페이스트리를 두툼한 집게손가락으로 쿡 찔렀다.

샘은 어릴 때부터 요리와 베이킹을 좋아했다. 필요한 대로 대체품을 써가면서 점점 더 까다로운 음식을 만들어 냈다. 그의 엄마는 장을 거의 보지 않았고 그는 혼자일 때가 많았으므로 그런 일은 심심치 않게 있었다. 열두 살에 그는 땅콩버터와 공장제 살사로도 제법 그럴듯하게 타이 음식을 모방할 수 있다는 사실을 발견했다. 최소한 텍사스에 사는 독일계 혈통으로, 진짜 타이 음식을 먹어본 적 없는 십 대 초반 아이의 입맛에는 그럴듯했다.

앨은 1년도 더 전부터 샘이 주방을 마음껏 쓸 수 있게 해줬고, 그 뒤로 샘은 앨에게 그의 아내 생일에 맞춰 '페트리디스 부인을 위해'라는 포스트잇 메모를 붙인 레몬 시폰 케이크를 건넸다. 앨의 아내는 먹어본 케이크 중에서 최고였다고 말했다. 앨은 그 일로 수선을 떨 만큼 어리석지는 않았지만 그의 아내는 샘에게 요리 학교 팸플릿을 전해줘야 한다고 강력히 주장했다. 부부는 샘의 생일에 양장본 요리책을 여러 권 사줬고 그 일로 샘은 일주일 동안 앨과 눈도 맞추지 못할 정도로 깊이 감동했다. 페트리디스 부부가 재촉한 덕분에 샘은 식품 취급에 필요한 허가증을 땄고, 이제는 샌드위치와 수프, 샐러드는 물론이고 페이스트리까지 포함하는 주간 메뉴를 만들었다. 그는 오전 5시에 일어나 음식을 준비했다.

하우스의 이인자이자 그의 친구인 핀리는 8시에 와서 계산대를 맡고 테이블을 정리했다. 스코틀랜드식 이름을 가진 핀리는 멀쑥한 키에 힙스터 수염을 기른 멕시코계 소년이었다.

"그건 피스타치오예요. 바닐라 히비스커스, 에스프레소, 솔티드 다크 초콜릿 맛도 있고요."

샘이 음식 블로그에서 본 방법으로 만든 것들이었다. 블로거는 그 도넛들이 특히 여성들에게 참을 수 없이 매력적인 맛이라고 얘기하면서 그 점을 증명하는 자신의 업적을 숨김없이 기록해 놨다.

"드실래요?"

샘이 당연하다는 듯이 쟁반을 건넸다.

"그래, 도넛을 먹어봐야겠다."

앨의 둥그런 얼굴이 한 입 베어 물자 동그란 도넛은 반으로 줄었다.

"후우울류우웅해애애, 새미!"

앨은 입에 도넛을 가득 문 채 말했다. 다른 맛을 먹어보려는 앨의 그림자가 더 가까이 다가왔다. 샘을 새미로 불러도 되는 사람은 엄마를 제외하면 앨이 유일했다.

앨이 고개를 들었다.

"저기, 새미, 요즘 어떠니?"

샘의 기분을 자주 물어봐 주는 사람도 앨이 유일했다.

사실 샘에게는 기분을 나타내는 단서가 하나 있었다. 아니, 두 개 있었다. 꼭 정확히 맞아떨어지지는 않았지만 어느 정도 감은 잡을 수 있었다. 그중 하나가 샘의 머리카락이었다. 그는 머리숱이 엄청나게 많았는데 정수리 부분이 짙고 더 길었다. 지금은 샘의 핸드폰에 '거짓말쟁이'로 저장된 예전 여자 친구는 그의 머리를 '무책임한 머리카락'이라고 불렀다.

머리카락이 차분하게 가라앉아 귀 뒤로 넘어가 있으면 샘이 느긋할 때였다. 머리를 매끈하게 빗어 넘겼으면 그가 싸울 구실을 찾고 있을 때였다. 매우 드물지만, 머리가 북슬북슬 서 있으면 누구든 그의 곁에 있는 사람을 완전히 믿는다는 뜻이었다. 샘의 머리는 한동안 북슬북슬한 적이 없었다.

오늘은 머리를 뒤로 넘겼지만, 어쩐지 다듬은 듯 보였다. 머리에 뭔가를 발랐다는 것을 숨길 수 없이 윤기가 흘렀다. 수수께끼처럼 아리송한 머리였다.

샘을 열심히 관찰하는 사람이라면, 특히 샘이 자기 거주지에 머무를 때 관찰한다면 기분을 나타내는 두 번째 단서를 확인할 수 있다. 샘의 행복은 베이킹을 하려는 욕구와 어떻게든 연결돼 있다. 하우스에 들어섰을 때 진열장에 덩그러니 남은 차가운 스콘 하나와 푹 꺼진 시판용 대니시 페이스트리 3종 세트만 있다면 샘과 거리를 두는 편이 좋다. 이럴 때는 극도로 조심해야 한다. 마치 눈이 있던 자리에 딱지가 앉아 있고 이마에는 '사탄아, 오늘은 아니다'라고 커다랗게 낙인이 찍힌 사람처럼 샘을 대해야 한다.

하우스의 빵은 이지 타이거에서 사 왔지만 페이스트리는 보통 샘의 영역이었다. 갓 구워내 포슬포슬한 커피 케이크와 우피 파이 또는 크림치즈 프로스팅을 입힌 캐러멜 바나나 브레드 푸딩이 진열장과 케이크 받침대를 빛내고 있다면 가게에 들어갔을 때 샘과 키스를 나눌 수도 있다는 뜻이었다. 게다가 그 키스는 마음에 쏙 들 것이다. 그의 키스 실력은 발군이었으니까. 오늘 그는 반달 모양 파이 열두 개와 도넛만 만들고 다른 것은 만들지 않았다. 그건 어떤 뜻이든 될 수 있었다.

"네, 앨. 좋아요."

샘은 가장 커다란 도넛을 앞면이 아래로 향하게 해 바닐라 히비스커스 글레이즈가 담긴 얕은 그릇에 조심스럽게 담갔다가 식힘망에 조심스럽게 놨다. 샘의 미소는 아마도 가장 불안하게 만드는 요소일 것이다. 그가 웃는 일은 아주 드물지만, 웃을 때면 그는 살짝 정신이 나간 듯 보이곤 했다. 마치 얼굴이 웃는 연습을 충분히 하지 않아 웃음에 서투른 것 같았다. 그렇다고 해서 찌푸리고 있는 것은 아니었다. 찌푸린 표정은 너무 많은 정보를 드러냈다. 대개 그는 사람들을 못 본 척 똑바로 앞만 바라봤다.

"됐어, 그럼."

앨은 자리를 뜨면서 샘을 흘긋 보았다. 정말 그런지 확인하려는 것이었다.

샘은 다른 도넛 하나를 글레이즈에 담갔다. 앙상하게 핏줄이 도드라진 그의 두 손이 재빠르게 움직였다. 문신으로 시커멓게 물든

가느다란 구릿빛 팔은 러시아 범죄자에게 딱 어울릴 법했다. 샘은 문신이 많았다. 가슴과 등과 종아리 전체가 문신으로 덮여 있었다.

그는 왼손으로 밝은 자홍색 아이싱 방울을 닦아내고 오른손으로는 남은 도넛 세 개를 계속해서 담갔다. 결과물은 만족스러웠다.

어떤 사내들은 베이킹이나 카푸치노 거품에 피카츄 모양을 그리는 일을 특별히 남자다운 일이라고 하지 않겠지만 샘은 보통 사내가 아니었다. 그는 주체할 수 없는 남성성으로 주먹을 흔들어 보이는 남학생들과 힘만 센 멍청이들이 뭘 하며 시간을 보내든 신경 쓰지 않았다.

핀이 들어와서 곧바로 선반을 주시했다. 쟁반 여섯 개에 각각 얼룩 하나 없이 말끔한 도넛이 식고 있었다.

"이건 뭐야? 한정판? 한 시간이면 다 팔리겠는걸."

"아냐, 메뉴에 없는 거야. 누구 주려고 만든 거야."

샘이 말했다. 핀은 도넛에서 피어오르는 달콤한 김을 들이마셨다.

"여자애들 만나자마자 바로 이런 걸 만들어주면 안 돼, 샘. 기대치가 너무 높아지잖아."

샘은 예의 그 불안정한 웃음을 지었다.

핀이 그를 주의 깊게 살폈다.

"제발."

핀의 어깨가 축 처졌다.

"부탁이야. 제발 아니라고 말해줘. 그 구라만 치는 거짓말쟁이랑 다시 만나는 건 아니라고 말해 달라고."

핀은 방어하듯 양손을 올리고 말했다.

"야, 알았어. 걔가 '핫'하긴 해. 아, 기분 나쁘게 하려는 건 아니야. 하지만 저번에 너희 헤어졌을 때는 나도 살아남지 못할 것 같았단 말이야."

샘은 일생일대의 사랑이었던 그녀에 대한 어떤 말도 못 들은 척했다.

"정말이지 너 너무 오랫동안 우울해했잖아, 샘. 괴물처럼 네 양쪽 귀에서 독가스가 뿜어져 나오는 것 같았다고."

"걔한테 줄 거 아니야."

핀은 가방을 걸어두고 앞치마를 걸쳤다. 그리고 불량품들이 놓인 선반을 힐긋 보았다.

"내가 먹어 치워도 돼?"

샘이 고개를 끄덕였고, 핀은 글레이즈를 잘못 입힌 도넛 하나를 한입에 해치웠다. 핀이 또 하나를 반쯤 입에 밀어 넣으며 말했다.

"으음. 어쨌든 이건 걔한테 주기에는 너무 맛있다."

P

페니

대망의 그날이었다. 페니는 슬퍼해야 할지 생각해 봤다. 시원섭섭한 일이 아니었던가? 집을 떠나서 대학으로 간다는 것은 큰일이었다. 그녀는 눈가에 물기가 맺히는지 깜박거렸지만, 소용없었다. 나올 듯 나오지 않는 재채기나 피부 안쪽의 가려움처럼 대학은 너무 꿈같고, 손에 잡히지 않는 이상이었다. 심지어 지원하는 과정조차 누군가 다른 사람에게 일어나는 일처럼 느껴졌다. 서류들을 채워 적고 자기소개서를 쓰면서 어떤 결과가 나오리라는 것을 상상할 수 없었다. 그녀는 단 한 곳, 텍사스대학교 오스틴 캠퍼스에만 지원했고 합격했다. 원칙상 텍사스의 고등학교 상위 10퍼센트에 드는 학생은 모두 합격했다.

페니의 새로운 핸드폰이 침대에 있는 그녀 옆에서 울렸다. 마크였다.

행운을 빌어 베이비!

도착하면 문자 보내!

페니는 몸을 돌려서 똑바로 누워 미소 지었다. 그녀는 어떻게 답할지 생각해 봤다. 엄지손가락 아래로 보이는 액정은 무척 반짝거렸다. 세상에, 이 핸드폰은 아름다웠다. 'Whatever, Whatever, Whatever'라고 적힌 고무 재질의 검정 케이스에 든 이 로즈골드색 핸드폰은 전에 가졌던 어떤 것보다도 훨씬 좋았다. 그녀는 티셔츠로 얼룩을 말끔히 닦았다. 나체 사진으로 더럽혀지기에는 너무 예뻤다. 더구나 해상도 2436 × 1125에 화소 밀도는 458ppi나 됐다. 페니는 평범한 스마일 이모티콘으로 답했다.

그녀는 아래층으로 내려갔다. 페니 방의 벽에는 아무것도 없었지만, 그곳을 제외한 셀레스트 집의 모든 표면은 기념품들로 덮여 있었다. 셀레스트의 자동차나 직장에 있는 책상도 마찬가지였다.

페니에 따르면 그녀의 엄마는 그다지 엄마답지 않은 데다가 동양인 엄마다운 면은 더 적었다. 셀레스트가 패션 블로거처럼 옷을 입고 다른 엄마들보다 젊기 때문만은 아니었다. 셀레스트는 페니가 숙제를 했는지 확인하거나 피아노를 배우게 하지 않았다. 좋다. 동양인 엄마에 대한 페니의 생각이 영화에서 온 것이라고 치자. 하지만 그녀가 자라는 동안 주변에 한국인은커녕 동양인들도 많지 않았다. 페니는 한국 이름이 있었지만, 그건 엉터리였다. 심지어 페넬로페도 아닌 '페니'를 소리 나는 대로 한글로 옮겨 쓴 것으로, 한국어로는 어떤 뜻도 없었다.

그녀가 세 살이었을 때 그들은 할아버지, 할머니를 만나러 서울에 갔지만 너무 어려서 아무것도 기억나지 않았고, 그 뒤로 다시는 가지 않았다. 하지만 셀레스트는 집에 한국 코너를 마련해 뒀다. 일종의 제단 같은 것에 작은 한국 국기와 호랑이 마스코트가 있는 1988년 올림픽 포스터 액자가 있었다. 코팅된 작은 사진도 있었는데, 가수 비가 군대에 의무적으로 징집되기 몇 년 전에 흰 양복을 입고 찍은 것이었다. 친구 앤지는 처음 집에 왔을 때 그것이 페니의 오빠 사진인지 물었다.

집의 다른 곳에는 스노볼이 잔뜩 있었고, 다양한 크기의 에펠탑과 세계의 명화 복제품 액자들도 있었다. 반 고흐의 〈별이 빛나는 밤〉은 두 종류였는데, 하나는 행주에 있는 그림이었다. 모네의 백합과 드가의 흐릿한 발레리나 그림도 여러 개였다. 페니는 그 모든 것을 '냉장고 자석 예술품'이라 불렀다. 너무 많이 봐서 중국 공장에서 일하는 노동자들이 그걸 계속 대량 생산해야 한다는 것에 눈을 희번덕거리는 모습이 상상될 지경인 그런 물건들이었다.

페니가 소중하게 여기는 유일한 기념품은 부모님 사진 액자였다. 그녀는 액자를 학교에 가져가려고 티셔츠로 조심스럽게 감싸서 배낭에 집어넣었다. 그것은 그녀가 가진 유일한 부모님 사진이었고, 아마도 다른 사진 자체가 없을 것이었다. 페니는 그 사진을 소중히 간직했다. 그 사진은 그녀의 머릿속 '아빠' 파일에 있는 자료 절반의 출처였다. 다른 정보는 다음과 같은 것들이 있었다.

1. 페니의 엄마와 아빠는 하고많은 곳 중 볼링장에서 다른 사람들과 데이트하다 만났다.

2. 아빠는 고등학교 시절 야구를 한 덕분에 (엄마의 표현으로는) 엉덩이가 근사했다.

3. 엄마와 아빠는 떨어지고는 못 사는 사이였다. 물론 떨어지기 전까지만 그랬다.

4. 아빠도 한국인이었다!

5. 아빠의 이름은 대니얼 리였고, 페니가 아는 한 오리건이나 오클라호마에 살았다. 오하이오일 수도 있다. 아무튼 '오'로 시작하는 곳이었다.

6. 그 세 지역을 모두 합해 삼백열다섯 명의 대니얼 리가 있다. 그중 일부는 백인일 테고, 흑인도 있을 것이다.

사진에서 페니의 부모님은 포트 애런사스*의 해변에 있다. 그들은 어린애들이다. 셀레스트는 세월이 흐르는 동안 눈에 띄게 변하지 않았다(동양인들은 쭈글쭈글해지지 않는다). 다만 그때보다 얼굴이

---

* 미국 텍사스주에 있는 도시.

더 둥그스름해지고 볼과 입술이 통통해졌을 뿐이다. 그들은 검은 색과 노란색의 배트맨 그림이 있는 비치타월에 앉아 있다. 대니얼리의 머리에는 카우보이 밀짚모자가 얹혀 있지만 셔츠는 없었다. 셀레스트는 '포르노 스타'라고 적힌 모자를 쓰고 밝은 빨간색 비키니를 입은 채 다리를 꼬고 있었다. 그녀는 아이시ICEE 슬러시를 들고 커다란 흰색 선글라스 뒤에서 웃고 있었다. 셀레스트는 아이시가 당겼던 것이 입덧으로 변한 입맛 때문이었을 것이라고 장담한다. 보통은 블루 라즈베리 맛이 그녀를 구역질 나게 하기 때문이다. 페니에게는 임신했을 때 엄마의 배가 그렇게 납작할 수 있었다는 것이 어마어마할 정도로 불공평하게 느껴졌다. 하지만 짙은 눈동자를 가진 아빠가 페니가 태어나기 두 달 전에 동네를 몰래 떠난 것도 마찬가지로 전혀 공평하지 않은 것 같았다.

"그 사람처럼 재미있는 사람은 만나본 적이 없어. 그는 최고의 질문을 했지."

페니가 여덟 살 생일에 소포를 풀어볼 때 셀레스트가 말했다. 페니는 가계도 숙제 때문에 질문을 엄청나게 많이 하고 있었다. 그녀는 모든 것을 알고 싶어 했다(주된 이유는 그녀와 관계가 있기 때문이었다). 아빠가 페니에 대해 물어봤는지, 그녀가 아빠를 만나게 된다면 그녀와 같이 놀 만한 형제자매가 있는 또 다른 가족이 있는지. 하지만 페니는 셀레스트가 아빠에 대해 말하고 싶어 하지 않는다는 것을 알 수 있었다. 엄마는 침울해져서 두통을 느낀다며 방으로 들어갔다. 그래서 페니는 의문들을 머리 뒤편으로 밀쳐두고 다시는 아빠 얘기를 꺼내지 않았다. 사진은 서랍 속에 넣어뒀다.

아래층의 셀레스트는 페니가 잠자리에 들면 그래왔던 것처럼 주방에서 훌쩍거리고 있었다. 페니는 엄마의 울음이 보여주기식이 아닌가 의심했다. 과하게 편집된 고백 브이로그에서 유튜버들이 오열하는 것과 비슷하게, 셀레스트는 오디션 프로그램의 준결승이나 동물이 등장하는 영화를 볼 때면 시원스럽게 엉엉 울어댔다. 차라리 페니는 자신의 진짜 감정을 드러내느니 머리카락 450그램 정도를 먹는 편이 나았다. 일단 울음이 터지고 나면 어떻게 멈출 수 있을지 확신이 서지 않는다는 것은 말할 필요도 없었다.

"엄마?"

셀레스트는 손에 쥔 휴지 뭉치에서 시선을 들었다. 그녀의 눈은 정말로 밤새도록 운 것처럼 부어 있었다.

"그래, 아가."

그녀는 미소를 짓고 나서 다시 얼굴을 일그러뜨렸다.

"내가 같이 가도 될까? 점심 사줄게. 꾸미는 것도 도와주고."

"내 점심은 내가 사 먹을 수 있어요. 게다가 엄마 차로 따라왔다가 혼자서 돌아와야 하잖아요. 나는 엄마가 무사히 집에 도착하는지 확인하려고 내 차로 따라와야 하고요. 악순환이에요."

셀레스트는 침을 꿀꺽 삼켰다.

"있잖아, 이렇게 마음이 아플지는 몰랐거든?"

그녀는 진심으로 놀란 것 같았다. 셀레스트의 좁은 어깨가 불안해하는 치와와처럼 떨렸다. 페니는 한숨을 쉬고 그녀를 안았다. 그녀는 엄마가 그리울 것이다.

'이런, 젠장. 나도 우는 거야?'

그녀는 눈물에 상응하는 물방울이 나오는지 보려고 눈을 더 질끈 감았다.

'아니네.'

"그래, 참 대견해."

셀레스트는 포옹을 풀며 씩씩하게 웃으며 말했다.

페니는 그녀를 내려다봤다. 셀레스트는 작아 보였다. 정말로 연약했다. 그리고 풀이 죽어 있었다. 오후 햇살 아래 청바지와 '녀석, 죽이네'라고 쓰인 물 빠진 티셔츠를 입은 셀레스트는 페니만큼이나 갓 입학한 신입생처럼 보였다.

그들 사이가 이렇게나 틀어진 것은 슬픈 일이었다. 페니가 초등학교에 다닐 때 그들은 죽이 잘 맞았다. 페니가 생각할 수 있는 가장 신나는 일이 아침으로 스타벅스 솔티드 캐러멜 모카를 먹는 것이었던 시절, 페니는 엄마가 가장 친한 친구여서 정말 운이 좋다고 생각했다. 그녀는 늦게까지 깨어 있고, 화장을 하고, 엄마의 옷을 빌려 입고 무지개색 중 어떤 색으로 머리를 물들여도 괜찮았다. 삶은 끝나지 않는 파자마 파티처럼 자유분방했다. 중학교에서 페니는 생각이 달라지기 시작했다. 그녀는 더는 엄마에게 옷을 확인받거나 충고를 구하기 위해 하루에 천 번씩 메시지를 보내지 않았다. 셀레스트와 페니는 완벽히 대조되는 전형이 됐다. 셀레스트는 예의 바르고 공부도 열심히 하는 딸을 대견스러워하며, 그녀에게 학교에서 온 통신문에 이름을 위조해 쓰는 방법을 가르치고 '패션 비상사태'에 대비해 신용카드를 만들어줬다. 셀레스트는 페니가 열다섯 살에 가정 형편이 어려운 취약계층 대상으로, 취득 가능한 나이가 되기 전에 발급해 주는 운전면허를 따도록 했다. 면허증이 필요해서가 아니라, 친구들을 태우고 다니면 페니의 인기가 올라가리라고 생각했기 때문이었다. 셀레스트가 열심히 노력할수록 페니는 더 멀어져갔다. 오히려 페니는 셀레스트가 언젠가 자신의 딸이 스스로 부모 노릇을 할 수 있으리라고 결정한 것을 분하게 여겼다.

페니는 따라오는 엄마와 함께 진입로로 걸어갔다. 그녀는 돌아서서 한 팔로 엄마를 안았다. 자신을 원룸 아파트에서 비단뱀을 올가미로 잡는 동물 구조 센터 대원이라고 상상하면서 그녀는 내내 셀레스트와 눈을 맞췄다. 그리고 갑작스러운 움직임 없이, 그녀는 다른 팔로 교묘하게 차 문을 열고 안으로 슬며시 들어갔다.

안전띠를 매고 페니는 진입로에서 빠져나와 자유 속으로 들어갔다. 한편으로는 혼자 대학교에 가는 것이 몹시 두려웠다. 인스타그램 스토리였다면 그녀의 물건을 가득 담은 상자들을 아빠가 큰 트럭으로 실어 날라 줬을 것이다. 그들은 가는 동안 무슨 음악을 들을지를 두고 다투다가 결국 아빠가 선곡권을 양보했을 것이다. 아빠는 그녀가 너무나 보고 싶을 테니까. 아빠는 떠나면서 목이 메고 그녀에게 50달러를 건네면서 잘 지내라고 속삭였겠지. 그리고 페니는 마음 깊은 곳에서 아빠가 자신을 얼마나 사랑하는지 깨달았을 것이다.

"사랑한다, 우리 딸!"

셀레스트가 외치는 소리에 페니는 생각에서 빠져나왔다.

페니는 창문을 내렸다.

"나도 사랑해요, 엄마. 나중에 전화할게요. 꼭이요."

이번에는 마음이 아팠다. 곧 울음이 터지려고 할 때처럼 코끝에 찡한 느낌이 왔다. 그녀는 백미러를 확인하며 안 그래도 조그만 엄마가 손을 크게 흔들면서 점점 더 작아지는 것을 보았다.

한 시간 반 후에 페니는 킨케이드의 굽이진 진입로에 차를 댔다.

"맙소사."

그녀가 건물을 올려다보려고 핸들을 움켜잡으며 중얼거렸다. 텍사스대의 오래된 기숙사 중 하나인 킨케이드는 흉물스러웠다. 페니는 그 흉측함을 안에서도 느낄 수 있을지 궁금했다. 파란색과 산호색이 번갈아 칠해진 여덟 개 층을 과시하는 건물은 기숙사보다는 1970년대 마이애미의 호텔과 더 비슷했다. 기숙사의 여든 개 방은 캠퍼스 전망에서 가장 조잡한 부분이었다. 그 화려한 색조를 보니 페니는 소아암 전문의들이 선호하는 활기찬 동물무늬 수술복이 떠올랐다. 바로 그 쾌활함이 모두를 우울하게 만드는 것이었다.

긴장한 부모들과 신입생들의 인파가 어마어마한 양의 플라스틱 상자와 빨래 바구니, 스탠드를 실어 나르는 SUV 주변에 모여 있었다. 페니가 상황을 살피려고 창문을 내리자 주근깨투성이 흑갈색 머리가 차 안으로 불쑥 들어와 코앞에서 얼굴을 맞댔다. 그녀는 거의 위협적일 만큼 기꺼이 도와주겠다는 표정으로 눈을 동그랗게 뜨고 반짝였다.

"이름은?"

그녀가 재잘거리듯 말했다. 페니는 그녀의 숨에서 프리토스* 냄새를 맡았다. 페니가 답을 줬다.

"리 페넬로페."

"흐음, 리?"

그녀는 손가락으로 클립보드를 쓱 훑어내리더니 톡톡 두드렸다.

"아. 여기 있구나, 자기."

그녀가 의기양양하게 말했다.

윽, 자기라니. 이 여자애는 기껏해야 열아홉이었다.

---

* 미국의 과자 브랜드.

그녀의 시선이 페니의 빨간 립스틱에 스쳤다. 페니는 그녀의 배낭 주머니에서 '더 많이 웃어요!'라고 적힌 노트와 함께 그것을 발견했다. 셀레스트는 페니의 물건 사이에 화장품이나 긍정적인 사고의 효과에 관한 기사를 오려낸 것들을 끼워 넣는 습관이 있었다. 마치 비난처럼 느껴지는 기습 선물이었다.

"자기?"

페니가 소리 높여 물었다.

"조금 뒤로 물러서 줄래? 내 얼굴 속으로 네 얼굴이 들어올 것 같거든?"

페니는 정확히 그 여자애가 쓸 것 같은 말투로 모든 문장을 의문형으로 끝내며 말했다.

텍사스 옥수수 과자 아가씨가 페니를 자기라고 부르게 놔둘 수는 없었다.

그녀는 재빨리 머리를 뺐다.

"세상에나? 학부모들이 내 말을 정말로 못 들었나 봐? 몇 시간째 외치고 있었는데도?"

그녀가 하얀 이를 반짝이며 재잘거렸다. 그 여자애는 페니의 립스틱을 다시 살폈다.

"기다려봐. 그 립스틱이 너무 뽀송뽀송해 보여서 눈을 뗄 수가 없네. 그거 뭐야?"

"정말 굉장하지?"

페니가 가방 속 립스틱을 꺼내며 신나서 말했다.

"Too Thot to Trot(나 완전 달아올랐어)?"

페니는 바닥에 붙은 스티커에서 그 이름을 읽었다. 젠장, 화장품 이름을 소리 내 말하는 것이 마치 여성 인권을 수십 년 후퇴시키는 짓처럼 느껴졌다.

"앗! 그럴 줄 알았어! 내가 스택스 립 키트 정말 좋아한다니까? T-T-T-T는 완전히 품절이더라, 그렇지? 왜 괜찮은 빨간색들은 항상 금세 품절인 거야?"

"엇, 그렇지?! 최악이지?"

그녀가 무슨 말을 하는지 전혀 알아듣지 못한 페니가 외쳤다. 그 여자애는 과장되게 눈알을 굴리며 동의했다.

"자, 그러니까 너는 4층이야."

그녀가 젤 네일을 바른 손톱으로 클립보드를 두드리며 말했다.

"엘리베이터는 뒤쪽에 있어. 파란색 표지판이 있으면 짐을 내려도 되는 곳이야. 하지마아아아아아안……."

그녀는 계기판 위에 코팅된 보라색 카드를 올려놨다.

"이거면 오늘 내내 주차할 수 있어. 다 쓰면 프런트에 반납만 해줘."

"고마운데? 구세주네?"

페니가 밝게 말했다.

그 여자애가 활짝 웃었다.

"그치?"

페니는 명랑함을 가장하느라 얼굴이 얼얼했다. 솔직히 유행하는 화장품에 집착하는 셀레스트의 취향과 자신을 가여운 새끼 동물처럼 보아준 웬 얼뜨기 덕분에 주차권이 생겼다는 것이 놀라웠다. 페니는 수다를 조금 더 떨고 아재 개그에 박장대소까지 하고 나니, 복도 끝 방의 이웃에게서 카트도 빌릴 수 있었다. 호의를 얻기 위한 원칙은 사기를 치는 것이었다. 순식간에 대학생 페니도 셀레스트와 똑같이 사랑받을 것이다. 계속 그렇게 되려면 페니가 뇌 일부를 절제하는 수술이라도 받아야겠지만, 어쩌면 그런 대가를 치를 만한 가치가 있을지도 몰랐다.

방문을 연 순간 페니는 자신의 기숙사 방에 대해 몇 가지 사실을 알 수 있었다. 그 방은 페브리즈 향기가 났지만 퀴퀴한 카펫 냄새가 주조를 이뤘고, 실망스럽게도 다른 사람과 함께 쓰기에는 너무 작았다. 게다가 창가 침대에 앉은 어두운색 머리의 여자애가 이미 방을 차지하고 있었다. 페니의 룸메이트는 아니었다. 페니는 주드 랭과 여름에 스카이프로 두 번 연락한 적이 있는데, 실내에서 선글라스와 챙 넓은 코첼라 페스티벌 기념 모자를 쓴 이 아가씨는 주드가 아니었다. 그녀는 전화기에서 눈을 들지 않았다.

"안녕?"

페니가 짐을 들여놓기 시작했다.

그녀는 말없이 계속 메시지를 보냈다.

페니는 헛기침을 했다.

마침내 그녀가 번쩍거리는 커다란 선글라스를 벗고 페니를 힐끗 봤다. 그녀는 유명 인사 같은 눈썹에 30센티미터도 족히 넘는 술 장식이 달린 황갈색 스웨이드 조끼를 입고 있었다.

"주드는 어디 있어?"

그녀는 페니가 거기서 일하는 사람인 것처럼 물었다.

"어, 난 몰라."

그녀는 눈알을 굴리다가 다시 전화기로 시선을 돌렸다.

페니는 그녀를 쏘아보다가 자신의 적개심이 사람들을 불태워버릴 수 있으면 좋겠다고 또 한 번 생각했다.

모자 밑에 접이식 칼을 숨기고 있을지도 모르는 미치광이일지도 모르는 기숙사 방 침입자일지도 모르는 사람에게 보일 수 있는 반응:

1. 싸운다.

2. 소리를 지르기 시작하고 미친 짓이라면 내가 한 수 위니 우습게 보지 말라는 뜻으로 내 머리카락을 끄집어 당긴다.

3. 나를 소개하고 정보를 더 얻는다.

4. 무시한다.

예상대로 페니는 가장 저항이 덜한 방법을 택했다. 그녀는 가방에서 세면도구 파우치를 꺼내 들고 화장실로 직행했다. 벽장만 한 화장실이었다. 변기에 앉아서 샤워기 쪽으로 몸만 숙이면 머리도 감을 수 있을 정도였다. 페니는 파우치를 변기 수조에 올려놨다가 소변이 튄 자국일지도 모르는 곳에 너무 가깝게 됐다고 생각해 세면대 옆으로 옮겼다.

그리고 다른 작은 파우치에서 두루마리 휴지와 항균 샤워 커튼, 물이 고이지 않는 칫솔꽂이, 새 샤워 매트, 수건을 꺼냈다. 페니는 모든 것을 정확히 용도에 맞게 배치했다. 두루마리 휴지는 올바른 방향으로 걸어뒀다(당연히 휴지 끝이 바깥쪽으로 올라오게 거는 것이 맞다. 안쪽으로 들어가게 거는 것은 살인자들이나 하는 짓이다).

정리를 마친 그녀는 화장실에서 나가 3번을 실행했다.

"페넬로페 리, 페니라고 해."

페니가 여자애에게 손을 뻗으며 말했다.

여자애는 일어나서 불쾌하다는 듯이 페니의 손을 자세히 살펴봤다. 결국 페니는 손을 내릴 수밖에 없었다. 페니의 시선은 그녀의 가슴으로 향했다(1번은 영리한 선택이 아니었을 것이다).

"맬러리 슬론 키더. 하지만 맬러리 슬론으로 개명하는 중이야. 직업적으로."

그녀는 여전히 핸드폰에 뭔가를 입력하며 말했다.

맬러리는 대칭에 맞게 꼬리 끝이 올라가도록 그린 아이라인과 빵빵한 엉덩이, 금속 질감으로 칠한 뾰족한 손톱을 가지고 있었다. 페니는 '직업적으로'라는 말이 무슨 뜻인지 이해하지 못했다.

"배우야. 오프-오프-오프-브로드웨이*에 출연한 적 있어."

맬러리 슬론(이전에는 키더)은 활기차게 말했다. 그녀는 다시 앉아서 다리를 꼬았다. 문자를 보내는 그녀의 손톱이 맹렬히 탭댄스를 췄다.

페니는 오프-오프-오프-브로드웨이의 범위는 어디까지인지 궁금했다. 틀림없이 뉴욕의 진짜 브로드웨이와는 아무런 연관도 없을 것이었다. 줄표와 '오프'가 그렇게 여러 번 나오는 것으로 짐작건대, 이곳 오스틴에서는 이스트 시저 샤베즈와 시콘이 만나는 모퉁이가 오프-브로드웨이에 해당할 것이다.

"어, 대단하네."

맬러리는 페니에게 기다리라는 뜻으로 손가락 하나를 세웠다.

"주드야. 네 룸메이트 말이야."

그녀가 메시지를 보내며 말했다.

"잘됐네."

"주드는 내 절친이야."

타다닥, 타다닥, 탁.

"여섯 살 때부터."

페니는 눈을 치떴다. 다만 이 거대한 인간에게 공격당하지 않도

---

* 상업적인 브로드웨이 연극에 대한 저항으로 탄생한 실험적인 성격의 오프브로드웨이가 주류로 진출하기 위한 관문으로 변질되자 이에 대한 반발로 시작된 것이 오프오프브로드웨이 연극이다. 여기서는 오프를 한 번 더 붙여서 그보다 더 비주류임을 나타내고 있다.

록 빠르게 움직였다.

"문제는 없는 거야?"

맬러리는 다시 손가락을 세웠다. 페니는 그 손가락을 세 조각으로 부러뜨리려면 어느 정도의 힘이 필요할지 궁금했다.

"주드가 드래그에 있는 카페에서 만나재."

낯선 사람을 따라서 다른 장소로 가면 안 된다는 규칙 같은 것이 있어야 했다. 페니가 아는 것이라고는 새로운 룸메이트와 이 기분 나쁜 여자애가 아시아 여자들을 잘근잘근 쪼개서 핫도그로 만들기가 전문인 인터넷 게시판에서 만난 '절친'일 수도 있다는 사실뿐이다. 너무 뻔했다. 페니가 대학교에 온 지 이제 겨우 10분이 지났는데, 벌써 찬밥 신세가 됐다.

"가자."

맬러리는 자기 물건들을 챙기기 시작하더니 꾸물거리는 페니를 한심하다는 듯이 쳐다봤다.

"거기 가면 도넛이 있단 말이야."

페니는 배낭을 들었다.

맬러리 슬론 키더는 재수 없긴 했지만 그녀가 내세운 근거에는 반박의 여지가 없었다.

S

샘

주드가 샘에게 미소 지었다.

샘이 주드에게 미소 지었다.

샘보다 주드의 미소가 더 나았다.

샘은 처음으로 그녀가 자신을 향해 웃어줬던 때가 기억났다. 그날은 10년 전 크리스마스였다. 문을 열었을 때 샘은 심술이 나 있었다. 억지로 가랑이가 꽉 끼고 간지러운 바지를 입어야 했던 것만으로도 충분히 기분이 나빴는데, 엄마는 심지어 넥타이까지 매게 했다.

"넥타이 매렴."

그의 엄마인 브랜디 로즈가 말했다. 그뿐이었다. 엄마는 머리에 헤어롤을 말고 화장실 세면대 옆에 수상하게 놓아둔 유리병 속 향수 냄새를 풍겼다.

"서둘러."

엄마는 우스꽝스럽게 좁은 복도를 비집고 지나가면서 샘의 팔을 찰싹 때렸다. 샘은 주방으로 비틀비틀 들어가는 엄마를 자세히 살폈다. 그리고 남자의 시선에서 엄마를 여자로 보려고 해봤다. 그녀는 수척해 보였다. 코 주변의 터진 혈관을 가리느라 두텁게 바른 화장이 그녀를 나이 들어 보이게 했다.

"무슨 넥타이요?"

그가 쏘아붙였다. 열한 살이 될 때까지 누구도 그에게 넥타이를 사줄 생각을 한 적이 없었다. 엄마는 퉁명스럽게 복도 벽장 속에 있는 아빠의 물건을 모아둔 마트 봉투에서 넥타이 하나를 꺼내 그에게 던져줬다. 녹색과 적갈색에 아래쪽에는 음표 그림이 있는 넥타이였다.

"넥타이 매는 법을 알기는 하는 거니?"

그녀가 청소기를 켜며 소리쳤다.

"당연하죠."

그도 소리치며 답했다.

그는 유튜브에서 넥타이 매는 법을 찾아봤다.

평소에 샘의 엄마는 휴일을 호텔에 있는 그녀의 방에서 세상모르고 잠든 채 보냈다. 하지만 지난 몇 주 동안은 불길하게 달랐다. 그녀는 베이킹과 청소를 하고 형편에 맞지 않는 크리스마스 장식품을 사들이면서 시간을 보냈다. 그녀의 신경질적인 기운이 샘을 경계하게 만들었다. 하지만 쿠키 팬에 말린 자두와 살구를 채운 컬

라치*를 보면 묘하게 안심이 되긴 했다. 향신료가 들어간 별 모양 과자도 있었다. 독일어로 '침트슈테른Zimtstern'이라고 하는 이 과자는 계피 향이 가득했고, 샘에게 행복했던 시절을 떠올리게 했다. 형편없는 인조 트리와 그 아래에 샘을 위해 신문지로 포장한 아빠의 엘피 레코드 몇 장과 함께 가족으로 보냈던 크리스마스처럼.

그들은 여러 해 동안 명절을 쇠지 않았다. 그리고 샘은 브랜디 로즈가 툭하면 화를 내고 손을 떠는 것으로 보아 적어도 이번만은 술에 취하지 않았음을 알 수 있었다.

샘은 문을 열어주러 가면서 넥타이를 느슨하게 풀었다. 브랜디 로즈는 대화를 그다지 좋아하지 않았고, 넥타이에 대한 가시 돋친 말과 말끔하게 보여야 한다는 지시 외에는 그녀가 뭘 할 계획인지 샘은 알지 못했다. 그는 손님이 있으리라고는 예상하지 못했다. 동행이 어린애라는 것은 물론이고, 일곱 살짜리 여자애가 파란 벨벳 드레스를 입고 금발을 포니테일로 묶은 채 웃고 있으리라는 것은 더더욱 짐작하지 못했다. 그 애는 옆에 근엄한 표정으로 서 있는 갈색 머리 사내와 똑같이 얼굴형이 길쭉했다. 그의 눈은 마치 빈 구멍처럼 어둡고 냉랭했다. 그리고 그들 뒤에는 브랜디 로즈의 새 남자 친구인 랭 씨가 있었다. 그는 샴페인 병이 위로 살짝 보이는 빨간 새틴 주머니를 치켜들고 있었다. 샘을 알아본 그의 얼굴에서

---

* 체코의 전통적인 페이스트리로 가운데에 주로 과일을 채워 넣는다.

아주 잠깐 미소가 사라졌다.

"메리 크리스마스, 꼬맹이."

랭 씨가 큰 소리로 말했다.

"안녕하세요."

샘이 답했다.

랭 씨는 꽃다운 예순아홉 살이었다. 처음 만났을 때 랭 씨는 활짝 웃고 눈썹을 씰룩거리면서 샘에게 자신을 '예순아홉 살'이라고 소개했다. 그는 한 달 전에 브랜디 로즈의 약혼자가 됐다. 샘은 엄마와 랭 씨의 놀랄 만큼 짧은 교제 기간에 정확히 한 번 그를 만났다. 그들은 텍사스 랜드 앤드 캐틀에서 저녁으로 스테이크를 먹었는데, 그 해골바가지 같은 남자는 엄마의 무릎을 계속 만져댔다. 샘은 그의 손이 나뭇가지나 마른 잎사귀 같은 느낌이 아닐지 궁금했다. 특히 랭 씨는 손마디에 빳빳한 흰 털이 나 있었다.

"아주 불같은 여자야."

그는 샘에게 말하며 엄마의 허벅지를 다시 쓸었다. 둘은 메리어트 호텔 프런트 데스크에서 만났다. 브랜디 로즈는 거기서 일했고 랭 씨는 자주 묵었다.

"구식이기도 하지. 내가 진지하다는 걸 알기 전에는 쳐다보지도 않았거든."

그는 샘이 보도록 그녀의 손을 들어 올렸다. 물방울 모양의 에메랄드가 약지에서 반짝였다. 엄마의 탄생석이었다. 브랜디 로즈가 키득거렸다. 생경하고 허허로운 웃음소리에 샘은 소름이 끼쳤다.

"이쪽은 내 아들 드루야."

랭 씨가 다른 남자의 어깨를 두드리며 말했다.

"그리고 내 손녀 주드."

샘이 고르게 고개를 까딱했다.

"오, 우리를 데리러 오겠다고 했잖아요……."

브랜디 로즈가 샘의 뒤에서 나서며, 식식거리면서 말했다. 그녀의 목소리는 목을 쥐어짠 듯 평소보다 고음이었다. 그녀도 손님을 기대하지는 않았던 것이 분명했다.

"당신이 샘은 아니겠죠."

여자애가 끼어들었다. 샘과 엄마는 삼대가 모인 자리에 있었다. 남자들은 양복을 입었다. 샘은 다시 넥타이를 조였다.

"제 잘못이에요. 제가 고집을 부렸어요."

드루가 브랜디 로즈에게 손을 내밀어 인사하며 말했다. 그녀는 손을 잡았고 샘은 본능적으로 엄마를 보호하기 위해 드루 쪽으로 나섰다.

"크리스마스 기념으로 드리스킬에서 점심을 먹고 있었거든요."

드루는 샘과 엄마가 고급 호텔 레스토랑에 초대받지 않았다는 것을 무심코 언급했다.

"그리고 짐작하시겠지만, 전혀 모르는 사람이 제 아버지와 결혼한다는 사실을 저는 잘 받아들일 수가 없었어요. 새로 만나는 분이 어떤 분인지 만나봐야겠더라고요."

그는 상냥한 태도로 말했지만 본심은 브랜디 로즈가 꽃뱀은 아닐지 의심하는 것이었다.

"오,"

브랜디 로즈가 다시 말했다. 샘은 문을 쾅 닫아버리고 싶은 욕구를 애써 억눌렀다.

"너는 내 삼촌이 되기에는 너무 작은걸."

주드가 속삭였다.

기억은 신기한 방식으로 작동했다. 샘은 2년 전 추수감사절이나 지난 새해 첫날에 뭘 했는지는 단 한 가지도 자세히 기억해 내지 못했다. 하지만 주드와 처음 만났던 날에 관한 것이라면 모든 것을 기억했다.

그 꼬마는 입을 다물지 않았다. 랭 씨와 브랜디 로즈는 샴페인을 후딱 해치웠고, 드루는 '어른들 이야기'를 하는 동안 주드를 쿠키 한 접시와 함께 샘의 방에 보냈다.

주드네는 부자였다. 그녀는 일곱 살에 아이패드와 핸드폰을 가지고 있었고 여행용 게임으로 가득한 가방도 있었다. 그리고 샘이 되도록 그녀를 무시하고 싶어 하는 만큼이나 끊임없이 지껄여댔다.

"백개먼 게임 할 줄 알아?"

그녀는 샘의 침대에 게임을 펼쳐놨다. 그 답으로 샘은 싸구려 헤드폰에서 흘러나오는 음악 소리를 한껏 높이고 등을 돌렸다. 그

때 밖에서 언성이 높아지기 시작했다. 그것이 이동식 주택의 문제였다. 벽이 종잇장처럼 얇다. 주드의 눈이 커졌다.

샘은 한숨을 쉬고는 자신의 헤드폰을 주드의 아이패드에 연결했다. 그리고 헤드폰을 주드에게 씌워줬다. 그는 몇 가지 동영상을 보여줬다. 트램펄린에서 뒤뚱거리는 웰시 코기나 댄스 음악에 맞춰 버둥버둥하는 새끼 판다 같은 인기 동영상을 보여줬다. 발로 피아노를 연주하는 앵무새 영상 모음도 있었고, 주드가 자리를 잡은 다음에는 어떤 여성이 얼룩덜룩하게 물 빠진 청바지와 비슷한 색깔의 컵케이크를 만드는 방법을 알려주는 영상을 보여줬다. 샘은 엄마를 살폈다.

방문 틈으로 그는 브랜디 로즈가 싱크대에서 혼자 길쭉한 잔에 든 오렌지 주스를 마시는 것을 봤다. 주스와 보드카가 반씩 섞여 있을 가능성이 컸다. 남자들은 보이지 않았지만 소리는 들렸다. 샘과 주드는 한 시간 더 동영상을 봤다. 오후가 다 지나갈 무렵에 샘은 일종의 결정이 내려졌다는 것을 알 수 있었다. 그는 이 결혼이 취소되기를 바랐다. 랭 씨의 성급한 청혼은 노망난 남자의 짓이었고 그의 얼간이 아들이 실은 곤경에서 벗어나게 해줬다는 결론을 바랐다. 하지만 그들은 그렇게 운이 좋지 않았다. 몇 주 뒤에 행복한 한 쌍은 결혼했고 리비에라 마야에서 5일 동안 유람선 신혼여행을 보냈다. 기쁨에 찬 결혼식과 끝없는 약속이 이어졌지만 브랜디 로즈의 남편은 그들을 이동식 주택에서 벗어나게 해주지 못했다. 그리고 그녀의 침대에서 하룻밤도 함께 보내지 못했다.

랭 씨 가족이 떠날 때가 되자 주드의 아버지는 그녀를 데리러 와서 지갑을 꺼내더니, 한 번도 샘을 똑바로 보지 않은 채 20달러 지폐 네 장을 빼서 샘의 침대에 던져다.

그는 한마디 말도 없이 문을 닫았다.

"엉클 샘!"

주드가 명랑한 목소리로 말했다.

5년 동안의 집중적인 치아 교정과 페이스 마스크라고 부르는 부정교합 교정 장치가 말상인 주드의 얼굴을 고쳐줬다.

"안녕, 주드."

샘이 말했다. 그녀를 다시 만나는 것은 마음을 불안하게 하는 일이었다. 그들은 한 달 전에 만나 커피를 마셨다. 그녀가 오리엔테이션 때문에 왔을 때였다. 하지만 그 뒤로 몇 주 동안 그녀가 학업을 위해 캘리포니아를 떠나 여섯 블록 떨어진 곳으로 오게 되리라고는 생각해 본 적이 없었다.

주드는 이제 178센티미터, 샘은 182센티미터였다(그렇다, 정확히는 181.5센티미터다). 하지만 샘은 깡마른 데 반해 주드는 탄탄했다. 그녀는 서부 해안 지역 사람들 특유의 구릿빛으로 건강미를 물씬 풍겼다. 샘은 그녀가 마음만 먹으면 자신을 역기처럼 들어 올릴 수도 있으리라고 확신했다. 그는 일반적인 가정에서 가족들이 서로에 대해 느낄 것 같은 그런 포유동물의 본능과 비슷한 보호 본능을 그녀에게 느꼈다. 하지만 동시에 그녀가 가까이 있게 될 것이 무척 불편하게 느껴지기도 했다.

"이야! 엉클 샘이다!"

주드가 그를 집어삼킬 듯이 안으며 소리를 질렀다. 그녀는 자신의 도착을 알리는 문자 메시지를 연거푸 보내면서 이미 그를 그렇게 불렀다. 그녀는 샘이 미국을 상징하는 포스터 속의 중년 남자인 엉클 샘과는 전혀 다르기 때문에 그 호칭이 무척 재미있다고 생각했다.* 게다가 그는 더는 그녀의 삼촌도 아니었다. 브랜디 로즈와 랭 씨의 불운한 결혼 생활은 2년도 채 못 갔다. 한 달만 있으면 이혼 수당을 줘야 하는 그 시점에 랭 씨는 부다Buda의 크래커 배럴 식당에서 일하는 스물다섯 살짜리 직원에게 청혼했다. 그는 모든 면에서 탁월한 사람이었다.

샘에게 두른 주드의 그을린 팔에서 편안하고 기분 좋은 압력이 느껴졌다. 샘은 몇 달 만에야 복잡하게 얽힌 것 없는 애정이 담긴 포옹을 받아보았다. 그리고 그의 전 조카는 첫눈에 사랑을 주는 거대한 골든레트리버 같았다.

---

* 엉클 샘은 미국을 상징하는 이미지로, 중절모를 쓰고 수염을 기른 백인 중년 남성의 모습이다.

그는 주드의 팔에서 빠져나오며 물었다.

"배고파? 비행은 어땠어? 너희 가족도 여기 있어? 신입생이 되니까 어때?"

그리고 한 박자 쉬었다가 말했다.

"질문받는 거 좋아해?"

샘은 손으로 뭐라도 하기 위해 겸연쩍게 머리를 가다듬고 커피를 한 모금 마셨다.

"카페인은 기가 막힌 약물이야."

그녀는 그의 컵에 시선을 주며 말했다.

그가 웃었다.

"첫 번째 질문에 답하자면…… 배고파 죽겠어."

주드가 말했다.

"비행은 좋았어. 부모님은 누가 나를 데려와야 할지 합의를 보지 못해서 아무도 안 오기로 했어. 두 분이 헤어지기로 했거든."

"안타깝네."

샘은 주드의 어머니를 딱 한 번 만났다. 구릿빛으로 피부가 그을린 그녀는 요가복 차림으로 저녁 식사 자리에 왔다. 그리고 주드의 아버지는 절대로 좋아지지 않았다.

"괜찮아."

그녀가 말했다. 그리고 샘에게 일그러진 미소를 지어 보였다.

"두 분은 불행했어. 참, 안부 전하라고 그랬어."

“그럴 리가.”

주드가 웃고는 인정했다.

“그래, 우리 엄마만 그랬어. 하지만 아빠도 질문은 했어. 샘이 다시 학교로 돌아갈 계획인지 아닌지 말이야.”

샘은 어깨를 으쓱해 보였다.

“글쎄.”

그가 말했다. 샘은 돌아갈 생각이었지만 텍사스대로 가려는 것은 아니었다. 그녀는 샘의 팔뚝을 잡았다.

“흠. 적어도 아빠가 오지는 않을 거야. 고향이 댈러스지만 오스틴은 약쟁이랑 금수저 히피들이나 사는 곳이라고 생각하거든.”

샘은 무미건조한 웃음을 지었다. 주드가 이어서 말했다.

“아, 그리고 신입생이 된 기분이 어떤지는 잘 모르겠어. 나 질문 좋아해. 내가 가장 먼저 할 일은 샘을 만나서 인사하는 거였어.”

그녀는 또 한 번 1조 와트짜리 함박웃음을 내보이며 그의 코앞에서 손을 흔들었다.

“안녕!”

그녀는 만화에서 튀어나온 것 같았다.

“안녕.”

샘이 말했다. 그리고 분주하게 접시에 페이스트리를 담았다.

“이거 너 주려고 만든 거야.”

“와, 나 주려고?”

"도넛이랑 체리 핸드 파이야."

"잠깐만, 이걸 직접 만들었다고?"

그가 고개를 끄덕였다.

"어머, 나 여기 맨날 올래. 베이킹을 하다니 믿어지지 않아."

"어, 이건 튀긴 거야."

그가 말했다. 샘은 '맨날'이 뭘 뜻하는지 궁금했다.

"그럼 더 좋아. 내 친구들한테 여기 들르라고 할래."

주드는 핸드폰을 꺼냈다.

샘이 고개를 끄덕였다.

주드는 그런 일을 잘했다. 함께하기. 그리고 때로는 지나치게 함께했다. 그들이 가족 행사에 함께 내팽개쳐진 적이 몇 번 더 있었는데, 결국 그는 그녀의 끝없이 이어지는 대화를 즐기게 됐다. 어른들의 적대감에서 한숨 돌릴 좋은 기회였다. 그리고 이혼 후에도 주드는 절대로 샘이 연락을 끊도록 두지 않았다. 샘은 노력했다. 주드는 생일을 기억했고 명절에는 우스꽝스러운 메시지와 함께 묻지도 않은 근황을 알려줬다. 그녀의 친화력은 흔들림이 없었다. 반면 샘은 모든 SNS 계정을 삭제한 뒤로는 그녀의 생일이 언제인지 전혀 알지 못했다.

"커피나 뭐 다른 거 마실래?"

"아이스로 부탁해."

"우유랑 설탕은?"

그가 그녀에 관해 알지 못하는 또 다른 것들이었다. 그녀가 활짝 웃으며 말했다.

"아주 많이."

"이야아아아아아아아아!!!!!"

갈색 머리에 키가 크고, 마치 사막의 축제라도 가는 것처럼 옷을 입은 여자가 달려 들어왔다. 일본 공포 영화 〈주온〉에 나오는 조그만 아시아 여자애와 묘하게 닮은 구석이 있는 누군가가 그 뒤를 따라왔다.

"이야아아아아아아아아!!!"

주드도 소리를 지르면서 갈색 머리를 껴안았다. 그녀의 셔츠에 달린 술 장식이 요란하게 흔들렸다.

"드디어!"

키 큰 여자애가 소리쳤다. 그들이 길쭉한 팔을 구부려 얼싸안은 모습을 보니 샘은 포옹하는 킹크랩이 떠올랐다.

아시아 여자애는 그에게 잠깐 미소를 지었다가 마음을 바꿨다. 그는 찡그린 표정으로 답했다.

주드는 그을린 팔을 풀고 키 작은 여자애에게 돌진했다.

"안녀어어어엉. 앗싸, 페니다."

주드는 그녀의 머리에 얼굴을 파묻으며 사실상 그녀를 공중으로 들어 올렸다.

그 여자애는 샘의 조카의 등을 두 번 두드렸다. 토닥토닥. 그리고 하는 수 없이 그와 눈을 마주쳤다. 주드가 말했다.

"이쪽은 나랑 제일 친한 친구 맬러리야. 그리고 내 룸메이트 페니고."

"그러니까 그쪽이 엉클 샘이구나."

맬러리가 그에게 손을 내밀며 말했다. 그녀는 힘 있게 악수했다. 금세 팔씨름으로 변할 법한 악수였다.

"난 맬러리 슬론."

"반가워."

그가 그녀의 손아귀 힘을 인정해 주기를 거부하며 말했다. 그녀는 유혹적인 태도로 아랫입술을 깨물었다. 샘은 웃으면서 재빨리 다른 쪽에 인사했다. 그녀는 그의 귀에서 약간 왼쪽으로 치우친 지점에 대고 손을 흔들었다.

"그래서 숙녀분들은 뭘 드실까?"

"플랫 화이트 만들어줄 수 있어?"

실내에서도 선글라스를 쓰고 있는 맬러리가 물었다.

샘은 만들기 성가신 커피 음료들을 제멋대로 구분하는 분류법을 혐오했지만, 반발심에서 한참 전부터 그 모든 것을 익혀두었다.

"그럼."

그가 쇼트 샷을 내리기 위해 원두를 갈며 말했다.

"플랫 화이트가 뭔지 알아?"

그녀가 도발했다.

"응. 에스프레소와 우유 비율을 변경한 라테. 마이크로폼이 들어가고."

"시도는 좋았어, 맬."

주드가 말했다.

"그쪽은 뭘 줄까? 페니라고 했지?"

샘은 페니의 시선을 따라가다가 그녀의 신발에 눈을 멈췄다. 공교롭게도 크기만 작을 뿐 그의 신발과 똑같았다.

"취향이 훌륭하네."

그가 그녀의 발 쪽으로 고갯짓하며 말했다.

페니는 입 모양을 '오'라고 지어 보였지만, 아무런 소리도 내지는 지 않았다.

기숙사 추첨은 가장 재미있는 조합 모임을 만드는 데 일조했다. 샘의 신입생 시절 룸메이트인 키린 메타는 몽유병 증세가 있었고, 주말마다 자는 동안 거실 한구석에 소변을 봤다. 샘은 말 없는 쪽과 섹시한 쪽, 이 두 여자가 주드를 위해 잘 어울려 지내기를 바랐다.

"맞혀볼게. 카페인은 절반으로 줄이고, 우유 없이 거품만 올린 카푸치노에 캐러멜 드리즐 얹어서?"

페니는 헛기침을 하더니 고개를 끄덕였다.

"어떻게 이런 우연이?"

그는 그녀가 원하는 것과는 전혀 다른 메뉴라는 것을 거의 확신하며 물었다.

샘은 페니를 곁눈질로 살폈다. 그녀의 엉망인 머리카락은 얼빠진 분위기를 만들어 냈다. 그녀는 낙서로 끄적인 연필 소묘처럼 보였다.

"실은, 아이스 커피로 마실 수 있을까?"

"당연히 마실 수 있지."

그가 지적하듯이 말했다.

"오, 엉클 샘?"

그는 팔꿈치를 바에 걸치고 자신을 향해 몸을 숙인 맬러리를 돌아봤다. 그녀의 무시할 수 없는 가슴이 거의 턱까지 치켜 올라와 있었다. 그녀는 은색으로 칠한 긴 손톱으로 선글라스를 내렸다. 확실히 맬러리가 관심을 받지 못한 지 한참 됐다.

"왜 그래?"

"정말 베이킹을 해?"

그가 고개를 끄덕였다.

"어쩌면 다음에 나한테도 뭐 좀 만들어줄 수 있겠네."

그녀가 도발적으로 고개를 기울이며 말했다.

그는 그녀와 똑같이 고개를 갸우뚱했다.

"어쩌면은 없어, 맬러리. 주드에게 준 거 지금 먹으면 내가 너한테도 만들어준 거지. 맛있게 먹어."

"재미있네."

그녀는 킥킥거리며 친구를 따라갔다.

샘은 고개를 저었다. 절대로 신입생과 엮일 수는 없었고, 하물며 주드의 친구라면 더 말할 것도 없었다. 샘도 그 정도로 멍청하지는 않았다.

페니

셋은 뒤쪽에 있는 꽃무늬 소파에 주드를 가운데에 두고 앉았다. 그들은 음료를 내려놨고, 페니는 주드의 넓적다리가 자신의 다리에 비해 두 배 가까이 길다는 것을 알아챘다.

"그래서."

맬러리는 페니에게 말을 걸기 위해 몸을 숙였다.

"주드 말로는 너도 외동이라던데."

"응."

"나는 여동생이 둘 있어."

맬러리는 커피를 홀짝이며 말을 이었다.

"주드는 방은커녕 평생 아무것도 같이 쓰지 않아도 됐을 테지만 말이야."

주드는 친구의 갈비뼈 쪽을 쿡 찌르고 도넛을 하나 더 집었다.

"맬이 너한테 아주 완곡하게 하려는 말은 내가 지저분한 게으름

뱅이라는 거야."

주드는 자신의 말을 입증이라도 하듯이 도넛을 한 입 베어먹으면서 부스러기를 무릎에 흩날렸다.

"봐, 나는 살기도 너무 바빠서 청소처럼 따분한 일까지 심사숙고할 시간은 없단 말이야. 게다가 천재들은 지저분하다는 건 누구나 아는 사실이잖아."

맬러리가 말을 이어나갔다.

"그냥 아까 네가 정리 정돈을 아주 잘한다는 걸 알게 돼서 그런 거야. 나는 트웜블리에 살아. 하지만 날 자주 보게 될 테니까 그런 줄 알아."

'아, 돈 많은 애들이 가는 그 트웜블리구나.'

페니는 왜 주드가 트웜블리로 가서 맬러리를 만날 수는 없었는지 궁금했다. 트웜블리에는 지하에 필라테스 스튜디오도 있고 극장에서 아직 상영 중인 영화를 보여주는 상영실도 있다.

샘이 에스프레소를 가지고 와서 탁자에 내려놨다. 주드가 샘에게 물었다.

"우리랑 더 얘기할 수 있어?"

"이따가. 곧 돌아올게."

셋은 샘이 가는 모습을 지켜봤다.

"와, 신발만이 아니었구나."

페니는 당연한 사실을 깨달으며 중얼거렸다.

"뭐라고?"

맬러리가 큰 소리로 물었다. 페니는 몸을 더 가까이 웅크렸다.

"나랑 네 삼촌이 똑같은 옷을 입고 있어."

주드와 맬러리는 목을 길게 뺐다. 사실이었다. 페니와 샘은 둘 다 칠부 소매의 검정 티셔츠를 입고 양쪽 무릎에 구멍이 난 스키니 블랙 진에 은색 유광 버클이 달린 검정 허리띠를 하고 발목 위까지 올라오는 검정 컨버스 척테일러를 신었다. 주드가 말했다.

"맙소사. 어렸을 때는 누가 봐도 스케이터였는데 어두운 세계로 넘어간 줄은 몰랐어."

맬러리가 코웃음을 치더니 물었다.

"너 6학년 때 지긋지긋하게 큰 면바지를 입고 체인이 달린 가방을 가지고 다녔던 거 기억하지? 세상에, 너 엉클 샘에게 단단히 빠져 있었구나. 기다려봐. 이제 주드가 상복을 입고 다니기 시작할 거야."

샘은 지저분한 컵들을 쟁반에 올리고 있었다. 그의 머리에는 소 혀로 핥아 놓은 듯이 제멋대로 소용돌이치는 부분이 있었다. 그것만 아니라면 아주 근사했을 머리였다. 그는 틀림없이 그 머리를 싫어할 것이다. 페니는 그런 일이 일어나는 것을 좋아했다. 단 하나의 사소한 부분이 전체에 맞서 저항할 때가 좋았다. 그녀는 그 머리를 만져보고 싶었지만, 샘을 빤히 쳐다보는 것을 들키기 전에 얼른 고개를 돌렸다.

맬러리는 도넛 하나를 베어 물었다.

"으악, 난 피스타치오가 정말 싫어."

그녀가 아기처럼 혀를 내밀며 말하더니 입에서 문제의 덩어리를 손톱으로 빼내 축축하게 젖은 그 음식물을 탁자에 올려놨다.

페니는 속으로 비명을 질렀다. 주드가 물었다.

"그런데 왜 피스타치오가 확실한 걸 골랐어? 피스타치오 조각이 뻔히 보이는데. 맬, 초록색이잖아!"

주드는 맨손으로 그 문제의 으깨진 덩어리를 집어 들고 어딘가 치울 곳을 찾았다.

페니는 속으로 더 크게 비명을 질렀다.

순식간에 페니가 배낭에서 물티슈를 꺼내 주드에게 건넸다. 그리고 머릿속을 소독할 수는 없으니 대신 손에 손 소독제를 찍 뿌렸다. 아무리 절친한 친구 사이라고 해도 이건 선을 넘는 것이었다. 도대체 어떤 사람이 남이 씹다 뱉은 음식을 만지겠는가? 더구나 애초에 씹다 만 음식을 공공장소에서 뱉는 사람은 또 뭐란 말인가?

"고마워. 파이는 어때?"

주드가 덩어리를 물티슈로 싸며 말했다.

"맛있어."

페니는 남은 파이를 건네주고 맬러리가 나머지를 오염시키기 전에 도넛 반쪽을 집어 들었다.

"젠장."

주드가 벌떡 일어났다. 선명하게 붉은 덩어리가 그녀의 하얀 셔츠에 떨어져 있었다. 페니는 도넛을 들지 않은 손으로 주드에게 물티슈를 한 장 더 건네고 얼룩 제거제도 줬다.

"이거 실화야? 만물상 트럭이야? 다음에는 사다리랑 폭스바겐 버스도 나오는 거 아니야?"

맬러리는 페니가 반발하기도 전에 그녀의 무릎에서 파우치를 집어 들었다.

페니는 도대체 누가 트럭에 승합차를 싣겠냐고 묻고 싶었지만 자신이 생존 가방에 굴욕감을 줄 만한 물건을 넣지는 않았는지 신경 쓰느라 정신이 없었다.

"세상에. 이거 완전히 지구 종말의 날을 준비하는 것 같잖아." 맬러리는 파우치를 뒤졌다.

"반창고, 챕스틱, 탐폰……. 십 대에 엄마가 된 애들도 있다는 말은 들어봤지만 너는 할머니 같잖아. 일회용 설탕이랑 쿠폰도 들고 다니는 거 아니야? 깜찍하기도 하지."

"진짜 깜찍하네."

주드가 얼룩 제거제를 셔츠에 문지르며 따라 말했다.

페니는 깜찍하다는 말을 경멸했다. 그것은 모든 것을 하찮게 만드는 말이었다.

맬러리는 페니의 비상용 잡동사니 파우치에서 계속 물건들을 꺼내 마치 수술 도구들처럼 탁자에 늘어놨다. 손 소독제, 귀마개, USB 드라이브, 두통약, 면봉, 머리핀, 반짇고리, 이케아 몽당연필…….

"오오오오, 그리고 콘돔 하나."

맬러리는 알루미늄 포일 재질의 정사각형 봉지를 엄지와 검지로 집어 들었다.

거기까지였다.

페니는 콘돔과 파우치를 다시 잡아채서 탁자에 놓인 자신의 물건들을 모았다.

"맬, 무례하게 굴지 마."

주드가 나머지 물건들을 같이 쓸어 모으며 주의를 줬다.

"호기심도 가지면 안 돼?"

맬러리가 반발했다.

"게다가 나는 좋은 말만 하고 있잖아."

그녀는 의기양양하게 만족감을 느끼며 몸을 뒤로 기댔다. 그리고 페니를 봤다.

"넌 정말 체계적이구나. 수학 천재나 뭐 그런 거일 것 같은데. 너 혹시 10년을 건너뛰고 조기 졸업한 천재 아시아 어린이야? 사실은 열두 살인데 대학 신입생인 거야?"

페니가 노려봤다.

"알았으니까, 말로 해."

맬러리가 말했다.

가벼운 인종차별주의적 공격인 동시에 칭찬의 의미도 약간 있는 발언에 대한 합리적인 대응:

1. 남은 피스타치오 도넛 반쪽으로 뺨을 후려갈긴다.

2. 차분하게 나는 천재이자 마녀로서, 내 마법 주문은 적을 대머리로 만드는 부가 효과가 있다고 말한다. 특히 멍청한 인종차별주의자들에게.

3. 주드에게 맬러리는 우리 방에 출입 금지라고 소리친다. 모두를 후려갈긴다.

맬러리가 잠시 후에 말했다.

“에이, 페니. 그냥 장난친 거야.”

“있잖아.”

페니가 맬러리에게 고개를 돌렸다.

“난 그저 예의상 너한테 잘 대해주는 거야. 아무 이유도 없이 심술을 부리면 안 돼. 그리고 나한테 인종차별을 해서도 안 되고. 게다가 그렇게 성의 없고 진부한 방식으로는 어림도 없어.”

페니는 눈에서 익숙한 촉촉함을 느꼈다. 그녀는 슬픈 일에는 거의 울지 않았고 대개 화가 날 때 울었다. 눈물은 쉽고 재미있게 말다툼에서 지는 방법이었다. 그녀는 깊은숨을 들이쉬었다가 천천히 내뱉었다.

“인종차별주의자라고? 어떻게 나한테 인종차별주의자라고 하는 거지? 그건 정말로 불쾌한 말…….”

“맙소사, 맬. 그만해.”

주드가 말했다.

“다른 건 몰라도 인종차별주의자는 아니야.”

맬러리가 씩씩거렸다.

“모든 인종차별주의자가 그렇게 말했지.”

페니가 쏘아붙였다. 그녀는 눈을 너무 치켜떠서 뇌가 보일 지경이었다.

셋은 커피를 다 마셨다. 페니는 앞으로 겪을 대학 생활도 지금처럼 흥미진진할지 궁금했다. 이건 고등학교 때 겪은 것과 다를 바 없었지만 단지 방에서도 계속된다는 점이 달랐다. 기가 막힌다.

마침내 맬러리가 침묵을 깼다.

“내 남자 친구가 새 트럭을 샀어.”

그 말에 다시 침묵이 이어졌다.

“이건 내가 화제를 바꾸려고 시도하는 거라고.”

잠시 뒤, 맬러리가 다시 말했다. 페니도 누그러졌다.

“어떤 트럭?”

“닛산.”

“맬러리의 남자 친구는 벤저민 웨스털리야.”

주드가 의미심장하게 말했다.

“벤저민 웨스털리가 누군데?”

"호주에서 엄청나게 유명해."

"무슨 말인지 모르겠는데."

주드가 깔깔거렸다.

"벤은 밴드에 있거든. 벤을 열렬히 추앙하는 사람들이 10만 명은 될 거야. 팬들이 아주 열정적이야. 게다가 나이가 스물한 살이거든. 호주는 믿을 수 없이 진보적이라니까. 총리도 여자였잖아."

맬러리가 설명했다. 페니에게 호주 사람들은 영국인의 기괴한 짝퉁처럼 느껴졌다. 그렇다고 페니가 개인적으로 알고 지내는 호주인이 있는 것은 아니었다. 하지만 지구상 대부분에서는 주로 태반을 가진 동물들이 서식하는데, 호주에서만 유대류가 서식한다는 게 뭔가 수상한 점이 있다는 걸 말해주는 듯했다. 아, 어쩌면 페니 역시 인종차별주의자인지도 몰랐다.

"훌륭하네."

그녀가 한참 만에 말했다.

"무슨 얘기 하고 있었어?"

샘이 아까 가져왔던 에스프레소 옆에 또 한 잔을 내려놓으며 그들에게 왔다. 페니는 한 쌍의 컵을 바라봤다.

"미지근해."

그가 마침내 그녀 옆의 의자에 앉으며 말했다. 페니는 그 말이 좋았다. 온도를 설명하기에 가장 적절한 방식이었다. '중과피'라는 단어 역시 마찬가지였다. 그 단어의 모든 것이 오렌지에서 구멍이 많고 폭신폭신한 부분을 연상시킨다.

샘은 설탕을 잡으려고 페니 위로 팔을 뻗었다.

"실례할게."

페니는 그의 뺨에 소름 끼치는 콧김을 내뿜지 않으려고 숨을 참고 몸을 뒤로 젖혔다. 그녀는 샘의 티셔츠 소매가 올라간 부분에서 문신의 한 부분을 봤다. 한 손 아니면 양손을 그린 것이었다. 그녀가 평생 본 것 중에서 가장 관능적인 모습을 꼽는다면 3위 안에 들 것이었다.

"다 맛있었어, 샘."

맬러리가 애교 섞인 목소리로 말했다.

샘의 의자는 소파보다 조금 높았고 그는 우아하게 다리를 꼬고 있었다. 그의 오른쪽 무릎이 페니의 왼쪽 무릎을 스치자 그녀는 거의 기절할 뻔했다. 그의 가느다란 손에 들린 우스꽝스럽게 작은 에스프레소 컵을 보며 페니는 잠시 그가 게이가 아닐까, 생각했다. 그녀가 상관할 바는 아니었다.

"그래서 어떤 강의를 듣는 거야, 제이?"

"이제 나를 제이라고 부르는 거야?"

주드가 물었다. 그녀는 그 호칭에 눈에 띄게 기뻐했다. 샘은 웃었다.

"한번 해보는 거야."

그가 팔뚝을 문지르자 다른 쪽 소매 아래에서 또 다른 문신의 흔적이 드러났다. 어떤 동물이었다. 페니는 샘이 건드렸던 무릎 부분이 따뜻해지는 것을 느꼈고 얼굴이 달아올랐다. 페니는 문신이 어떤 그림인지 궁금했다. 말의 머리일 것 같았다. 어쩌면 체스 말일지도 몰랐다. 흑 나이트일 수도.

페니는 체스판에서 고른다면 비숍을 문신했을 것이다. 비숍은 신중하고 효율적이다. 완전히 은밀하게 움직인다. 맬러리와 주드는 퀸을 골랐을 것이다. 페니의 엄마도 마찬가지였을 것이다.

'엉클 샘.'

샘이 밴드에 있었을 수도 있다. 몽환적이고 음울한 밴드. 페니는 담배가 무의미하고 냄새도 끔찍하다고 생각했지만 샘이 담배를 피운다면 근사할 것 같다고 생각했다.

세상에, 페니는 샘이 담배를 준다면 기꺼이 담배를 피울 것이다. 그들은 똑같은 옷차림을 하고 벽에 기대어 완전히 멋지게 담배를 피우는 매력적인 한 쌍이 될 거다.

'녹내장이나 폐암만큼 멋지겠지.'

페니는 평생 한 번도 담배를 피운 적이 없다. 만약 그들이 담배를 함께 피운다면 페니는 영원히 계속되는 기침을 발작처럼 하다가 결국에는 큰 소리로 방귀를 뀌게 될 것이다.

'맙소사, 정신 좀 차리자.'

정말이지 그녀에게 무슨 일이 벌어지고 있는 걸까? 게다가 그녀에게는 남자 친구가 있었다. 그녀는 마크의 얼굴을 떠올리려고 애썼다. 코의 대략적인 기울기와 머리카락까지는 떠올랐다. 마크는 백인이지만 5학년 때 콘로 스타일 머리를 했고, 늘 같은 파란색 플리스를 빨지도 않고 겨우내 입었다.

샘은 달랐다. 맵시 있고 음울하고 앙상했다. 에곤 실레의 초상 같았다. 그녀의 기억이 맞는다면 실레는 구스타프 클림트의 제자였고 누드로 자화상을 그리는 버릇이 있었다.

'누드.'

샘이 몸을 뒤로 기대고 팔짱을 끼며 말했다.

"그래서, 너네는 전공이 뭐야?"

하지만 실레는 '너네'라고 말하지 않았겠지.

맬러리가 머리를 부풀리며 말했다.

"방송학. 난 탤런트가 되고 싶어."

"마케팅. 아빠가 등록금을 내줄 수 있다는 전공 중에서 그나마 가장 덜 지루한 거였어……."

주드가 말했다. 샘은 페니에게 질문을 넘기며 고개를 크게 끄덕거렸다. 페니는 이 질문이 싫었다. 그녀의 답은 허세처럼 보였다.

"샘은 전공이 뭐였어?"

페니가 질문을 돌렸다.

"영화."

"오, 텍사스대 영화 전공 과정 아주 훌륭한데."

그녀는 평소 음역보다 한 옥타브는 족히 높아진 목소리로 말했다.

"그러니까 내 말은 멈블코어*가 탄생한 곳이고 두플라스 형제, 루크 윌슨과 오언 윌슨, 웨스 앤더슨이 거기 출신이잖아."

그녀는 쓸데없이 쏟아져 나오는 말을 틀어막을 수가 없었다.

"웨스 앤더슨은 철학 전공이었어."

샘이 끼어들었다.

그녀는 얼굴이 더 붉어졌다.

'차라리 지금 죽여줘.'

샘은 악의 없이 웃었다.

"내가 그걸 왜 아는지 나도 모르겠네."

"왜 영화야?"

페니가 새된 소리로 말했다. 그녀는 대학에서 뭘 전공하든 현실 세계에서는 상관이 없다는 것을 어느 정도 알았다. 전공에 맞춰 직업을 추구하는 사람들은 거의 없지만, 전공 선택은 자아 인식을 위한 로르샤흐 검사**다. 그것은 내가 자신을 어떻게 보는지에 대한 모든 것을 말해준다.

"나는 다큐멘터리를 만들고 싶었어."

그가 말했다. 페니는 왜 과거형으로 말하는지 궁금했다.

"세상에는 믿기 어려운 이야기들이 너무 많거든. 아무 소리도 없

---

* 독립영화의 한 종류로 무명 배우와 즉흥적인 대사, 어두운 조명 등을 특징으로 해 초저 예산으로 제작한다.

** 종이에 떨어진 잉크 모양을 보면서 심리 상태를 파악하는 검사 방법.

이 주변에서 일어나고 있어. 히치콕이 일반적인 영화에서는 감독이 신이지만 다큐멘터리에서는 신이 감독이라고 말했거든. 난 예전부터 그 말이 마음에 들었어."

그는 자신의 에스프레소 잔을 포개놨다.

페니는 자기 눈에서 하트 이모티콘이 날아가고 있다는 것을 알았다. 그녀는 홀딱 반해버렸다. 한 번도 같은 또래의 누군가가 하고 싶은 일에 관해 말하는 것을 들어본 적이 없었다. 샘이 그녀와 정확히 같은 나이는 아니었지만. 페니는 나머지 질문들은 꾹 참았다. 혹시 그가 자신을 아이디어를 얻기 위해 살아있는 자들의 존재를 캐는 유령 같다고 느끼지는 않는지, 다른 사람들을 지켜보면 페니처럼 외로워지지는 않는지 묻고 싶었다.

"맙소사, 감성적이구나."

맬러리가 핸드폰을 휙휙 넘겨보며 말했다. 샘이 싱긋 웃었다.

"어쨌든 그만뒀어. 돈이 없어서."

"뭐, 나는 대학이 엉터리라고 생각해."

맬러리가 어깨를 으쓱했다.

"나는 여기 주드의 동행으로 온 거야. 우리 엄마 입을 막으려고 온 것이기도 하고. 차라리 앱이나 뭐 그런 걸 개발해 보려고 시도하는 편이 더 낫겠지."

넷은 묵묵히 앉아서 우울한 현실을 생각하고 있었다.

페니가 끼어들어서 말했다.

"앱을 개발하는 앱은 개발하지 마. 안 그래도 취업 시장 분위기가 안 좋은데 너까지 로봇에게서 로봇의 일을 빼앗으면 안 되잖아."

샘이 웃었다. 웃기 전까지 샘은 짜증 난 듯한 표정이었다. 페니는 그가 다시 웃기를 그 무엇보다도 간절히 바랐다. 잠시 후 그가 말했다.

"이런, 앱 특이점이 오면 정말 최악이겠네."

페니는 흥분했다. 샘은 SF 소설을 읽었거나 컴퓨터가 인간보다 더 똑똑해지는 때를 특이점이라고 부른다는 것을 알 정도로 잘 이해하고 있다.

"소셜 미디어는 엉망이 될 거야. 프로필 사기꾼에게 사기를 치는 건 누굴까?"

그녀가 웃으며 말했다.

"안드로이드 핸드폰은 전기양의 꿈을 꾸는가?"*

그가 물었다. 그들은 둘 다 앓는 소리를 냈지만 필립 K. 딕을 이용한 아재 개그는 페니의 취향을 적중했다. 페니는 아재 개그를 좋아한다(굳이 프로이트가 되지 않더라도 금방 의미를 이해할 수 있으니까). 그는 너무 매력적이어서 눈을 맞출 수도 없었다. 그녀의 뺨은 기분 좋게 얼얼해졌다.

"어쨌든."

---

* 필립 K. 딕의 소설 제목 『안드로이드는 전기양의 꿈을 꾸는가?』를 이용한 말.

맬러리가 참을성 없이 말했다. 페니는 헛기침했다. 샘은 몹시 매력적이고 다소 위협적으로 손마디를 뚝뚝 꺾었다. 그가 팔을 가슴 앞쪽에 두고 있어서, 그녀는 목에 있는 문신의 흔적을 좀 더 볼 수 있었다. 목을 뜻하는 프랑스어는 '고르주gorge'인데, 그의 목은 그야말로 멋져서 '고저스gorgeous'했다.

맬러리가 감정 이입과 인간 정신의 가치에 대해 뭔가 멍청한 소리를 했다. 페니는 듣고 있지 않았다. 샘은 완벽한 깃이 달린 완벽한 셔츠를 입고 있었다. 유혹적으로 슬쩍 보일락 말락 하는 효과를 자아낼 정도로만 벌어지는 깃이었다.

페니는 마크에 대해 다시 생각했다. 데이트하러 나오면서 폴로셔츠를 입고, 공항에서나 사는 『성공하는 사람들의 7가지 습관』이니 『누가 내 치즈를 옮겼을까?』 그리고 해묵은 『나는 4시간만 일한다』 같은 자기 계발서만 읽는 마크.

괜찮은 마크.

복잡하지 않은 마크.

오늘 페니가 두 번이나 음성 메시지로 넘겨버린 전화를 걸었던 마크.

샘이 소용돌이치는 머리카락을 무심코 쓰다듬자 겨드랑이 위쪽 하얀 살이 얼핏 드러났다.

샘은 겨드랑이조차 매력적이었다.

"우리랑 저녁 같이 먹을래?"

주드가 샘에게 물었다.

"못 먹어. 일해야 하거든."

그가 대답하고는 갑자기 일어섰다. 주드는 고개를 끄덕였다. 실망한 빛이 역력했다.

"다음에는 먹을 수 있겠지?"

"그럼."

그가 자리를 떠나며 건성으로 말했다.

"제에에에에엔장."

맬러리가 떠나는 샘을 힐끔거리며 중얼거렸다.

'제에에에에엔장.'

페니가 생각했다.

"엉클 샘이 그렇게 똑똑할 줄은 몰랐네."

맬러리가 호들갑스럽게 손부채질을 하며 말했다.

"으윽, 그만해."

주드가 절친의 다리를 찰싹 때렸다.

"엉클 샘은 말 그대로 우리 아빠의 형제라고."

"전 형제지. 결혼 때문에 한 5분 동안 형제 사이였던 거잖아."

맬러리가 지적했다.

"게다가 나이가 많은 것도 아니고."

"스물한 살이야."

"사촌들끼리 결혼도 하잖아."

"헐……."

주드가 고개를 저으며 말했다.

"왜? 아니, 정말로 뭐가 문제야? 샘은 매력적이잖아. 어둡긴 하지만 매력적이야. 그리고 넌."

맬러리가 페니를 돌아봤다.

"넌 왜 헛소리를 막 늘어놓더니 최선을 다해서 끼를 부리는 거야?"

"그래, 둘이 사이가 좋아 보이더라."

주드가 말했다. 둘은 새로운 관심으로 페니를 살폈다.

"나는 친절하게 대한 거야."

페니가 항변했다. 그녀는 맬러리를 봤다.

"낯선 사람이 내 소지품을 뒤지지만 않으면 친절하게 대하거든."

"하! 어쨌든, 샘은 어떤 취향이야?"

"맬."

주드가 주의를 줬다.

"왜?"

맬러리가 아무것도 모르는 척 눈을 깜박거렸다.

"맬러리, 내 삼촌을 좋아하는 건 안 될 일이야."

"안 될 일이라고? 하지만 샘이 나를 좋아하면 어쩔 거야? 삼촌들은 날 좋아하거든."

"그러지 마."

주드가 친구의 얼굴을 봤다.

"진심이야. 가족들이랑 더는 시끄러운 일로 엮이고 싶지 않단 말이야. 나 지금 우리의 철석같은 우정을 걸고 부탁하는 거야."

"가족이라고? 지금 너와 샘의 관계는 나랑 샘의 관계랑 다를 바가 없는데."

"그런 사실은 중요하지 않아 철석같은 우정을 건 부탁이야."

주드가 허용할 수 없다는 듯이 손을 내저으며 말했다. 그녀의 입은 굳게 다물어져 있었다. 페니는 그 표정을 알았다. 너무 화가 나서 온 힘을 다하지 않으면 울음이 터져버릴 것 같을 때 나오는 표정이었다.

"우와, 주드 루이자 랭. 인척 관계였던 전 삼촌이 남자로 느껴지는 거야?"

"그만해!"

"그게 아니면 설명이 안 되는걸."

"웩, 아니야. 전혀 그런 게 아니라고……."

주드는 마지막 남은 커피를 마셨다.

"친구가 가족과 사귀면 어색하고 복잡해진단 말이야. 그러니까 안 그러면 안 돼?"

"아잇, 친구야."

맬러리가 결국 주드를 팔로 감싸며 말했다.

"알았어. 우정을 건 부탁이니 들어줄게. 절친이자 숙모가 되고 싶다는데 뭐라고 할 순 없지."

주드가 웃었다.

페니는 둘을 바라봤다. 주드는 샘을 좋아하지만 인정하지 않거나 정말로 집안에 문제가 있는 것 같았다. 그렇지 않고서야 맬러리가 이토록 쉽게 물러날 리가 없었다. 페니는 그 정보를 머릿속의 새로운 파일에 기록해 놨다.

"게다가 이번 여름에 샘이 힘든 시간을 보냈던 것 같아."

주드가 말을 이었다.

"왜?"

"음, 샘이 나한테 정확히 말해준 건 아니야. 그리고 샘은 몰래 엿보는 게 거의 불가능한데……."

그녀는 핸드폰에서 인스타그램을 열었다.

"이거 봐……."

그녀는 MzLolaXO를 검색해서 계속 화면을 넘겼다.

"여자 문제가 있는 것 같아……."

페니는 문득 왜 '여자 문제'는 남자가 사귀는 사람과 문제가 있다는 뜻인데 '여자의 문제'는 생리에 관한 것을 뜻하는지 궁금했다.

"우와, 이 여자 끝내주는데."

맬러리가 말했다.

MzLolaXO는 끝내줬다.

정말로 롤라의 외모는 마음을 사로잡는 전략과 같은 것이었다. 그녀는 과학적이고 수학적인 기준에서 예뻤다. 고리타분한 사람들이 여자들을 묘사할 때 '매혹적인' 또는 '절묘한'과 같은 과장된 표현을 쓸 수밖에 없게 만드는 그런 매력이 있었다. 그런 사람들은 거의 예외 없이 여자들을 '피조물'이나 '여인'이라고 부른다. 롤라는 길쭉하고 말랐다. 먹는 것을 잊어버렸거나, 라뒤레의 마카롱이나 키위 조각처럼 오직 미학적으로 만족감을 주는 소량의 음식만 깨작거리는 미인들처럼 가냘팠다.

하지만 옷차림도 마찬가지였다. 공교롭게도 그녀가 입은 디스트로이드 데님 스커트는 마치 내숭 떠는 관객의 정숙함을 지켜주기 위해 걸쳐진 듯했다. 몇몇 여자들이 특별한 이유 없이 그냥 유명한 것처럼 그녀도 인스타그램에서 유명했다. 그들은 마치 다른 여자들의 불안감을 마구잡이로 폭발시키도록 고안된 것 같았다. 기본적으로 롤라는 겉모습만큼은 샘에게 완벽한 짝이었다. 샘이 주드의 저녁 초대를 피할 만도 했다. 그에게는 아마도 그들과 어울리는 것보다는 훨씬 더 나은 일이 있었을 것이다.

주드는 계속 화면을 넘겼다. 매력적인 모습으로 이런저런 것들을 하는 롤라가 무섭도록 정신없이 지나갔다.

"셀카를 이렇게 많이 찍는 사람이 어디 있어?"

맬러리가 코를 찡그리며 말했다.

“완전히 나르시시스트가 아니라면 말이야.”

페니는 맬러리의 셀카가 롤라보다 더 많다는 쪽에 망설임 없이 내기를 걸 수 있었다. 그들은 크롭 톱을 입고 흉곽에 새긴 단검 문신이 보이도록 팔을 뻗은 롤라를 감탄스럽게 봤다.

“봐. 샘은 여기서부터 다섯 번에 한 번씩 꼬박꼬박 나오잖아…….”

주드는 계속해서 화면을 밀어 올렸다.

“여기까지 쭉.”

“그 정도면 몇 년 동안 이어진 건데.”

맬러리가 놀라서 말했다.

“내 말이 바로 그거야. 이렇게 완벽한 연애를 했는데 지금은 아닌 거야. 그리고 솔직히 말하면, 내가 그린 선생님이랑 얘기해 봤거든. 선생님은 샘이 우울증인 것 같대.”

“주드가 상담받는 분이 그린 선생님이야.”

맬러리가 말해줬다.

주드의 말이 사실이라면 샘은 우울증이 틀림없었다.

“그러니까 샘을 혼란스럽게 만들지 마, 맬러리. 자칫하면 상처받기 쉬운 상황이야.”

그녀가 결론지었다. 페니는 상처받기 쉬운 남자들을 좋아하는 여자들, 아니면 그런 남자들에 대해 오해하는 여자들은 어떤 유형인지 생각해 봤다. 그들은 대체로 사형 집행을 기다리는 연쇄살인범과 결혼하는 여자들이다.

"좋아. 어쨌든 난 남자 친구가 있으니까."

"고마워. 그리고 너도."

그녀가 활짝 웃으며 페니에게 고개를 까딱거렸다.

"삼촌이랑 데이트하지 말아줘."

"훗."

맬러리가 비웃었다. 주드는 팔을 뻗어 페니의 엉킨 머리카락을 귀 뒤로 넘겨주고 뺨을 토닥였다.

S

샘

새 컴퓨터를 살 돈은 턱없이 모자라는데 하나밖에 없는 컴퓨터가 곧 망가질 지경이라면 오직 두렵다고밖에는 표현할 길이 없다. 두려움과 무서움. **두서움.**

샘은 무력하게 트랙패드를 몇 번 두드리다가 세게 쾅쾅 쳤다. 죽음의 바람개비가 하염없이 돌았다.

'젠장.'

그는 스티커가 잔뜩 붙은 노트북을 침착하게 닫으며 이걸 뚤뚤 말아서 공으로 만들어버리고 남은 하루 내내 추하게 울어버릴까, 하는 생각도 잠시 했다.

그 골동품 기계는 그가 고등학교를 졸업하기 2년 전부터 믿고 썼던 준마駿馬로, 플러그를 꽂지 않으면 꺼져버리기 때문에 이미 노트북이라고 하기는 어려웠다. 게다가 화면에서는 여러 색이 번져서 어떤 사이트에 들어가더라도 환각 상태에 빠져드는 것 같았다.

하지만 컴퓨터가 사실상 정보의 초고속도로에 멈춰 서 있다면 밖으로 끌어내서 던져버려야 했다.

샘은 심호흡하고 거친 숨소리를 내며 하나에서 열까지 셌다.

그의 계산에 따르면 은행 계좌에는 현금을 찾을 만큼 잔액이 넉넉하지 못했다. 현금인출기는 최소한 20달러가 있어야 응해주는데 샘에게는 17달러가 있었다. 거기에 현금 인출 수수료 2달러를 빼야 했다.

이러지도 저러지도 못하는 상황은 사기를 떨어뜨렸다. 유튜브로는 배울 수 없는 알라모 커뮤니티 칼리지의 온라인 영화 강의를 들으려면 노트북이 필요했다.

세계 최고의 촬영감독인 로저 디킨스처럼 장면을 연출하는 방법이나 〈대부〉를 촬영한 고든 윌리스처럼 조명을 사용하는 방법 같은 것들이었다. 물론 샘은 16주 과정 강의에서 정확히 그와 같은 내용을 배울 수는 없으리란 것을 알았지만, 넉 달 동안 카메라와 장비를 대여하는 비용보다는 강의와 보충 자료 이용에 476달러를 내는 편이 저렴했다. 다만 지금 그는 필수 시청 자료를 전혀 내려받을 수가 없었다.

샘은 오른발 발가락을 구부렸다. 검정 스니커즈에서 밑창과 발등을 덮는 천이 맞닿은 곳이 쩍 벌어졌다. 그는 배낭에서 검정 면 테이프를 꺼내 조금 찢어 붙여 구멍 난 곳을 막았다. 끈끈한 전기 테이프는 거의 모든 문제를 해결했지만 고장 난 컴퓨터 기판은 예외였다. 어쩌면 그는 밖에 나가는 것을 완전히 그만둬야 할지도 몰랐다. 침실과 하우스 사이만 맨발로 오가며 통신 강좌를 듣는 시시포스가 될지도 몰랐다.

그는 문 위에 걸린 시계를 봤다. 2시 45분. 붐비는 점심시간과 카페인으로 각성이 필요한 오후 4시 사이의 소강상태, 즐거운 시간이었다. 수염을 우스꽝스럽도록 뾰족하게 다듬은 키 작은 남자가 유일한 손님이었다. 남자는 휴대용 노트북 거치대와 추가 키보드까지 갖춘 반짝이는 13인치 맥북 에어를 쓰고 있었다. 샘은 잠시 그의 것을 도둑질해 볼까, 생각했다. 비록 자기 직장일 뿐만 아니라 거주지이기도 한 곳에서 도둑질하는 것처럼 어리석은 일이 없겠지만.

샘은 가까운 테이블에 버려진 시카고의 지역 대안 신문《오스틴 크로니클》을 무심하게 훅훅 넘겨 봤다. 위층으로 이사 온 뒤로 그의 세상은 아주 협소해졌다. 그는 자신에게 아직 밖으로 나가 돌아다니는 데 필요한 항체가 있는지 의심스러워졌다. 어쩌면 소아마비나 천연두처럼 이미 소멸했다고 여기는 고대의 질병에 걸릴지도 몰랐다. 사람들은 이제 천연두에 걸리지 않던가? 그는 가끔은 책을 읽어야 했다. 그건 중독 치료를 받는 사람들이 하는 것 아니던가? 취미를 갖는다고? 세상에, '중독 치료'는 너무나 유난스러웠다.

샘은 당장이라도 맥주 한 병을 비울 수 있었다. 제기랄, 그는 여섯 개들이도 순식간에 먹을 수 있었다. 그는 샤이너 복*의 효모 향을 생각했다. 엄마가 가장 좋아하는 맥주였고 그가 여섯 살 때 처음으로 먹어본 맥주였다. 그리고 어떻게 차가운 맥주를 입에 대지 않고 몇 달이나 지내게 됐는지를 떠올렸다.

그는 맥주 대신 물을 쭉 들이켜고 청소했다. 머릿속이 복잡하게 휘몰아치는 사이에 뭔가 손으로 할 일이 필요했다. 쿠션을 부풀리고, 테이블을 치우고, 카운터를 닦고, 종이를 재활용함에 넣고, 에스프레소 머신에서 포터 필터를 빼고, 필터 바스켓을 만족스럽게 탁탁탁 비우고, 손이 델 것처럼 뜨거운 물로 모든 것을 헹궈냈다. 손마디가 조이다가 바짝 마르는 느낌이 그를 안심시켰다.

샘은 자신의 거친 손이 로렌의 손과 얽히는 것을 상상했다. 거짓말생이 로렌. 샘의 전 여자 친구. 그녀의 손은 아름다웠다. 그녀의 친구들은 '손 모델의 손'이라고 불렀다. 기다랗게 이어진 손가락과 날씬한 손톱 밑 살. 하지만 샘은 그녀의 발을 추앙했다. 뭉툭한 발가락에 평발인 그녀는 발을 가리는 방침을 고수해 여름에도 샌들을 신지 않았다. 숨길수록 발은 더욱 매력적으로 느껴졌다. 그녀의 발은 개성이 넘치고 아주 재미있었다. 아무도 보지 않는다고 생각할 때는 바닥에서 펜을 집어 올리는 영리한 발이었다.

로렌의 나머지 부분은 그에게는 한결같이 지나치게 멋졌다. 프랑

---

* 텍사스 지역 맥주.

스 여자의 흑백사진처럼 고고했다. 샘은 그들이 만난 순간 바로 그녀에게 데이트를 신청해야 한다고 생각했다. 그럴 수밖에 없었다.

그는 열일곱 살, 그녀는 열아홉 살이었다. 그녀는 베이스먼트라고 부르는 간판 없는 클럽에서 디제이를 하고 있었다. 하얗고 매끄러운 슬립 원피스를 입었고, 어깨까지 내려오는 연분홍색 머리는 끝부분만 짙은 남색이었다. 반짝이는 담갈색 눈은 눈꼬리를 크게 그린 검정 아이라이너에 에워싸여 있었다. 그녀는 명백히 섹시했다. 섹시. 어떤 사람들이 '촉촉한'이나 '팬티'라는 말을 싫어하는 것처럼 샘은 섹시라는 말을 싫어했다. 하지만 그녀를 묘사할 다른 말이 없었다. 일생일대의 사랑은 분명 섹시했다. 그리고 무시무시했다.

그들이 만났을 때 샘이 완전히 순진무구했다는 것은 아니다. 열한 살 되던 때부터 그는 부랑자 무리와 어울렸다. 그들은 조그만 꼬마 녀석이 정해진 귀가 시간도 없고 자기들만큼이나 술을 많이 마시는 것을 아주 재미있게 여겼다. '꼬마 샘'은 말버릇이 건방졌고, 여자들은 그를 예뻐했다. 그는 나이 많은 술꾼 여자들에게 셀카에 넣어 찍기 좋은 미끼 역할을 했다.

꼬마 샘이 들어갈 수 없는 술집은 없었다. 그는 모두를 알았다. 혹은 최소한 그의 아빠는 모두를 알았다. 그리고 샘은 아빠를 빼닮았다. 조숙하긴 했지만, 그가 사랑에 빠진 적은 없었다. 샘이 단상에 올라선 로렌을 보기 전까지는 그랬다. 그녀는 형광 녹색 헤드폰을 끼고 그를 못 본 척하고 있었다. 샘은 가망이 없었다. 불시의 타격을 입고 완패했다.

그는 그녀와 얘기하려고 한 시간을 기다렸다. 그리고 한 시간 더 기다렸다. 또다시 두 시간이 지나갔다.

새벽 3시에 불이 켜지자 그는 고개를 까딱하면서 물었다.

"그래서 어디로 갈까?"

"먹으러."

그녀는 그에게 가방을 던지며 말했다.

그들은 식당으로 차를 몰고 갔고, 거기서 그녀는 걸신들린 듯 미가스*를 수북하게 한 접시 먹었다. 샘은 커피를 주문했다. 식사를 마친 후 그들은 거리로 나갔고 그녀는 경고도 없이 그의 품에 파고들어 다리를 그의 몸에 감았다. 그리고 그에게 키스했다. 샘은 불타올랐다. 그런 일이 일어났기에 불타올랐고, 여름내 7센티미터 넘게 자라서 그녀를 들어 올릴 수 있었기에 불타올랐다. 그녀의 숨결에 피망과 담배 맛이 묻어났다. 그리고 그녀의 자신감은 놀라웠다. 엄마는 그에게 이혼하고 싶지 않을 사람과는 결혼해서는 안 된다고 말하곤 했는데 이제야 그 말이 이해됐다. 로렌은 감정적으로 중공탄과 같은 존재였다. 총알이 지나간 자리는 엉망진창이 됐다.

샘은 아몬드 우유를 채워놓고 빵들을 케이크 진열대 하나에 모았다. 그리고 행주를 교체했다. 표백제로 세탁한 새 행주는 냄새

---

* 스페인의 전통 음식.

가 좋았다. 그는 그것들을 코밑으로 가져갔다. 맨정신을 유지한다는 것은 언제나 조금쯤 따분하게 지낸다는 뜻이었다. 사소하고 반복적인 일에서 기쁨을 얻는 것이 일과에서 중대한 일이었다. 물론 현란하고 아찔한 황홀감은 더는 없었고, 그가 만났던 사람 중에서 가장 수수께끼 같고 감정적으로 해로운 그 여자와 도시를 누비며 돌아다니는 일도 없었다. 멍한 상태에서 강박적인 공포에 빠져 미친 듯이 관계를 갖는 일도 없겠지만, 적어도 깨끗한 행주는 있었다. 그는 단정하게 접힌 정사각형 면 행주들을 바라보다가 방향이 다른 한 장을 돌려놓아서 파란 줄무늬를 가지런히 맞췄다.

바로 그때, 마치 그가 거둔 이 소소한 승리를 못마땅하게 여기기라도 하듯이 거짓말쟁이 그녀에게 문자가 왔다.

전화해.

젠장.

샘의 손은 투쟁 도피 반응이 일어날 때면 축축해졌다. 적당하게 빛이 비치면 손바닥에 반짝이는 물기가 맺히는 것이 보일 정도였다. 그는 그 모습을 저속 촬영해 영상을 만든 적도 있다.

샘은 그녀에게 한동안 연락이 없다가 소식이 들리면 화나는 마음과 흥분되는 마음을 동시에 느꼈다. 그들이 마지막으로 얘기한 것은 27일 전이었다. 하루만 더 있으면 그는 그 습관을 영원히 버릴 수 있었을 것이다. 적어도 약물 남용에 관한 책에서는 그렇게 얘기했다. 그는 새사람이 됐다고 생각했다. 실제로 그는 조깅도 시작했다. 좋다. 그러니까 그는 망가진 신발을 신고 그 블록을 폴짝거리며 돌아다녔을 뿐이긴 하지만, 그래도 담배는 하루에 세 개비로 줄였다. 그에게는 하프 마라톤을 완주한 것이나 다름없는 일이었다.

그는 자신의 입술을 누르던 그녀의 입술을 생각했다. 머리칼에서 나던 레몬 향도 생각났다. 그는 눈을 감고 그들의 마지막 만남과 그 뒤에 이어진 나쁜 생각들을 떠올려 봤다. 그녀는 그의 새로운 소소한 삶에 폭풍처럼 들이닥쳤고 그 삶을 폐허로 만든 버섯구름 속으로 사라져 버렸다. 또다시.

그 마지막 다툼 뒤로 그는 세 번의 문자 메시지에 답장을 받지 못하고서야 비로소 이만하면 굴욕은 당할 만큼 당했다고 느꼈다. 첫 번째는 그가 자신은 누군가와 잠자리하고 잠적해 버리는 사람은 아니라고 생각했기 때문에 보낸 것이었다. 다음 두 번은 그의 멍청한 두뇌가 너무 놀라서 허둥지둥하다가 더디게 작동했기 때문이었다. 지금은, 쾅! 거짓말쟁이가 전화를 기다린다.

그녀는 이런 식이었다. 마치 그가 잠에서 깨어나면서 비로소 죽기를 바라지 않을 수 있게 된 그 순간을 바로 알아채고는 그런 일이 일어나도록 둘 수 없다는 것 같았다.

샘은 문자 메시지를 뚫어지게 봤다.

전화해.

그가 어두운 방에서 곰곰이 생각해 보려면 아직 세 시간 더 일해야 했다. 도대체 "전화해"가 뭐란 말인가? 그런 메시지는 사디스트들이나 보내는 것이었다. 사디스트와 불한당. 그녀가 차라리 "손을 물어뜯어"라고 보냈더라면 좋았을 것이다.

샘은 자신이 옳았다는 것을 알았다. 속이는 쪽은 엄연히 그녀였다. 그는 차이는 애인, 바람난 애인을 둔 남자, 굴욕당한 사람, 희생자였다.

"전화해" 따위는 집어치우고 꺼지라고!

그렇다고 그가 전화해 보려는 마음이 들지 않은 것은 아니었다. 샘은 한숨을 쉬었다. 어쩌면 그가 전화하면 그녀는 그의 자존심과 마음을 어디에 숨겨뒀는지 말해줄지도 몰랐다.

사람들은 세계 방방곡곡에서 매일 매 순간 바람을 피운다. 단지 샘은 그런 일이 자신에게 일어났다는 사실을 믿을 수 없었을 뿐이다. 다른 사람도 아닌 로렌이. 그의 로렌이.

맙소사.

그는 그들이 사실상 헤어진 사건을 너무 깊숙이 파묻어 놔서 기억에서 효과적으로 삭제돼 있었다. 샘은 카운터에 몸을 기대고 103일 전의 사건 기록을 기억 속에서 다시 살려냈다.

그 운명적인 아침에, 그녀는 그에게 출근하기 전에 아침을 먹으러 타코 가게에 가고 싶다고 말했다. 가게는 매너Manor에 있는 썩 신통치는 않은 곳으로, 피코 데 가요 소스를 고르면 추가 요금을 받았다.

샘은 미첼라다*를 달걀과 함께 주문하면 맛이 없을지 궁금했다. 그는 그들이 함께 보낸 전날 밤의 숙취를 가라앉힐 무언가가 필요했다. 그들은 돈 문제와 로렌의 정신없는 업무 시간표를 두고 일주일 동안 싸운 끝에 마티니를 집중적으로 마셨다. 그리고 밖으로 나가면 불행한 결말이 날 것이 뻔하다는 것을 둘 다 알면서도 개의치 않았다. 게다가 샘이 엄마에게 들르고 싶어 하는 바람에 상황은 더 악화했다.

그날 아침 로렌은 머리를 동그랗게 말아 올렸다. 그녀는 감탄스러울 만큼 활기찬 모습으로 나타났다. 샘은 집에 얼마나 문제가 많든 자신을 위해 함께 있어 줄 여자 친구를 믿고 의지할 수 있다는 것에 감사했다. 토르티야 칩이 나왔을 때 그는 탁자 아래로 손을 뻗어 그녀의 무릎을 만졌다. 그가 칩 몇 조각을 입에 넣은 뒤에 그녀는 직장에서 만난 폴이라는 남자에 대해 얘기했다.

그것은 아무런 의미도 없었다.

비록 한동안 이어지며 발전된 관계긴 했지만.

그런 일은 한 번만 있었던 것이 아니었다.

---

* 멕시코식 맥주 칵테일.

샘은 크게 소리를 지르는 것으로 반응했다. 근처에서 어린애들과 식사하던 부모가 불쾌한 표정으로 쳐다봤다.

로렌은 무표정하게 앉아 있었다.

"그 남자를 사랑해?"

"날 사랑해?"

"내가 뭐 잘못한 거 있어?"

"도대체 뭐가 문제야?"

"그 남자랑 하니까 좋았어?"

"나보다 좋았어?!!!"

그녀는 폴의 성이 무엇인지, 어디에 사는지 말해주지 않았다.

"그 사람을 사랑하지 않아."

"그런데 왜?"

샘은 애원하듯 말했다. 그는 흐느끼고 있었다. 슬픔을 가눌 수가 없었다. 반면 로렌은 거의 울지 않았다. 그리고 그가 울 때마다 냉랭해졌다. 그녀의 표정은 굳어졌다. 마치 그가 감정을 분출한 덕분에 뭐든 느끼려는 그녀의 욕구가 차게 식은 것 같았다.

나중에 그는 그곳이 맛있는 타코 가게가 아닌 것을 다행스럽게 여겼다. 좋은 곳을 영원히 망칠 수도 있었기 때문이다. 소스를 75센트나 받고 파는 곳은 어디든 지옥 불에 타버려도 싸다. 원칙적으로는 말이다.

"이게."

그녀가 이를 악물고 중얼거렸다.

"이게 문제야. 우리는 왜 이런 식이어야 해? 누군가는 완전히 무너져 내리고. 폴은……. 그 사람은 기분 전환용이었어. 나는 여기서 빠져나가고 싶었다고. 우리 관계에서 말이야."

"아니."

그가 말했다. 마치 그렇게 말하면 그 순간이 현실이 아닐 수 있다는 것처럼. 샘은 고개를 저었다. 그의 생각은 슬퍼하며 부정하는 단계에서 멈춰버렸다.

"아니야. 우린 서로 사랑하잖아. 우리는 언제나 서로 사랑할 거야. 너는 나의 일부야."

그는 상황을 파악하지 못하고, 그녀의 얼굴을 살폈다. 그에게는 그녀가 자신이 아닌 다른 사람이라는 사실조차 말이 안 되는 것처럼 느껴졌다. 그녀의 팔은 차라리 그의 팔인 편이 나을지도 몰랐다. 그의 팔이 나머지 그의 몸을 등지고 떠날 수 있다는 것은 말이 되지 않으니까. 샘은 가슴에서 뭔가가 쩍 갈라지는 듯한 느낌이었다.

"우리는 서로에게 중독됐어. 그건 건강하지 않아. 폴은 지루해. 오해하지 마. 하지만 그 사람은 안정감이 있어."

'안정감.' 샘은 그 말이 무슨 뜻인지 알았다. 안정감은 부유하다는 뜻이었다. 폴은 틀림없이 부유할 것이다. 그녀와 마찬가지로 부자일 것이다. 그는 한 번도 부유했던 적이 없고 앞으로도 그럴 일이 없을 것이다. 샘은 로렌이 일어나는 순간 손을 뻗었지만 그녀는 잠시 멈칫했다가 떠났다.

그날 아침 이후로 그는 하우스로 들어갔고, 그들은 몇 달 동안 얘기를 나누거나 마주치는 일이 없었다. 샘은 그런 일이 없도록 철저히 주의했다. 둘이 자주 가던 곳을 피했고 자신이 사는 곳을 누구에게도 알려주지 않았다. 그리고 앨이 시키는 대로 최대한 오래 일했다. 통로 끝에서 그녀가 그의 이름을 부른 것은 급히 치약을 사러 월그린스에 갔을 때였다. 샘은 주차장에 남아 미적거리면서 그들이 여전히 다정하고 친근하게 느껴진다는 것을 믿을 수 없었다. 그들은 가벼운 대화를 나눴고 폴 얘기는 둘 다 꺼내지 않았다. 그녀가 폴보스에 가서 마르가리타를 마시자고 제안했을 때는 좋은 생각인 것 같았다. 마르가리타를 마신 뒤 그녀의 집까지 추억을 찾아가는 여행은 심지어 더 좋은 생각인 것 같았다. 그는 그 뒤로 한 방울도 술을 마시지 않았다. 27일 동안 하루하루 위업을 쌓았다.

그녀가 다시 사라지고 샘의 핸드폰에서 그녀가 '거짓말쟁이'가 됐을 때 그는 잊으려 애썼다.

하지만 문자 메시지, 단 한 줄의 지시문으로 그는 자신의 마음에 아주 작은 입구의 아주 작은 구멍이 열리는 것을 느꼈다. 그녀는 피부가 무척 아름다웠다. 그녀의 쇄골은 특히 아름다웠다. 맙소사, 그녀의 팔꿈치도. 그는 손끝으로 그녀의 몸에서 어디든 튀어나온 뼈를 따라가기를 좋아했다.

'안 돼.'

그가 자신에게 말했다. 그는 뇌를 바꿔 끼우고 싶었다. 왜 그녀에 대해 생각하면 자제할 수가 없을까? 왜 그녀가 그를 생각해 줄 때면 그는 자제할 수가 없을까?

그들이 처음 헤어졌을 때 그는 〈이터널 선샤인〉과 〈사랑도 리콜이 되나요〉를 반복해서 봤다. 그는 잠도 자지 않았다. 어느 날 아침 도움이 필요하다는 것을 눈치챈 핀이 팔을 뻗어 그를 안아줬다. 둘은 그 자리에 족히 10분은 넘게 서 있었고 샘은 너무 격하게 울어서 딸꾹질이 날 정도였다.

안 돼. 절대로. 다시는.

그는 문자 메시지를 삭제했다.

다음 두 시간 동안 그는 강박적으로 정리 정돈했다. 주드가 다시 문자를 보냈다. 샘은 로렌이 보낸 줄 알고 심장마비가 올 뻔했다. 주드의 문자는 또 다른 저녁 식사 초대였지만, 그는 다시 일 핑계를 대며 못 가겠다고 답했다. 죄책감과 성가신 마음이 반반이었다. 주드에게 당분간은 바쁘겠다고 얘기할까도 생각해 봤지만 굳이 그럴 필요는 없다고 결론지었다. 그는 허리가 아팠고 손님들이 자신의 눈빛에서 정상이 아님을 알아챌지 궁금했다.

근무 시간이 끝났을 때 샘은 기진맥진했다. 그는 금전등록기를 정리하고 하품했다. 뒤쪽에서 핀이 쓰레기를 끌어내는 소리가 들렸다. 핀은 어김없이 망사 문을 쾅 닫았고 샘은 그것이 미치도록 싫었다. 하지만 이번에는 불평하기에도 너무 피곤했다. 새벽같이 일어나서 유일하게 좋은 점이 있다면 8시에 일이 끝나고, 가끔은 8시 15분이면 잠자리에 들 때도 있다는 것이었다. 설령 이불 밑에서 하는 일이라고는 눈만 끔벅이면서 술을 마시지 않고 있는 것이 전부라고 하더라도 괜찮았다.

올해 초에 앨은 철통같은 보안 시스템을 설치했는데, 문 위에 달린 가짜 카메라와 이미 작동하지 않는 자동문이 바로 그것이었다. 샘은 그 문을 당겨 닫으려고 밖으로 나갔다. 양손으로 온몸의 체중을 실어야 닫을 수 있었다.

"힘을 쓰라고, **말라깽이야!**"

핀이 어깨 너머로 소리쳤다. 샘이 웃었다.

"말라깽이는 너희 엄마지."

핀은 낄낄거리다가 맥주를 땄다.

'너희 엄마라니.'

세상에, 그는 **정말로** 피곤했다.

고등학교 때 샘의 별명은 에이즈였다. 아이들은 어리석었고 그는 너무 앙상했기 때문이었다. 그는 움푹 들어간 자기 몸이 싫었다. 핏줄과 힘줄이 다 드러나고, 움직일 때는 피부 아래로 근육이 하나하나 보였다. 하지만 어느샌가 여자애들은 그에게서 깡마른 몸이 아닌 다른 것을 보기 시작했고 그는 몸에 더는 신경 쓰지 않았다.

하지만 여전히 자신이 덩치도 크고 힘이 세며 손도 넓적해서 바보 같은 문 따위는 한 번에 닫아버릴 수 있기를 바랄 때도 있었다.

"샘."

어둠 속에서 그를 부르는 목소리가 들렸다. 샘은 깜짝 놀라 고음으로 '으앗' 하는 소리를 냈고, 곧바로 후회했다. 그는 누구의 목소리인지 즉각 알았다. 그녀는 물론 그가 놀라서 지른 힘없는 으앗 소리를 들었을 것이다.

"내가 문자 보냈는데."

로렌이 말했다. 그는 그녀의 목소리에서 완강함을 느꼈다.

샘은 로렌, 일명 거짓말쟁이가 단 한나절 만에 나타난 것이 놀라웠다. 인내심은 그녀에게 어울리지 않았지만 사라졌던 이후에 이렇게 들르는 것은 아무리 로렌이라고 해도 과감한 일이었다.

"무슨 일이야, 로렌?"

샘이 쏘아붙였다.

"우리 얘기 좀 해."

'고전적이군.'

"더 얘기할 게 뭐가 남았다는 거야? 지난달에 그렇게 **감감무소식**이었던 걸 보면 아무것도 남지 않은 것 같은데."

그는 문 잠그는 일을 마쳤다. 그는 자기 겨드랑이에서 냄새가 나는

지 눈에 띄지 않게 확인할 수 있으면 좋겠다고 생각했다. 왜 완전히 무방비 상태에서만 그녀와 마주치게 되는 걸까? 물론 그녀는 출근하려고 재킷과 옷을 갖춰 입고 있었다. 거짓말쟁이는 최악이었다.

"정말이지, 로렌."

그가 말을 이었다.

"네가 확실하게 정리한 거잖아. 우리는 지나간 관계야. 고생대 시절 일이라고. 더 오래됐지. 고생대보다 빠른 게 뭐더라. 인류세인가…… 아냐, 잠깐만, 그건 지금이고……."

그는 땀이 차오른 두 손을 주머니에 찔러 넣었다.

"그만 좀 말해."

그녀가 말했다. 그는 그녀를 노려봤다.

"제발."

로렌이 빛이 드는 곳으로 걸어 나왔다. 그녀는 창백했다. 평소보다 더 창백했다. 평소에도 그녀는 백지장 수준으로 창백했다.

샘은 계단 쪽으로 걸어가 앉았다. 그녀가 뒤따라왔다. 그들이 거리를 바라보자 저녁노을이 하늘을 분홍빛으로 물들였다.

"뭔데?"

그의 손이 담배를 찾아 움찔거렸지만 그녀 앞에서는 담배를 피우고 싶지 않았다.

"샘, 나 생리가 늦어."

'장난 아니네.'

그는 아주 잠깐 생각한 뒤에야 그녀가 한 말의 진짜 의미를 떠올렸다. 그는 심호흡하고 손으로 머리카락을 쓸었다. 아무런 느낌이 없었다.

물론 늦겠지. 앞뒤가 맞았다. 사실 그 소식 말고는 있을 수가 없었다. 그가 생각한 대로 일이 흘러간 적은 한 번도 없었다. 그런 문제라면, 로렌은 한동안 자기 탐구를 한 끝에 여전히 그를 사랑한다고 말하기 위해 그의 인생에 다시 돌아온 것은 아니었다.

맙소사.

늦다니.

그들이 이번에는 해냈다.

아드레날린이 너무 즉각적으로 쏟아져 나와 그는 손뼉을 쳤다. 딱 한 번. 위험을 감지하는 텍사스 사람의 본능적인 두뇌 회로가 작동했다. 그는 자신도 모르게 위기의 순간을 맞은 고등학교 풋볼팀 감독처럼 행동하고 있었다.

그는 결단력 있는 목소리로 말했다.

"알았어. 얼마나 늦었는데?"

'맑은 눈으로, 마음을 다하여.'*

"나도 몰라."

"뭐?"

---

* 미국 드라마 〈프라이데이 나잇 라이트〉에서 텍사스의 한 고등학교 풋볼팀의 감독이 선수들을 격려하며 말한 대사로, 널리 인용되는 문구다.

샘이 언성을 높였다.

“여자들은 원래, 그러니까, 기록을 해두는 거 아니야?”

샘은 여성의 생식 체계가 불가사의한 세계라는 것을 알았지만 이번 일은 너무 말이 안 되는 것 같았다. 그때 그는 텔레비전에서 변기에 아이를 낳았다는 십 대 엄마들을 본 기억이 났다.

“임신 테스트는 한 거야?”

로렌은 눈알을 굴렸다.

“당연하지, 샘.”

“그래서?”

“양성이야.”

‘젠장젠장젠장.’

“몇 번이나 해봤는데?”

“네 번. 아니다, 세 번.”

샘은 산부인과 의사도 뭣도 아니지만, 생각 있는 사람이라면 자신이 원치 않는 임신을 하게 되었다고 충분히 여러 번 검사하기 전에 확신하는 것은 불합리하다고 생각했다. 사실 샘은 그녀가 적어도 스무 번은 해봤어야 한다고 생각했다. 그리고 그렇게 했다고 해도 완벽한 임신 판정을 받으려면 병원에서 혈액검사를 해봐야 했다. 명백히 임신이 확실한지.

‘젠장젠장젠장.’

“알았어.”

그가 그녀의 어깨에 손을 올리며 말했다.

"더 많이 해봐야 해. 내가 데려다줄게. 지금 바로 가자."

신경이 예민해진 그는 우스꽝스럽게 격려하는 몸짓으로 그녀의 등을 거의 때릴 뻔했다.

"샘, 나 불안해지고 있어."

"불안해하지 마."

그가 소리 높여 말했다. 샘은 이를 다 보이며 웃었다.

"괜찮을 거야. 의사한테 가봐야 해. 전문의한테 가서 의심의 여지를 남기지 말아야지. 마음의 평화를 위해서."

"전문의라고? 너 제정신이 아닌 것 같아."

샘은 손바닥을 허벅지 위쪽에 닦았다.

"평소에 다니는 곳은 어때? 너, 꽤 번듯한 의사한테 가지 않아?"

"위셤 선생님에겐 갈 수 없어. 소아과 의사란 말이야."

그녀가 눈을 치켜뜨며 말했다.

'왜 아직도 소아과에 가는 거지?'

"왜 아직도 소아과에 다니는 거야? 어쨌든 상관없어. 돈은 내가 낼게."

그가 다시 침착해졌다. 샘은 혈장 헌혈 시세가 얼마인지, 다소 저체중인 남성이 졸도해서 죽기 전까지 얼마나 헌혈할 수 있는지 궁금했다. 어쩌면 과학 연구에 발가락 하나를 기증할 수도 있을 것이다.

샘은 목을 가다듬었다가 뺨을 문질렀다. 그들은 거의 매번 콘돔을 잘 사용했다. 거의.

"목요일에 가족계획 연맹에 예약해 놨어."

그녀가 말했다. 그날은 금요일이었다. 목요일까지는 날짜가 너무 많이 남아 있었다.

"일을 빠질 수가 없어."

"당연히 이해해 줄 거야. 상황을 설명……."

"못 해."

그녀가 말을 끊었다.

"중요한 일이야. 팀에서 신입은 나밖에 없어. 그리고 고객을 위해 텐트폴 이벤트 세 가지를 연출하는데 내가 진행하고 있어. 내가 '염려된다'고 해서 아무나 대신 맡을 수가 없는 일이야."

로렌은 눈을 치켜떴다. 샘은 "염려된다"라는 말보다 줄줄이 늘어놓은 나머지 말들이 더 모욕적으로 느껴졌지만 하고 싶은 말을 참았다.

"패스트푸드 가게나 뭐 그런 곳에서 일하는 것과는 다르니까."

그녀는 죄책감이 드는 얼굴로 그를 빤히 봤다.

"기분 상하게 하려는 건 아니야."

우선 커피 전문점 관리는 패스트푸드 가게에서 일하는 것이 아니었다. 두 번째로…….

"넌 광고회사에서 일하는 거지, 사람 목숨을 구하는 건 아니잖

아. 기분 상하게 하려는 건 아니고."

젠장. 눈치 좀 챙겨. 그는 마음을 가라앉혀야 했다. 샘은 다시 심호흡했다.

그녀가 그를 노려봤다.

"미안해. 아직 제대로 상황 파악이 안 돼서 그래. 그러니까 다음 주에 내가 같이 가길 바라는 거야?"

샘은 계획을 생각해 봤다. 어쩌면 핀의 차를 빌릴 수 있을 것이다.

"아니."

틀림없이 폴이 그녀를 태워줄 것이다. 샘은 정체불명의 부자 녀석 폴을 생각할 때마다 명치에 쌓인 분노가 콩알만 한 상처들이 되어 부풀어 터지는 것 같았다.

"생리가 얼마나 늦는 건데?"

"3주?"

맙소사.

3주라면 늦어진 생리 주기에서는 영겁이나 마찬가지였다. 적어도 샘이 생리 주기에 대해 아는 바에 비춰보면 그런 것 같았다. 샘이 아는 바가 많지는 않았지만.

그들은 잠자코 서 있었다. 샘이 담배를 꺼냈다. 현미경으로 보이는 분홍색의 작디작은 아기의 폐가 기침하는 모습이 떠올랐다. 그는 담배를 치웠다.

"사후 피임약을 먹으려고 했어. 하지만 안 먹게 됐지. 그리고……."

샘은 둘 다 얼마나 부주의했었는지 생각했다.

"왜 걱정된다고 말을 안 했어?"

샘은 혼자 이 일을 감당하는 거짓말쟁이를 생각하니 죄책감으로 속이 요동쳤다.

"생각을 좀 했어."

"나한테 문자를 보내기까지 3주나 걸렸잖아."

"난 그냥 조금 늦는 줄로만 알았어."

"그래, 이제는 믿을 수 없이 매우 늦었네."

샘이 결론지었다.

"걱정돼."

로렌이 그와 눈을 마주치지 않은 채 말했다.

우와. 로렌이 울려는 걸까? 상황이 엉망진창이 되긴 했지만 이번 기회에 샘은 드디어 로렌이 우는 것을 보게 되는 걸까?

"그래."

샘은 그녀를 잡았고 그녀는 가만히 있었다. 그러자 그는 강해지고 유능해진 느낌이 들었다.

"해결할 수 있어."

"어떻게?"

"그냥, 내가 여기 있잖아. 내가 널 부양할게. 그러니까, 내 아기잖아. 맞지?"

그녀는 그를 밀쳐버렸다. 세게.

"진담이야?"

"맙소사, 로렌. 폴의 아기일 수도 있잖아!"

그의 분노는 시뻘겋게 부풀어 올라 극에 달했다.

"그때 너 만나기 전부터 폴은 만나지 않았어!"

그녀가 소리쳤다.

샘은 미처 멈추지 못하고 웃어버렸다.

'흐, 잘해봐라, 폴.'

그러다가 샘은 로렌을 살펴봤다. 젠장. 그는 감당할 수 없는 상황에 빠졌다. 그렇지만 샘은 그녀가 자신에게 화를 내는 모습과 자신이 그녀를 이렇게 화나게 할 수 있다는 사실에 어리석게도 마냥 좋아하는 자기 모습이 어쩔 수 없이 눈에 들어왔다. 아기를 끌어들이기에는 가장 비상식적인 상황이었다. 이기적인 두 얼간이 사이에 낀 죄 없는 작고 통통한 핏덩이. 샘은 가슴 뒤편에서 쿵쿵 울리는 불안을 느낄 수 있었다.

"임신이 맞는다면 어떻게 하고 싶어?"

그가 천천히 말했다.

그는 그 단어를 생각했다.

낙태

낙태, 중절. 유산.

"내가 끝낼 수 있을지 모르겠어."

터미네이터처럼 모든 것을 끝장내 버리는 것.

샘의 머릿속에는 영화 마지막에서 죽기를 거부하던 사이보그 터미네이터의 눈에 반짝이던 빨간 불빛이 떠올랐다.

"난 어린애가 아니야, 샘. 어쩌다 아이를 밴 열다섯 살짜리가 아니라고. 난 스물셋이야. 우리 엄마가 나를 가졌을 때 스물네 살이었어……. 난 못 해."

그는 그녀를 빤히 바라봤다. 그냥 넋을 잃고 그녀를 봤다. 금발. 조그만 두 손. 푸른 블라우스. 검정 슬랙스.

타당한 반응이었다.

우리가 스스로에 대해 잘 알 만한 것, 그녀의 답은 정확히 그런 종류의 것이었다. 다만 샘은 더는 아무것도 알 수 없었다.

P

페니

페니가 중학교 3학년이었을 때 심상치 않은 조짐이 보인 두 가지 사건이 일어났다. 하나는 그녀가 아트 슈피겔만의 만화책 『쥐』를 읽은 것이었다. 다른 하나는 자신이 성인이 될 때까지는 인기가 없을 테지만 인생은 장기간에 걸친 사기극이므로 괜찮다는 사실을 깨달은 것이었다.

페니가 이런 지혜를 얻은 것은 엠버 프리드먼의 생일 파티 덕분이었다. 엠버 프리드먼은 프랑스어반 학생으로, 매일 곱슬머리를 곧게 펴고 다시 다른 모양으로 구불거리게 만들기 위해 아침 5시 45분에 일어나는 것으로 유명했다. 엠버의 아버지는 《롤링 스톤》에서 일하는 음악 전문 기자였기 때문에 모두 그녀가 유복하다고 생각했다. 섹시한 엄마의 딸로서 페니에게 인생은 만만치 않았지만, 주님보다 더 많은 인스타그램 팔로워를 가진 사람이 아빠인 것도 엄청나게 끔찍한 일이었다. 엠버의 아빠는 영향력이 어마어마했다. 하지만 예쁘지 않은 딸에게 도움이 되지는 않았다. 그녀가 못생겼다는 것은 아니었다. 마치 넓은 방에 작은 가구들이 있는 것처럼, 단지 가운데에 눈코입이 모여 있는 얼굴이었을 뿐이다.

그녀의 성격도 한몫했다. 엠버는 다른 사람들의 말에 끼어들어 자신이 마무리를 지어버리곤 했다. 심지어 선생님에게도 그렇게 했다. 그리고 재채기를 할 때는 고음으로 '취취' 하는 소리를 적어도 여섯 번은 냈다. 페니는 그것이 부적절한 관심을 불러 일으키려는 노력처럼 보였다. 어쨌든 페니는 엠버의 생일 파티에 정식으로 초대받은 적이 없었다. 그런데 몇 해 전에 함께 에티오피아 요리 수업을 들으면서 친해졌던 엠버의 엄마와 페니의 엄마가 마트에서 우연히 마주쳤다.

"하지만 페니, 엠버가 실망할 거야."

셀레스트가 이렇게 말하면서 덧붙였다.

"내가 너희 둘에게 주려고 세포라에서 젤 네일 키트 신제품도 샀어."

셀레스트는 반짝거리는 검은 봉투 두 개를 달랑거렸다.

그 시절의 페니는 뇌물에 더 약했다. 그녀는 자전거를 타고 가면서, 적어도 간식과 케이크는 있을 테고 사람들이 많을 테니 몰래 빠져나올 수도 있으리라고 생각했다.

페니가 도착하자 여섯 쌍의 눈이 비좁은 단층집의 거실에서 그녀를 뚫어지게 봤다. 집에서는 고양이 오줌에 세제를 잔뜩 뿌린 듯한 냄새가 났다. 페니는 냄새를 맡는 것이 그 물질의 입자를 들이마시기 때문이라는 생각을 하지 않을 수 없었다. 페니는 자신의 생각을 얼굴에 드러내지 않으려고 애쓰면서 학교 친구인 멜리사와 크리스티, 그리고 엠버가 교회에서 사귄 여자애 둘에게 인사를 건넸다. 엠버AMBER의 철자와 같은 거대한 은색 알파벳 풍선이 천장에 매달려 있었는데, 가운데 걸린 B만 엠버의 뒷머리에 자꾸 들러붙었다.

두 시간이 흐르는 동안 그들은 각자 1인용 피자를 만들었고 엠버의 엄마가 그것을 오븐에서 구웠다. 그리고 후식으로 아이스크림 선데도 만들었다. 낚싯줄로 귀걸이를 만들 수 있도록 비즈가 담긴 투명한 플라스틱 상자가 주어지자, 페니는 자신이 지루함을 견딜 수 있는 한계에 다다른 것을 알았다. 그녀는 화장실로 가서 집 안에 다른 사람이 있는지 주의 깊게 소리를 들었다. 그리고 조용히 주변을 둘러봤다. 엠버의 방에는 오드리 헵번의 흑백 포스터가 다섯 장 넘게 있었다. 그리고 기둥에 덮개를 늘어뜨린 침대 위에는 주황색 고양이가 털을 고르고 있었다. 고양이는 하던 일을 멈추고 페니를 노려보다가 신경 쓰지 않아도 되는 침입자라고 결론 내렸다. 페니는 엠버 아빠의 사무실로 짐작되는 곳에 머리를 들이밀었다가 횡재를 했다. 음악 평론가 마이크 프리드먼은 지금껏 나온 모든 그래픽 노블을 가지고 있었다. 싹, 전부, 모조리. 무더기로. 스파이더맨을 비롯해서 슈퍼맨에 이르기까지 어마어마하게 많은 화려한 양장본 소장판이 주제별로 정리돼 있었다.

페니는 믿을 수가 없었다. 무의미한 잡담, 이를테면 "'장마삐'라고 말하는 사람들이 있는가 하면, '장맏삐'라고 하는 사람도 있으니 정말 이상하지 않아?"와 같은 이야기와 깍둑썰기한 파인애플처럼 엉터리 같은 토핑을 얹은 피자에서 (우엑) 불과 몇 미터 떨어진 곳에 수천 시간을 보낼 진짜 오락거리가 있었다니. 그는 모든 것을 가지고 있었다. 『스웜프 씽』에서 『브이 포 벤데타』와 『페르세폴리스』까지, 『위 3』에서 『런어웨이즈』에 이르기까지 없는 것이 없었다.

프리드먼 씨의 방에는 새 책의 펄프와 코팅제 냄새가 났다. '본'이라는 깜찍하고 땅딸막한 캐릭터로 꽉 채워진 책장 한 칸을 지나서 페니는 『쥐』를 발견했다.

페니는 『쥐』가 최초로 퓰리처상을 받은 만화책이라는 사실을 알게 된 이후로 내내 그 책을 읽고 싶어 했다. 그리고 프리드먼 씨가 양장본과 보급판 두 권을 가지고 있다는 것을 알아차리고는 여느 아이들과 똑같이 행동했다. 그녀는 보급판 책을 청바지 뒤춤에 꽂고 맨투맨을 그 위로 덮은 다음 배탈이 난 척하면서 집으로 급히 떠났다.

그녀의 인생에서 부끄러운 순간 중 하나였다. 철저한 비유대인이 유대인에게서 유대인 홀로코스트에 관한 책을 훔친 업보는 말할 것도 없었다.

다만 그 책은 그녀의 삶을 바꿔놨다.

페니는 『쥐』가 자신의 발달에 영향을 미칠 것임을 알고 있었다. 물론 그녀가 직업적인 범죄자가 되기로 했다는 것은 아니고, 그 책을 읽었을 때 느낀 감정을 다른 사람도 느낄 수 있도록 무언가를 창작해 내는 것이 자기 운명이라고 생각했던 것이다.

페니는 누군가가 어떤 사람이 될지 정해지는 결정적인 순간이 있다고 진심으로 믿었다. 놓쳐서는 안 될 단서나 조짐이 있었다.

그녀는 쥐와 고양이가 등장하는 만화책 덕분에 제2차 세계 대전에 대해서 그토록 많은 것을 배울 수 있다는 것이 놀라웠다. 알게 됐을 뿐만 아니라 관심을 가지게 됐다. 그녀는 아우슈비츠에 대해서 알고 있었다. 그리고 그들이 말로는 샤워하러 간다고 하면서 수감자들의 머리카락을 잘라 무더기로 던져놓고 애들까지도 가스실로 보내버렸다는 것도 알았다. 작년 역사 수업에서는 전쟁과 관련된 주요 사건들과 날짜에 대해 시험을 봤고 그녀는 거의 만점에 가까운 점수를 받았다. 하지만 『쥐』를 읽으며 아버지와 아들 쥐의 시선으로 경험해 본 후에야 냉정한 사실 너머를 볼 수 있었다. 그날 밤 페니는 『쥐』를 두 번 읽고 울었다. 그리고 자신은 작가가 돼야 한다고 느꼈다.

덕분에 다음 월요일에 학교에서 일어난 일도 나름대로 쓸모가 있게 됐다. 엠버는 프랑스어반 전체에 페니가 설사하는 바람에 갑자기 파티를 떠났다고 말했다. 그 후로 페니는 두 번 다시 학교에서 사람들에게 친절하게 대하려고 애쓰지 않게 됐다. 페니는 인기가 없었을지 모르지만 엠버도 마찬가지였다. 인기가 많은 것으로 1, 2위를 다투지 않는 이상 둘의 차이는 미미했다. 나머지는 그냥 패배자였다. 페니와 달리 엠버의 절박함은 누구나 눈치챌 수 있었다. 페니에게 그런 모습은 단순히 보이지 않는 존재가 되는 것보다 훨씬 더 한심하게 여겨졌다. 페니는 노력을 그만뒀다. 대신 그녀는 미래를 준비하는 데 시간을 썼고, 그녀의 삶에서 흥미진진한 시기가 시작될 때까지 책에 파묻혀 살았다. 그때가 되면 주변 상황이 달라질 것이다. 사실은 모든 것이 달라질 것이다.

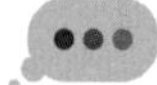

시작한 지 10분 만에 페니는 목요일 오전 8시 소설 창작 시간이 자기가 가장 좋아하는 수업이 되리라는 것을 알았다. 더구나 잔인한 시간에 시작하는데도 수업은 꽉 차 있었다. 작은 강의실은 미국 역사나 영어 301 수업을 하는 드넓은 강당과는 비교도 할 수 없었다. 강당에는 경기장 같은 좌석이 있었고 값싼 자리에 앉아서도 교수의 얼굴을 볼 수 있도록 천장에 스크린을 매달아 놨다. 반면 이 강의실에는 의자와 책상이 붙어 있는 고등학교식 책걸상에 약 스무 명이 앉아 있었다.

J.A. 핸슨은 스물여덟 살이었다. 교수로서는 젊은 나이였다. 그녀는 스물네 살에 비평적으로 찬사를 받은 『메시아』를 집필했다.

종말 이후를 다룬 고전적인 이 이야기로 그녀는 SF와 판타지 문학계에서 최고 권위를 자랑하는 휴고상을 받았다. 십 대 소녀가 주인공인 작품의 결말은 페니를 충격에 빠뜨렸다. 그리고 J.A.가 여자라는 사실은 다른 모든 사람을 충격에 빠뜨렸다. 비평이나 팬사이트를 보면, 다들 J.A. 핸슨을 남자라고 확신했다. 당시에는 그녀의 사진이 없었고 아무도 J.A.가 어떤 의미인지 몰랐기 때문에 더욱 그랬다.

페니는 『쥐』를 읽고 얼마 지나지 않아 SF 소설의 세계를 발견했다. 그녀는 취미로 단편을 쓰기 시작했다. 그녀가 다니던 고등학교에는 문학잡지가 있었지만, 페니는 작품 투고를 꿈도 꾸지 않았다.

고등학교 2학년 때 페니는 대학 선이수 과정의 영문학 수업에서 셜리 잭슨의 『제비뽑기』를 읽었다. 기본적으로는 『헝거 게임』과 같았지만 40년대에 쓰인 작품이었고 결말에 반전이 있었다.

이 수업에는 일주일 동안 결말을 예측할 수 없는 이야기를 창작하는 시간이 있었다. 페니는 2345년을 배경으로 열여섯 살짜리 스위스 소년의 시점에서 본 이야기를 만들었다. 소년은 자신이 죽게 될 정확한 날짜를 알고 잠에서 깨어났다. 소년은 마지막으로 무엇을 해야 할지 고민하다가, 그날을 평소처럼 보내기로 했다. 가장 친한 친구인 고디와 체스를 두면서 말이다. 그는 사소하고 믿을 수 있는 일상에서 가장 힘을 많이 얻는다. 그리고 반전은 그가 죽지 않았다는 것이다. 그는 정신병원에서 매일 아침 똑같은 생각을 하면서 깨어나고, 그곳에서는 의사가 정해준 일과를 따르는 것 말고는 선택의 여지가 없다.

페니는 자신의 이야기가 마음에 들었지만 랜싱 선생님은 "페니의 이국적인 관점에 대해 더 많이 듣기를 바란다"라고 말하며 B 마이너스를 줬다. 페니는 믿을 수가 없었다. 마치 취리히와 2345년으로는 충분히 이국적이지 않다는 것 같았다. 그녀는 선생님이 무슨 뜻으로 말했는지 알았다. 선생님은 아시아인의 시선을 말하는 것이었다. 페니가 대략 20분쯤 걸리는 거리에 있는 텍사스의 세귄에서 태어났음에도 말이다. 페니는 자신의 작품을 읽을 사람을 존중하게 되기 전까지는 다시는 작품을 보여주지 않겠다고 맹세했다.

지난 몇 해 동안 페니는 『레디 플레이어 원』과 『듄』, 『엔더의 게임』과 같은 고전들을 탐독했다. 하지만 『메시아』를 소개받은 뒤에야 SF 물이 꼭 그렇게 남성적일 필요는 없다는 것을 깨달았다. 아이러니하게도 그녀에게 그 책을 소개해 준 녀석은 남자 역사상 최악의 남자였다. J.A.의 작품은 『엔더의 게임』과 비슷했다. 하지만 엔더가 똑똑한데도 어린애이기 때문에 속았던 반면 J.A.가 쓴 소설의 주인공 스캔은 그녀의 가치를 알았다.

여성 주인공이 등장하면서 이야기는 관음적인 것이 아니라 영감을 주는 이야기가 됐다. 내가 어떤 사람이 될 수 있는지에 대해 쓰는 것은 매우 재미있는 일이었다. 그때부터 페니의 이야기는 성인 여자와 여자애들이 중심이 됐다. 특별한 기교도 없었다. 남자가 주인공일 때 쓰는 것 그대로 썼다. 다만 여자들은 세상에서 더 많이 참고 견뎌야 하므로 더 많이 공감할 수 있도록 고통을 느끼는 역치를 높게 설정했다. 이렇게 하면 모든 것이 더 위험해진다. 게다가 SF 물에서는 납득할 만한 방식이기만 하면 처음에 규칙을 정해 뒀다가도 뒤에서 완전히 파괴해 버릴 수도 있다. 페니에게는 기성 작가의 수업을 들을 수 있다는 사실만으로 대학교의 단체 생활도 할 만한 가치가 있었다.

J.A. 핸슨에게는 부인할 수 없는 카리스마가 있었다. 그녀는 흑인으로, 은회색으로 염색한 자연스러운 곱슬머리를 머리 위에 모아 올리고 있었다. 게다가 두꺼운 흰색 테 안경을 썼다. J.A.는 괴짜 같은 면모를 화려한 매력으로 만들었다. 그것도 텀블러에서 남자들에게 매력적으로 보이려는 여자들이 속옷 차림으로 일인칭 슈팅 게임을 하는 척 으스대는 방식과는 달랐다.

"중국인 작가가 노예 처형에 대해서 쓸 수 있을까?"

J.A.는 오전 8시 11분에 논의하기에는 너무 강렬한 주제를 아무렇지도 않게 강의실에 던졌다. 페니는 자신이 제대로 들었는지 의심스러울 정도였다. 그 주제는 학생들이 마치 저녁 식탁에 둘러앉은 것처럼 긴밀한 분위기를 자아내고 불꽃 튀는 활기를 불러왔다. 인정사정없이 불타오르는 식탁이었다.

페니의 마음에서 답은 완벽한 '예'였다. 하지만 그녀 역시 아시아인으로서 흑인 여성에게 노예 처형에 대해 얘기하는 것이 어떤 느낌일지 알지 못했다.

페니는 누군가 말을 시작하는지 어깨 너머로 슬며시 봤다.

"물론이죠. 거기에 대해서는 저도 《타임스》에서 읽었어요."

다른 아시아인 학생이 말했다.

남학생은 아이돌 같은 머리를 하고 딱 부러지는 영국식 억양을 구사했다. "거기에 대해서는 저도 《타임스》에서 읽었어요"와 같은 문장이 나온 이유가 이해되는 억양이었다.

"왜지?"

J.A.는 송곳니까지 보이도록 미소 지었다. 페니는 셜록 홈스가 "경기는 시작됐어!"라고 선언하던 때가 떠올랐다.

"글쎄, 백인은 아니잖아요. 그 점은 도움이 되죠."

"정말 그럴까요? 자기 정체성과는 상관없이 원하는 대상을 묘사하는 것이 소설가에게 허용된 자유 아닌가요?"

어떤 인종에 속하는지 모호한 여학생이 말했다.

페니는 수업 시간에 인종에 대해 솔직하게 토론한 기억이 없었다.

"네, 그리고 비극을 구경거리 삼지 않는 한…… 재능이 있는 한 괜찮아요."

영국계 중국인 학생이 말했다.

"그러니까 유능하고 의도가 좋기만 하면 무사통과된다?"

J.A.가 물었다.

"그렇지 않다고 말하면 자동으로 '정치적인 올바름'을 거스르는 쓰레기인 거죠."

또 다른 남학생이 '정치적인 올바름'에 따옴표를 하는 손짓을 하며 말했다.

"아뇨, 그렇지 않아요. 그건 카다시안 자매가 흑인처럼 머리를 땋는 격이에요. 한 문화에서 시류에 맞는 부분만 훔쳐내서 미화할 수는 없어요. 신호등에서 경찰에게 살해당하는 일 같은 끔찍한 부분은 생각하지 않고 말이에요."

빨강 머리 여학생이 끼어들었다.

J.A.는 대화가 흘러가는 방향에 만족하는 듯했다. 그녀는 마치 학생 하나하나에 대해 냉정하게 기록하면서 평가하고 있는 것 같았다. 페니는 자신이 토론에 참여하지 않은 것이 후회스러웠다.

"자, 나는 글쓰기를 싫어해요."

초반의 시끌벅적함이 사그라들자 J.A.가 말했다.

"그리고 나는 쓸 때마다 매번 하기 싫어하면서 쓰는 작가예요. 하지만 오해하지는 말아요. 글쓰기는 여러분이 기회를 얻어서 하게 되는 일이에요. 소설은 특히 그렇죠. 나는 이런 식으로 생각해요."

그녀가 책상 위에 책상다리를 하고 앉았다.

"만약 좀비 출현이나 태양 폭발이나 뭐든 간에, 대재앙이 일어날 거라고 해봅시다. 그러면 직업으로서 소설 쓰기는 스피닝 강사보다도 우선순위에서 천 배쯤은 밀릴 거예요."

학생들이 웃음을 터뜨렸다.

"글쓰기는 특권이에요. 그리고 특권을 부여받은 것을 인정하고 감사하는 방법의 하나가 바로 올바르게 글을 쓰는 것이에요. 다양한 인물을 창조하세요. 할 수 있으니까요. 특히 쓰기 쉽지 않은 인물들, 여러분을 겁먹게 하는 캐릭터는 탐구할 가치가 있어요. 하지만 인물에 생명을 불어넣는 일이 너무 쉬워 보인다면? 이를테면 미국에 있는 흑인 남성의 시점에서 글을 쓰는데 작가는 그런 조건이 아니라면? 여러분이 어디에서 영감을 얻은 건지 신중하게 생각해 봐야 해요. 전형적인 인물을 그리고 있나? 진부한 표현을 쓰고 있나? '다름'에 집착하고 있나? 지금 펼치는 생각은 누구의 것인가? 다른 사람들에 관한 특정한 관점을 전달하는 방식에 대해서 정말로 신중하게 고민해야 해요. 그것이 얼마나 큰 힘인지 생각해 보세요."

J.A.는 페니에게 시선을 고정했다.

"허구에서 진실을 찾는 일이에요. 모순적으로 들리죠. 하지만 여러분이 진실에 가까이 갔는지는 이야기를 통해 알 수 있을 거예요."

페니는 머릿속이 윙윙거렸다. J.A.는 작가에게 힘이 있다고 말했고 그 말은 즉 페니에게도 힘이 있다는 뜻이었다.

페니는 자기 입이 벌어졌다는 것을 잠시 후에야 깨달았다. 작가가 되겠다고 결심하도록 자극한 첫 번째 계기가 『쥐』였다면, 심장이 쿵쿵 뛰는 것이 느껴지는 J.A.의 수업은 페니의 계획에서 두 번째로 짜릿한 순간이었다. 어쩌면 두 번째와 세 번째일지도 모르겠다. 그녀는 어떤 비밀 결사에 초대받은 것 같았다. 그것은 그녀의 사고를 너무나 격렬하게 재조직해 갑자기 소변이 마려울 정도였다.

페니는 지금까지 몇 해째 꾸준히 글을 쓰고 있었다. 아무에게도 보여주진 않았지만 결코 글쓰기를 멈춘 적이 없었다. 그녀가 현실 생활에서 다른 일들을 모두 무시하는 동안 떠오른 이야기들과 발상들, 낯설고 재미있는 대화들을 썼다. 그녀는 자신이 썩 괜찮다는 것을 알았다. 다만 그녀는 그 이상을 원했다. 페니는 정말로 잘하고 싶었다. 그리고 자신이 **얼마나** 잘하는지 J.A. 핸슨이 정확히 알아주기를 바랐다.

S

샘

샘은 깜짝 놀라 잠에서 깨어났다. 토요일이었다. 일주일 넘게 지났지만, 그의 문제는 그대로 남아 있었다. 그는 여전히 거짓말쟁이와 헤어진 상태였다. 그는 여전히 거짓말쟁이를 사랑하고 있었다. 거짓말쟁이는 임신 중이었다. 오후 1시였다. 쉬는 날이었지만 불과 두 시간 전에야 잠이 들었다. 젠장.

전날 밤, 무수히 많은 메시지와 전화를 무시한 끝에 비로소 거짓말쟁이는 퇴근해서 하우스에 **납셨다.** 샘이 주의 깊게 지켜보는 가운데 그녀는 물을 몇 리터나 마셨고 화장실을 들락거리며 임신 테스트기 여섯 개에 소변을 적셨다. 매우 내밀한 동시에 전혀 그렇지 않기도 한 상황이었다.

생리 지연 기간: 4주 이상 지속 중.

"가장 저렴한 테스트기를 사주다니, 정말 고맙네."

로렌이 화장실 안에서 소리쳤다. 그녀는 화장실 문을 열어뒀다.

둘은 한때 한 사람이 샤워하는 동안 다른 한 사람이 소변을 보는 연인 관계였지만, 샘은 고개를 돌렸다. 물 내리는 소리가 들렸다.

"테스트기 때문에 손에 온통 오줌이 묻었잖아."

그녀가 말했다. 샘은 로렌이 몇 년 동안 임신 테스트기를 몇 번이나 썼는지 궁금했지만 묻지 말아야 한다는 것을 알았다. 그는 로렌이 오게 하려고 몇 날 며칠을 졸라야 했다. 그녀는 가족계획연맹에 예약해 둔 날짜에 가지 않았고 아직 새로운 예약을 잡지 못했다.

그녀는 손을 씻고 싱크대 옆에 결과물들을 늘어놨다.

"봐, 좋은 건 '임신' 또는 '임신 아님'이라고 글자가 나온단 말이야. 디지털인지 뭔지 그런 거라고."

샘은 임신 테스트기에도 좋은 것이 따로 있는지 전혀 몰랐다. 그는 2달러에 세 개를 파는 행사 상품을 바로 샀다. 테스트를 여섯 번 하면 확실하게 나올 확률이 더 높을 거라고 판단했다.

둘은 기다리며 지켜봤다. 판별은 놀라울 정도로 어려웠다. 여섯 개 중 다섯 개는 매우 희미한 플러스 표시로 양성이 나왔다. 마지막 하나는 제대로 나오지 않았다. 작은 흰색 표시창이 아무 표시도 없이 남아 있었다. 마이너스 표시도 없었고, 아무것도 없었다.

"그러니까, 넌 임신이네."

"그런 것 같아."

"기분이 어때?"

"화나."

그는 침울하게 고개를 끄덕였다.

"너무 멍청한 짓이지?"

그녀는 손바닥으로 눈을 비비며 앓는 소리를 냈다. 잠시 후에 그녀가 물었다.

"정말 내 기분이 어떤지 알고 싶어? 뭔가 부수고 싶은 기분이야."

"따라와."

샘이 말했다. 그는 바 뒤로 가 계산대 아래에서 배낭을 꺼냈다. 그리고 로렌을 데리고 주방을 통해 망사 문 밖으로 나갔다.

바람 한 점 없는 밤이었다.

샘은 가방을 열고 로렌에게 노트북을 건넸다. 그녀는 노트북을 받아 들고 의아하게 그를 봤다.

"뭔가 부수고 싶다며."

그는 고갯짓으로 자갈이 깔린 주차장을 가리켰다.

"백업은 해뒀어. 그리고 망가졌어. 고통에서 벗어나게……."

샘이 '해줘'라고 말하기도 전에 로렌은 노트북을 발 옆쪽 바닥에 던졌다.

아무 일도 일어나지 않았다. 노트북은 육중하고 멍청하게 바닥에 놓여 있었다.

그녀는 그것을 다시 집어 들더니 뚜껑을 열었다. 그리고 이번에는 더 멀리 던졌다.

"제에에에에엔장!"

그녀는 밤을 향해 소리쳤다.

노트북은 몇 미터 앞으로 날아갔다.

그들은 노트북 쪽으로 걸어갔다.

"이제 네 차례야."

그녀가 몸을 굽혀 노트북을 샘에게 건네주며 말했다.

그는 노트북을 양손으로 잡고 머리 위로 높이 치켜들었다가 바닥에 던졌다. 마침내 노트북이 쩍 갈라졌다. 그들은 땀까지 흘리며 화면이 망가지고 연결 부위가 분리돼 두 동강 날 때까지 던지고 또 던졌다. 로렌은 사진을 찍어 인스타그램에 올리고 샘을 태그했다.

그런 뒤에 그들은 아무 말도 하지 않은 채 산산조각이 난 노트북의 잔해를 쓰레기봉투에 넣고 임신 테스트기도 던져 넣었다. 그리고 봉투를 쓰레기통에 휙 버렸다.

"새 노트북은 샀어?"

그녀가 차에 타며 물었다.

샘은 고개를 저으며 하품했다. 어차피 양육비를 내려면 학교를 그만두고 두 번째 직업을 구해야 할 것이다. 게다가 그가 할 만한 일은 개인용 컴퓨터가 필요한 경우는 거의 없었다.

"내일 들러."

그녀는 샘을 끌어안으며 말했다. 그녀의 표정은 읽을 수 없었다.

다음 날 오후 2시 반에 샘은 버스를 타고 로렌의 아파트로 가서 외우고 있던 비밀번호를 입력했다. 문이 덜커덩 열리자 그는 세상 모든 것이 통제 불능 상태가 되지는 않았다는 사실에 눈에 띄게 안도했다.

로렌은 맨발에 민낯으로 머리는 수건으로 감아올린 채 분홍과 파랑이 섞인 꽃무늬 원피스를 입고 문에서 그를 맞았다. 가슴을 세게 한 방 얻어맞은 것 같았다. 그 모습은 그만의 로렌이었다. 그가 가장 좋아하는 로렌이었다. 단둘이 있을 때 로렌의 모습이었다.

"전화했어야지."

그녀가 짜증스럽게 말했다. 그녀는 그를 문 앞에서 기다리게 했다. 집 안이 보이지 않도록 문을 반쯤 닫고 들어갔다가 은색 맥북에어와 뒤엉킨 전선을 들고 다시 나타났다.

"여기."

그녀가 노트북을 건네며 말했다. 그 얄팍한 컴퓨터는 이상하게 연약한 듯한 인상을 줬다. 지금까지 그가 가졌던 어떤 컴퓨터보다 더 비싸고 기체역학적으로 설계된 것이었다. 샘은 그 안에 혹시 자신이 봐서는 안 되는 것이 있는지 궁금했다. 아니면 샘이 찾도록 일부러 남겨뒀다면 더 좋을 것이다.

"다 지웠어. 하지만 파이널 컷 프로는 깔려 있어. 필요하면 포토샵도 있고."

이건 샘의 예상과는 달랐다. 자신이 오면 둘이 다시 침대에 뛰어

들 것으로 생각하지는 않았지만, 지금은 너무 자선에 가깝게 느껴졌다. 그중에서도 최악은 그가 거절할 처지가 아니라는 것이었다.

"몇 주면 될 거야."

그가 웅얼거렸다.

"난 더 좋은 걸로 샀어. 원하는 만큼 써."

이런 면은 로렌의 또 다른 비밀스러운 모습이었다. 그녀는 샘의 시시껄렁한 친구들에게 공짜 술을 얻어 마시고 싸구려 피자를 나눠 먹기를 즐겼지만 대부분은 그저 시늉이었다. 로렌은 부모님의 막대한 지원을 받아 생활했다. 그녀가 대학교 1학년을 마치고 트웜블리에서 이사한 뒤부터 취직한 후까지 계속 부모님이 집세를 내줬다. 그녀의 옷은 모두 어머니가 퍼스널 쇼퍼의 도움을 받아 니만 마커스 백화점에서 구입했다. 그녀의 집에서 처음으로 밤을 보낸 날, 샤워를 하던 그는 샴푸에 붙은 38달러짜리 가격표를 발견했다. 그는 샴푸를 내려놓고 비누로 머리를 감았다.

데이트하는 동안 로렌을 따라가기란 불가능했다. 샘은 그녀가 가진 아이의 아버지로서 자신에게 뭘 기대할 수 있는지 전혀 알지 못했다. 그의 방에는 아기 침대를 놓을 공간도 없었을 뿐만 아니라 심지어 차도 없었다. 게다가 가슴에 아기띠를 매고 편도 10킬로미터 정도를 걸을 것을 생각하니 고환을 몸속으로 집어넣어 버리고 싶은 기분이 들었다.

로렌의 집을 떠난 샘은 사람을 구하는 곳이 있는지 보려고 6번가를 통해 집으로 걸어갔다. 오랜 친구 거너에게 전화하면 보조 바텐더 자리를 쉽게 구할 수 있겠지만, 자신이 떠난 이유나 갑자기 돈이 필요한 이유를 설명하고 싶지 않았다.

청바지를 입은 샘의 다리 뒤쪽으로 땀이 흘러내렸다. 고급 헤드폰을 끼고 거리를 어슬렁거리는 태평한 멍청이들처럼 농구복 반바지에 플립플롭을 신고 싶었지만 그는 차마 그럴 수가 없었다. 남자에게 엄지보다 더 긴 두 번째 발가락은 자연에 대한 모독이었다.

샘은 피곤했다. 로렌이 준 노트북이 걸을 때마다 척추 아래쪽에 부딪쳤다.

맥북은 틀림없이 그의 목숨보다 값이 더 나갈 것이다. 그 노트북이 그의 능력보다 단연코 월등하니 그럴 만도 했다. 시간당 11달러가 그가 지금껏 가장 많이 벌어본 돈이었다. 그는 오후의 공기를 즐기면서 명상하듯이 산책하려고 했지만 실패했다.

대신 그는 기저귓값을 생각했다.

한번은 거짓말쟁이가 탐폰을 사다 달라고 한 적이 있었는데, 샘은 그 가격이 너무 비싸서 충격을 받았다. 기저귀도 거의 같은 가격일 것이다. 다만 생리는 한 달에 일주일이어서 간격을 두고 살 수 있지만 아기에게는 몇 년 동안 끊임없이 기저귀가 필요하다.

맙소사, 그는 진정해야 했다. 샘은 세상에 적응하기 위해 생각을 다른 데로 돌리면서 괜찮을 거라고 뇌를 설득했다.

그의 뇌에는 또 다른 생각이 있었다.

자, 그러니까 로렌이 임신했다면, 그건 또한 무슨 뜻인가 하면…….

그녀는 헤르페스에 걸렸을 수도 있다. 즉, 로렌이 임신하지 않았더라도 샘은 헤르페스에 걸렸을 수도 있다. 폴은 확실히 헤르페스에 걸렸기 때문이다.

'고마워, 뇌.'

샘은 구 메리어트 호텔을 지나갔다. 그의 어머니가 일했던 곳이다. 그는 어머니가 접객업에 종사했다는 것을 생각할 때마다 재미있었다. 브랜디 로즈 사이드로 랭은 대단한 사람이었다. 예전 같았으면 깡다구가 있다고 했을 것이다. 샘의 당돌한 말버릇은 어머니에게 물려받은 것이지만 뱀이 자기 꼬리를 먹는 것처럼 어머니를 미치게 했다.

하지만 샘은 알 길이 없는 오래전 한때, 브랜디 로즈는 지금과는 다른 사람이었다. 화내는 일이 훨씬 적었다. 거실의 사진 한 장이 그 증거였다. 파랗고 하얀 바탕의 액자 아래쪽 귀퉁이에는 해바라기가 있었고, 액자 속 사진에는 텍사스 엘리트 프린세스 선발대회 띠를 어깨에 두른 채 활짝 웃는 열여섯 살의 어머니가 있었다. 윤기 나는 갈색 머리를 하고 무릎길이의 남색 드레스를 입은 브랜디 로즈는 손을 흔들고 있었다. 어머니가 정말 행복해 보여서 더욱 예쁜 사진이었다. 하지만 그 사진은 거실에 함정으로 진열된 것이었다. 사진 이야기를 하는 사람이라면 누구나 똑같이 씁쓸한

답변을 받았다.

“그런데 1등 띠가 아니야.”

어머니는 롱 아일랜드 아이스티에 든 얼음을 달그락거리며 꼬집어 말했다.

“우승은 빗시 싱클레어였어. 그 애 아버지 벅이 여기서 엘패소까지 자동차 영업소 아홉 군데를 가지고 있었거든.”

브랜디 로즈에 따르면 부자가 모든 것을 차지했다. 그녀가 말을 이었다.

“2등은 첫 번째 패자나 마찬가지야. 어쨌든 나는 장학금 때문에 참가한 거였어. 나한테는 아무 도움도 안 됐어.”

달그락달그락.

샘의 아기 소식에 대한 어머니의 반응도 다를 바 없을 것이다. 궂은일은 항상 아랫사람이 도맡아 하게 되고, 늘 자신이 모든 일을 처리하게 된다고 푸념을 늘어놓을 것이다. 그런 다음에는 아버지에게 비난의 화살이 향했다가 바로 아들에 대한 불만으로 이어질 것이다. 거절은 모든 면에서 상처를 준다. 샘은 아버지와 판박이였다. 아기가 아빠를 닮는 것은 아빠를 붙어 있게 하기 위해서라는 것이 진화론적인 지혜다. 하지만 케이든 베커는 자신의 조그만 분신이 발산하는 매력에 영향을 받지 않았다.

마음이 아팠지만 샘은 아버지가 낙오자라는 것을 알았다. 아버지는 잘생긴 얼굴에 키가 컸고 가무잡잡했으며 눈빛에는 장난기가 어려 있었다. 샘은 아버지에게 낯선 사람도 편하게 대하는 태도와 길쭉하고 마른 체형을 물려받았지만, 거기까지만 닮고 끝나기를 바랐다.

샘이 마지막으로 봤을 때 아버지는 테킬라 식스 바로 앞에서 비틀거리고 있었다. 평생 격렬한 파티를 벌인 것 치고는 놀랄 만큼 잘 관리된 모습이었다. 아버지가 밴드의 예전 베이스 연주자와 함께 모팩에서 조금 떨어진 낡은 주택 단지에 집을 구했다는 소문이 있었다. 오스틴에서 새로 이혼한 독신남들이 선호하는 곳이었다. 하지만 샘에게 아버지는 노숙인처럼 보였다. 아버지는 샌드위치 가게 로고가 있는 찢어진 맨투맨을 입고 여학생 클럽 소속의 여대생 두 명에게 뭔가를 중얼거리는 것 같았다. 여대생들은 대화의 흐름을 끊지 않으면서 아버지를 피해 갔다. 샘은 빠르게 반대 방향으로 걸었다. 술집에서 두 번째 일자리를 구하게 되면 아버지와 마주칠 수밖에 없다는 것은 생각하지 못했다. 그는 아버지가 갚을 생각 없이 돈을 빌려 달라고 하면 자신이 거절하지 않으리란 것을 알았다. 오히려 샘은 돈을 훔친 어머니보다는 아버지가 한 수 위라고 생각했다.

샘은 부모님을 생각하니 속상했다. 눈을 깜빡이자 갑자기 지평선이 흔들리는 것 같았다. 그는 숨을 깊이 들이쉬었다. 떠나기 전에 뭐라도 먹었어야 했다. 아니면 로렌과 결혼해야 할지 말아야 할지에 관한 생각만 하는 대신 잠이라도 좀 잤어야 했다.

어차피 결혼은 쓸데없었고 모든 당사자가 실망하게 될 것을 보장하는 가짜 계약에 지나지 않았다. 적어도 그의 어머니의 경우에는 그랬다. 랭 씨와 좋은 학군에 있는 수영장 딸린 집들에 관해 이야기하기에 앞서, 브랜디 로즈는 세상에 어떤 것도 기대할 수 없다는 것을 알았다. 생각 없이 마구 보내는 위로 선물은 도움이 되지 않았다. 샘은 그것들을 보고 군에서 공중 투하하는 원조 물품이 생각났다. 다만 문 앞에 나타난 것은 그들에게 부족하고 필요한 음식이나 돈 같은 인도주의적 지원이 아니라 60인치 평면 TV였다. 또는 비싼 디스크 가격을 감당할 수 없어서 쓸 수 없는 블루레이 플레이어가 나타났다. 디자이너 브랜드의 옷도 있었다. 아르마니 상표가 붙은 상자 두 개에 흰색 캐시미어 코트와 스웨터가 들어 있었다. 샘은 열네 번째 생일 선물로 캘빈 클라인 실크 잠옷 한 벌을 받았다. 커다란 쿠바산 시가만 있으면 만화계 거물의 헬러윈 복장을 완성할 수 있었다.

이윽고 닫힌 문 뒤에서 몰래 눈물을 흘리며 하는 전화가 이어졌다. 브랜디 로즈는 에메랄드 결혼반지를 뺐다. 그녀가 아들과 대화를 중단한 것도 이 무렵이었다. 마치 어떻든 샘에게 잘못이 있다는 것 같았다. 모자 사이에는 이글거리는 분노의 장벽이 우뚝 솟았다.

샘은 티셔츠를 쭉 잡아당겼다. 세상에, 너무 더웠다. 그늘이라고는 바 바로 앞쪽밖에 없었다. 그는 더러운 행주의 악취나 위스

키의 들큼한 오크 향을 맡을 만큼 바에 가까이 가고 싶지는 않았다. 샘은 머리가 혼란스러웠다. 그는 학교를 그만두고 아버지처럼 낙오자가 되고 싶지 않았다. 그건 끔찍한 생각이었다. 그는 술집이나 그 근처에서도 일해서는 안 된다. 그의 부모를 그토록 열렬한 애주가로 만든 요인들이 뭐든 한 세대도 건너뛰지 않고 나타난 것은 확실했다. 샘은 길을 유심히 내려다봤다. 아직 갈 길이 멀었다. 그는 시야가 마구 흔들리고 무릎이 꺾이는 것을 느꼈다. 그는 5학년 체육 시간에 기절한 적이 있었다. 트레몬트 코치의 품에서 축 늘어진 채 고개를 들 수 없었지만, 그녀가 새처럼 가벼운 그의 뼈에 대해 얘기하는 소리를 들었다. 굴욕적이었다.

샘은 팔꿈치가 무겁게 느껴졌고, 주먹이 쥐어지는지 보려고 힘을 줬지만 무기력해져 버렸다. 귀가 먹먹해지면서 소리가 완전히 사라졌다가 다시 돌아왔다. 그는 비틀거리며 주변을 살폈다. 낯선 사람들이 너무 많았다. 심장이 쿵쾅거렸다. 숨이 막히면서 가슴을 찌르는 날카로운 통증이 느껴졌다. 그는 커다란 바늘에 찔린 부두 인형이 된 것 같았다. 어딘가 앉을 곳이 있어야 했다. 자동차. 둑. 술집. 식당. 푸드 트럭.

스물한 살에도 심장마비를 일으킬 수 있을까?

물론.

아기들에게도 심장마비가 일어난다.

아기.

아직 태아인 그의 아기에게 선천성 심장 질환이 있을 수도 있을까? 그렇다. 그게 죽어가는 동안 샘은 병원으로 급히 데려가기 위해 새벽 3시에 버스를 기다려야 할까? 틀림없이.

"'그게'라니. 그렇게 부르지 마." 그는 자신을 타일렀다.

가슴의 통증은 견딜 수 없었다. 그는 누군가에게 전화해야 했다. 하지만 누구에게? 샘의 연락처 목록은 애처롭게도 앨로 시작해서 핀으로 끝났다. 그가 절대로 전화할 수 없는 사람들의 목록은 한결 인상적이었다. 로렌, 엄마, 거너, 그리고 나머지 세상 사람들 전부.

샘은 맥주 냄새를 풍기는 약탈자들을 피해서 가장 가까운 인도의 연석을 향해 휘청휘청 가다가 쓰러졌다.

연석에는 다른 사람들이 있었다. 그는 빨간 머리의 안경 낀 남자에게로 쓰러질 뻔했다. 남자는 샘을 마치 전염병에 걸린 부랑자처럼 노려보며 몸을 피해 지나갔다. 샘은 핸드폰을 꺼내 911에 전화하려고 했지만, 청바지가…… 빌어먹을 골반 바지가 너무 꽉 꼈다. 그는 별을 봤다. 그리고 죽었다.

P

페니

페니는 땀과 관련해 한 가지 문제가 있었다. 암내가 나거나 하는 것은 아니었다. 하지만 3월부터 10월 무렵까지 그녀는 변함없이 축축하게 젖어 있었다. 밑 가슴에 물기가 고이는 것을 느낄 수 있었고, 코밑에 생기는 땀 수염은 아무리 빨리 닦아내도 다시 올라왔다.

엎친 데 덮친 격으로 그녀는 37도의 더운 날씨에 시내로 나가 야외에서 식사하고 있었다. 그늘진 좋은 자리는 설쳐대기 좋아하고 환경에 과도하게 예민한 사람들이 점령해 버리고 없었다. 페니는 사람들을 훑어봤다. 타인은 정말 지옥이었다.

그녀의 차를 제외하면 피난처가 없었다. 주드가 외출하거나 맬러리에게 가 있을 때도 페니는 긴장을 늦출 수 없었다. 페니가 편안해지자마자 '여섯 살 때부터 가장 친한 친구'라는 머리가 둘 달린 괴물이 나타날지도 모른다는 것을 알기 때문이다. 페니는 은밀하게 약물을 하거나 상습적으로 자위를 하지는 않았지만, 화장실에서 문을 열어놓은 채 알몸으로 프레첼을 후무스에 찍어 먹을 수 있는 여자애와 방을 함께 쓰기 전까지는 사생활의 진정한 가치를 알지 못했다. 페니는 빠져나와야 했다. 그녀는 자신의 혼다에 올라타 시내로 가서 5달러를 내고 주차한 후 타는 듯한 더위 속에서 깔끄러운 벤치에 앉아 7달러짜리 실망스러운 한국식 타코와 6달러짜리 '오르차타 라테'라는 음료를 마셨다. 페니는 성년기 초반의 남은 삶도 이런 식일지 궁금해졌다. 룸메이트를 피하고, 허접한 퓨전 음식에 바가지를 쓰고, 함께 시간을 보내고 싶지 않은 사람들에게 질식당할 것 같은 특유의 외로움을 느끼며 보내게 될까.

그녀는 눅눅해진 종이 접시를 쓰레기통에 버리려고 자리에서 일어났다. 그녀의 양편에는 꼴사나울 정도로 술집이 많았다. 낮술을 즐기는 사람들을 위한 디즈니랜드 같은 곳이었다. 음식은 실패였지만 사람 구경은 최고였다.

사람들 무리에서 어떤 깡마른 애가 나오더니 거의 쓰러지려고 했다. 페니는 핸드폰을 꺼내려고 손을 뻗긴 했지만 무슨 일인지 이해하기까지 너무 오래 걸렸다. 그녀는 제때 핸드폰을 꺼내 재빨리 장면을 포착하는 데는 젬병이었다. 땀이 등줄기로 흘러내려 팬티 고무줄 사이로 스며들었다. 그 애는 비틀거리며 인도로 걸어가다가 나무 아래에 멈췄다. 그는 육지에 고립돼 버린 물고기처럼 헐떡거렸고 얼굴은 극도로 창백했다. 헤로인 때문일지도 몰랐다. 페니는 헤로인을 맞는 자리라고 생각하는 팔꿈치 안쪽 정맥을 문지르다가 팔뚝을 콕 찔러 동그랗고 붉은 자국을 남겼다. 자외선 차단제를 발랐어야 했다. 그녀는 나무 몸통에 기대 털썩 앉은 남자애를 지켜봤다. 그는 검은색 티셔츠 소매를 걷어 올려 민소매처럼 만들었다. 말소사, 너무 말라서 정말 중독자일 수도 있을 것 같았다. 그리고 팔은 문신으로 뒤덮여 있었다.

그 애가 머리를 뒤로 넘기자 얼굴이 드러났다. 그냥 어떤 애가 아니었다. 주드의 삼촌이었다. 엉클 샘. 매력적인 엉클 샘. 페니의 눈앞에서 마치 오피오이드*를 과다 복용한 듯한 매력적인 엉클 샘. 뭔가 해야만 했다! 세상에, 그녀는 이타심을 발휘할 만한 상태가 아니었다. 페니는 급하게 머리를 동그랗게 묶고 생존 가방에서 민트 캔디 한 알을 꺼냈다.

'우선순위가 있잖아, 페니. 죽어가는 남자부터 구해야지. 네 입 냄새에 신경 쓰는 사람은 아무도 없어.'

그녀는 샘이 움직였는지 다시 흘긋 봤다. 그녀가 수선을 떠는 동안 그는 아마도 뇌사의 고통에 빠져 마지막 숨을 쉬고 있었을 것이다.

'어떻게 하지? 어떻게 하지?'

---

* 마약성 진통제.

죽어가는 남자를 구하는 방법:

1. 텍사스 해머에 전화한다. **뭐야?** 왜 머릿속에서 떠오르는 것이라고는 신체 상해 전문 변호사가 낸 지역 광고밖에 없을까?

2. 무시한다. 젠장, 내 삼촌도 아니잖아! 으윽. 하지만 그는 주드의 삼촌이었다. 게다가 말이 너무 많긴 하지만, 페니는 주드를 좋아했다.

3. 가서 그가 이미 죽었는지 확인해 본다.

페니는 길 건너편의 생기 없는 육체에게 달려가 그의 얼굴을 바라봤다.

그녀는 그에게 땀방울을 떨어뜨리지 않기를 바랐다.

그는 확실히 죽은 듯 보였다.

그리고 참고로 정확히 해두자면, 그의 팔뚝에 새겨진 문신은 체스 말이 아니었다. 천으로 눈을 가린 종마의 머리였다. 무슨 뜻이었을까?

'집중해, 페니, 젠장.'

"샘?"

그녀는 샘의 발뒤꿈치를 살며시 찼다. 둘은 여전히 같은 운동화를 신고 있었다.

S

샘

분명히 그가 아는 얼굴이었지만 누구인지 생각이 나지 않았다. 샘은 그녀를 응시하며 집중하려고 노력했다.

'친구일까, 적일까? 친구일까, 적일까? 내가 빚진 게 있을까? 로렌의 친구인가? 제발 로렌과 친구가 되지 마.'

샘은 당황스러워서 다시 눈을 감았다. 그녀의 목소리는 부드러웠다. 좋은 목소리였다.

"샘, 살아 있어? 페니야."

그녀는 아주 멀리 있는 것 같았다.

샘은 발을 한 번 더 차인 것을 느끼고 신음했다.

"주드 친구."

환한 붉은 입술을 가진 빛나는 얼굴이 말했다.

"주드가 누구지?"

그는 쉰 목소리로 말했다.

"그쪽 사촌."

"조카."

샘이 고쳐줬다.

"죽어가고 있는 거야?"

그는 고개를 끄덕이며 기절하지 않고 주머니에서 핸드폰을 꺼내려고 했다.

"주드도 오는 거야?"

그는 주드에게 이런 모습을 보이고 싶지 않았다. 누구라도 자신의 이런 모습을 보는 것이 싫었다.

"아니."

'다행이다.'

비기의 가사가 그의 머릿속 한구석에서 맴돌았다. 심장박동과 사스콰치에 관한 내용이었다.*

"샘, 무슨 일이야? 너무 안 좋아 보여."

그는 청력이 왔다 갔다 했다. 심장이 터질 것 같았다.

'쿵쿵쿵.'

'난 죽어가고 있어, 죽었어.'

'죽었어죽었어죽었어.'

---

* 사스콰치는 북미 지역 산속에 산다고 전해지는 털북숭이 괴물이다. 여기서 가사는 래퍼 노토리어스 B.I.G(비기 스몰스로 더 잘 알려졌다)의 〈Who Shot Ya?〉에 나오는 내용을 말한다.

"심장마비인 것 같아."

그는 눈을 감았다.

"젠장, 젠장, 젠장, 젠장."

그녀가 말했다.

그리고.

"여보세요? 911이죠?"

샘은 사람들이 911에 전화하면 마치 꼭 물어야 하는 것처럼 하나같이 자기가 누른 세 자리 번호를 말하는 것이 웃긴다고 생각했다.

"제 친구가 아파요. 모르겠어요. 네, 여기 같이 있어요."

샘은 메스꺼움을 느꼈다. 그는 사람들 앞에서 토하지 않기를 바랐다.

"샘…… 어……."

"베커."

그가 말해줬다.

"베커. 스물한 살인 것 같아요."

샘이 고개를 끄덕였다.

"아뇨. 잘 모르겠어요. 제가 보기에는 아닌 것 같은데……."

그는 팔에 닿는 페니의 차가운 손을 느끼고 눈을 떴다.

"샘, 혹시 약 했어?"

'그랬으면 좋겠어.'

그는 고개를 저었다.

“아뇨, 약은 아니에요. 어…… 호흡 곤란, 식은땀…….”

“가슴에 찌르는 듯한 통증.”

그가 말했다.

“가슴에 찌르는 듯한 통증.”

그녀가 되풀이했다.

“뜨개바늘처럼.”

그가 말했다.

“뜨개바늘처럼.”

그녀가 되풀이했다.

“네네.”

그녀가 말하는 소리가 들렸고 이런 말이 뒤따랐다.

“네, 뜨개바늘이 가슴을 찌르는 듯한가 봐요.”

‘바로 그거야.’

샘은 다시 고개를 끄덕였다.

“알겠어요. 감사합니다. 안녕히 계세요.”

샘은 TV에서는 사람들이 전화를 끊을 때 작별 인사를 하지 않는다는 생각이 들었다. 그러다가 왜 사람들은 죽어갈 때 가장 멍청한 생각만 하는지 궁금했다.

그는 페니가 옆에 앉는 것을 느꼈다.

“샘, 일어나.”

“깨어 있어.”

그가 속삭였다.

그녀는 강렬하고 걱정스러운 눈빛으로 그를 바라보고 있었다.

"마약 안 한 거 확실해?"

그는 페니를 노려봤다. 그런데 그녀가 눈을 맞추자, 상황에 맞지 않았지만, 페니가 매력적인 편이라는 것을 깨달았다. 자신이 길거리에서 죽어가는 모습을 그녀가 지켜본다는 사실이 우울하게 느껴질 정도로 매력적이었다.

"확실해."

페니는 티셔츠 소매로 땀에 젖은 이마를 닦아줬다. 소매는 이미 축축했다. 그녀의 브래지어가 살짝 보여서 그는 고개를 돌렸다.

"미안. 내가 왜 그랬는지 모르겠네. 구급대가 도착할 때까지 계속 말을 걸어야 한다고 했거든."

그의 머릿속 톱니바퀴가 차츰 돌아가기 시작했다.

"잠깐만, 망할. 구급차 불렀어?"

페니는 고개를 끄덕였다.

"뜨개바늘?"

그녀가 상기시켜 줬다. 마치 뜨개바늘과 관련된 사고는 (상상이든 아니든) 백이면 백 모두 구급차를 불러야 한다는 것 같았다.

"다시 전화해!"

샘이 명령조로 말했다. 그의 심장은 더 세게 쿵쾅거렸다.

"다시 전화해! 구급차 비용을 못 낸단 말이야."

그가 거듭 말했다. 그녀는 잠시 그를 쳐다보다 핸드폰을 집어 들고 자리를 떴다. 천년이 지난 후에 그녀가 돌아왔다.

"전화했어."

페니는 샘 앞에 웅크리고 앉아 어깨에 손을 얹었다.

"네 반응은 틀렸지만."

의식이 혼미한 상태였지만 샘은 페니의 단어 선택에 짜증이 났다.

"틀렸다고? 한 푼도 없는 게 틀렸다는 거야?"

"잠깐만, 이렇게 할 수 있어?"

그녀는 혀를 쭉 내밀었다.

샘이 혀를 쭉 내밀었다.

"혀와 심장마비가 무슨 연관성이 있지?"

그녀는 마치 샘이 진단에 도움이 될 정보를 일부러 숨기기라도 하는 것처럼 조급하게 소리쳤다.

"젠장, 뇌졸중인가 봐."

그녀는 핸드폰을 꺼내 들고 속절없이 검색을 계속했다.

샘은 혀를 다시 입에 넣었다.

그녀는 숨을 깊이 들이쉬며 말했다.

"좋아. 죽지 마. 알았지?"

그는 고개를 끄덕였다.

"약속해 줘."

그는 다시 고개를 끄덕였다.

"자, 천천히 숨을 쉬어봐……. 1초…… 2초…… 머릿속으로 말하며 세는 거야."

그는 호흡에 집중했다.

"오늘 뭐 좀 먹은 건 있어?"

그는 고개를 저었다.

스티로폼 음료수 컵이 그의 얼굴 앞으로 다가왔다. 빨대에서는 계피 냄새가 났고 빨간 립스틱이 묻어 있었다.

"맛은 별로야."

그녀가 말해줬다.

샘은 한 모금을 마셨다.

오르차타. 차가웠다. 달콤했다. 그녀의 말이 맞았다. 이건 좀 고약한 맛이었다.

"오늘 커피 많이 마셨어?"

그는 고개를 끄덕였다. 늘 그랬듯이 많이 마셨다.

"팔다리가 저려?"

그는 고개를 저었다. 그녀는 핸드폰을 읽어 내려갔다.

"마비 증세는?"

그는 고개를 저었다.

"샘?"

샘은 고개를 끄덕였다. 그는 샘이었다. 그건 사실이었다.

"이제 좀 걸어 보자."

그는 고개를 저었다.

그는 그녀가 자기 팔을 잡아 어깨에 걸치는 것을 느꼈다. 그녀는 흠뻑 젖어 있었다. 땀에 젖은 그의 팔이 그녀의 미끈거리는 목에 닿았다. 샘은 다 큰 남자인 자신이 다시 여자에게 의지하는 일은 없도록 다리에 체중을 실었다.

"검사를 받을 수 있는 곳으로 데려다줄게, 알았지? 차를 바로 근처에 세워놨어. 나랑 같이 걸어가자. 알았지?"

"알았어."

15분 후 그들은 메드스프링 응급실 앞에 도착했다.

에어컨 바람은 강했고 샘은 땀에 흠뻑 젖었지만 진정된 상태였다. 그는 집에 가서 한숨 자고 싶은 마음이 간절했다.

페니는 말이 없었다. 샘은 눈을 돌리지 않고도 그녀가 불안해한다는 것을 알 수 있었다. 그녀의 손은 운전대를 너무 꽉 쥐는 바람에 마디가 하얗게 변했다. 그는 주드의 말수 없고 으스스한 룸메이트가 자신의 목숨을 구해줬다는 사실이 믿기지 않았다. 그는 그녀에게 작은 거미 박제 같은 것을 선물해서 감사의 표시를 해야 할지 고민했다.

"난 여기 있을게."

그녀가 앞을 보며 말했다.

샘은 그녀에게 구급차나 병원, 심지어 형편없는 쇼핑몰에 있는 저렴한 응급실에 갈 돈조차 없는 처지라는 것을 설명하고 싶지 않았다.

"난 괜찮아."

"아니, 그렇지 않아."

"의료보험이 없어."

그가 솔직히 말했다.

"아."

잠시 후 그가 말했다.

"맹세코 이제 괜찮아. 뭐 때문에 그랬는지 모르겠어. 아마 열사병일 거야."

"열사병에 걸린 적 있어?"

그는 고개를 저었다.

"열사병에 한 번 걸리고 나면 뇌가 회로를 기억하고 있어서 다시 열사병에 걸리기 쉽다는 거 알아? 아마 전보다 훨씬 더 쉽게 걸릴걸?"

그는 고개를 저으며 앱을 만드는 앱에 대한 그녀의 농담을 떠올렸다. 그녀는 보통 괴짜가 아닌 게 분명했다.

"그러니까……."

그녀가 말했다. 페니의 검은 눈이 반짝였고 뺨은 분홍빛으로 물들었다.

“잠깐만, 혹시 공황 발작이 있었어?”

“뭐? 아니, 공황 발작은 없어. 평생 그런 적 없어.”

맙소사, 그녀는 인터넷 의학 정보 사이트를 보더니 자기가 의사라고 생각하기 시작한 것이었다.

“넌 빌어먹을 공황 발작을 일으켰던 거야.”

그녀는 다시 고개를 돌리며 말했다.

“식은땀이 나고 심장마비가 온 것 같고. 오, 맙소사!”

그녀는 왼손으로 운전대 아래쪽을 찰싹 쳤다.

“분명해. 그리고 오늘 아무것도 먹지 않았다면서. 게다가 카페인까지. 멍청하긴!”

“좋아, 잠깐만.”

샘이 손을 허공으로 들어 올렸다.

“왜 그렇게 화가 났어?”

그는 가까운 쪽에 있는 페니의 손등을 만지려고 손을 뻗었지만 그녀는 거칠게 숨을 내쉬며 홱 피했다.

“미안해.”

그녀는 어깨를 축 늘어뜨리며 말했다.

“아드레날린 때문이야. 나는 보통 두려움에 대한 반응이 분노로 나타나거든.”

“그거 참 편리한 자질이네.”

'편리하다고?'

"그래, 그래. 다들 아주 좋아하지, 으."

그녀는 앓는 소리를 내며 얼굴을 문질렀고, 턱 여기저기에 립스틱이 묻어 버렸다.

그는 고개를 끄덕였다. 그는 립스틱 자국을 어떻게 해야 할지 몰랐다. 집에 갈 때까지 잠자코 있어야 할 것 같았다.

페니는 샘에게 물 한 병을 건넸다. 샘은 고맙게 물을 받았다.

그러더니 그녀는 뒷좌석에서 검은색과 회색이 섞인 전투복 무늬의 배낭을 꺼내 무릎에 툭 내려놓고 뒤지기 시작했다. 그녀는 작은 과자 봉지가 잔뜩 들어 있는 파란색 지퍼백에서 캐슈너트 한 봉지를 꺼내 그에게 건네줬다.

"어, 나는 카페인이나 저혈당 때문에 그럴 때가 있어."

페니는 간식을 설명하며 말했다.

그렇다. 샘은 말해줘야 했다.

"너 사방에 립스틱이 묻었어."

샘이 그녀의 턱을 가리키며 말했다.

그녀는 백미러를 기울여보고 다시 한숨을 내쉬었다.

이번에는 가방 다른 칸에 있는 검은색 지퍼백에서 작은 물티슈 한 봉지를 꺼냈다. 녹색 플라스틱 케이블 끈이 튀어나와 그녀의 무릎에 떨어졌다. 그녀는 조심스럽게 끈을 집어넣으며 말했다.

"EDC야."

"EDC?"

"'에브리데이 캐리'를 줄인 말인데, 내가 항상 가지고 다니는 물건들이야. 응급용 생존 배낭 같은 거."

"재난 대비 생존 배낭 같은 거?"

"맞아."

'또 그놈의 틀리고 맞고가 나왔군.'

"하지만 난 항상 가지고 다녀. 보통 EDC 모임에는 총기를 숨겨서 가지고 다니거나 손전등도 들고 다니는 남자들이 있거든. 난 그게 바보 같은 짓이라고 생각하는데, 핸드폰에 손전등 기능이 있으니까……."

페니는 말끝을 흐렸다. 샘은 여자들이 왜 그렇게 큰 가방을 메고 다니는지 궁금했었다. 그는 화장품 때문일 것으로 생각했지, 대재앙에 대비한 식량과 다양한 길이의 케이블 끈이 잔뜩 든 주머니들이 들어 있으리라고는 생각하지 않았다.

"간식은 중요하지. 그리고 케이블 끈은 늘 부족하니까."

"놀리는 거야?"

"아니."

그는 맹렬하게 고개를 저으며 캐슈너트를 한 줌 더 먹었다.

"전혀 아니지. 거기서 나오는 것들에 경의를 표하는 거야. 네 EDC가 날 구해준 거잖아."

그녀는 왼쪽 눈썹 위에 작은 흉터가 있었다. 그는 그 상처에 관해 물어보고 싶었다. 어쩌면 이상한 일들을 겪었던 걸지도 몰랐다. 그렇다면 그녀의 삶의 방식이 전부 설명될 수 있었다.

"모든 소리가 다 물속에서 들리는 것 같았어?"

그녀는 잠시 후 물었다. 그녀의 입술이 말끔히 닦여 있었다. 샘은 그 끈적끈적한 게 없으니 한결 나아 보인다고 생각했다.

"물속이라고?"

"기절했을 때 말이야."

"응, 먹먹했어."

"응, 뭔지 알겠어."

"내 여자 친구가 임신했어."

샘은 별안간 이렇게 말했는데, 그 말에 자신도 놀랐다.

페니가 고개를 갸우뚱했다.

"음, 전 여친이야."

"워어."

그녀가 숨을 내쉬었다.

"그래, 그런데 난 아직도 사랑해."

"아."

"여자 친구가 바람을 피웠어."

고백은 멈출 줄을 몰랐다. 그는 차를 태워주고 간식을 준 것, 그리고 자신이 제정신이 아닌 게 분명한데도 그런 기분이 들지 않도록 대해준 것에 대해 고마움을 표하고 싶었다. 다만 그는 실제로 성대를 울려서 고맙다고 말한 적은 없었다.

"우와."

그녀가 말했다. 페니의 손가락이 샘을 향해 조금씩 움직였다. 순간 샘은 그녀가 자신의 손을 잡을 것으로 생각했지만, 대신 그녀는 그에게 닿지 않도록 최대한 주의하면서 캐슈너트 두어 개를 집어갔다.

"첫 번째가 최악이네. 월등히."

그녀가 캐슈너트를 오독오독 씹으며 말했다. 샘은 페니가 공황발작을 말하는 건지 임신한 전 여자 친구를 말하는 건지 알 수 없었다. 그렇다고 해서 그게 중요한 문제는 아니었다.

P

페니

돌아오는 길에 페니는 샘을 힐긋힐긋 보았다. 샘은 눈을 감고 있었다. 그녀는 샘이 여자 친구인 MzLolaXO에 대해 얘기했다는 사실이 믿어지지 않았다. 게다가 MzLolaXO가 임신 중이라니! 주드가 이 사실을 알면 기겁할 것이다. 페니는 주드가 매주 받는 스카이프 상담에서 그린 선생님이 이 소식에 대해 뭐라고 말할지 상상만 할 수 있을 뿐이었다. 그 상담이 얼마나 특이한지 페니는 아무리 들어도 질리지 않았다. 심지어 경계를 정하는 문제에 관한 지난번 상담은 페니가 같은 방에서 숙제하려고 용을 쓰는 동안 이뤄졌다.

샘의 가냘픈 가슴이 오르락내리락했다. 필요하다면 자신이 샘을 들어 올릴 수 있을지 잠시 궁금증이 생겼다.

"하우스로 좀 데려다줘."

샘이 말을 멈췄다가 덧붙였다.

"부탁해."

페니는 샘의 체온을 확인하고 싶었지만 꾹 참았다. 단순한 공황 발작이 아니었을지도 몰랐다. 그는 너무 약했다. 그녀는 운전에 집중해야 한다는 것을 알고 있었지만 까닥거리는 샘의 목젖은 넋을 빼놨다. 마치 뭔가가 벗어나려고 애쓰는 것 같았다. 페니는 그냥 손을 뻗어 그의 목젖을 쓰다듬고 싶었다. 단 한 번만. 혹은 핥아보고 싶었다. 세상에, 도대체 왜 이러는 걸까?

"집이 어딘지 모르는데."

그녀가 억지로 침착하게 말하며 차선을 바꿨다. 어쩌면 그의 잠자리를 볼 수도 있을 것이다.

"아니, 집이 아니라 하우스 말이야. 내가 일하는 곳."

"정말?"

"집에는 먹을 게 없어."

그는 여전히 눈을 감은 채 설명했다. 페니는 들키지 않고 그를 살펴볼 수 있는 상황을 즐기고 있었다.

"나중에 집에는 어떻게 가려고?"

"내가 알아서 할게."

그녀는 고집을 부리고 싶었다. 샘은 운전할 수 있는 상태가 아니었다. 게다가 페니는 MzLolaXO와 얽힌 상황이 그녀가 그를 도와줄 것이란 의미인지 아닌지 확신할 수 없었다.

샘이 눈을 떴다. 페니는 얼어붙었다.

"왜 다큐멘터리 감독이 되는 걸 포기했어?"

그녀는 갑작스럽게 물었다.

"뭐?"

"아무것도 아니야."

페니는 처음 만났던 날부터 계속 이 질문을 하고 싶었다. 그녀는 그가 영화를 그만두고 빵을 만들게 된 이유를 알고 싶었다. 아니면 바리스타가 된 이유, 아니면 뭐가 됐든 그가 지금 하는 그 일을 하게 된 이유가 궁금했다. 하지만 머릿속에서 넘쳐 오르는 호기심을 꾹 눌렀다. 페니는 자신이 대화할 때 예고도 없이 이 주제에서 저 주제로 뛰어넘어 버리는 버릇이 있다는 것을 알고 있었다. 엄마는 그것을 '페니어'라고 불렀다. 오직 페니만이 유창하게 구사하는 언어였다.

페니는 줄타기하는 사람, 초밥 만드는 사람, 시 월드 수족관에 관한 것 외에는 아는 다큐멘터리가 많지 않았고, 개인적으로 아는 다큐멘터리 감독은 더더욱 없었다. 하지만 샘의 작품은 훌륭하리라고 장담할 수 있다. 솔직히 공황 발작에서 임신한 전 여자 친구까지 모두 생각해 볼 때, 샘이 자기 삶을 영화로 만든다면 페니는 당연히 볼 것이다.

S

샘

하우스 앞에 차를 세웠을 때 샘은 몇 주 만에 돌아온 느낌이었다. 그는 어서 옷을 벗어버리고 침대에 쓰러지고 싶었다.

"고마워."

샘이 안전띠를 풀며 말했다. 그는 몸을 기울여 페니를 포옹할까 생각해 봤다. 그렇다고 그가 인사로 포옹하기를 즐기거나 그런 사람은 아니었다. 하지만 인사를 건네려고 고개를 돌렸을 때, 그녀는 마치 그가 그렇게 하면 금방이라도 폭발할 것처럼 경계하는 눈빛으로 그를 봤다.

"집이 멀어?"

그녀의 눈썹이 찡그려지고 상처가 다시 하얗게 변했다. 샘에게 화가 난 것처럼 보였다.

"아니."

"주드에게 뭐 좀 가져다주라고 할까?"

“아니, 괜찮아.”

그가 미소를 지어보려고 애쓰며 대답했다.

“저기, 주드에게 우리가 마주쳤다는 얘기는 안 해주면 안 될까?”

페니는 고개를 젖혔다.

“오늘 만난 거나 그 후에 일어난 일도 모조리 말하지 말라고?”

“응, 둘 다. 걱정시키고 싶지 않아서.”

샘이 확실히 말했다. 자신이 하층민의 전형적인 망가진 삶을 살고 있다는 것을 주드가 알게 되는 일만은 피하고 싶었다.

“음, 그래.”

페니가 얼굴을 약간 찡그리며 말했다. 그녀는 다시 ‘틀린 반응’이라는 표정을 지었다.

“난 그냥 좀 쉬고 싶어.”

그녀는 고개를 끄덕였다.

“정말 고마워. 전부 다.”

샘은 이렇게 말하고 차 문을 열었다. 그는 차에서 내려 균형을 잡았다.

“잠깐!”

문이 딸깍 열리는 소리가 들렸다. 페니가 조수석 쪽에서 그를 향해 핸드폰을 흔들었다.

“전화번호가 뭐야?”

그녀가 물었다. 그녀의 얼굴은 선명한 붉은색이었다.

“내 번호도 알아둬. 비상시를 대비해서 말이야.”

그는 번호를 알려줬다. 그의 주머니에서 핸드폰이 울렸다.

“왔어.”

“알았어.”

페니는 팔을 뻗어 문을 닫았다.

“집에 도착하면 문자 보내줄래?”

“네, **엄마**, 집에 가면 문자 할게요.”

그녀는 얼굴을 찌푸렸고, 그 모습에 그는 웃음이 나왔다.

“미안. 꼭 할게. 뭐 좀 먹고 바로 집에 가서 침대에 누울게. 그리고 전화할게. 너는 이제부터 내 공식 비상 연락처니까.”

샘이 들어가려고 돌아섰다.

“잠깐!”

페니가 창문을 통해 다시 소리쳤다. 그는 돌아봤다.

“비상 연락처라는 건 거의 다 죽어가서 직접 전화할 수 없을 때 쓰는 거 아니야?”

샘은 웃었다. 일리 있는 지적이었다.

“잊지 마!”

차가 멀어지기 전에 그녀가 외쳤다. 그는 핸드폰을 꺼냈다.

메시지에는 이렇게 적혀 있었다.

나 페니야

그는 미소를 지으며 계단을 천천히 올라갔다. 그리고 옷도 벗지 않은 채로 곧바로 곯아떨어져 열 시간 동안 잠들었다.

•••

잠에서 깨어났을 때 샘은 머리가 지끈거렸다. 그는 화장실 수도꼭지 밑에 머리를 처박고 토하기 직전까지 벌컥벌컥 물을 마셨다. 핸드폰을 확인하니 새벽 2시가 다 돼가고 있었다.

로렌에게 온 전화는 없었다. 문자도 없었다. 그가 마지막으로 받은 것은 "나 페니야"였다.

젠장. 페니. 열 시간 전에 소식을 전하기로 약속했던 바로 그 페니였다. 그는 너무 잘못한 기분이었다.

하지만 문자를 보내기에는 너무 늦은 시간이었다. 정말 그럴까? 페니에 대해 아는 게 거의 없었지만 그가 보기에 그녀는 계속 기다릴 성격 같았다. 그는 자신이 겪은 공황 '경험'이 당혹스러웠다. 여전히 완전한 '발작'이라고 규정하기도 꺼려질 정도였다. 하지만 그녀를 걱정시키는 것은 훨씬 더 나쁜 일이었다.

아, 왜 이렇게 형편없는 사람이 됐을까?

샘은 그녀의 전화번호를 '비상 페니'로 저장하고 한 단어로 메시지를 보냈다.

집

페니의 말풍선이 말줄임표와 함께 바로 나타났다. 그리고 사라졌다. 그러다 다시 나타났지만, 다시 지워졌다.

마침내 그녀가 답을 보냈다.

알았어

샘은 페니가 자신에게 화가 났는지 궁금했다.

그가 다시 메시지를 보냈다.

미안해. 잠들었어

그녀는 대답했다.

잠이 최고지. **나도 자는 거 좋아해.**

비상 연락처에게서 답이 없으면 자기가 어려운 법이야...

젠장. 그녀는 화난 것이었다. 그래도 그는 미소 지었다. 그녀의 비상 연락처도 샘일까? 비상 연락망이 어떻게 돌아가는지는 아무도 모를 수 있었다.

ㅁㅇ

ㅈㅉ ㅁㅇ

ㄱㅁㅇ

난 나쁜 놈이야

윽

잘자

잘자

그는 찡그린 얼굴 이모티콘을 보냈다. 매우 깊이 뉘우치는 표정의 눈썹 없는 얼굴이었다.

평소 샘의 방식은 아니었지만, 그 순간에는 그렇게 해야만 했다.

P

페니

샘이 다시 메시지를 보냈을 때 페니는 샤워 중이었다.

좋은. 아침

그게 다였다.

모두 대문자에 느낌표는 없었다. 메시지가 활기차게 활짝 웃는 목소리로 들렸다. 심지어 문자 말풍선도 그녀를 보고 기뻐하는 것 같았다. 오죽했으면 어제와 같은 샘이 맞는지 확인하기 위해 이전 대화를 되짚어봤을 정도였다. 그녀는 그의 번호를 '샘 하우스'로 저장해 뒀다. 그 멍청이. 그녀는 그가 문자를 보내기 전에 잠들어 버렸다는 사실을 믿을 수 없었다. 무책임하고 배려심 없는 처사였다. 그녀는 안달복달하거나 고압적으로 말하고 싶지는 않았지만 문자 한 번 보내달라는 것은 무리한 요구가 아니었다.

마치 페니의 마음을 읽은 듯 말풍선이 다시 말했다.

나 비상 연락처야

정말 ㅁㅇㅎ

그 후에는 또 이렇게 왔다.

이제 소리 그만 지를게

되는 일이 없네

내가 정말 잘못했어

나 때문에 못 잔 거 아니길

용서해 달라고는 못 하겠지만

용서해 주면 좋겠음

우와.

황홀했다. 메시지 때문에 페니의 심장은 미친 듯이 춤을 추고 있었다. 예쁜 춤도 아니었다. 행사장 앞에 서 있는 바람 인형처럼 마구잡이로 흐느적거리는 것에 가까웠다. 그녀는 그의 매력적인 겨드랑이를 다시 떠올렸다. 소용돌이치는 머리도 생각했다. 그리고 그녀가 잘 이해하지 못하는 문신도 생각했다. 페니는 사람들이 말을 지나치게 줄이거나 멋대로 바꿔 쓰면 보통 짜증이 났다. 아마도 사람들에게 그런 말을 한 덕분에 그녀에게 문자를 보내는 사람이 엄마밖에 없었을 것이다. 마크도 보내긴 했다. 젠장. 마크. 그녀는 마크에게 전화를 걸어야 했다.

페니는 답을 하려고 시도했다. **안녕.** 하지만 손에 로션이 묻어 있었고, 멍청한 핸드폰은 그녀의 손가락을 제대로 인식하지 못했다. 그때 샘이 또 다른 메시지를 보냈다.

내가 깨웠어?

그리고

내가 깨운 게 아니었길

아 지금 깨길 바란다는 거 아님

내가 지금 깨운 거야?!!

페니는 눈을 감고 영화에 나오는 얼빠진 소녀처럼 핸드폰을 가슴에 댔다.

그리고 그녀는 수건으로 손을 닦아내고 답장을 보냈다.

제발 소리는 그만 질러

그가 대답했다.

((안녕)) <– 실내용 정상 볼륨을 나타냄

페니가 미소를 지으며 입력했다.

좀 괜찮아졌기를 바라

그리고

너 때문에 깬 거 아니야

페니는 조용히 방으로 돌아가 옷을 입었다. 핸드폰 화면이 다시 켜졌다.

잠은 좀 잤어?

내가 그런 짓을 하다니 믿기질 않아

페니는 웃음을 짓다가 아랫입술을 깨물었다. 그녀는 그가 거슬리는 말투를 알아차리고 제대로 쓰는 것을 눈치챘다.

맙소사. 그는 정말 훌륭했다. 페니는 임신한 롤라를 떠올렸다. 그리고 룸메이트 주드와의 철석같은 우정을 건 약속을 생각했다. 주드는 몇 미터 떨어진 침대에서 죽은 듯 잠들어 있었다.

포스의 혼란*을 감지한 친구의 눈꺼풀이 씰룩거렸다. 샘이 이렇게 심각한 곤경에 처해 있다는 사실을 알면 주드는 분명히 눈이 휘둥그레질 테지만, 페니가 말해도 되는 비밀은 아니었다.

페니는 그에게 문자를 보냈다.

응

다행이야

좋은 하루 보내

너도

페니는 핸드폰을 침대에 엎어놓고 잠시 기분 좋은 느낌을 즐겼다. 게다가 페니와 샘, 둘 사이는 딱히 할 말이 없었다. 아무 일도 없는 관계였다. 단지 주드가 자기 사생활과 상담 시간을 대수롭지 않게 여긴다고 해서 다른 사람도 그래야 한다는 법은 없었다. 가슴에 작은 종양이 자라나 공황 발작을 일으킬 때까지 곪아 터지도록 남몰래 문제를 곱씹으면서 대처하는 사람들도 있었다. 그 방식은 사람마다 제각각이었다.

* 영화 〈스타워즈〉에 등장하는 집단인 제다이가 자주 하는 표현.

S

샘

샘은 바보가 아니었다. 적어도 '미국 대학 산업 단지'로 알려진 망한 기관에 관해서는 그랬다. 커뮤니티 칼리지에서 다큐멘터리 강의 하나를 듣는다고 해서 소 뒷걸음질 치다가 쥐 잡는 식으로 유명해지리라고 믿지는 않았다. 단지 그는 영화를 만들어 보려고 여러 번 시도했는데도 성공하지 못했다. 그가 생각하기에 강의를 듣는 것은 자신에게 큰 판돈을 거는 셈이었다. 마감일을 놓칠 여유 따위는 없었다.

알라모 커뮤니티 칼리지의 영화학과는 1970년대에 지은 낮은 갈색 건물에 있었는데, 실내에는 당시의 아보카도 빛깔 녹색 카펫이 그대로 있었다. 수업 전체가 원격으로 진행되는데도 학생증을 받으러 육신을 이끌고 캠퍼스로 가야 한다는 사실이 샘에게는 불합리하게 여겨졌다. 파란색과 흰색의 플라스틱 카드에는 마치 그가 카메라 앞을 휙 달려간 것처럼 흐릿한 사진이 찍혀 있었다. 눈썹에 비듬이 있는 육십 줄의 남자는 아무런 감흥을 느끼지 못하고 재촬영은 없다는 것을 분명히 했다.

상관없었다. 샘은 학교가 감옥과 비슷하다는 사실이나 복도에 비닐 포장된 샌드위치로 가득한 자판기가 있어야만 하는 삶에 대해서는 깊이 생각하지 않으려고 애쓰면서 버스를 타고 직장으로 돌아갔다.

어렸을 때 샘은 쉴 새 없이 사진을 찍었다. 요리와 달리 사진은 사람을 늘 긴장시켰다. 사진은 한 치 앞도 예측할 수 없이 혼란스럽고 인간적이었다. 자연스러운 표정을 포착하려면 기다려야 했다. 마치 작살로 하는 낚시 같았다. 세상의 리듬과 공격의 리듬이 대립하는 가운데, 그 사이에서 재빠르게 움직여야 했다. 거리에서 만난 친구들이 가게에서 트윅스 초콜릿과 굵은 마커를 훔치는 동안 샘은 종이로 만든 구식 일회용 카메라 두어 개를 훔쳤다. 그는 친구들이 에드워드 포티 핸즈나 에이미 와인핸즈(맥주병이나 포도주병을 양 손바닥에 테이프로 붙이는 대단히 수준 높은 게임)를 하는 사진을 찍은 카메라들을 신발 상자에 모아뒀다. 또는 스케이트 기술을 선보이거나 뒷마당에서 공연하는 모습, 혹은 동네 곳곳의 주차장에서 시간을 보내는 장면을 포착하기도 했다. 사진을 현상하려면 10달러가 들었기 때문에 샘은 다 쓴 카메라를 보관해 뒀다. 열다섯 살이 된 그는 카메라의 사진을 현상하려고 한 시간 만에 사진을 뽑아주는 사진관에 일자리를 얻었다. 이루 말할 수 없이 우울한 일이었지만, 샘은 훌륭한 인화 기술자가 돼야 했다.

당시 사진을 현상하는 사람은 파산한 젊은 예술가와 이상한 노인 딱 두 종류였다. 오십 대의 뚱뚱한 남자 버티는 자기 반려견 바이마라너와 함께 사진을 찍었다. 버티는 알몸으로, 개는 조끼를 입고 모자를 쓴 채 찍은 사진에는 추수감사절 만찬을 차린 식탁에 앉아 있거나 믿을 수 없이 뒷몸을 길게 세운 개와 블루스를 추는 꼴사나운 모습이 담겨 있었다. 윌리엄 웨그먼*의 작품이 연상되기도 했지만 버티의 사진에는 정면 누드가 찍혀 있었다. 샘은 정확히 무슨 일인지 알지 못했지만 동물 학대 방지 협회에 익명으로 제보했고 일주일 후에 일을 그만뒀다. 으스스했다.

어차피 샘은 영화로 넘어갈 준비가 돼 있었다. 그 후로 그는 중고품 가게에서 구한 질 나쁜 가정용 비디오카메라를 썼다.

사람들은 이상했다. 샘은 사람들의 그런 이상한 점을 좋아하면서도 싫어했다. 허구는 멋졌지만 현실은 진짜 별난 괴짜들의 쇼였다.

알라모 커뮤니티 칼리지의 강의 계획은 부실했고 샘은 바가지를 썼다는 느낌을 받지 않으려고 애썼다. 석 달 동안 완성하게 되는 22분짜리 단편 하나가 학점 대부분을 차지할 터였다. 신용카드로 5천 달러를 긁어야 하는 블랙 매직 시네마 카메라는 엄두도 못 냈지만, 오래된 캐논 5D 마크 Ⅲ와 함께 필요한 모든 렌즈와 소형 마

---

* 자신이 키우는 바이마라너 반려견을 의인화하여 연출한 사진 작품으로 유명한 현대 예술 작가.

이크, 평소 사용할 수 있는 것보다 더 좋은 장거리용 샷건 마이크에 삼각대까지 대여할 수 있었다. 좀 더 기동성 있게 찍고 싶을 때를 대비해 아주 작은 아이폰용 완충장치도 준비했다. 피사체를 찾는 일은 아무리 먹어도 채워지지 않는 허기처럼 느껴졌다. 샘은 눈을 가늘게 뜨고 핀을 흘깃 보며 그에게 뭔가가 있는지 궁리했다.

"영원한 이인자이자 완벽한 윙맨인 한 남자가 있었다. 삼 형제 중 둘째로, 좋아하는 여자는 못 잡고 그 여자의 조금 덜 예쁜 친구를 얻는 그 녀석이 마침내……."

"그만해, 이 자식아."

핀은 샘에게 셀러리 한 조각을 던졌다. 샘은 점심시간에 쓸 수프 준비를 반쯤 끝내고 있었다.

"뭐가?"

"정말이지. 무슨 꿍꿍이를 숨기고 있는 네 표정이 얼마나 무서운지 몰라. 특히 칼까지 들고 있을 때는 말이야."

샘은 로렌에 관한 영화를 만들려고 여러 번 시도했다. (**"한 여자가 있었는데, 아름답고 부유하지만 화가 많고, 가장 깊은 본심에서는 오직 사랑받기만을 원하던 그 여자가 발견하는 것이……."**) 하지만 로렌은 샘이 몰래 촬영하는 것을 알아채고 발끈하곤 했다. 그녀는 셀카를 사랑했지만 최종 결과물을 다른 사람이 좌지우지하는 것은 탐탁지 않아 했다. 샘은 기꺼이 응해줄 피사체가 필요했다. 자신만큼이나 허기진 갈망이 있는 사람이어야 했다. 몇 분간 스포트라이트를 받을 만한 사람이어야 했다. 주목받기를 간절히 원하는 사람은 수없이 많았다. 하지만 자연스럽게 이목을 끌 수 있는 적절한 사람이어야 했다. 샘은 겉으로 요란한 사람들은 대부분 내면이 지루하다고 생각했다. 그런 경우는 전형적인 불안과 나르시시즘의 소용돌이에 불과했다.

페니라면 흥미로운 피사체가 될 것 같았다. 가만히 있지 못하는 그 에너지에, 물건들이 잔뜩 든 그 가방은 또 뭘까? 페니가 소지품을 펼쳐놓고 거기에 담긴 생각을 설명해 주는 영상을 찍을 수도 있었다. 그 영상은 페니의 두뇌 지도를 설명하는 범례 역할을 할 수도 있었다.

샘은 페니와 문자를 주고받는 것을 좋아했다. 둘은 일이나 잠, 음식, 혹은 아무거나 떠오르는 대로 얘기했다. 꼭 중요한 것일 필요는 없었다. 마지막 메시지는 아침 식사로 뭘 먹을지에 관한 것이었다. 페니는 샘이 바닥까지 내려간 것을 봤기 때문에 본래 모습보다 더 괜찮은 척할 필요가 없었다. 여름 캠프처럼 편한 기분이었다. 그들의 문자는 현실 생활과는 관계가 없었다. 페니가 샘에게 좀처럼 싫증을 느끼지 않는 듯한 것도 한몫했다. 샘의 질문이 아무리 어리석더라도 괜찮았다.

고양이에 관한 다큐멘터리

볼래?

그녀가 곧바로 답했다.

당연히

고양이는 끝내줘

그리고

못된 고양이도 있어

우리 발코니 아래쪽에

정말 멋진 녀석이 살아

다른 건?

그 정도가 다야

그렇구나

오후 2시 34분. 샘은 테이블을 정리하고 닦은 다음 에스프레소 머신을 청소했다.

수업에서 다큐멘터리를

만들어야 해

아

그런고로 고양이

샘은 대답이 마음에 들었다. 그런고로 고양이. 그는 새 친구가 다음에 무슨 말을 할지 예상할 수 없었다. 그는 스케이트보드나 술, 섹스로 빠지지 않고 이렇게 매끄럽게 대화를 나눈 적이 언제였는지 기억해 보려고 했다. 페니와 나누는 대화는 기분이 좋았다. 건전하고, 평범하고, 신기할 정도로 생산적이었다. 대부분 과제에 대해 의논했기 때문이었다. 그들은 실습실 동료 같았다.

비상 페니

오늘 오후 6:01

좀비 음식에 관한

짧은 이야기 들어볼래

아니면 말래?

진짜 그게 네 관심 분야

맞아?

마라스키노 체리가

그 죽지 않는 음식이야

알았어

샘

빠져들었어

계속해 줘

완벽하게 건강한 핵과류를

염화칼슘

+ 이산화황에 담그면

쾅

완전한 유령 음식

그렇게 해서 속이 보이게 되는 거야

흠…

흥미가 떨어지고 있어

푸딩 위에

하나 올라가 있어

치워줘

너무 역겨워

건드릴 수가 없어

오늘 오후 9:12

안녕

?

아픈 남자에 관한

다큐는 어때?

어떻게 아픈데?

불치병

그래!!

그래!!?

겁나 우울하게 들리네

마음에 들어 하하하

의료보험은 엉망이야

샘은 페니가 정치에 관심이 아주 많다거나 그런 것은 아닌지 궁금했다. 그녀가 기숙사 방 밖 세상에서 일어나는 일에 대해 아는지 궁금했다. 샘은 스포츠만큼이나 정치에도 젬병이었다. 모두 꾸며낸 것이었다. 크게 소리칠수록 세상에 실제로 일어나는 일에서 관심이 멀어지는 것 같았다.

완전히 엉망이지

샘은 '미국 의료보험 체계'를 검색해 재빨리 공부했다.

정말 병날 것 같아

말장난이 아니라

슬프다

가난한 사람들을 죄인 취급해

다 잘못됐어

그래 진정해

진정하라고 하지 마

후회하고 있어

미안해

여자애들은 그 말 싫어하는데

진정해는 누구나 **싫어해**

여자만이 아니야 (여자애라고 하지 마)

알았어

미안해

어쨌든

의료보험

예를 들어, 불치병 남자가 문제를

직접 해결하려고

약물을 구하러 멕시코에 갔다가

계속해

다른 환자 친구를 만나서는

약물 파는 조직을 시작하는 거지

그래서...

가난한 사람들/핍박받는 사람들/

의료보험 없는 사람들한테

파는 거야

맙소사

달라스 바이어스 클럽* 줄거리야?

샘은 실제로 웃음이 터졌다.

오늘 오전 1:45

세상에서 가장 좋아하는 것 다섯 개

생각하지 말고 바로 입력해

문자 보내기에는 좀 늦은 거 아냐?

젠장 자고 있었어?

아니

* 매튜 맥커너히 주연의 영화.

하지만 잘 수도 있었지

요즘에 잠이 안 와

나도

좋아

다섯 개라...

함정 같은데

아니야

약속할게

평가하지 않고

난 네 인생을 모르잖아

네 어려움도

네 여정도

샘은 침대에서 자신이 가장 좋아하는 것들을 생각하고 있었다. 그는 폭우가 내리기 전 공기 냄새를 좋아했다. 텍사스 날씨가 변덕스럽고 평지가 많아서 앞에 있는 모든 것이 화창한데도 휘몰아치는 비가 훤히 보이는 것이 좋았다.

프링글스

프링글스?

미안 나 프링글스 먹고 있어

진짜 맛있어

넌 프링글스 마지막으로 먹어본 게

언제야

난 잊어버리고 있었어

죽으면 그리울 거야

죽어서 프링글스를

그리워한다고?

평가 안 한다며

우와

음?

문자 보내기엔 너무 늦었지만

프링글스 먹기엔 아니구나

프링글스 먹기에 늦은 시간은 없지

그리고 샘은 로렌에게 문자를 보냈다. 생리는 5주째 늦는 중이었다.

지난번에 얘기했을 때 그녀는 혈액검사를 받는다고 했었는데 그 후로 벌써 일주일이 다 돼갔다. 로렌은 함께 있을 때면 이상하게 굴었지만, 그렇게 중대한 일을 기다리게 하다니, 믿기 어려웠다.

이 일은 말 그대로 생사가 걸린 문제였다. 로렌이 '말 그대로'라는 말을 비유적이라는 뜻으로 쓰는 것부터가 못마땅한 일이었다.

샘은 말풍선이 나타나기를 바라며 화면을 빤히 봤다.

아무것도 없었다.

P

페니

"이거 속이 비쳐?"

페니는 무릎길이의 흰색 면 원피스를 입고 거울 앞에 서 있었다.

"뒤에서 빛이 들 때만."

"저속해 보여?"

주드가 놀리듯 웃었다. 울음과 웃음 사이의 이상한 소리를 냈다.

"네가 저속해질 수는 없을 것 같은데."

그녀가 침대에서 일어나 앉으며 말했다.

"내 말은."

그녀가 말을 이었다.

"너는 순결한 흰색 옷을 입고 있단 거야."

페니는 집을 떠난 뒤로 마크와 다시 만나는 첫 데이트를 위해 딱 붙는 여름용 원피스를 골랐다. 마크에게 자신이 다른 색 옷을 입은 모습을 보여주고 싶었기 때문이다. 꼭 흰색이어야 하는 것은 아니었지만 검은색은 더더욱 아니었다. 장례식처럼 너무 구슬프게 보이고 싶지는 않았다. 이왕 마크와 헤어질 거라면 멋지게 보이고 싶었다. 아마도 최고의 모습으로. 인간은 그렇게나 시시했다.

"공식적인 이별이 정말 필요한 거야?"

주드가 물었다.

"그러니까 넌 대학에 다니고 그 남자는 아니잖아. 그게 무슨 뜻인지 다들 안다고."

주드는 장난으로 허공에서 자위하고 결과물을 공중에 흩뿌리는 시늉을 했다.

"으웩."

페니가 얼굴을 찡그리며 말했다.

"기분 나쁘게 듣지 마."

주드가 웃으며 말을 이었다.

"난 네가 틴더에서는 어떤 복장인지 모르니까."

주드는 페니의 손에 있는 핸드폰을 고개로 가리켰다.

페니는 경직된 미소를 지었다.

바로 그때 페니와 샘은 누가 가장 뻔한 인스타그램 사진을 찍을 수 있는지 시합을 벌이고 있었다. 샘은 방금 황홀한 일몰 사진에 '#노필터' 해시태그를 달아서 보냈다. 페니는 차에서 찍은 사진으로 빨리 답하고 싶었다. 21번가에 있는 '안녕, 안녕하세요'라고 적힌 개구리 벽화 앞에서 '안녕, 안녕하세요' 개구리 벽화가 새겨진 티셔츠를 입고 포즈를 취하는 사람이 찍힌 사진이었다. 고차원적이고 아주 뛰어나며 승리가 보장된 사진이었지만, 먼저 마크와의 이 어색한 데이트를 어찌어찌 해결해야만 제대로 된 승리감을 맛볼 수 있을 터였다. 페니는 어서 데이트가 끝나기를 바랐다.

이별은 그럴 만했다. 페니와 마크는 인류학적으로 공존할 수 없었다. 둘이 데이트할 때는 서로의 집에서 단둘이 만나 TV를 보거나 몸을 만지는 정도였다. 실제 사귄다기보다는 중학생들의 관계에 가까웠고, 마크가 친구들과 파티에 갈 때면 페니는 동행하지 않는 것이 당연하게 여겨졌다. 대부분은 이런 상태가 두 사람 모두에게 편했다. 오히려 페니는 마크가 말이 많지 않다는 점을 고맙게 생각했다. 그녀는 자신에게조차 둘의 방식을 어떻게 설명해야 할지 몰랐다.

계획은 집으로 가서 마크를 만나고 관계를 끝낸 후 학교로 돌아오는 것이었다. 셀레스트는 다음 기회에 만나기로 했다. 그녀는 남자에 대해 친밀하게 수다를 떨고 동정하는 척하면서 엄마를 위로할 기분이 아니었다. 이번 일은 그녀와 마크의 문제였다.

페니는 자신이 긴장한 건 아닌지 궁금해하다가 곧바로 하품했다. 화가 나면 울었던 것처럼 불안할 때는 낮잠이 필요했다. 냉담한 것이 아니었다. 당황해서 어쩔 줄 모르게 되면 너무 흥분해서 과열되다가 몸이 멈추는 것이었다. 요는 페니가 모두를 바람맞힐 의도는 없었다는 것이었다. 그리고 여기에 대해 거짓말 탐지기 검사를 받았다면 통과했을 것이다. 그녀는 첫 번째 주말이나 두 번째 주말에 집에 갈 계획이었다. 세 번째 주에는 확실히 가려고 했다. 이제 떠난 지 한 달이 넘은 이 시점에서 고향 사람들은 들썩거리며 불안해했고 페니는 그 생각만 해도 졸릴 지경이었다.

대학에서 보낸 시간은 별것 아닌 듯 짧았지만 그 사이에 그녀의 뇌는 재구성됐다. 예전 생활의 일상적 리듬은 그녀의 운영 체제에서 사라져 버렸다. 물론 냉장고를 열면 김치가 있고 코스트코에서 사둔 세 겹 두루마리 화장지가 공짜로 돌릴 수 있는 세탁기와 건조기 위에 쌓여 있던 때가 그립기도 했다. 하지만 어머니가 문자를 보내거나 마크가 전화할 때마다 느끼는 단절은 놀라웠다. 충격적이었다. 마치 저세상에서 온 메시지를 받는 것 같았다. 대학과 집이 같은 시공간에 존재한다는 것은 상상하기도 어려웠다.

증거물 A, 셀레스트의 메시지.

어머, 페니, 내가 길에서 여자애를 봤는데

넌 줄 알았더니 너보다

훨씬 뚱뚱하더라!

여기에 뭐라고 답해야 할까? 고맙다고?

증거물 B, 마크의 메시지.

경영 미적분에서 러더퍼드가 걸렸어

미적분 선생님은 러더퍼드밖에 없던가?

응, 빌어먹을

응

빌어먹을

빌어먹을

혹은 마크의 이런 전화.

"자기야, 오늘 보고 싶었어."

"나도."

"그 녀석도 자기가 보고 싶었어."

"누구?"

"……."

"아……."

마크는 자기 성기를 삼인칭으로 말했다. 페니는 그런 식으로 그 주제를 꺼내는 것은 로맨틱한 방식과는 가장 거리가 멀다고 느꼈다. 그리고 '그 녀석'이 등장할 때마다 선글라스와 중절모를 쓰고 재킷을 입은 성기가 떠올랐다. 마크를 탓할 수는 없었다. 마크는 여대생과 연애 중인 혈기 왕성한 남성이었다. 그러므로 섹스에 착수하기 위한 야한 메시지를 보냈다. 대학생들은 섹스를 했다. 몇 달 동안 사귀어온 사람들은 말할 것도 없었다. 페니가 손가락으로 되짚어 봤다. 일곱이었다. 마크와 일곱 달 내내 사귀었다. 집을 떠나 대학에 다닌 기간보다 일곱 배 길었다.

페니가 섹스를 원하지 않는 것은 아니었다. 그녀는 원했다. 이론적으로는. 그녀는 마크와 사귀기 시작할 무렵 한 번 시도한 적이 있었다. 솔직히 사귀는 사이에 정기적으로 섹스하려는 것이 아니라면 마크가 페니를 택할 이유가 없지 않았을까?

결국 그녀는 알몸이 돼, 야구로 치면 3루 정도에 해당할 어색한 몸짓을 하는 데까지 갔다. 그러다가 두려움이 닥쳐왔다. 잉크처럼 새까맣고 끈적끈적한 느낌이 목을 타고 올라와 그녀의 머리를 통째로 삼켜버렸다. 두 사람이 좀 더 편한 자세로 움직이자 페니는 소리 없이 울기 시작했다. 그녀는 겁을 먹은 마크가 멈추고 나서야 울고 있었다는 것을 깨달았다. 그리고 이내 잠이 들었다.

그리고 두 사람은 그 일에 대해 전혀 얘기하지 않았다.

페니는 말다툼을 각오했지만, 그런 일은 일어나지 않았다.

하지만 여름이 되면서 **그**는 더 자주 다가왔다.

페니는 빨간 지붕의 식당 짐스에 차를 세웠다. 커피는 저렴하고 수프가 놀랍도록 맛있는 곳이었다. 그녀는 토요일 아침 손님 대부분이 떠난 것을 보고 다행스러워했다. 마크는 점심을 먹은 후에 자기 집에 가자는 식으로 이야기했었다. 하지만 페니는 대화를 나눈 뒤에는 둘이 영화를 보는 일은 없을 거라고 확신했다. 맙소사. 하지만 볼 수도 있겠지. 페니는 이별 후에도 마크와 사이좋게 새 〈어벤져스〉 영화를 보고 집으로 돌아갈 수도 있다고 생각했다.

페니가 도착했을 때 마크는 이미 자리에 앉아 있었다. 페니가 문을 열었을 때 밝아지는 그의 눈빛을 보자 역겨움이 밀려들었다.

"안녕, 베이비."

그는 자리에서 일어나 그녀를 껴안고 경악스럽게도 빨간 장미 한 송이를 건네줬다. 셀로판지에 싸인 꽃은 한동안 편의점에 남아 있었던 것처럼 보였다.

페니는 미소를 지으며 꽃을 받아 머뭇거리다가 코에 댔다.

프린터 카트리지 냄새가 났다.

"바보 같지. 그래도 뭔가 주고 싶었어."

마크가 상냥하게 말했다. 그는 하늘색 드레스 셔츠와 은색 농구복 반바지에 플립플롭을 신고 있었다.

그는 긴장한 기색이었고 덕분에 페니도 긴장했다. 근처에 있던 오래된 연인이라면 누구나 안쓰러운 마음으로 민망해했을 것이다.

"마음에 안 드는구나?"

그는 망설이면서 물었다.

"아냐, 좋아."

페니는 집배원이 엄마에게 줬던 초콜릿 상자가 생각났다.

"너 진짜 예쁘다. 검은 옷이 아닌 건 처음 보는 것 같아."

그가 페니의 옷을 보며 말했다. 페니는 딱딱하게 웃었다.

"어, 그래, 고마워."

그녀는 토르티야 수프를, 그는 소시지 그레이비를 곁들인 비스킷을 주문했다.

"검은 옷 입었을 때 안 좋다는 건 아니고. 어떤 옷을 입어도 좋아."

그가 메뉴판을 점원에게 건네면서 서둘러 말했다.

페니는 그가 "어떤 옷을 벗어도 좋아"라고 덧붙이지 않기를 기도했다. "입지 않은 당신을 사랑해"라고 이어서 말하지 않기를 기도했다. '으흐흐.'

페니와 주드가 기숙사에서 함께 보낸 첫날 밤, '남자 친구' 이야기가 나오자 주드는 규칙을 정했다. 주드의 표현으로 "부부 방문"이 필요할 때는 맬러리에게 가서 자겠다는 것이었다. 주드는 우스꽝스럽게 실실거리며 손짓으로 따옴표를 만들었다. 페니는 그녀에게 베개를 던졌다. 페니는 그런 방문을 상상할 수 있었다.

먼저, 그녀는 마크가 벌거벗은 모습을 그려봤다. 그 정도는 쉬웠다. 완전히 불쾌하지는 않았다.

그런 다음 그녀는 그가 몸무게로 자신을 짓누르고 파고드는 것을 상상했다. 마크가 선의의 미소를 띠고 "베이비, 베이비, 베이비"라고 부르는 동안 그녀는 긴장증이 발생해 물에 빠져 죽기를 바라는 것이었다.

그렇다. 페니도 상상할 수 있었다. 다만 자신이 그런 것을 원하는 모습은 상상할 수 없었다. 페니는 평범해지고 싶었다. 빌어먹을, 그녀는 열여덟 살이었다. 건전하고 합의된 섹스를 시작할 수 있는 나이였다. 섹시한 사람과 섹시한 섹스를.

페니의 마음은 샘에게로 갔다. 문신. 노려보는 눈. 눈가에 주름이 잡히도록 웃는 모습. 그녀는 정맥이 보이고 문신이 가득한 그의 팔이 자신의 몸을 감싸면 어떨지 상상했다. 그의 가슴에서 뿜어져 나올 온기는 어떨지, 그는 어떤 냄새가 날지 그려봤다. 그녀가 공공장소에서 떠올린 가장 외설적인 시나리오였다.

하지만 샘 때문에 마크와 헤어지는 것은 아니었다. 적어도 마크가 자신과 샘 사이를 가로막는 유일한 장애물이라고 생각했기 때문은 아니었다. 그렇게 생각하면 제정신이 아닌 거였다. 그보다는 샘이 페니가 전에는 짐작도 하지 못했던 유형의 사람이기 때문이었다. 샘은 다른 행성에 생명체가 존재한다는 증거와도 같았다. 만약 샘이 존재한다면 페니는 마크와 함께할 수 없었다. 설령 그녀가 샘과 함께할 수 없다고 해도 마찬가지였다. 페니에게 그것은 완벽하게 합리적이었다.

음식이 나왔다.

둘 다 국물 있는 음식을 주문했다니. 전술적 실수였다. 페니는 국물 음식을 먹을 기분이 아니었다. 먹는 것도, 보는 것도 싫었다.

부드럽고 기름기가 많은 화이트소스로 두툼하게 덮인 마크의 접시가 반짝였다. 페니는 소스가 식으면 형성될 막을 떠올렸다. 그녀는 마크가 포크 뒷면으로 소시지 조각을 으깨서 비스킷과 소스에 섞어 반죽처럼 만드는 것을 지켜봤다.

묽은 육수에 토르티야 칩 조각과 녹색 잔가지들이 떠 있는 작은 수프도 썩 좋아 보이지는 않았다.

"아, 이런, 베이비."

그가 안타까워했다.

"고수를 빼달라고 하는 걸 잊었네. 돌려보낼까? 고수에 알레르기가 있다고 말하자."

페니는 불쾌한 잎사귀를 내려다봤다. 마크가 고수를 싫어했던가? 그녀는 전혀 몰랐다. 마크의 표정에는 이 상황에 대한 깊은 염려가 그대로 쓰여 있었고, 얇은 윗입술이 어린애 같은 얼굴에 결연한 표정을 더했다. 페니는 마크가 자신을 신체적으로 다치게 할지 궁금했다. 아니면 그가 울지도 몰랐다. 그의 화가 어디까지 미칠지 궁금했다.

페니는 더는 참을 수 없었다.

"우리 헤어져야겠어."

그는 잠시 상황을 파악하지 못하고 그녀를 쳐다보다가 한 방 맞은 것처럼 움츠러들었다. 그의 눈썹이 이마 끝까지 솟구쳐 올랐다. 그들은 〈어벤져스〉 영화를 보지 않았다.

"일찍 돌아왔네."

주드는 노트북에서 거의 눈을 떼지 않았다. 그녀는 바닥에 아무렇게나 누워 있었고, 옆쪽 카펫에는 사과 심이 널브러져 있었다.

"옷은 마음에 들었어?"

"응."

페니가 화장실로 들어가며 말했다. 주드는 그녀를 따라와 문 반대편에서 계속 얘기했다.

"나 아빠한테 전화했어."

"그래?"

"그런데 차마 전공을 바꿨다고 말할 수가 없었어."

페니는 한숨을 쉬며 세수했다. 그녀는 원피스 지퍼를 내리고 가운을 입었다.

"있잖아."

주드가 페니의 침대에 앉으며 말했다.

"참고로 말하는 건데, 너도 내키기만 하면 끝내주게 저속해 보일 수도 있을 거야."

페니가 웃음을 터뜨렸다.

"괜찮아?"

"난 괜찮아."

“마크가 화냈어?”

“응.”

마크는 격분했다. 정말이지, 그가 너무 화를 낸 나머지 페니는 처음으로 그가 진정으로 남성적이라고 생각했다. 페니는 그것이 얼마나 제정신이 아닌 생각인지 굳이 그린 박사가 말해주지 않아도 알 수 있었다. 마크가 그녀에게 한바탕 퍼부어대자 그녀는 정신이 아득해졌다. 그는 그녀를 괴짜라고 불렀는데, 그에게는 관찰자라고 할 만한 자격이 없었다. 페니는 하품했다.

“다른 건?”

주드가 조심스럽게 물었다.

그런 다음 그는 전 여자 친구와도 똑같은 일이 있었다고 울부짖기 시작했다.

‘그의 아시아인 전 여친이지.’ 페니는 생각했다.

“마크는 비스킷과 소시지 그레이비를 주문했어.”

“그런데?”

“역겨웠어.”

“뭐가 역겨웠는데?”

“비스킷과 그레이비. 그건 음식으로 받아들이지 못하겠어. 너무 역겨운 발상이야. 밀가루와 버터 덩어리에 뒤엉킨 기름이라니. 공 공장소에서 어떻게 그걸 먹을 수 있어?”

“우와.”

주드가 그녀를 빤히 보며 말했다. 페니가 그녀를 마주 봤다.

"충격적인 경험을 물어봤는데 음식 얘기를 하는 거야?"

페니는 고개를 끄덕였다.

"너 이런 거 못 하는구나."

페니는 다시 고개를 끄덕였다.

"상담을 받아야겠어."

페니는 세 번째로 고개를 끄덕였다.

"슬퍼?"

슬펐다.

"응."

"나한테 뭐든 말해도 되는 거 알지?"

주드가 말했다. 페니는 룸메이트의 슬픔에 잠긴 커다란 눈을 바라보며 진심이라는 것을 알았다.

"나 이제 너를 안아줄 거야."

주드가 경고했다. 페니는 고개를 끄덕였다.

몸을 꽉 누르는 느낌이 좋았다.

S

샘

샘은 욕실 거울에 비친 자신을 바라봤다. 그는 결혼식이나 장례식을 위해 아껴 입는 흰색 와이셔츠를 입고 있었다. 그의 옷 중에서 두 번째로 좋은 셔츠였다. 첫 번째는 로렌이 2년 전에 크리스마스 선물로 준 랄프로렌 셔츠였지만 입고 싶지 않았다. 샘은 그녀에게 다른 기억을 떠올리게 하고 싶지 않았다. 그는 그녀의 손목을 초록색으로 물들인 싸구려 팔찌를 선물했었다. 샘은 셔츠 단추를 끝까지 채웠다가 맨 위 단추를 풀었다. 그리고 다시 단추를 채웠다. 그는 한숨을 쉬었다. 그의 모습은 링크드인*에 올리는 이력서 사진처럼 보였다.

데이트 같은 것은 아니었다. 한때 사귀다가 다시는 사귀지 않기로 맹세한 사람과 데이트할 수는 없었다. 로렌이 그것을 데이트라

* 구인 구직용 사이트.

고 부를 리도 없었다. 하지만 로렌이 몇 번의 메시지를 무시하다가 저녁을 먹자는 메시지를 보냈을 때 샘은 긴장했다. 로렌이 그에게 끔찍한 말을 할지도 모른다는 생각이 들었다.

다행인 점은 첫 번째 발작 이후로는 공황 발작을 겪은 적이 없다는 것이었고, 그는 몸이 그런 경우를 위해 비축 중이라고 생각했다. 샘은 마더스 이탈리안 레스토랑에서 슬로 모션으로 비틀거리며, 넘어지지 않으려고 테이블을 붙잡고 탈리아텔레 접시를 바닥에 떨어뜨리는 자기 모습을 그려봤다. 그는 거짓말쟁이의 값비싼 옷을 망치고 끝없이 불평하는 소리를 들을 터였다. 샘은 셀카를 찍어 페니에게 괜찮은지 물어보고 싶었다. 하지만 둘은 그런 일은 하지 않았다. 샘이 그녀를 생각하는 것을 알아채기라도 한 듯 페니가 문자를 보냈다.

해리 포터를

처음부터 다시 읽어야 할까?

샘은 욕실 거울로 셀카를 찍어 페니에게 보냈다.

페니가 답장을 보냈다.

음

그리고

그러니까 처음부터 다시 읽어야 할지 아니면...

알았어

잠깐

혹시 일부러 보낸 거야?

조언이 필요해

도와줘

알았어

합의하도록 해!

다른 것도 물어봐

지금 내 조언 실력이 **폭발 중**이야

그만해

잠깐 그럼 재판받으러

가는 거 아냐?

로렌 만나

페니는 침묵에 빠졌다. 말풍선이 생겼다 사라졌다.

그래서 그가 이렇게 보냈다.

데이트는 아니야

샘은 왜 굳이 설명하고 있는지 이해가 가지 않았다. 한참 후에 페니가 답했다.

그러니까 볼링도 미니 골프도 안 치고?

아이스 스케이팅

다음에 노래방

황혼에 폭포에서 피크닉

아주 좋아

건초더미 올라타기 > 노래방

꽃도 챙겨

카네이션!

말고!

코르사주!

저녁 식사

그냥 저녁 식사

죽고 싶어

왜 죽어?

공황 발작이 올 것 같아

진정해

하핫

그래서 셔츠 입어 말아?

셔츠는 너무 간절해 보여

평범하게 입어

그러니까아아아... 주황색 나팔바지

그래 그리고 분홍색 어그

제발 사진 좀 지워줘

절대로

ㄴㅜㄷㅡ 사진 보내

샘은 셔츠를 벗고 검은 티셔츠를 집어 들었다. 푸른 정맥이 지류처럼 몸 전체로 뻗다가 친구들이 새긴 지울 수 없는 검은 문신 아래로 사라졌다. 모두 열여섯 개였다. 엇갈린 화살, 다이아몬드, 달팽이, 손, 악마의 눈을 쫓기 위한 함사* 등 쓸씨 없는 그림이 몇 개 있었고, 나머지는 어느 예술가가 스무 시간에 걸쳐 그려준 것이었다. 그 대신 샘은 그 예술가의 집에 페인트를 칠해줬다.

그는 거울을 보며 어깨를 안쪽으로 구부리고 흉골에 골프공만 하게 움푹 들어간 곳을 만들었다. 고등학교 1학년 때 잠시 그는 살을 찌우려고 3.8리터들이 물통에 물을 채워 거울 앞에서 아령처럼

* 손 모양 부적.

머리 위로 한껏 들어 올렸었다. 희망에 차서 속옷 차림으로 결연히 선 거울 속 모습은 지금 생각해도 부끄러웠다.

자라면서, 문제는 근력 운동이 아니라 먹을 것이 부족한 데 있었다. 식료품은 적었고, 학교에서 점심을 먹을 돈은 상상도 할 수 없었다. 수상쩍은 이유로 노동자 재해 보상 연금을 받는 것도 마다하지 않았던 브랜디 로즈는 웬일인지 아들의 식사 보조금 지원 서류를 작성하는 것은 자존심 상하는 일로 생각했다.

"지원금은 받지 않아."

그녀는 이렇게 말했다. 2학년이 되자 샘은 진절머리가 나서 서명을 위조해 서류를 직접 작성했다.

처음에는 마른 체격에서 시선을 분산시키려고 문신을 새기기 시작했지만, 그는 이제 자신의 몸이 싫지 않았다. 그의 몸은 단정했다. 간결하고 효율적이었다. 하지만 페니가 옷을 벗은 그의 모습을 본다면 아마 겁을 먹을 것이었다. 객관적으로 말하자면, 그의 몸은 충격적이었다.

샘은 저녁 8시 직전에 핀의 포드 페스티바로 로렌을 데리러 갔다. 14년 된 갈색의 고물차는 운전석 쪽 깔개를 들어 올리면 동전만 한 구멍으로 지나쳐가는 고속도로가 보일 정도로 속속들이 녹슬어 있었다.

로렌의 요청대로 샘은 입구에서 전화했다.

"안녕."

로렌이 말했다. 로렌은 평상시 출근하지 않을 때와 다르지 않은 차림이었다. 잠옷을 간소화한 옷이랄까.

로렌. 로르. 로어. 최근에 그녀는 자신을 롤라라고 부르고 있지만, 그는 한 번도 그렇게 부른 적이 없었다.

그는 그녀를 보고 동공이 확장되는 것을 실제로 느낄 수 있었다.

"옷 예쁘네."

그녀가 차 문을 열자 그가 말했다. 샘은 차에서 내려 문을 열어줬어야 했던 건 아닌지 생각했다. 하지만 그랬다면 그녀는 그를 놀려댔을 것이었다. 어쨌든 그녀가 병약자는 아니었으니까.

"어, 데리러 와줘서 고마워."

그녀는 그를 끌어안았다. 두 사람이 모두 앉은 상태에서 옆으로 껴안으면서 한쪽 팔이 짓눌리는 어색한 포옹이었지만, 샘은 여전히 숨이 멎을 것 같았다.

로렌을 볼 때면 항상 그랬던 것처럼 샘은 생각들이 온통 말랑말랑하고 묽어지는 것을 느꼈다. 로렌은 예상에 어긋나지 않게 좋은 냄새를 풍겼다. 그는 그녀 몸의 구석구석을 빠짐없이 알고 있었다. 그는 다시 그녀의 발을 떠올렸다.

로렌은 몸을 빼고 웃기 시작했다.

"이건 정말 말도 안 돼."

그녀가 안전띠를 매면서 말했다.

"핀이 차를 빌려주다니 믿을 수가 없네."

로렌은 뒷좌석을 바라보며 코를 찌푸렸다.

"내가 데리러 갈 수도 있었는데."

"그럼 재미가 없잖아?"

샘은 핀의 빈 음료수병을 뒷좌석에 내버려둔 것을 살짝 후회했다. 하지만 일부러 치우지 않은 것이었다. 이건 데이트가 아니었으니까.

마더스는 학교에서 한참 떨어져 있어 학생들로 붐비지 않는 식당이었다. 샘이 마더스에 주차했을 무렵에 두 사람은 더 얘기할 만한 잡담거리가 없었다. 그리고 샘이 로렌을 위해 문을 열었을 때 로렌은 별다른 반응을 보이지 않았다. 그녀는 그에게 새침하게 감사 인사를 하고 그의 팔을 가볍게 건드렸다.

두 사람은 푹신한 부스 자리로 들어갔다. 처음 사귀던 시절에 그들은 한쪽 의자에 나란히 앉아 속삭이고 만지고 서로 음식을 먹여주는, 눈에 거슬리는 연인이었다.

"소시지와 피망하고 지티 파스타 나눠 먹을래?"

로렌이 메뉴를 살펴보며 물었다. 샘은 미트볼을 꿈꾸고 있었지만, 자신도 모르게 어깨를 으쓱하며 이렇게 대답했다.

"그래."

샘은 그들이 외식할 때마다 음식을 나눠 먹었던 이유가 기억났다. 로렌은 자신이 먹고 싶은 두 가지 요리를 주문하고 샘에게 같은 음식을 원하도록 강요했다.

"정말 채소나 샐러드는 없어도 되겠어? 엽산 들어 있는 걸로?"

사이드 메뉴를 보며 샘이 물었다. 로렌은 가죽 표지의 와인 목록 위로 그를 넘겨다봤다.

"샘, 엽산이 **뭐야?**"

"브로콜리에 들어 있는 거야. 아기 척추가 몸 밖으로 자라지 않도록 임신부가 먹어야 하는 거래. 이미지 검색은 하지 마. 보기 힘들어."

그녀가 웃음을 터뜨렸다.

"미안. 웃으면 안 되는데."

로렌은 포카치아 한 조각을 올리브 오일에 찍어 한입 물고는 천천히 씹어 먹었다.

샘은 팔짱을 낀 그녀의 손목에서 새 팔찌가 반짝이는 것을 발견했다. 화려하게 세공된 은구슬과 신발처럼 보이는 복잡한 모형이 잔뜩 달려 있었다. 그는 누가 그녀에게 이 팔찌를 사줬는지 궁금했다.

"어떻게 지내, 로르?"

그가 물었다. 사실은 "내가 그리워?"라고 묻고 싶었다. 하지만 지금은 때가 아닌 것 같았다. 티라미수를 먹고 난 뒤에는 어떨까.

샘은 또한 이 저녁 식사는 무슨 뜻인지 정말 묻고 싶었다. 혹시 진찰을 받고 문제를 발견한 것은 아닌지 궁금했다. 아니라면 왜 그의 메시지에 답하지 않았을까?

그녀가 말을 시작했다.

“네가 뭐라고 하기 전에 말할게. 아직 병원에 가지 않았어.”

그는 믿을 수가 없었다.

“뭐라고? 왜?”

“갈 수가 없었어.”

그녀는 브레드스틱을 반으로 쪼개며 말했다.

“일이 정신 없이 바빴어. 그래도 내일 예약을 잡아놨어. 내일 갈 거야.”

샘은 그녀의 무신경함이 믿기지 않았다. 생리 지연 기간: 7주.

“왜 나한테 말 안 했어?”

“내가…… 내가 감당할 수 없었어.”

그녀는 남은 브레드스틱을 식탁보에 바스러뜨렸다.

“음, 이 일은 네가 감당해야 해. 우리가 감당해야 할 일이야.”

“알아. 말이 안 되는 거 알지만 임신한 것 같지 않아. 임신한 느낌이 안 들어.”

샘은 로렌에게 신체적 변화가 있는지 살폈다. 그녀의 가슴을 슬쩍 봤는데 크기는 달라지지 않은 것 같았다.

“내가 임신한 것처럼 보이는지 확인하는 거야?”

‘그래.’

“아니.”

그가 대답했다. 웨이터가 돌아왔다.

“어, 네. 나눠 먹을 거예요. 지티 파스타하고…….”

이런, 그는 미트볼이 먹고 싶은 것이 분명했다.

“소시지와 피망도요.”

로렌이 말을 마무리했다.

“그리고 메를로 한 잔이요.”

그녀가 운전면허증을 꺼내며 말했다.

“정말로 임신한 느낌이 아닌가 봐, 음?”

웨이터가 떠나자 샘이 말했다. 로렌은 눈알을 굴렸다.

“프랑스 여자들은 임신 말기까지 마셔.”

“프랑스 여자들은 말고기도 먹지.”

샘이 작은 소리로 말했다.

“뭐라고?”

“아무것도 아냐.”

“요즘에는 술을 안 마신다는 뜻으로 들리네?”

그녀는 자리에서 뒤로 기대앉았다.

“안 마셔.”

샘이 몸을 숙이며 대답했다.

“이 모든 일이 일어난 후로는 안 마셨어.”

그가 집게손가락으로 허공을 휘저으며 말했다.

“그럴 수 있지. 진 냄새를 맡으면 아직도 속이 뒤틀려.”

로렌은 진저리를 쳤다.

이별의 부끄러운 장면들이 샘의 머릿속을 강타했다. 샘의 직불카드가 막히자, 둘은 길거리에서 소리를 질러댔다. 그녀는 그를 "아버지 닮은 놈팡이"라고 불렀고, 그는 그녀를 "간교한 계집"이라고 했다.

"로르, 왜 날 여기로 부른 거야?"

"레스토랑은 네가 골랐잖아."

그녀가 다정하게 미소 지으며 대답했다.

"로렌……."

"모르겠어. 좋을 거라고 생각했어."

그녀는 눈을 돌리며 말했다. 로렌은 다른 브레드스틱을 하염없이 작게 쪼개서 테이블에 늘어놨다. 샘은 쌍둥이를 가졌다는 소식을 들을 각오를 했다. 아니면 그녀가 다른 사람과 약혼했다는 소식이거나.

"그게 다야? 정말? 다른 소식은 없어?"

그녀는 고개를 저었다.

샘은 이 일로 월급을 미리 달라고 부탁해야 했다는 것이 믿기지 않았다.

"있잖아."

그가 한참 후에 말했다. 그녀가 그를 올려다봤다.

"협정을 맺자."

"협정."

그녀가 되풀이했다. 로렌은 가루로 만들어 버릴 또 다른 브레드스틱을 향해 손을 뻗었다. 그가 그녀의 손에서 브레드스틱을 빼앗았다. 그는 음식을 낭비하는 것을 참을 수가 없었다.

"그래. 우리가 식사하는 동안은 심각한 얘기는 모두 미뤄두는 협정이야. 그리고 너랑 나랑 어떻게 지냈는지 얘기하는 거야."

로렌의 와인이 도착했다.

"다른 얘기는 할 필요 없어."

"좋아."

그녀는 잔을 들어 건배하며 한 모금을 마셨다.

샘은 양해를 구하고 태아 알코올 증후군 통계를 찾아보고 싶었지만 협정 때문에 그럴 수 없었다. 빌어먹을 협정…….

"그래서 내가 알고 싶은 건……."

그녀가 잠시 멈췄다.

"뭔데?"

"아냐, 신경 쓰지 마."

"아니, 얘기해 봐."

"어디서 살고 있는 거야?"

샘은 눈을 깜짝거렸다.

"캠퍼스 근처에서."

"캠퍼스 근처 어디?"

"과달루페에서 조금 떨어진 곳."

그가 말했다. 그래도 순전히 거짓은 아니었다.

"왜 스페인 종교 재판처럼 꼬치꼬치 묻는 거야?"

그는 밝은 목소리를 내려고 애쓰며 물었다. 테이블에 파스타 접시가 쿵 하는 소리와 함께 놓인 순간 샘은 배가 고프지 않은 것으로 하자고 결정했다. 지티는 메말라 보였다.

"먹고 접시를 바꿀까?"

그녀가 물었다.

"그리고 걱정하지 마. 저녁은 내가 살게."

샘은 고개를 끄덕이며 소시지를 먼저 그녀에게 건넸다. 로렌은 확실히 소시지를 먼저 먹길 원했다. 그래야 가장 맛있는 부분인 바삭한 가장자리를 먹을 수 있기 때문이었다.

"그럼."

로렌이 다시 시도했다.

"차에서 사는 건 아니고. 핀의 차에서 사는 게 아니라면 말이야. 핀의 차는 확실히 내 취향은 아니지."

샘은 얼굴이 화끈거렸다. 로렌은 다리에서 뛰어내리고 싶게 하는 장난을 치는 버릇이 있었다.

"거너와 개시는 내가 얘기해 봤으니 같이 살지 않는 건 알아."

샘은 거너와 일명 개시라고 하는 그의 사촌 애시를 일주일에 닷새는 만나곤 했다.

그는 침묵에 빠졌다.

"학교는 어때?"

얼마 후에 그녀가 물었다. 샘은 파스타를 얹은 포크를 입에 밀어 넣으며 대답을 궁리했다. 그는 씹으면서 고개를 끄덕였다.

'로렌은 도대체 왜 신상 조사에 나선 거야?'

"좋아."

그가 음식을 삼켰다.

"알라모 커뮤니티 칼리지에서 영화 수업을 듣는데 괜찮아. 자유롭게 할 수 있는 게 많아. 난 다큐멘터리를 찍고 있어."

"드디어."

그녀는 음식을 집으며 말했다.

"비싸지 않아?"

"싸진 않지. 하지만 장비를 빌릴 수 있고, 다른 게 다 안 되더라도 핸드폰이 있으니까. 쉽고 빠르게 찍을 거야."

"그래, 그게 잘 맞겠네."

'그게라니, 도대체 무슨 뜻이야?'

그들은 잠자코 식사했다.

"네 차례야."

샘이 차분한 목소리를 유지하려고 애쓰며 말했다.

"일은 어때?"

"일은 좋아. 임금도 올랐어. 특별히 내세울 건 없어. 다음번에는 승진되길 바라야지. 내년에는 아마도 내가 원하는 대로 고객 담당

부관리자가 될 거야. 그러면 엘에이에 갈 수 있어."

"정말 잘됐네."

그가 말했다. 그는 자신이 진심이라는 것을 깨달았다. 로렌은 출장을 가장 근사한 일로 생각했다.

"그리고 같이 일하는 사람들도 좋아. 젊고, 같이 어울리면 재미있어. 너는 진부하다고 생각하겠지만."

샘은 즉시 폴이 생각났다. 그는 폴이 어떻게 생겼는지 전혀 알지 못했다. 어차피 중요한 문제는 아니었다. 샘은 그가 어떤 유형인지 정확히 그려졌다. 샘은 로렌이 18달러짜리 칵테일을 마시며 크고 번쩍거리는 손목시계를 차고 반듯하게 다듬은 손톱을 가진 어떤 멍청이와 함께 진급을 축하하는 모습을 상상했다. 폴은 아마도 눈썹을 정리하고 커다란 보철 치아를 미백했을 것이다. 샘은 로렌을 처음 만났을 때를 돌이켜봤다. 그녀는 자신을 소개하면서 디제이라는 것을 가장 먼저, 그리고 가장 중요하게 설명했다. 그 이후로 그는 디제이나 코미디언, 음악가들은 대부분 부모의 재정적 지원 덕분에 예술가로 지낸다는 것을 알게 됐다.

"소시지?"

샘은 고개를 끄덕였다. 기름기 많은 고기와 피망과 양파가 뒤엉킨 접시가 그를 메스껍게 했다. 아니면 다른 이유였을지도 모르겠다.

"로르, 우리는 어떻게 된 거야?"

로렌은 건조하게 웃으며 와인을 한 모금 더 마셨다.

"협정은 여기까지."

"글쎄, 우리는 정말 무슨 일이 있었는지는 얘기하지 않고 화해하고 헤어지고 그랬잖아."

"뭘 알고 싶어, 샘?"

"말이 안 되는 것 같아. 우리가 왜 함께 있지 않은 건지."

로렌은 포크를 내려놓고 한숨을 쉬었다.

"**우린** 말이 안 돼."

그녀는 그 문장으로 모든 것이 설명된다는 듯이 말했다.

"어떻게 그런 말을 할 수 있어?"

샘은 문득 와인 한 잔을 주문할 걸 그랬다는 생각이 들었다. 아니면 한 상자라도.

"우린 친구가 아니잖아."

그녀가 말했다. 샘은 그 말이 가슴에 둔탁하게 쿵 내려앉는 것을 느꼈다. 시선을 피하지 않기 위해 그가 가진 모든 평정심을 끌어모아야 했다. 그는 테이블 밑에서 냅킨을 구겼다. 로렌이 말을 계속했다.

"우리는 항상 싸우고 화해하는 성미 급한 미치광이들이었어. 너는 소리를 지르고 울부짖었지. 난 그런 짓은 그만 끝내고 싶었어. 그래서 끝난 거야."

샘은 로렌이 그들의 관계를 진부한 로맨틱 코미디의 줄거리로 축약해 버리는 것을 참을 수 없었다. 그녀는 마치 하얀 실험복을 입고 관찰하고 있던 실험용 쥐 한 쌍을 비웃는 것 같았다.

“우리에게 정말 좋았던 때가 없었던 것처럼 말하네.”

그가 음식을 우물거리며 말했다.

“우린 서로 사랑했어.”

“그건 나도 알아.”

그녀는 마치 어린애를 살살 달래며 약속하듯이 입가에 다정한 미소를 띤 채 샘의 손을 잡았다.

“어떤 면에서는 여전히 널 사랑해. 맹세해, 샘, 가끔 너는 **말 그대로** 내 마음을 너무 잘 읽어.”

샘은 로렌이 자기 두개골을 열고 점자를 읽듯이 **말 그대로** 뇌의 요철을 읽는 것을 상상했다.

“하지만 우리는 4년을 함께했는데, 너는 나와 내 가족을 알려고 전혀 노력하지 않았어.”

“가족”이라는 말에 샘은 몸이 굳어졌다. 그는 매스터슨 가족을 그리 좋아하지 않았다. 그는 셰 주멜에서 그 가족과 함께 저녁을 먹었던 최악의 부활절이 기억났다.

“아, 인종차별주의자인 네 아빠가 날 싫어할 꼬투리를 잡으려고 나에게 중동계 피가 섞였냐고 물어봤던 그날 말하는 거야?”

로렌은 그의 손에서 자기 손을 치웠다.

“아니, 아빠는 그러지 않았어.”

“분명히 그랬어.”

그가 말했다. 그렇다고 해서 달라질 건 없었다. 그날 밤은 시작부터 순조롭지 않았다. 마지막 순간에 캐피탈 메트로 버스가 파업에 돌입했고, 샘은 표백제 얼룩이 묻은 블랙 플래그* 티셔츠를 입고 퇴근한 후 곧장 식당으로 갔다.

"모르겠어. 넌 처음부터 우리 부모님에게 적대적이었어. 잘산다고 해서 그게 부모님 잘못은 아니잖아. 엄마 아빠도 악착같이 일해."

그녀는 솔직하게 말했다. 마치 대대로 집안의 땅을 상속받는 것은 특권이 아니라는 듯이 말했다. 로렌의 외가 쪽 먼 친척인 C.E. 둘린도 우연히 도리토스를 발명했다. 더 정확히 말하면 과자를 만든 멕시코인에게 우연히 레시피를 헐값으로 샀다.

"그게 그렇게 대단한 비밀은 아니잖아. 네가……."

그녀가 그를 올려다봤다.

"부유하지 않다는 게."

로렌은 기적적으로 그를 가난하다고 부르는 것을 피했다.

"네 옷차림이 다 말해주니까."

샘은 뺨 안쪽을 잘근잘근 씹었다. 로렌은 음식을 먹는 중간중간 계속해서 그의 단점을 나열했다. 로맨틱한 쪽은 의심할 여지 없이 샘이었고, 이런 것은 그가 잊고 있었던 그들 관계의 일부였다. 계속되는 비교들. 그는 일어나서 침착하게 냅킨을 내려놓고 밤 속으

---

* 미국의 펑크 록 밴드.

로 달려 나가고 싶었다.

"이봐."

로렌이 그의 손을 쿡 찌르며 말했다.

"그냥 놀리는 거야. 어느 정도는."

샘은 그렇게 생각하지 않았다. 그는 속이 울렁거려서, 한 번 더 깨물었다. 다행히도 그는 기절하지 않았다.

페니

“글쓰기는 바지 엉덩이를 의자 좌석에 붙이는 예술이다.” —메리 히튼 보스.*

페니는 오전 5시 15분에 일어났다. 몇 시에 눈을 감아도 항상 6시 전에 눈이 떠졌다. 요즘처럼 글을 쓰기 위해 조용한 시간이 필요할 때는 축복과도 같은 일이었다. 전에는 이렇게 시간을 찾기 위해 애써본 적이 없었다. 그리고 최근에는 샘에게 작은 말풍선을 보내는 일이 영감의 우물을 다 말라버리게 하는 건 아닌지 걱정스러웠다. 자신이 가진 것을 샘에게 다 써버리는 것은 아닌지 두려웠고 좀처럼 마음이 잡히지 않았다. 게다가 샘에게 친구가 필요하거나 어려움을 겪고 있는 건 아닌지 핸드폰에 신경을 곤두세우고 전파 너머를 살펴보고 있는 것도 도움이 안 되는 일이었다.

* 1874~1966. 미국의 기자이자 소설가로 노동자와 이민자, 여성의 권익을 위해 적극적으로 활동했다.

페니는 맨투맨을 입고 노트북을 펼쳤다.

중간 이름이 밸런타인이고, 사망 당시 일본인 여성과 결혼한 상태였던 헨리 밀러는 "가장 먼저, 그리고 언제나 글을 써라. 그림, 음악, 친구, 영화, 그 모든 것은 그 뒤에 온다"라고 말했다. 밀러에게는 다섯 명의 아내가 있었으니, 페니는 그가 결혼을 어디쯤 두었을지 궁금했다. 또한 샘의 드라마를 연구하고 토론하는 일은 우선순위라는 측면에서 어디에 속할지도 궁금했다. 페니에게는 그것이 '가장 먼저, 그리고 언제나 메시지를 보내는 것'으로 점점 명확해지는 것 같았다.

샘 하우스

일요일 오후 4:14

글쓰기 강의에서

마음에 드는 점은

없어. 너무 싫어

너무 좋기도 해

ㅇㅇ

더 말해줘

알았어

페니는 손마디를 꺾었다. 그녀는 손가락이 미끄러지는 일 없이 마음껏 입력할 수 있도록 노트북에 아이메시지를 연동했다.

작가가 된 기분에
가장 가까워진 것 같아
진짜 작가
앉아서 써야 하는 거야
누구나 종이에
글자를 적거나
얘기를 할 수 있지만
누구나 실제로 하는 건 아니거든
이 강의는 그 실행에 관한 거야
그리고 점점 나아지는 거
전문가 같은 느낌
보통 대학 강의와는 달라
한 번도 써먹지 않을걸
배우는 강의 말이야

샘은 대답하지 않았다.

생각하는 말풍선도 끼어들기도 아무것도 없었다. 페니는 계속했다.

피아노에서 소리를 어떻게 내는지

페니

알잖아

손가락만 있으면 할 수 있지

직관적이야

건반을 누르면

소리를 내

쓰고 나서 읽은 다음에

고쳐 쓰고 나서

편집하는 건 멜로디를 만드는 거야

누구에게나 똑같아

타고난 재능 문제가 아냐

자아도취에 빠져서

자기 말만 너무 중요하다고 생각하는 게 아냐

부모님이 누구인지

직업이 뭔지가 문제도 아냐

중요한 건 연습이야

잘할 때까지 하는 거

그리고 페니는 문득 멋쩍어져서 이렇게 보냈다.

말이 되는 것 같아?

완전히

그리고 이해했어

싫은 점은 뭐야?

페니는 답을 쓰기 시작했다. 그리고 멈췄다.

그녀는 다시 답장했다.

너어어어어어무 어려워

너무 어려워서 상처받아

그리고 두려워

ㅎㅎㅎ

그래 그렇겠지

그래서

가치 있는 일 아니겠어?

극도로 두렵겠지

작가들은 죽도록 노력하잖아

스스로 작가라고 생각해?

헉 아니

왜 헉?

난 사기꾼 같아

그래 가면 증후군

페니는 '가면 증후군'을 검색했다.

자기 능력에 대한 외부적 증거가 있는데도 자신의 성취를 내면화하지 못하는 사람들을 묘사할 때 구어적으로 사용된다.

널 망칠 수도 있어

정말로

의심할 여지 없이 그녀에게 들어맞았다.

난 그냥...

...

그녀는 다시 답장을 보냈다.

난 한 번도 본 적이 없어

대단한 작가 중에서

나처럼 생긴 작가는

그리고 글을 쓸 때 가끔

주인공을 백인으로 생각해

자동으로 말이야

빌어먹을

페니는 입력을 멈췄다. 누구에게도 이런 말을 한 적이 없었다.

그녀는 영화 분야에서는 어떨지 궁금했다.

그녀가 이어서 말했다.

왜 영화를 만들고 싶어?

헉 몰라

영화 얘기를 하면 뭔가 잘못될 거로

생각하는 거야?

응

확실히 가면 증후군이야

영화는 부자들이나 만드는 거라고

감독이 되고 싶다고

말하는 것도 웃기고

NBA에서 뛰고 싶다거나

유명해지고 싶다고 하는 거나

마찬가지잖아

앱 개발자나

맞아. 앱을 개발하는 앱!

페니는 웃었다.

그러니까 넌 작가가 되고 싶고

난 영화를 만들고 싶고
입 밖으로 내기엔 오글거리고

하지만 괜찮아
적어도 자신에게는
솔직히 인정하는 게 중요하니까
그리고 믿는 사람들 몇 명에게도

예를 들면 너의 비상 연락처

ㅋㅋㅋ 바로 그거지
그리고 진짜 이루는 거야

페니는 그가 스스럼없이 그렇게 말하는 것이 좋았다. 다른 사람이 말했다면 자기 계발서처럼 들렸을 것이다.

추신: 언젠가는 나도
네 작품을 읽고 싶어

내가 네 영화를 보게 되면

그럴 리가

페니는 웃었다. 그녀가 샘에게 자신의 글을 보여줄 일은 없었다.

J.A.는 교수님이니 예외였고, 같은 강의를 듣는 학생들도 마찬가지였다. 모두 테이블 위에 내장을 늘어놨다. 서로 파멸할 것이 확실히 보장돼 있었다.

한번은 주드가 페니의 어깨 너머로 읽어보려 하자 페니는 기절 직전까지 화를 냈다.

"'공포는 차갑게 깔린 채 깊숙한 밑바닥에 갇혀 있다'?"

"주드!"

페니는 노트북을 쾅 덮으며 소리쳤다.

"그러면 안 돼. 심각한 사생활 침해란 말이야."

그녀는 노트북을 가슴에 꽉 끌어안으며 의자에서 벌떡 일어났다.

주드는 눈이 휘둥그레져서 말했다.

"오, 젠장. 미안해. 네가 그렇게 화낼 줄 몰랐지. 그런데 누군가 읽어보는 것에 익숙해져야 하는 거 아냐? 결국 최종 목표는 대중의 소비잖아."

일리 있는 지적이었다.

하지만 페니는 자신의 이야기가 무엇을 드러낼지 두려웠다. 강의에서 건설적인 비판을 듣는 날은 아무리 사소한 지적이라고 해도 하루를 망쳤다. 게다가 주드는 페니의 생각에 접근하지 않고도 이미 그녀의 삶에 충분히 간섭하고 있었다.

페니는 실수로 아기를 방치해 사망에 이르게 한 한국인 부부의 실화에서 영감을 받은 이야기를 기말 과제로 구상하고 있었다. 이 사건은 한국 신문에 대서특필됐는데, 슬픈 사실은 부모가 아이를 키우는 비디오게임에 빠지는 바람에 이런 일이 일어났다는 것이었다. 실제 아기의 이름은 '사랑'이었다. 이 이야기는 모든 면에서 비극적이고 흥미로웠다. 페니는 강의에서 엄마의 시점에서 본 서사 A와 비디오게임 속 아기의 시점에서 본 서사 B 두 가지 이야기를 쓰고 싶었다. 마치 『왓치맨』에 해적에 관한 만화인 「검은 화물선 이야기」가 담긴 것처럼 이야기 속의 이야기였다. 페니는 종이접기처럼 구성되는 형식에 매료됐지만, 어떻게 해야 할지는 알 수 없었다. 하나를 먼저 쓸까? 아니면 두 이야기를 동시에 써야 할까?

강의 시간에 이 이야기는 모두를 혼란에 빠뜨렸다.

"주인공이 아기 다마고치인가요, 아니면 엄마인가요?"

마야가 물었다. 마야는 첫날 카다시안의 머리 이야기를 했던 다인종 여학생으로, 산타 아나 바람과 관련 있는 유령 이야기를 쓰고 있었다.

"둘 다요. 그리고 다마고치가 아니에요. 〈심즈〉의 아기나 〈클래시 오브 클랜〉의 클랜이에요."

"뭐든 간에 둘 다 심술궂은 비호감이잖아요."

"아, 살인 행각에 관련된 날씨 현상은 **아주** 호감인가 보네요."

영국계 중국인 앤디가 쏘아붙였다. 페니는 그에게 감사의 눈빛을 보냈다. 그가 미소 지었다.

페니는 비디오게임 캐릭터나 한국 여성에게 공감하는 것이 왜 그렇게 어려운지 알 수 없었지만, 대체로 그런 의견인 것 같았다.

페니는 어머니가 변호사와 대화하는 장면으로 이야기를 시작했다. 그 부분에는 확신이 있었다. 세계관을 구축하기에 안전하고 접근하기 쉬운 자리였다. 페니는 거짓된 안정감을 줘 독자들을 안심시킬 생각이었다. 〈로 앤 오더〉로 시작해 예고 없이 〈매트릭스〉로 변모하는 이야기였다.

페니는 차 한 잔을 준비하고 다시 자리에 앉아 여자의 외모를 상상해 봤다. 먼저 머리를 떠올렸다. 한국 여자들도 미국 중산층 주부의 전형적인 머리를 할까? 페니는 아이 엄마에게 단발머리를 주고, 회색 임부복 원피스를 입히기로 정했다. 신문에 따르면 아이 엄마는 남편과 함께 형을 선고받았을 때 다시 임신한 상태였다.

그 여자는 뭘 원했을까? 기분이 나빴을까? 얼마나 나빴을까? 아이를 방치해 죽음에 이르게 할 정도로 극도로 나빴을까? 그 비디오 게임의 몰입감은 얼마나 대단하길래 자기 아기마저 잊게 한 것일까?

"난 나쁜 엄마가 아니에요."

아내가 말했다. 김 씨는 마음이 가라앉아 있었다. 화장기 없는 얼굴에 입술은 바짝 말라 갈라져 있었다. 흰 종이컵을 들고 물을 마시는 손이 떨렸다. 그녀는 작은 체구에 나이는 불분명했다. 그는 그녀의 파일을 훑어보다가 그녀가 남편보다 스무 살이나 어리다는 사실을 발견했다. 김 씨는 좋은 학교를 나왔지만, 한 직장에 오래 다닌 적이 없었다. 인터넷 카페에서 남편

을 만났는데, 목격자들에 따르면 두 사람은 다정하고 사교적이었다.

"난 나쁜 엄마가 아니에요."

그녀는 혼란스러운 듯 되풀이했다.

"무엇보다 내 아기들을 사랑했어요."

그녀는 급히 숨을 들이마시고 말을 바로잡았다.

"내 아기요."

변호사는 노트에서 눈을 들었다. 그녀의 턱이 떨렸다. 그는 그녀가 여전히 비디오게임 속 아기를 진짜로 여긴다고 기록했다.

J.A.는 학생들에게 '목소리'와 이야기를 전달하는 좋은 방법에 대해 조언하면서 이메일로 친구에게 설명하듯이 들리게 하라고 가르쳐줬다.

페니는 문자 메시지도 마찬가지라고 생각했다.

샘 하우스

어제 오전 1:13

잠깐만

기다려

뭐 좀 물어볼게

기분 나쁘게 듣지 마

하하, 그게 먹힌 적이 있어?

없엇!

좋아

말해봐

살살 해

작가들은 예민하니까

네 이야기를

어떻게 허구라고 할 수 있지?

이 여자는 실제로 존재하잖아

부부도 진짜고

샘이 그 부부에 관한 다큐멘터리를 발견해서 둘은 함께 봤다. 같은 방이 아니라, 같은 시간에 메시지를 주고받으며 봤다. 모든 기사와 방송이 이 부부를 인터넷 폐인이나 외계인으로 취급했다. 특히 다큐멘터리에서는 말하는 개를 보여줄 때보다도 못한 방식으로 이 부모를 보여줬다. 페니는 이 일이 미국에서 일어났다면, 이렇게 비뚤어진 방식으로 매혹당하는 현상이 극단적으로 나타났을지 궁금했다. 그런데 미국은 미네소타의 한 남성이 클링온어*로만 아들을 키우려 했던 사건이 일어난 나라였다.

* 미국의 드라마 〈스타 트렉〉 내에서 사용되는 언어.

내가 비디오게임 속 아기에 대해서도
쓰고 싶은 이유가
바로 그거야
그건 허구적인 부분이거든
환상

비디오게임 속 아기가
진짜 아기가 죽어가고 있다는 걸 알아?

나도 몰라 비디오게임 아기가 신경 쓰는지
부수적인 피해 같은 걸 수도 있고

맙소사 그건 오싹하다

그런가?
게임 아기는 끊임없는 폭력 속에서 사는 거지
그래서 SF가 대단한 거잖아
규칙을 작가가 만드니까

SF? 샌프란시스코?

아냐 바보야
사 이 언 스 픽 션

사이언스 픽션을
다 띄어쓰기한
바보가 말했군

하하하하하하
공평하네

마음에 들어
비디오게임 아기가 뭘 원하는지
빨리 알고 싶어

페니도 빨리 알고 싶었다.

J.A.의 과제 일정은 장난이 아니었다. 매주 새로운 단편소설을 제출해야 했다. 페니는 다람쥐 범죄 조직, 대재앙 이후 19세 이상의 사람들만 걸리는 전염병, 입학시험으로 암살해야 하는 미래의 대학, 죽었다가 장난감으로 환생한 승려를 주제로 단편을 썼다. 낙하산을 타고 내려와 캐릭터 몇 개를 만든 다음 비상 탈출 좌석으로 빠져나오는 세계를 구축하는 것은 식은 죽 먹기였다.

J.A.는 식은 죽 먹기를 용납하지 않았다. 페니를 연구실로 불렀을 때도 똑같이 얘기했다. J.A.의 방에는 무지갯빛 유리 화분에 담긴 다육식물이 가득했고, 페니는 반쯤 기대에 차 있었다. 교수님이 그녀가 최근에 쓴 이야기에 매우 만족해서 앞으로도 친구처럼 지내자고 해주지 않을까 생각했다. 이야기는 한 무리의 힘센 재벌과 정치인에 관한 것이었다. 그들은 우주에서 표류하고 있었는데, 떠날 때 목적지로 정했던 행성이 예상했던 자리에 없었기 때문이다. 그들이 남겨두고 떠난 인텔리 천체 물리학자들이 틀렸던 것이

다. 그들은 나머지 전 세계 사람들을 버린 1퍼센트의 1퍼센트에 속하는 사람들이었지만, 수십억의 돈으로도 자기 목숨을 구할 수 없었다. 우주가 그들에게 인생에서 첫 번째 거절 신호를 보낸 것이었다. 그리고 그 싸움 장면은 정말 재미있었다.

"이것들은 훌륭해요. 하지만……."

J.A.가 말하기 시작했다. 페니는 '하지만'을 기대하지 않았다. 그녀는 각오를 단단히 했다.

"하지만 마치 리듬이 한 음인 것처럼 단조로워요. 학생은 창의적이고 재미있어요. 그건 의심할 여지가 없이 드러나요. 캐릭터의 동기 부여를 위해 노력하면 좋겠어요. 주인공이 무엇을 원하는지, 또 그만큼 중요한 왜 원하는지를 모르면 주인공에게 몰입할 수 없으니까."

페니는 목이 빨개지는 것을 느꼈다. 불공평했다. 우주선 안의 남자들이 원하는 건 분명했다.

"그 사람들은 자기들의 행성을 원하는데요."

페니가 말했다. 그녀는 자신의 징징대는 어조를 깨닫고 움츠러들었다.

"그래, 맞아요. 그걸 원하겠죠. 인간은 누구나 살고 싶어 하죠. 그건 정해진 거예요. 문제는 모두가 같은 방식으로 같은 것을 원한다는 거고, 그건 놓친 기회예요. 여기에는 세계 지도자들이 있어요. 업계의 수장들이죠. 그들은 개별적으로 뛰어난 사람들이지만, 여기 보면…….”

J.A.가 몇 구절에 동그라미를 쳤다.

“다 똑같이 말해요. 내가 학생을 괴롭히는 건, 학생이 대화와 관찰에서 탁월하게 쓴 부분이 있다고 해서, 기말 과제가 통과되지는 않을 거기 때문이에요.”

페니가 잘 쓴 부분은 겨우 두세 쪽에 불과하다는 것이 명백했다. 기말 과제로 써야 하는 이야기는 2만 단어 분량이었다. 지금껏 페니는 그렇게 긴 분량을 써본 적이 없었다. 페니는 글쓰기를 탈출구로 삼곤 했기 때문에 그녀의 세계는 환상적이었고 확실히 단조로웠다.

페니는 등장인물들이 뭘 원하는지 안다고 생각했다. 하지만 **왜** 그런 것을 원하는지 추론하는 것은 더 까다로웠다. 그리고 그들이 원하는 것을 **어떻게** 얻을 수 있을지 말하는 것은 완전히 다른 문제였다. 젠장, 페니 자신도 자신이 뭘 원하는지 모르는데, 그녀가 만들어 낸 인물이라고 해서 더 나을 리가 있을까?

게다가 방해 요소가 너무 많았다. 그런고로 페니는 아침 5시 15분에 일어났다.

그녀는 3막을 구상해 카드 노트에 손으로 적어 넣으면서 장면을 시각화하고 이리저리 옮겨볼 계획이었다. 그런데 가로 8, 세로 13센티미터 규격에 색색으로 분류된 카드를 펼치던 중 자신의 손톱이 끔찍해 보인다는 사실을 깨달았다. 보잘것없는 매니큐어 조각들은 틀림없이 그녀의 음식에 떨어질 작은 독들이 모인 슬픈 군도群島 같았다. 페니는 엄마가 크리스마스 때마다 양말에 넣어준 매니큐어 키트를 집어 들고 매니큐어를 벗겨냈다.

그녀는 그 순간 자신이 얼마나 엄마를 닮았는지 인정하고 싶지 않았다. 해야 할 일을 하지 않고 손톱을 관리하는 것은 전형적인 셀레스트의 행동이었다. 페니는 자신이 가장 이상한 순간에 엄마를 그리워하는 것 같다는 생각이 들었다. 게다가 가장 이해하기 힘든 부분들이 그리워지곤 했다. 엄마가 뒤에서 안아줬을 때 흉곽이 닿던 느낌. 혹은 경제학 선생님의 곱슬머리를 보고 강의 내내 엄마를 떠올렸던 일. 두 사람 모두 말하지 않고도 엄마를 볼 수 있는 방법이 있다면 좋았을 것이다. 매니큐어를 다 지우고 나자 페니는 머리를 감아야겠다고 생각했다. 때를 못 맞춘 샤워로 갓 칠한 손톱을 망치는 것보다 더 나쁜 일은 없었다.

샤워기 아래에 서 있던 그녀는 욕실에 창문이 없어 틈새에 얇은 흰곰팡이 층이 생겼다는 사실을 깨달았다. 흰곰팡이 자체는 견딜 수 있었지만 이것이 사상균으로 변하는 것은 정해진 결론이고 그건 누군가를 죽일 수도 있었다. 한 시간 반이 지난 후 페니는 깨끗해졌고, 샤워실은 얼룩 하나 없었고, 그녀의 손톱도 무광택 슬레이트 회색으로 칠해졌다. 이제 준비가 다 됐다. 페니는 바지 엉덩이를 의자 좌석에 붙이려고 바지를 입었다.

지금까지 그녀가 구상한 내용이다.

게임 속 아기는 '아니마'라고 알려져 있었다. 그래서 그녀는 '아니마'를 적었다.

그리고 위키피디아에서 그 단어를 찾아봤다. 뭐가 뭔지 모를 때 가장 먼저 해야 할 일이 검색이니까.

아니마는 '영혼' 또는 '움직이는 원리'라는 뜻이었다. 분석심리학자 칼 융에 따르면 아니마는 눈에 보이지 않는 개인, 즉 진정한 내면의 자아를 의미하기도 했다.

페니는 이야기에 나오는 것과 같은 온라인 롤플레잉 게임에 대한 경험이 많지 않았다. 하지만 〈오버워치〉와 〈월드 오브 워크래프트〉가 한국에서 큰 인기를 얻었다는 사실은 알았다. 이 두 컴퓨터 게임은 대회가 열리면 경기장을 가득 메울 정도로 매우 경쟁적이고 치열하게 플레이됐고, 중독을 치료하기 위해 재활 시설에 가는 사람들도 있었다.

하지만 어떤 게임이든지 공통점은 과업, 즉 추구할 목표가 있어야 한다는 것이었다. 페니는 자신이 좋아하는 가느다란 검은색 젤펜으로 '퀘스트'라고 썼다.

아, 페니는 그 단어를 정말 좋아했다.

페니는 '퀘스트'에 밑줄을 그었다. 정말 듣기 좋은 단어였다. **쿠에스트.**

오, '오디세이'도 좋은 단어였지만 페니는 이미 '퀘스트'에 밑줄을 그었다.

페니는 물음표를 덧붙였다.

그런 다음 다른 카드를 꺼내서 '영웅은 어떻게 원하는 것을 얻을까?'라고 썼다.

J.A.의 말이 그녀를 계속 괴롭혔다.

먼저 페니는 규칙을 정해야 했다. 게임의 주된 부분은 영웅 또는 플레이어 캐릭터가 아기나 아니마를 키워야 한다는 것이었다. 아니마는 믿을 수 있는 아군으로, 옷을 입히고 무기를 줄 수 있지만, 무엇보다도 위험에서 안전하게 보호해야 했다. 엄마인 김 씨는 건슬링어를 플레이했다. 건슬링어는 무자비한 무법자이자 명사수였다. 모험과 포위 공격이 있었고, 심지어 용을 죽이기도 했다. 용과의 전투는 정말 흥미진진하고 격렬했다. 그리고 모든 것을 잃기 전 마지막 순간에 아니마는 건슬링어를 구하고 필멸의 적을 물리치기 위해 자기 목숨을 바치는 가장 큰 희생을 치렀다. 이것은 태곳적부터 이어진 거래였다.

페니의 버전에서 아기는 마음을 바꿨다. 그렇게 할 수 있기 때문이었다.

아니마에게 바꿔 먹을 마음이 있다는 것부터 기적이었다.

그리고 그 기적의 대가는 부부의 진짜 아기였다. '눈에는 눈 이에는 이'의 디지털판이었다.

좋아, 집중하자. 그럼 누가 영웅일까, 아니마 혹은 엄마? 가장 많이 변화하는 것은 아니마니까, 영웅은 아니마다. 하지만 왜?

페니는 강의 시간에 거론됐던 이야기를 촉발하는 최초의 사건에 대해 생각해 봤다. 그것이 바로 빅뱅이었다(물론 독실한 창조론자가 아닌 경우에만). 캣니스의 여동생이 헝거 게임에 선발됐지만, 캣니스가 여동생 대신 참가하는 것과 비슷하다. 또는 마블 유니버스에서 나이트로가 폭발하면서 6백 명이 사망하자 '초인등록법'이 발의되고, 이로 인해 '시빌 워'가 일어나는 것과 마찬가지다. 아니마에게는 전환점이 되는 유레카의 순간이 필요했다.

"그리울 거야."

건슬링어는 한쪽 무릎을 꿇고 아니마의 뺨에 입을 맞췄다.

"그리울 거야."

아니마가 다정하게 웃으며 앵무새처럼 따라 말했다. 순종적인 아기는 뭐든 엄마가 하는 말을 따라 하는 것이 최선임을 알았다.

건슬링어는 빙그레 웃으며 아니마를 품에 안았다.

"그게 무슨 뜻인지 아니, 내 사랑스러운 딸아? 그립다는 게?"

건슬링어는 거침없이 살육을 일삼아 네 왕국에서 두려움의 대상이었지만, 사람들이 없는 곳에서는 아이의 응석을 받아주며 애지중지 키웠다.

아니마는 고개를 저었다.

"내가 여기 없을 때도 항상 네 생각을 하며, 네가 곁에 있었으면 좋겠다고 생각할 거라는 뜻이야."

"그리울 거야."

아니마는 엄마가 떠나는 모습을 바라보며 다시 말했다.

'여기'는 무슨 뜻이었을까? 아니마는 항상 '여기'에 있었다. '여기 아닌 곳'이 있다는 사실에 아니마는 머릿속이 뻥 뚫린 것 같았다. 아니마는 어머니가 '여기 아닌 곳'에 있으면 싫었다.

다음 날 저녁, 어머니가 출발하자 아니마는 어머니를 따라 숲으로 들어갔다. 건슬링어의 지시 없이 아트리움을 떠나는 것은 금지돼 있었지만 아니마는 알아야만 했다. 달이 없는 밤이었고, 아니마는 어두운 형체들과 혹시 들키면 보게 될 어머니의 노여움이 두려웠다. 그때 갑자기 칠흑 같은 어둠 속에서 목소리가 들렸다. 하늘에서 들리는 시끄러운 목소리였다. 하얀 섬광과 함께 하늘이 열리더니 나무 꼭대기나 메루산의 다섯 봉우리보다 높은 곳에서 아니마는 태양만큼이나 큰 얼굴을 봤다. 어머니였다. 그곳이 바로 어머니가 아니마를 그리워했을 때 갔던 '여기 아닌 곳'이었다.

호기심의 불꽃과 답을 좇는 추구가 아니마의 퀘스트였다. 이것이 아니마의 운명을 바꿔 컴퓨터 너머에 있는 어머니의 진짜 아기와 얽히게 했다. 아니마는 컴퓨터의 카메라와 스피커를 통해 '여기 아닌 곳'을 볼 수 있었다. 그리고 자신에 대해 더 많이 알게 될수록 자신이 살고 있는 세상에 더 많은 호기심을 갖게 됐다. 이것이 바로 깨우침이었다. 지각이었다. 이것이 바로 삶이었다.

페니는 메모하고, 모든 것을 다시 읽으며, 그중에서 무엇이라도 글쓰기가 될 만한 게 있는지 생각했다. 어느새 7시 40분이었다.

수업 시작 20분 전이었고, 샘은 한 시간 전에 페니에게 아침 인사 메시지를 보냈다. 어쩌면 그녀는 거부할 수 없는 알고리즘에 관한 이야기를 써야 할지도 모르겠다. 그녀의 핸드폰을 괴롭히고 그녀가 핸드폰과 사랑에 빠지게 해, 급기야 그녀가 미쳐서 전원을 연결한 헤어드라이어를 끌어안은 채 샤워실로 들어가게 하는 알고리즘 이야기. 자, 그럴듯할 것 같다.

S

샘

샘은 쓰레기 수거 트럭 소리를 들었다. 그리고 새소리도. 동이 트고 방이 따뜻해지기도 전에 샘의 몸이 먼저 아침을 알아봤다. 샘은 자기 만족감에 젖어 조깅하는 사람들과 환경미화원과 함께 집으로 돌아오곤 했다. 샘은 조깅하는 사람들을 보며 놀라워했다. 목적에 따른 전용 복장을 가진 사람들, 캠핑 장비와 테니스 라켓을 가진 사람들이 경이로웠다. 그런 사람들이라면 아이를 가질 만도 했다.

그는 잠을 잤는지조차 알 수 없었다. 술을 끊고 몇 주 동안 그는 끔찍한 악몽에 시달렸다. 아버지와 주먹다짐하거나 로렌의 장례식을 치르는 생생한 꿈과 같이 심리학 기초 강의에 나올 법한 것들이었다. 그러다 어떤 이유에서인지 상황이 바뀌었고 그는 죽은 듯이 잠을 잤다. 아침이면 꿈 없는 수면에서 억지로 몸을 떼어야 했다. 베개는 침으로 축축했고, 살이 접힌 채 움직이지 않은 자리에는 짙은 주름이 생겼다. 이제는 때때로 불면증이 나타나 모든 것을 뒤죽박죽으로 만들었다.

좋은 아침! 그가 핸드폰에 입력했다.

요즘 샘이 아침에 일어나서 가장 먼저 하는 일이었다.

샘은 샤워를 했다. 뜨거운 물이 그의 몸 위로 미끄러지면서 살갗을 데웠다. 로렌을 보는 것은 몹시 실망스러운 일이었다. 슬펐다. 그는 전날 밤의 감정적 숙취를 느꼈다. 마치 온몸의 근육을 내내 꽉 틀어쥐고 있었던 것 같았다.

샘은 가끔 친구들이 그리웠다. 거너와 개시는 재미있었지만 술과 술집이 없으면 셋이 할 얘기가 없다는 걸 알았다.

샘은 머리를 수건으로 말린 다음 흔들어 털었다. 여름이 한창일 때 거너의 전 여자 친구인 에이프릴이 샘의 머리를 잘라주러 들렀다. 에이프릴이 혼자 온 것도 어색한데, 두 사람이 뒤쪽 발코니에 자리를 잡자 그녀는 샘의 목 뒷덜미에서 손을 떼지 않고 미적대며 다른 꿍꿍이가 있다는 티를 냈다. 샘은 참을 수 없었다. 그는 계속 연락하겠다는 약속과 함께 커피 케이크를 줘서 그녀를 돌려보냈다. 그녀가 다시 돌아오지 않자 그는 안도했다.

그의 핸드폰이 울렸다.

타코와 영화?

젠장, 주드.

둘은 오늘 밤 저녁을 먹기로 했었다. 아, 저녁과 영화였다. 샘이 제안했다. 바람둥이와 가서 망쳐버린 망할 타코 가게가 아니라 맛있는 타코 가게에서 알 파스토르 타코를 먹고, 알라모 드래프트하우스에서 〈그렘린 2〉 심야 영화를 보고 크림 브륄레를 먹기로 했다.

샘은 주드에게 애정이 있었지만 주드가 문자를 보낼 때마다 영락없이 '젠장, 주드'라고 생각했다. 주드는 좋은 애였다. 다만 그는 이미 거의 매일 아침 수업 전에 커피를 사러 들르는 주드를 만나고 있었다. 그리고 그 정도면 충분했다.

샘은 에스프레소를 뽑았다. 그녀와 함께 저녁을 먹는 것이 죽도록 힘든 일일까?

아마도.

그는 자신도 모르게 참고 있던 숨을 내뱉었다. 그리고 움츠리며 메시지를 입력했다.

정말 미안해 제이

일해야 해

그는 주드가 핸드폰 화면을 쳐다보며 자신을 미워하는 모습을 상상했다.

그는 다시 메시지를 입력했다.

다음 주?

아아아아아. 왜 그랬을까?

페니에게 답이 왔다.

좋은 아침!

다빈치가 잠을 안 잔 거 알았어?

낮잠만 잤대

30분/4시간

샘은 페니가 이렇게 불쑥 한바탕 메시지를 보낼 때는 다른 일이 있다는 것을 알았다. 그는 시간을 확인했다. 오전 8시 8분이었다. 글쓰기 강의를 듣는 중이거나 지각했거나 둘 중 하나였다. 샘은 페니를 만날 걱정 없이 종일 페니와 대화할 수 있다는 사실이 마음에 들었다.

역사적으로 여자애들과 대화하는 것은 어려운 일이 아니었다. 여자애들이 관심을 보이면 수많은 질문으로 관심을 돌려주면 된다. 페니는 질문을 잘 받아들이는 편이었지만 수줍어하거나 암시적으로 대답하는 경우는 거의 없었다. 게다가 그녀는 어울려 노는 데는 전혀 관심이 없는 것 같았다. 왠지 그녀는 유혹의 기법에 넘어가지 않는 것 같았다. 샘은 그녀가 그를 매력적이라고 생각하는지 궁금했다.

비상 페니

어제 오후 4:37

개야 고양이야?

페니가 보낸 메시지는 어느 것도 비상 상황이 아닌데도 페니의 연락처가 '비상 페니'로 저장돼 있는 것이 몹시 웃겼다.

샘은 답을 보냈다.

아기 염소

그는 답이 만족스러웠다. 그에게는 준비된 염소 모음 동영상이 있었다. 샘은 링크를 복사해 보냈다.

우와

목요일 오전 12:09

파이야 케이크야?

샘은 정교한 격자 장식을 올린 피칸 파이를 만들고 있었는데, 혹시 파이가 이기면 보여주고 싶었다. 그는 냉동한 버터를 치즈처럼 갈아서 크러스트를 완성했다.

케이크
평범한 시트 케이크
케이크 믹스로 만든 거

뭐라고???
역겨워
넌 제정신이 아냐

샘은 파이를 오븐에 넣으며 너무 풀이 죽어버린 자신이 바보처럼 느껴졌다.

확실히 파이가 나았다. 시트 케이크보다 코블러가 나았다. 으웩. 그는 그들 사이가 괜찮아질지 확신이 서지 않았다.

샘은 그들 사이에 통하지 않는 것이 파이와 케이크만은 아니라는 사실을 알았다. 페니가 핸드폰에서 튀어나온다면 그의 삶에서 차지하게 될 공간을 상상할 수 없었다. 그는 그녀가 방 건너편에서 그가 아는 사람들과 함께 웃는 모습을 그려볼 수 없었다. 아니면 식탁에서 그녀의 입에 완두콩을 떠 넣어주는 모습도. 사실 샘은 그녀가 어떻게 생겼는지 거의 기억하지 못했다. 그녀를 본 지 너무 오래됐을뿐더러 온라인에도 그녀의 사진은 거의 없었다. 학교 졸업 앨범에 사진이 한 장 있었지만, 페니는 너무 어려 보였고 사진을 찍힌 것이 불만스러워 보였기 때문에 샘은 분명 자신이 그녀의 사생활을 침해하고 있다고 느꼈다.

핸드폰이 다시 울렸다. 주드였다.

괜찮아!

다음 주 좋아

일 잘되길 바라

페니는 여전히 다상 수면* 일정에 관해 고민하고 있었다.

니콜라 테슬라도

불면 모임

아니면 간헐적 수면 모임

너무 피곤해

잠은 잤어?

좀 어때?

페니는 항상 그의 안부를 물었다.

못 잤어!

* 짧게 여러 번 나눠 자는 수면 방법.

하지만 슈퍼문이었어

뇌의 화학작용을 이상하게 만든대

빌어먹을 달

달 싫어

아침에 글을 써보려고 했어

그런데?

음 그랬다고

앗 다시 할게, 수업

:(

샘은 자신도 이모티콘에 너무 익숙해졌다는 것을 깨달았다. 그는 십 대 여자애가 된 기분이었다. 페니는 정말 십 대 여자애였다. 그는 스스로 상기시켰다. 이제는 정말로 그와 같은 또래의 여자에 대해 생각해 봐야 했다. 이를테면 배 속에 태어나지 않은 그의 아이를 갖고 있는 그 여자라든가. 샘은 자신의 텅 빈 방에서 신음했다. 페니는 주드 또래였으니까 열일곱이나 열여덟 살 정도였다. 샘은 페니의 생일이 언제인지, 페니가 어떤 케이크 믹스로 만든 시트 케이크를 좋아하는지 궁금했다. 틀림없이 바닐라 프로스팅을 얹은 초콜릿케이크일 것이다. 스프링클 장식도 좀 뿌리고. 페니의 머리카락과 어울리는 반짝이는 검은색으로 뿌리면 좋아할 것이다. 어차피 신경 쓸 일은 아니었다. 그는 자신이 현실에서 실제로 진짜 먹는 케이크를 들고 기숙사에 나타나면 그녀가 얼마나 겁에 질릴지 상상해 봤다.

그는 아마도 페니가 어엿한 어른으로 인정할 만큼 나이가 들면 친구가 될 수 있을지도 모른다고 생각했다. 페니가 스물다섯 살이 되고 샘이 스물여덟이나 스물아홉 살이 되면, 그는 세금에 관해 조언해 주거나 적정 연령의 남자 친구가 페니를 제대로 대접해 주지 않을 때는 흠씬 두들겨 패주는 나이 많고 근사한 남자 사람 친구가 될 수 있을지도 몰랐다. 아니면 적어도 위협적인 표정으로 쏘아보기라도 해줄 수는 있을 것이다. 맙소사. 그때쯤이면 샘은 거의 서른이었다. 메슥거려.

P

페니

페니는 강의실로 걸어갔다. 그녀의 머리는 최악의 순간에 겨드랑이에 걸리는 그런 종류의 긴 머리였다. 그녀는 몰려드는 학생들 사이를 빠져나와 샘의 핸드폰에 데이트에 관한 질문들을 마구 쏟아내고 싶었지만 자제했다. 대신 그녀는 나중에 정신병자가 된 천재들의 다양한 수면 주기에 대해 얘기했다. 아주 정상적으로.

그녀는 전날 밤 그에게 문자를 보내고 싶은 마음이 간절했다. 대신 신경을 다른 데로 돌리려고 인터넷에 시선을 고정하고 MzLolaXO를 몰래 엿보느라 잠을 이루지 못했다. 페니의 인스타그램 계정에는 사진 여섯 장밖에 게시물이 없었지만, 익명으로 숨어서 구경하거나 실수로 옛날 게시물에 '좋아요'를 눌렀을 때 눈가림하기에 유용하도록 비공개로 해두었다. 페니는 MzLolaXO가 몇 주 전에 찍은 샘의 손을 새로 올렸다는 사실을 알고 온몸이 무너져 내리는 것 같은 기분이 들었다. MzLolaXO는 샘이 고장 난 노트북을 들고 있는 사진에 그를 태그했고, 페니는 말 문신을 보고 샘이 맞는다고 확신했다. 페니가 태그를 눌러 샘의 계정으로 갔을 때는 이미 삭제되고 없었다. 페니는 마음이 놓이면서도 그날 밤 샘이 그녀를 만난 얘기를 하지 않았다는 사실에 조금 상처받았다. 그렇다. 많이 상처받았다.

새벽 1시, 페니는 컴퓨터 화면을 너무 오래 본 탓에 눈이 욱신거렸다. 그녀는 주드의 시리얼 바를 두 개 먹었는데 한 개에 식이섬유가 16그램이나 들어 있다는 사실은 미처 알아차리지 못했다. 페니가 캠퍼스를 가로지르는 동안에도 시리얼 바는 마치 섬유질이 석화된 다이아몬드처럼 배 속에 묵직하게 깔려 있었다.

페니는 자신이 왜 제정신이 아닌 것처럼 구는지 알 수 없었다. 아기를 위해서는 샘과 롤라가 화해하는 편이 더 좋았다. 그 둘이 함께하는 것은 우주의 자연스러운 질서였다. 가젤 두 마리가 사바나를 쏘다닌다고 해도 청개구리가 참견할 일이 아니었다. 당연히 페니는 청개구리였다.

페니가 강의실에 도착했을 때, J.A.는 노끈은 아니겠지만 그와 비슷하게 복잡하게 꼬인 끈으로 만든 점프슈트를 입고 있었다. 말할 필요도 없이 J.A.는 환상적인 모습이었다. 그녀가 말을 시작했다.

"비극적인 주인공은 쓰는 재미가 아주 대단해요. 햄릿, 맥베스, 오셀로, 토니 소프라노. 다들 상처받고, 무거운 짐을 잔뜩 짊어지고 있어요. 게다가 그들이 어디를 가든 수군수군해요."

페니의 이야기 속 인물들은 모두 엉망진창이었다. 유일하게 결백한 사람은 죽은 현실의 아기였다. 으, 생각할 아기가 너무 많았다. 샘의 아기에 관한 중요한 소식이 있었다면? 샘이 말해줬을까? 그래, 말했을 것이다. 적어도 페니는 그렇게 생각했다. 하지만 몇 주 전에 롤라를 만났다는 얘기는 하지 않았다. 그렇다면 전날 밤 일이라고 해서 왜 말하겠는가? 페니가 방에서 감정을 삭이는 동안 라스베이거스로 차를 몰고 가 눈이 맞았다고 말이다.

지금 샘이 결혼한 상태라면? 후유. 그러면 그는 더할 수 없이 비극적인 사례가 될 것이다. 임신한 롤라는 그의 하마르티아,* 즉 치명적 결함이었다. 맙소사, 어쩌면 페니가 비극적 주인공이고 샘이 그녀의 결함일 수도 있었다. 페니는 다시 수업 과제에 집중하려고 애썼다.

문제는 페니가 솔직히 인정해야 한다는 것이었다. 그녀가 샘을 알게 된 것은 오직 그가 고난을 겪고 있었기 때문이었음을 인정해야 했다. 전형적인 '물에서 나온 물고기' 시나리오였다. 샘은 페니가 보낸 수백만 개의 메시지로 이뤄진 낯선 땅에 온 낯선 사람이었다.

그가 그녀에게 얼마나 많은 시간을 쏟았는지를 생각하면 이상야릇했다. 미심쩍은 구석이 있었다. 샘은 로렌 외에는 가족이나 친구에 대해 언급한 적이 없었다. 어쩌면 증인 보호 프로그램에 속해 있는지도 몰랐다. 하지만 그건 전혀 말이 되지 않았다. 주드는 너무 큰 위험부담이 됐을 것이다. 주드는 오늘 아침에만 해도

---

* 고대 비극에서 평범한 사람보다 우월한 주인공을 몰락시키는 원인을 이르는 개념으로, 과오나 약점을 뜻한다.

샘이 자신을 피한다고 불평했다.

샘이 이만큼 그녀와 얘기하는 것도 그가 많이 감수하는 것임이 분명했다. 경험상 샘은 페니보다 더 침착했다. 청개구리 페니가 샘의 시간을 너무 많이 뺏는 것은 기회주의적인 짓이었다.

그녀는 남은 하루 동안 샘에게 문자를 보내지 않겠다고 맹세했다.

페니가 수업을 끝내고 돌아왔을 때 맬러리는 페니의 침대에 신발을 신고 누워 있었고, 주드는 김이 잔뜩 서린 화장실에서 나오고 있었다.

"안녕, 피!"

주드의 얼굴이 환해지더니 룸메이트인 페니를 안아줬다. 그녀는 따뜻하고 축축했다.

"세상에, 해줄 이야기가 너무 많아!"

"하우스에 커피 마시러 갈 건데 같이 갈래?"

맬러리가 등을 대고 돌아 누우며 말했다. 그녀는 입에 있던 껌을 쭉 당겼다.

"못 가. 글 써야 해서."

"오늘 아침에도 쓰지 않았어?"

주드는 수건을 침대에 던졌다. 그녀는 너무 헐벗고 있었다. 페니는 반사적으로 고개를 돌렸다.

"아침 6시인가에 일어났잖아. 그 불빛 때문에 미치는 줄 알았다고."

"미안해. 얼마 못 썼어."

페니의 가방에서 전화기 알림음이 울렸다.

맬러리는 눈을 동그랗게 떴다.

"왜? 새 남자 친구와 문자를 주고받느라고?"

맬러리는 고개로 페니의 전화기를 가리켰다. 주드가 말했다.

"맬러리."

"누구를 만나고 있는 게 분명해. 핸드폰 잡고 있는 건 얘가 나보다 더 심하다니까."

맬러리가 끈질기게 말했다.

페니의 뺨이 붉어졌다. 주드가 동의했다.

"페니, 네가 내성적인 건 알지만 이건 너무 뻔해. 그리고 잘된 일이잖아. 그래서 마크와 헤어진 거 아니야?"

"꼭 그렇진 않아."

페니가 중얼거렸다.

"꼭 그렇진 않아. 난 그럴 수 없어. 난 페니예요, 수상쩍은 새 남자 친구에 대해 말하지 않을 거예요. 난 진지한 작가라고요."

맬러리는 자리에서 일어나 도전적인 미소를 지었다.

"좋을 대로 해, 맬러리."

페니가 노트북으로 고개를 돌리며 말했다.

"됐다, 됐어. 가자, 주드. 수상쩍은 페니는 우리랑 놀고 싶지 않대."

맬러리가 눈썹을 치켜뜨며 말했다. 주드가 롬퍼를 입으며 물었다.

"뭐 필요한 거 있어? 엉클 샘 간식?"

페니는 고개를 절레절레 흔들었다.

"나중에 저녁 먹을까?"

"아마도."

"알았어, 열심히 해. 우리 할 얘기 진짜 많단 말이야. 예를 들면 내가 빌어먹을 마케팅 선수 과목들을 취소하고 이제 막 새롭게 예술사 전공생이 됐다는 소식이라든가."

"와, 대단하다! 아빠도 잘 넘어가 주셨어?"

"꼭 그렇지는 않지. 아빠는 내내 엄마가 유럽 여행 간 일로 흉만 봤어. 엄마가 페이스북에 유럽 여행 포스팅으로 도배했거든. 드디어 아빠가 엄마한테 신경을 좀 쓰는 것 같아."

주드가 눈알을 굴리며 말했다.

"커피가 필요해."

맬러리가 주드의 팔을 잡아당기며 징징거렸다.

"알았어, 알았어. 나중에 얘기할까?"

페니는 고개를 끄덕였다.

문이 쾅 닫히자 복도에서 맬러리의 말소리가 들렸다.

"너는 도대체 쟤한테 무슨 장점이 있다고 그러는 건지 모르겠어."

맬러리가 마음껏 헐뜯어도 상관없었다. 페니가 하우스에 가서 샘이 그녀를 보게 하는 일은 절대로 없을 것이었다. 샘이 페니를 보면 모든 걸 망치게 될 것이다. 그는 페니를 한 번 보고는 "헉, 신경 꺼"라고 할 것이다.

페니는 글을 쓰는 대신 끊임없이 간식을 먹으며 미루기만 했다. 그녀는 유당불내증 소화제를 씹어먹고 나서 누텔라 병을 들고 한 숟가락을 듬뿍 떠냈다. 그리고 숟가락을 시리얼 그릇에 넣고는 치토스 작은 봉지 하나를 부었다. 그녀는 과자 하나를 숟가락에 담긴 헤이즐넛 크림에 조심스럽게 찍어 입에 쏙 넣었다. 그런 다음 그녀는 핸드폰을 확인했다.

샘 하우스

오늘 오후 2:02

시뮬레이션 가설이

뭔지 알아?

그리고 그녀가 바로 답하지 않자,

여보세요?

구독 취소야?

이거 켜진 거 맞아?

남은 하루 동안 문자를 보내지 않겠다는 결심은 여기까지였다. 그녀가 답했다.

주드와 맬이 가는 중

그가 곧바로 답했다.

여기?

응

그녀는 치토스 하나를 더 찍었다.

너도 와?

에? 아니

페니는 생각도 하지 않고 입력했다.

아하하하하 고마워

대놓고 의논한 건 아니었지만, 둘은 그냥 알았다.

우리가 만나서 놀지 않는 게 이상한 건가?

페니의 손이 키보드 화면 위에서 맴돌았다. 주황색 치즈 맛 가루 덩어리가 다른 손 엄지와 집게손가락에 몽글몽글 붙어 있었다. 갈색빛 도는 주황색 이끼 같은 덩어리를 그녀는 빨리 이빨로 긁어 내 버리고 싶었다.

만나서 놀아?

그녀는 시간을 끌고 있었다.

그녀는 절대로 자기 일상 활동의 97퍼센트를 그에게 보일 수 없었다. 그녀는 괴물이었다. 엉덩이도 없이 널빤지처럼 납작한 괴물이었다. 사실 그녀의 턱에서 굴곡이라고 할 만한 것은 만질 때마다 아픈 커다란 낭종성 여드름뿐이었다. 그래, 안 돼.

현실에서 진짜로?

응

카페에서

네 친구들이 놀러 가고

다른 친구는 일하는 곳

페니는 친구라는 말에 미소를 지었다. 하지만 이것이 일종의 테스트인지도 몰랐다. 그녀가 그를 만나고 싶다고 인정한다면 그는 실망할까?

그녀는 이렇게 썼다.

아니?

그는 즉시 대답했다.

그렇지?

휴. 정답이었다. 그런데 왜 그렇게…… 슬펐을까?

이걸 망치니까?

그녀는 숟가락으로 치토스를 부숴 버렸다. 아마도 그녀가 느낀 것은 실망감이 아니라 소화불량일 것이었다. 배 속에서 굳어버린 단백질 바와 이 쓰레기 때문에 다시는 변을 보지 못할지도 몰랐다. 페니는 샘과 같은 화장실은커녕 같은 구역에서도 변을 보지 않아도 된다는 것을 유일한 위안으로 삼았다.

정말이지

너어어어어어무 좋아

각자 작은 금속 상자에 있는 게

#밀봉

#안전

복잡한 세상에서 벗어나서

그래

동감

ㅋㅋㅋㅋㅋ

그래 현실 만남은 사양

제4의 벽을 왜 깨겠어?

인정

우린 여기서 완벽하니까

사실이었다. 상자 밖의 모든 것은 엉망이었다. 페니의 '여기 아닌 곳'은 좋지 않았다. 그녀는 과자가 묻지 않은 손으로 브래지어를 흔들어 풀어 침대에 던졌다.

여기서 완벽해질 수 있다면

그리고 내 작품에서도

그럼 만족할 것 같아

너무 한심한가?

아니

페니

인정

한 번에 두 가지만

잘할 수 있을 거야

우리가

해야 할 일보다

문자 보내는 데

너무 시간을 많이 쓰는 것 같아?

샘은 잠시 생각한 후 대답했다.

아마

페니가 웃었다.

넌 무슨 영화 찍을지 정해야 해

너는 그 엄청난 이야기를 써야 하고

그리고 나도 읽게 해주고

어쩌면 한 번에 한 가지만

잘할 수 있나 봐

ㅎㅎㅎㅎㅎ

아마도

근데 이게 그 한 가지라면 어떻게 해?

ㅎㅎㅎㅎ

뭐, 문자 보내기?

응

어쩌면 이게 우리가 잘하는 한 가지일지도 몰라

나 제정신임

폰이 세상

인간은 진상

ㅋㅋㅋ

우리가 최고

이게 최고

그랬다.

S

샘

붐비는 점심시간이 지나고 샘은 일찍 퇴근해 핀의 차를 빌렸다.

그는 텍사스주 노동위원회에 차를 댔다. 이스트 사이드에 있는 주 정부 기관은 참나무로 덮여 있었다. 건물에는 그늘이 드리워져 있었고, 앞쪽에는 콘크리트 타설 선반과 스케이트보더들이 즐겨 타는 두 개의 금속 난간이 있었다. 기물을 부수거나 술을 마시거나 건물에 그라피티를 그리지 않는 한 경찰은 스케이트보더들을 건드리지 않았다.

샘은 스케이트보드를 타고 돌아다니는 남자애들 셋을 봤다. 가장 작은 아이는 머리를 턱까지 기른 생머리에, 열한 칸짜리 계단의 난간에 보드의 노즈를 걸고 구피 자세로 내려가고 있었다. 그는 무게 중심이 낮은 작은 체구 특유의 자신감으로 배짱이 두둑하고 강단도 있어, 마치 신체 각 부분의 동작을 정확히 알고 있는 것처럼 움직였다. 샘은 몸집이 더 큰 두 아이를 지켜봤다. 둘은 애매

한 백사이드 셔빗과 조급한 킥플립을 시도하면서 보드를 타는 것보다 집어오는 데 더 많은 시간을 보냈다.

샘은 자신이 그 나이였을 때 시에서 처음으로 새 난간을 설치했던 것이 기억났다. 스케이터보더들에게는 몇 주 동안 대단한 소식이었다. 매달 장비와 신발을 바꾸는 아이들처럼 돈 있는 스케이트보더들은 대부분 오스틴의 기술 기업 직원들의 애들이 자라면서 생겨나기 시작한 스케이트보드 전용 공원을 자주 찾았다. 하지만 이 세 아이는 샘이 그랬던 것처럼 눈에 띄게 가난했다. 한 아이의 스케이트보드는 테일이 깨져서 땅콩버터 같은 나무 보수용 충전재를 바르고 사포질을 한 상태였다. 멀리서도 샘은 보드에 반복적으로 닳으며 여기저기 구멍 난 운동화와 그 구멍으로 드러난 양말을 볼 수 있었다. 샘은 지난 몇 주 동안 그곳에 두어 번 왔었다. 매번 그 세 명뿐이었고, 그중 가장 작은 아이에게는 뭔가 눈길을 끄는 면이 있었다. 그 아이는 벌레처럼 두 발을 단단히 고정한 채 거듭해서 계단 아래로 몸을 던졌다.

샘이 차에서 내려 다가갔다.

셋 모두 포식자나 잠복 중인 경찰을 쫓아버리려는 듯 도끼눈을 뜨고 노려봤다. 가장 어린 아이는 머리에 더러운 수건을 두르고 담배를 입에 물고 있었다. 다큐멘터리 시리즈 〈바이스〉에서 봤던 소년병들과 닮은 얼굴이었다. 어린애의 얼굴이었지만 눈빛은 뭔가에 단단히 홀려 아주 멀리 떨어진 곳을 바라보는 것 같았다.

“진정해, 경찰 아니야.”

샘이 말했다. 그는 담배를 꺼내 불을 붙였다. 어린애가 샘을 향해 손을 내밀며 말했다.

“이봐요, 담배 좀 줘요.”

“너도 있잖아.”

“뒀다 나중에 피우려고요.”

어린애가 활짝 웃자 물고 있던 담배가 위로 솟았다.

다른 둘이 지원군처럼 다가와 어린애의 양옆으로 섰다. 샘은 아이에게 담배를 건네는 것이 조금 걱정스러웠다. 그러다가 결국 다른 곳에서 담배를 구하리라는 데 생각이 미쳤다. 샘이 담배를 건네자 그 애는 귀 뒤에 담배 개비를 꽂았다.

“전에도 봤어요.”

리더 아이가 더러운 청바지 뒷주머니에서 라이터를 꺼내 불을 붙이더니 라이터로 장난을 치기 시작했다.

“항상 같은 옷을 입고 있네요. 감정적인 소아성애자 뭐 그런 건 아니죠?”

샘은 웃으며 고개를 끄덕였다.

“하지만 자기 입으로 소아성애자라고 말하는 사람이 있겠니?”

“맞네요.”

아이가 웃었다.

“이름이 뭐예요? 성애자는 아니죠? 성은 성, 이름은 애자.”

아이가 다시 히죽거렸다. 그 아이의 친구들도 동시에 깔깔거렸다.

"샘이야. 나도 네 나이쯤이었을 때 여기서 스케이트보드 탔어."

"안녕, 샘? 난 바스티안. 이쪽은 제임스."

그는 둘 중에서 작은 쪽, 머리를 뒤로 빗어 넘긴 친구를 가리켰다.

"그리고 리코."

리코는 샘에게 고개를 까딱하고는 손마디를 꺾었다. 샘은 웃음을 꾹 참으며 고개를 끄덕거렸다. 그들은 만화 속 얼간이들 같았다.

그는 페니를 지원군으로 데려왔다면 그녀가 어떻게 했을지 궁금했다. 페니는 아마도 전투적으로 그들을 노려보며 공격적인 질문들을 던졌을 것이다. 그러고는 나중에 필요에 따라 가방에서 반창고와 연고를 꺼내주며 그들을 혼란에 빠뜨렸을 것이다.

그날 아침 페니는 그에게 애들에게 접근하는 방법에 대해 조언해 줬다.

아무것도 중요하지 않아

우리는 모두 때를 기다리고 있어

어차피 죽을 때까지

아마 지루해할 거야

애들은 지루해하잖아

지루하지 않게 해줘

"어쨌든 난 요즘은 스케이트 많이 안 타. 다큐멘터리 영화 감독이거든."

그가 말했다.

페니

엄마가 와

토요일 오전 8시 42분이었다. 몇 달째 피하고 있던 주제를 꺼내기에 딱 좋은 시간이었다.

좋은 거야 나쁜 거야

최선은 아니야

좋아하지는 않아?

어

나도 별로

우리 엄마 말이야

페니

왜?

너 먼저

페니는 언제나 먼저 말해야 했다.

아니 너부터

샘이 먼저 말했다.

우리 엄마는

엄마가 되지 말았어야 해

왜?

알코올 중독이야

후우

그래

저런

그래

또?

그걸로 부족해?

그러게

엄만 날 미워하는 것 같아

널 미워하진 않아

페니는 생각도 해보지 않고 답을 보냈다. 그녀가 도대체 뭘 알겠는가? 어떤 엄마들은 자식을 망친다. 그럴 뜻은 없더라도 망치기도 한다.

미워한다는 건 표현이 세긴 하지

솔직히 아주 틀린 말은 아닌 것 같아

이제 네 차례

ㅎㅎㅎ

엄마 얘기 하기에는 너무 이른 시간이지

미안

아냐 말해봐

우리 엄만 날 슬프게 해

왜?

엄만 내가 **대단하다**고 생각해

기준이 높구나

모든 걸 한꺼번에 하고 싶어 해

그리고?

난 실망만 안겨주게 돼

어떻게?

우린 너어어어어어무 달라

엄마는 내 절친이 되고 싶어 해

아니거든

전혀

모든 게 너무 슬퍼

생각만 해도 지쳐

우웅

괜찮겠어?

페니는 자신이 괜찮을지 궁금했다. 셀레스트는 아주 쉽게 페니를 화나게 했다. 그녀는 애플 스토어에서 낭패를 겪었던 일을 떠올리고, 이번 여행이 그날의 재방송이 되지는 않을지 의심스러웠다. 페니는 셀레스트를 상대할 기운이 없었다. 거대한 존재감과 방 안의 공기를 모두 빨아들이는 특성은 감당하기 버거웠다. 엄마는 그녀의 삶을 완벽하게 독차지했다. 그리고 페니는 이제 겨우 혼자만의 삶에 첫발을 내디디고 있었다. 그녀만의 삶과 그녀의 핸드폰에.

'세상에.'

솔직히 페니는 달려오는 기차 앞에서 강아지와 핸드폰 중 하나만 구할 수 있다면 핸드폰을 향해 뛰어들 것이었다. 그리고 그건 정말 끔찍한 일이었다. 그녀의 핸드폰과 샘 사이의 경계가 점점 흐릿해지고 있었다. 샘이 곧 핸드폰이었고 핸드폰이 곧 샘이었다. 검은색 옷을 입은 그녀의 로즈골드 빛 친구.

'어우.'

샘은 그녀의 아니마였다.

'젠장.'

이건 로맨스가 아니었다. 로맨스라기에는 너무 완벽했다. 메시지에는 어색함 없이 오직 말만 있었다. 서로의 안구를 빤히 쳐다보는 것과 같은 불필요하고 당혹스러운 일을 하지 않아도 서로에 대해 충분히 알아가고 편안해질 수 있었다.

샘이 주머니에 있는 한 페니는 결코 혼자가 아니었다. 하지만 때때로 그것만으로는 충분하지 않았다. 페니는 감사해야 한다는 것을 알고 있었지만 그녀의 운영 체제 배경에서 쉬지 않고 실행되고 있는 끈질긴 희망이 있었다. 언젠가는 샘이 자신을 떠올리며 이렇게 결정하지 않을까 하는 희망이었다.

"내가 매일 만나는 매력적이고 섹스를 두려워하지 않으며 유혹이라면 천재급인 여자들은 다 집어치우고, 난 널 선택할 거야, 페넬로페 리. 넌 창의적이면서도 역겹지 않게 간식을 먹고 맞춤법도 최고야."

페니가 손에 든 핸드폰을 보자 화면이 켜졌다.

전화였다.

샘의 전화였다.

'우어어.'

페니는 아직 자고 있는 주드를 힐끗 쳐다보고는 조용히 침대에서 빠져나와 화장실로 들어갔다.

"여보세요."

방금 잠에서 깬 것처럼 낮은 목소리였다.

"여보세요."

페니는 목을 가다듬었다.

"네가 전화 걸었잖아."

샘이 웃는 소리가 들렸다.

페니는 화장실에 도청 장치라도 있는 것처럼 샤워기를 틀었다.

"나도 알고 있어."

"왜 선을 넘은거야?"

그녀가 물었다. 샘은 다시 웃었다. 페니도 자신이 왜 그렇게 표현했는지 알 수 없었다.

"내 말은, 왜 전화했어?"

"답을 안 했잖아."

"뭐?"

페니의 심장이 쿵쿵 뛰었다. 그녀는 바닥에 주저앉았다.

"괜찮을지 물었잖아. 넌 답이 없었고. 순간적으로 걱정됐어."

"어, 미안해. 응, 난 괜찮아. 엄마 문제를 생각하고 있었어."

"그래, 질문하는 건 비상 연락처의 책임이니까."

"솔직히 말해서 비상 연락처의 원칙은 여전히 잘 모르겠어."

그는 다시 웃었다. 페니는 얼굴이 아플 정도로 활짝 웃었다.

"엄마들은 힘들어."

"응."

페니는 셀레스트에게 샘을 남자 친구로 소개하면 얼마나 만족스러울지 생각해 봤다. 그는 문신이 아주 많았다. 사실 로렌의 임신에서 단 하나 긍정적인 면이 있다면, 페니의 남자 친구가 아기 아빠라는 사실에 셀레스트가 분개하게 될 것이라는 점이었다. 셀레스트는 '나는 쿨한 엄마'라는 태도를 견지하면서도 페니가 마크와 안정적인 관계를 유지하기를 바랐다.

"여기 온 이후로 엄마를 피해왔어. 좀 찔리는 기분이야."

페니가 말했다. 그녀는 물을 너무 많이 낭비하지 않도록 샤워기의 물을 조절했다.

"나도 한동안 엄마 안 만났어."

"어디 계시는데?"

"여기."

"오스틴에?"

"응."

"아."

그들은 잠시 잠자코 있었다.

"어머니 이름이 뭐야? 우리 엄마는 셀레스트야."

"브랜디 로즈."

이름만 놓고 보면 샘의 어머니 이름은 스트리퍼의 이름이 **아닌 건** 아니었다. 페니는 머릿속에 저장해 둔 '엄마' 파일을 꺼내서 신중하게 '브랜디 로즈, 알코올 중독자' 그리고 '샘의 비상 연락처가 아님'을 입력했다.

"셀레스트는 어떤데?"

"글쎄, 곧 엄마 생일이야. 근데 이걸로 다 알 수 있어. 어떤 해에 엄마가 실수로 약속을 이중으로 잡은 거야. 다른 남자 두 명하고. 엄마가 저녁 먹으러 나간 사이에 두 번째 남자가 우리 집에 나타났어. 나는 그 남자가 살인자인 줄 알았어. 좋은 시절이었지."

샘이 웃었다.

"80년대 영화 줄거리가 아니고?"

"난 마음이 안 좋았어. 내가 그 남자한테 차에서 기다리라고 했는데 글쎄 꽃까지 가져왔더라고. 그게 최악이었어."

"그게 언제였어?"

"엄마가 핸드폰을 갖기 전이니까 내가 여덟 살 때?"

"그런데 베이비시터도 없었어?"

페니는 마지막으로 베이비시터를 둔 게 언제였는지 기억해 내려고 애썼다. 그녀의 집에서 베이비시터라는 것은 없었다.

"그냥, 어렸을 때 엄마가 나가면 나는 케첩 병을 들고 잠자리에 들었다고만 말할래."

"벌써 재미있어……."

"완벽한 계획이었지. 나쁜 놈이 들어왔을 때 내 몸에 케첩을 뿌려놓으면 날 죽이지 않을 거로 생각했어. 왜냐하면 난 이미 죽었으니까."

"세상에, 내가 들어본 것 중에서 가장 귀여운 얘기인지 가장 슬픈 얘기인지 모르겠어."

"둘 다?"

"이런, 조그마한 네가 어둠 속에서 하인즈 병 그 57 스티커 부분을 미친 듯이 치는데 아무것도 나오지 않는 모습이 자꾸 상상돼."

페니가 웃었다.

"귀엽고 슬픈 것 같네. 브랜디 로즈는 어때? 공유할 만한 귀엽고 슬픈 사연이라도?"

"글쎄, 브랜디 로즈는 특이하게……."

S

샘

샘은 그가 왜 전화했는지 몰랐다. 단지 그녀와 얘기하고 싶었다. 그러니까 진짜로 말을 주고받으며 얘기하고 싶었고, 무엇보다 그녀의 말을 **듣고** 싶었다.

그는 엄마 이야기를 꺼낼 작정은 아니었다. 그의 인생 최악의 밤과 아침의 이야기를 공개할 생각은 더욱더 없었다. 그 밤은 꼭 컨트리 노래 가사처럼 흘러갔다. 그 운명적인 몇 시간 동안 샘은 여자 친구와 집, 가족을 모두 잃었다. 하지만 페니가 물어본 이상 그는 대답하고 싶었다.

“브랜디 로즈는 어때? 공유할 만한 귀엽고 슬픈 사연이라도?”

샘은 페니의 말소리와 낮고 허스키한 웃음소리를 듣는 것이 좋았다. 아우, 하지만 전화하기 전에 소변을 봤어야 했다. 대신 그는 모로 누워 이불을 끌어 올렸다. 마치 친구 집에 하룻밤 놀러 온 것 같았다.

“글쎄, 브랜디 로즈는 특이하게 홈쇼핑 채널 보는 걸 가장 좋아했어.”

사실이었다. 접히는 크로스컨트리 스키 기계든 기름 없이 튀기는 튀김기든 개를 위한 사다리로 변신하는 남녀 공용 스웨터든 어떤 제품이든 상관없었다. TV에서 판다고만 하면 샘의 엄마는 사고 싶어 했다. 랭 씨와 이혼한 후 이 습관은 더 심해졌다. 하지만 누구나 취미가 있고, 한 눈으로 계속 홈쇼핑 채널을 구경하는 일은 브랜디 로즈의 취미였다. 문제는 그의 엄마는 구경한 물건을 주문하는 것에 중독됐다는 것이었다. 그것도 아주 많이 주문했다. 늦은 밤에.

샘의 인생 최악의 밤과 아침이었던 그날 밤, 샘과 로렌은 마티니에 잔뜩 취해 있었다. 샘은 로렌이 바람을 피우고 있다고 의심했지만, 직감 외에 다른 증거는 없었다. 그는 어리석게도 시내에서 로맨틱한 밤을 보내려고 했는데 현금이 떨어졌다. 그는 양말 서랍에 남겨둔 줄기투성이 마리화나 소량을 포함해 몇 가지 물건을 가지러 집으로 향했다. 늘 그랬듯이 잠은 로렌의 집으로 가서 잘 생각이었다.

엄마네 집 문을 열었을 때 샘은 냄새에 깜짝 놀랐다. 쓰레기통에 뭐가 들어 있는지는 몰라도 썩은 오렌지 껍질의 악취가 집에 진동했다. 로렌을 집 안에 들이고 싶지 않았지만 그녀는 소변이 급했다.

“안녕하세요, 브랜디이이이이.”

로렌이 흥얼거리면서 문 뒤에서 살짝 고개를 내밀더니 안으로 들어왔다. 샘의 어머니가 거실 의자에서 그들을 노려봤을 때 로렌은 웃음을 터뜨렸다. 몇 주 만에 집에 온 샘은 불결한 상태를 보고 놀랐다. 그가 집 안을 치우지 않으니 설거짓거리가 쌓여 있었다. 빈 음식 포장 용기들이 사방에 널려 있었고 아무도 집어 들지 않은 엄청난 양의 우편물이 바닥에 널브러져 있었다.

밤 외출 후에 집에 들르는 것은 좋은 생각이 아니었다. 로르는 브래지어를 셔츠처럼 입고 있었고, 샘이 느꼈던 모두에 대한 부끄러움은 분노가 돼 활활 타올랐다. 구겨진 봉투 더미에 미끄러진 샘을 보고 로렌이 다시 웃음을 터뜨리자, 그는 바닥에서 낚아채듯 봉투들을 주워 들었다. 봉투의 수신인은 샘이었다. 얄팍한 하얀 봉투에는 붉은 잉크가 노여움에 찬 협박처럼 찍혀 있었다.

"엄마가 내 명의로 신용카드를 만들어서 쓰레기를 사들이는 데 수천 달러를 쓰고 있었어."

"세상에."

"그야말로 백인 쓰레기잖아?"

그는 말하면서 움찔했다. 그가 싫어하는 말이었다. 페니는 대답하지 않았다. 대답할 필요가 없었다.

"우리 엄마는 트레일러에 살아. 나도 트레일러에서 살았어."

"트레일러에서 사는 사람들도 있어."

샘은 페니의 얼굴을 보고 싶었다. 하지만 그녀의 표정에 동정이나…… 혐오가 나타난다면…… 그의 마음 한편은 무너져 내릴 것이었다. 로렌은 다음 날 아침에 그를 차버렸다.

"트레일러 안에는 상자를 보관할 공간이 없었어. 그래서 엄마는 바깥쪽 천막 아래에다 상자들을 쌓아놨어. 그건 정말 미친 짓이었어. 난 계속 소리를 질렀는데 멈출 수가 없었어. 엄마를 잡고 막 흔들고 싶었어. 밀어버리거나. 너무 취한 데다 너무 화가 났어……."

그가 말을 이었다. 눈물이 그의 베개를 적셨다.

"어머니를 흔들었어?"

"아니."

"밀었어?"

샘은 셔츠에 코를 닦았다.

"아니. 그런데 잠깐이었지만 내가 엄마를 다치게 할 것 같았어. 그래서 떠났어. 그 후로는 엄마랑 얘기해 본 적이 없어. 그래서 술도 끊은 거야. 이제는 술 안 마셔. 적어도 본격적으로는."

그는 로렌과 그들의 마지막 순간을 떠올리며 덧붙였다.

샘은 일어나 앉았다. 코가 막혔다.

'젠장.'

페니를 위로하려고 전화해 놓고 지금 울고 있는 건 자신이었다. 페니는 마치 경정맥에 찌르는 마취제 같았다. 그는 그녀에게 자신이 가진 최악의 진실을 술술 털어놨다. 멈출 수가 없었다. 정말 끔찍했다.

페니는 말이 없었다.

"미안해."

샘이 말했다. 그는 지치고 너덜너덜해진 기분이었다.

"왜?"

"어쩌다 이렇게 된 건지 모르겠어. 너 괜찮은지 보려고 전화한 거였는데."

그가 건조하게 웃었다.

"난 정말로 인간 조건이나 뭐 그런 것에 대해 근본적이고 안심되는 이야기를 해주려고 했어. 너무 바보 같지?"

"우리 다 바보야."

샘은 침울하게 고개를 끄덕였다.

'아아아아아아아아아악.'

부끄러워서 죽고 싶었다.

"아마도 한참 전부터 누군가에게 이 얘기를 해야만 했던 걸 거야. 나한테 말해줘서 고마워. 그리고 어쨌든, 어쩌면 네 말이 맞는 것 같아."

"뭐가?"

"비상 연락은 이런 식으로 하는 것 같아. 정신을 잃거나 미친 듯이 화내기 전에 비상 연락처에 말하는 거야."

"오, 아무도 공황 발작을 일으키지 않게 해주세요."

그녀가 웃었다.

"바로 그거야."

"그래서……."

"그래서……."

"아까 말했듯이……."

"응?"

"괜찮은 거야?"

그녀가 다시 웃었다.

"응. 물어봐 줘서 고마워. 넌 괜찮아?"

"나? 난 끝내주지."

"네가 이겼어. 알지."

"끝내줘서?"

"아니. 엄마 대결에서 이번 판은 네가 이겼어."

샘이 웃음을 터뜨렸다.

P

페니

전화 통화. 통화가 그렇게 강렬할 줄 누가 알았을까? 페니는 샘이 해준 이야기를 떠올렸다. 브랜디 로즈에 대해, 트레일러에 대해. 그녀가 아는 사람 중에 트레일러에서 자란 사람은 없었다. 순진한 생각이었지만, 페니는 자신과 셀레스트가 가난한 편에 속한다고 생각했다. 페니가 한국인이고 괴짜라는 것은 겉으로 드러나 있는 반면, 샘이 다른 사람들과는 다른 소득 계층에 속한다는 사실은 짐작도 하지 못했다.

샘은 그녀를 믿었다. 이것은 매우 중요한 일이었다. 진전이 있었다. 그렇다고 두 사람이 꼭 구체적으로 도달하려는 목표가 있는 것은 아니었다. 혹은 전화 통화가 반드시 손을 잡는 것으로 이어지고, 그다음에는 데이트하고 결혼하고 아이를 낳는 것으로 계속 이어지리라는 기대도 없었지만, 어딘가에서 어떻게든 변화가 일어나기 시작했다. 샘은 페니를 정말 신뢰했고 페니는 운이 좋다고 느꼈다.

둘은 점점 가까워지고 있었다. 세상에서 가장 좋은 느낌이었다. 샘의 전화를 받고 나니 하루 중 최고의 순간이 이미 지나간 것 같았다. 페니는 샤워하면서 엄마가 자신의 변화를 알아볼지, 더 성숙해 보이지는 않을지 궁금했다. 페니는 안 좋은 일이 일어나면 소리 없이 비명을 지르며 엄마를 빤히 쳐다보곤 했지만, 셀레스트는 한 번도 눈치채지 못했다.

페니는 김 서린 거울을 닦아냈다. 누구나 자신의 녹음된 목소리를 들으면 끔찍하다고 느끼는 것처럼, 페니의 외모는 페니가 머릿속에서 생각하는 모습과 전혀 일치하지 않았다. 페니는 엄마의 립스틱 중 하나를 문질러 바르고 사진 찍을 때 포즈를 취하듯 미소를 지었다. 이것이 그녀의 새로운 일상이 될까? 그녀와 샘은 이제 서로 전화를 걸게 될까? 페니는 문자 대화가 마음에 들었다. 문자로는 사소한 일부터 심오한 진실까지 서로에게 무엇이든 말할 수 있었고, 그런 관계가 계속 유지되기를 바랐다. 페니는 모든 대화 내용을 저장하는 앱을 샀다. 하지만 전화 통화는……. 아, 그건 또 다른 얘기였다. 심장이 쪼그라들도록 친밀했다. 샘이 웃으면 숨결이 느껴질 정도였다. 페니는 그 통화 속에 영원히 머물 수 있기를 바랐다.

“엄마도 너처럼 자그마하셔? 옷은 멋지게 입으셔, 아니면 엄마 같은 옷을 입으셔?”

주드가 셀레스트를 꼭 만나고 싶어 해서 페니는 그녀와 함께 엘리베이터를 타고 로비로 향했다. 주드의 부모님은 캘리포니아에서 멀리 떨어져 살고 있었고 맬러리의 어머니는 특별히 딸의 방을 꾸미려고 시카고에서 두 번이나 날아왔지만, 차로 한 시간 거리에 사는 페니의 어머니는 여전히 미스터리로 남아 있었다.

셀레스트는 설명하기 쉬우면서도 어려웠다. 페니는 유치원 첫날을 기억했다. 어린 나이였지만 어머니가 자신을 맡은 에스포지토 선생님과 유난히 오랫동안 얘기를 나눠야 했다는 사실에 수치심을 느꼈다.

페니는 선생님이 셀레스트의 어깨 너머로 다른 부모들을 보며 눈을 크게 뜨고 웃던 모습을 기억했다. 그 여자가 셀레스트보다 나이는 더 어렸지만 킁킁거리는 셀레스트의 팔을 두드려주던 모습도 생각났다. 다른 부모들은 아무도 울지 않았다. 셀레스트의 완전히 부적절한 옷차림은 말할 것도 없었다. 엄마는 홀치기염색 무늬의 테니스용 반바지를 입고 여기에 맞춰 염색한 양말을 신었다. 최악의 상황은 쉬는 시간에 페니가 교문 밖에 서 있는 엄마를 봤을 때였다. 셀레스트는 딸을 몰래 훔쳐보고 있었다. 페니는 잔뜩 부풀린 엄마의 파마머리가 수상쩍게 버스 정류장 뒤로 웅크리는 것을 발견했다. 어느 순간 셀레스트는 애초에 자신이 그곳에서 뭘 하고 있었는지 잊은 듯 아이스바를 사더니 정류장 벤치에 앉아서 먹고 있었다.

"우리 엄마 웃겨. 나랑 전혀 닮지 않았어. 모두가 엄마를 좋아해."

페니가 말했다. 기다렸다는 듯이 셀레스트가 도착했다. 그녀는 흰색 청바지에 눈부시게 하얀 하이힐 스니커즈, 은색 글자가 새겨진 흰색 탱크톱과 수많은 은색 액세서리를 착용하고 있었다. 그녀가 리얼리티 쇼에서 볼 법한 판단력이 의심스러운 연예인 엄마의 전형적인 모습과 닮은 것은 셀레스트의 잘못이 아니었다.

"오오오오! 너희 엄마는 섹시하네."

마침내 모든 것이 이해가 된다는 듯한 어조로 주드가 말했다.

"으응."

"많은 게 설명이 되네."

"으응. 엄마!"

페니가 외쳤다.

"피!"

셀레스트가 휙 돌아서더니 힘껏 포옹하려고 팔을 쭉 뻗은 채 페니를 향해 달려왔다. 페니가 웃었다.

엄마는 한 발 뒤로 물러나 딸의 모습을 빠르게 훑어봤다.

"아이구, 아가, 아주 좋아 보이네."

"엄마도요."

정말이었다.

"안녕하세요. 미시즈 리."

주드가 웃었다.

“이리 와.”

셀레스트는 주드를 끌어당겨 포옹했다.

“네 얘기 많이 들었어.”

셀레스트가 자연스럽게 거짓말했다.

“그런데 난 미즈 윤이야. 리는 페니의 아버지 성이거든. 결혼 안 했어. 한 번도 한 적 없지. 어쨌든 셀레스트라고 부르면 돼.”

“그럴게요, 셀레스트.”

주드가 미소를 지으며 말했다.

“그리고 제 얘기는 한마디도 못 들은 거 알아요. 저도 셀레스트에 대해 아는 게 아무것도 없거든요.”

주드는 셀레스트의 팔에 팔짱을 꼈고, 둘은 엘리베이터로 앞장서 갔다.

“다 얘기해 주세요. 페니는 완전히 철벽이에요.”

페니가 그 뒤를 따랐다.

셀레스트와 주드는 술술 대화를 나눴다. 둘 다 목소리를 낮출 줄 몰랐고, 페니는 다른 사람과 엘리베이터를 같이 타지 않아서 안도했다.

“엄마, 여기에 와서 하고 싶은 거 있었어요?”

“내 생일이니까 쇼핑하러 가고 싶어.”

셀레스트는 주드를 향해 미소를 지었다.

“충격적인 4주를 보내고 나면 드디어 내가 그 대단한 마흔이 되잖니."

"전갈자리세요?"

주드가 물었다.

"전갈자리와 사수자리 사이!"

"양자리!" 주드가 말했다.

"어머나, 난 양자리 상승궁!"

셀레스트와 주드는 하이 파이브를 했다.

페니는 방금 놀라운 사실을 깨달았다. 그녀는 그저 정신 나간 룸메이트 한 명을 또 다른 정신 나간 룸메이트로 바꾼 것이었다. 페니는 핸드폰을 확인했다. 새 메시지는 없었다.

그녀는 방문을 열고 엄마에게 들어가라고 손짓했다.

"여기가 우리 방이에요."

주드가 쓰는 쪽은 사진과 포스터들, 강렬한 주황색의 다양한 텍사스대 기념품, 벽에 붙어 있는 맥주 라벨, 인형들로 뒤덮여 있었다.

페니가 쓰는 쪽은 엄마와 그녀가 함께 찍은 사진을 넣은 작은 액자 하나가 전부였다. 실은 그것도 40분 전까지는 여행 가방에 들어 있었다. 페니는 잊지 않고 그 사진을 꺼내 책상 위에 올려놓은 것이 다행스러웠다.

"네가 어느 쪽인지 맞혀볼게!"

셀레스트가 외쳤다.

눈썹 손질을 받고 주드의 청바지와 셀레스트의 카프탄, 페니가 샘을 몰래 사모하는 공간으로 정해둔 비밀 신전을 위한 에곤 실레 엽서 책을 사고 나자 세 여자는 약간 출출해졌다.

"뭐 먹을래요? 태국 음식? 인도 음식? 미국식 비건?"

셀레스트의 하이브리드 왜건 트렁크에 산 물건들을 차곡차곡 넣는 동안 주드가 선택지를 줄줄 읊어댔다.

"다른 거 하기 전에 커피부터 한 잔 마셔야겠어."

셀레스트가 트렁크를 닫으며 말했다.

슬로 모션으로 움직이는 주드의 입을 지켜보던 페니에게는 아무 소리도 들리지 않았다.

"커피요? 어디로 가면 좋을지 딱 알겠어요."

주드가 조수석에 올라탔다.

'젠장젠장젠장젠장젠장.'

지금까지 페니는 최선을 다하고 있었다. 셀레스트가 입어보라는 옷은 모조리 입어봤다. 그녀는 선승처럼 평정심을 유지하면서 주드와 셀레스트가 하는 대로 내버려뒀다. 둘은 페니가 몸매가 드러나지 않는 검은색 옷만 입는다고 놀려댔다. 페니는 비록 엄마와 룸메이트가 함께 있는 모습이 유랑 극단 공연 같기는 했지만, 두 사람이 잘 지내는 것은 좋은 일이라고 받아들였다.

"기숙사 근처에 좋은 곳이 있어요. 길은 제가 알려드릴게요."

주드가 말했다. 페니는 영혼이 몸에서 빠져나가는 것을 느꼈다.

"커피라고요? 뭐야? 미쳤어, 엄마. 그러다 밤새 잠 못 자려고요. 먼저 방에 가서 짐부터 내려요. 나 완전히 지쳤어요."

페니는 과잉 흥분 반응을 보이며 뒷좌석으로 들어갔다. 주드가 말했다.

"페니, 엄마가 마흔이 다 되셨는데 낮에 라테 한 잔도 못 드시겠니. 여기서 좌회전이요."

페니는 목이 조여왔다. 페니는 지금 일어나고 있는 상황을 면밀히 검토했다.

끔찍하게 부적절한 샘과의 만남을 피하기 위한 방법:

1. 빌어먹을. 아무것도 없었다.

"제 삼촌이 거기서 일해요."

주드가 말을 이었다. 그들은 과달루페 스트리트의 드래그 쪽으로 빠졌다.

"오오오오, 잘생겼니?"

셀레스트가 물었다. 페니는 토할 것 같았다. 그녀는 얼굴 상태를 확인하려고 핸드폰을 꺼냈다. 선크림이 뭉쳐서 이마에 묻어 있었다. 그녀는 손가락을 핥아서 뭉친 부분을 매끈하게 문지르려고 필사적으로 노력했다. 설상가상으로 두 달 동안 빨래를 하지 않았던 페니는 추레한 검은색 레깅스와 '윌리 나이스 데이'라고 적힌 윌리 넬슨* 티셔츠를 입고 있었다. 6년 전에 휴게소 편의점에서 구입한 특대 치수 티셔츠였다. 페니는 혹시나 샘을 다시 만날 때를 대비해 생각해 둔 옷차림이 있었다. 재킷과 굽이 높은 앵클 부츠가 포함된 구상이었다. 미용실에서 머리 손질을 할 수도 있었다. 하지만 그건 그녀의 환상이었다.

아침에 통화하고 나서 이런 식으로 샘을 만나고 싶지는 않았다.

페니는 심호흡했다. 샘에게 경고 메시지를 보낼까도 생각해 봤다. 하지만 도대체 뭐라고 말해야 할까? 셀레스트가 한 블록 떨어진 주차 미터기 앞에서 시동을 껐을 때 페니는 울고 싶었다.

"잠깐만요. 기다려요."

그녀가 불쑥 말했다. 페니는 립스틱을 꺼내 들었다.

"오호, 얘야. 네가 좋아할 줄 알았다니까."

셀레스트가 말했다.

---

* 텍사스를 중심으로 활동하며 큰 인기를 누리고 있는 컨트리 음악 가수이다. 그는 마리화나 합법화를 주창하는 것으로도 유명하다. '윌리 나이스 데이(Willie Nice Day)'는 윌리 넬슨의 이름을 이용한 유머러스한 표현으로, 마리화나에 대한 그의 태도를 공개적으로 지지하는 팬 사이에 널리 사용되는 일종의 밈이기도 하다. 그리고 다른 문장 중간에 '윌리'를 넣어 응용하기도 한다.

S

샘

하우스의 주말 풍경은 또 달랐다. 무료 와이파이의 환각에 빠진 대학생들 대신 어린 자녀들을 데리고 온 수다스러운 가족들로 북적이면서 평일과 상반되는 분위기의 브런치 세계로 변했다. 샘은 카운터 쪽으로 몸을 숙이고 있었다. 그날 아침이 지나고 영겁의 시간이 흐른 것 같았다. 마치 다른 사람에게 일어난 일 같았다. 그가 왜 닫아뒀던 빗장을 풀고 가장 추한 얘기를 한꺼번에 페니에게 쏟아냈는지 설명할 길이 없었다. 반짝이는 갑옷을 입은 기사로 변장한 채 전화를 걸었다가 그렇게 그녀에게 모두 토해낸 것이었다.

그는 오래된 《오스틴 크로니클》을 대충 넘기다가 휙 뒤집었다. 광고란에는 늘 보이는 음경 확대 광고와 아마추어 안마사 광고가 있었다.

샘은 페니에게 모든 것을 말하고 싶었다. 자기 생각과 감정, 이야기의 기록이 페니와 함께 존재해 주기를 바랐다. 그의 인생에 나타난 이 이상한 시기를 보존할 타임캡슐처럼. 페니와 함께하면 샘은 덜 외로웠다. 심지어 그는 자신이 외롭다는 사실조차 깨닫지 못하고 있었다. 그는 자신에게 외로움을 허락하지 않았다.

"샘!"

주드였다. 구김살 없는 조카가 자기 이름을 부르는 소리를 들으며 샘은 죄책감에 휩싸였다. 약속이 있었던가? 주드의 뒤에는 화려한 아시아 여성, 그리고…… 페니가 있었다. 페니. 현실의 페니. 그는 그녀의 머리카락을 정확히 기억했다. 파헤치면 보물이라도 나올 것처럼 제멋대로인 머리였다.

샘은 손가락으로 자신의 머리카락을 훑어봤다. 기름기가 흘렀다. 그는 드러그 스토어의 빙빙 돌아가는 진열대에서 산 할아버지 안경을 벗었다. 안경은 그의 눈을 확대해서 얼간이처럼 보이게 했다.

"안녕."

그가 말했다. 샘은 주드를 똑바로 바라보고 부분적으로는 다른 여자 손님을 보면서 페니는 전혀 보지 않으려고 애썼다. 그는 그녀에게 노골적으로 의미심장한 눈빛을 보내고 싶지 않았다. 주드는 앞으로 뛰어나가 그를 껴안았다.

"내 룸메이트 기억하지?"

그녀는 페니를 가리키며 말했다.

"어, 응."

더는 피할 수 없었다. 그는 페니를 바라봤다. 그녀에게 몰두했다. 눈에 보이는 것들이 빠르게 밀려들었다. 광대뼈의 각도, 턱의 곡선. 회색 손톱의 반짝임. 그녀의 왼쪽 눈 위로 떨어진 구불구불한 머리카락. 그를 보고 있는 그녀의 눈. 그는 가능한 한 빨리 세세한 모든 것을 기억에 저장했다. 그녀는 지난번과 똑같은 새빨간 립스틱을 바르고 있었다.

“안녕, 페니.”

그는 웃었다. 멍청하게 헤벌쭉 웃었다.

“잘 지내?”

“오, 끝내줘.”

페니가 말했다. 그녀의 목소리는 정말 좋았다. 전화에서처럼 낮은 목소리였다. 어쩌면 더 낮을 수도 있었다. 마치 그녀의 말풍선들이 늦은 밤 외출하고 돌아온 것 같았다. 페니는 머리카락을 귀 뒤로 넘기고 얼굴을 심하게 붉혔다.

“그리고 이쪽은 페니의 어머니 셀레스트.”

샘이 눈치채기도 전에 셀레스트가 앞으로 나와 그를 향기롭게 안아줬다. 셀레스트는 태운 솜사탕과 꽃 냄새가 났다.

“어우.”

그는 가슴에 그녀의 들썩이는 가슴이 느껴지자, 반사적으로 물러나며 말했다. 셀레스트는 소리 내 웃었다.

“우리 애만큼 신체 접촉을 싫어하나 봐요.”

샘은 페니가 ‘우리 애’라는 말에 긴장하는 것을 보고 안쓰러운 마음이 들었다. 페니라면 지금쯤 벼락이라도 맞고 싶은 심정일 것임을 너무 잘 알기 때문이었다.

샘은 헛기침했다. 그는 페니에게 문자를 보내고 싶었다. 그녀를 놀리고 싶기도 했고, 지금 상황이 생각보다 훨씬 더 잘 흘러가고 있다고 말해주고 싶기도 했다.

"주드가 여기 아이스 커피와 페이스트리가 제일 맛있다고 하더라고요."

셀레스트가 진열장을 들여다봤다.

"추천 평도 읽었어요."

"그게, 저희는 매장에서 직접 만들어서……."

"좋았어."

셀레스트가 탄성을 질렀다. 주드가 말했다.

"사실 샘이 겸손해서 그렇지, **샘이** 직접 굽는 거예요. 저는 샘에게 요리 학교에 가서 제2의 줄리아 차일드가 돼야 한다고 계속 말해요."

샘은 다시 손가락으로 머리카락을 훑고 청바지 뒤쪽에 손을 문질렀다.

"그냥 차분한 가이 피에리지."

페니가 중얼거렸다. 샘이 미소 지었다.

"흠. 오는 걸 알았으면 뭘 좀 만들어놨을 텐데……."

그는 분주하게 남은 머핀과 쿠키를 확인했다.

“쿠키가 꽤 괜찮아요. 그리고 마지막 남은 레몬 바도 먹을 만해요.”

샘은 종이 한 장을 집어 진열장에서 레몬 바를 꺼냈다.

“페니가 레몬 바 좋아하는데, 그렇지, 얘야.”

셀레스트가 말했다.

“그럼요.”

페니가 말했다. 샘은 페니의 목소리에서 그녀의 눈이 휘둥그레지는 소리가 들리는 것 같았다.

“레몬 바는 파이에 가까워요. 시트 케이크를 구워놓을 걸 그랬네요.”

그가 페니를 슬쩍 쳐다보며 말했다. 그녀의 입술이 희미하게 씰쭉거렸다.

그는 이번에는 미소로 보답받았다. 진짜 미소.

“아마 반죽에 따라 다르겠죠. 내가 보드카를 사용하는 훌륭한 레시피를 알아요. 레몬 바에서 먹은 것처럼 취할 수도 있게.”

셀레스트가 말했다. 그녀는 자기가 한 농담에 웃으며, 억지스럽게 “하”하고 외마디 소리를 냈다. 마치 심벌즈를 치듯이.

샘은 예의 바르게 미소를 지었다. 술 얘기만 나오면 그냥 지나칠 수 없는 사람은 아주 특별한 유형의 사람이었다.

“피곤해 보이네.”

주드가 말했다.

“괜찮아. 저기, 내가 저녁 약속 자꾸 깨서 미안해.”

“오, 엉클 샘, 걱정하지 마.”

주드가 몸을 기울여 그의 어깨를 문질렀다.

“그래도 커피는 공짜에다 넉넉하잖아.”

“그럼 주드는 아이스 커피고…… 아이스 커피 맞나요, 셀레스트?”

“나도 아이스 커피, 그리고 페니 것도. 혹시 있으면 아몬드 우유로 줘요. 페니는 유당 불내증이라서.”

페니는 천장만 뚫어지게 올려다봤다.

‘페니는 유당 불내증.’ 샘은 머릿속에 저장했다.

“맙소사, 지금까지 같이 살면서 한 번도 말한 적 없잖아.”

주드가 외쳤다.

“충격이지. 뭐, 페니에게 남자 친구가 있다는 사실을 알아내는 데도 두 달이나 걸렸어. 믿어지니?”

셀레스트가 말했다.

‘남자 친구?’

‘페니에게 남자 친구가 있다.’ 샘은 그것도 저장하고, 빨간 스티커로 표시했다. 한 번도 얘기할 생각을 안 한 남자 친구가 있다고? 페니는 단단히 잠긴 금고 같았다. 샘은 그 녀석이 어떻게 생겼는지 궁금했다. 그는 페니의 시선을 끌려고 애썼지만 그녀는 손에서 좀처럼 눈을 떼지 않았다.

“엄마.”

페니가 침울하게 말했다.

"왜?"

샘은 머릿속으로 페니에게 다시 메시지를 보냈다. 까맣게 모르고 있었던 것에 대한 짜증을 드러내지 않으면서도 그 남자 친구에 대한 정보를 최대한 많이 뽑아낼 수 있는 단어들을 생각했다. 하지만 다시 생각해 보니 페니에 대해 아는 사람은 아무도 없는 것 같았다.

셀레스트는 지갑을 꺼내 들었다. 털이 북슬북슬한 네온 핑크색 지갑은 불룩하게 꽉 차 있었다. 옆구리에 달린 동전 지갑은 완벽하게 따로 놀고 있었고, 번쩍이는 가죽은 압박을 못 이기고 쭈글쭈글해져 있었다. 셀레스트만큼이나 흥미로운 이야깃거리였다. 페니는 몸서리치며 지갑을 노려봤다. 주드가 말했다.

"오, 세상에, 셀레스트. 지갑 정말 맘에 들어요. 진짜 예뻐요."

"고마워! 산 지 얼마 안 됐어. 원한다면 하나 구해줄게."

"정말요? 정말 갖고 싶어요."

주드가 흥분했다. 기뻐하는 셀레스트의 얼굴이 환해졌다.

샘은 셀레스트에 대한 마음이 훈훈해지는 것을 느꼈다. 주드에게도 마찬가지였다. 주드는 어떤 어색한 순간이라도 명랑한 기운으로 채워줄 수 있었다. 샘이 말했다.

"셀레스트, 도로 넣으세요. 제가 드리는 거예요."

셀레스트는 혀를 한 번 차더니 샘의 시선을 받으며 팁을 담는 병에 10달러짜리 지폐를 찔러 넣었다.

샘은 음료와 디저트 접시를 준비해 뒤쪽에 있는 그가 가장 좋아하는 소파로 안내하고는 자리를 떴다. 카운터로 돌아오는 길에 그는 페니에게 문자를 보냈다.

우와

왜 선 넘었어? ㅎㅎㅎ

괜찮아?

잠시 후 페니가 혼자 카운터로 다가왔다.

"내 아몬드 우유를 잊어버렸어."

그녀가 웃었다. 샘도 활짝 웃었다. 그는 커다란 송곳니 때문에 배고픈 시골 개처럼 보인다는 것을 알았지만 웃지 않을 수 없었다. 그는 그녀의 셔츠를 향해 고개를 끄덕였다.

"정말 윌리하게 즐거운 날이네."

"칫."

페니가 웃으며 말했다.

"난 윌리 넬슨보다는 웨일런 제닝스* 쪽인데."

그는 카운터 아래 냉장고에서 아몬드 우유를 꺼내 냄새를 맡아본 다음 작은 금속 용기에 부었다. 그리고 손가락이 닿지 않도록

* 텍사스 출신의 컨트리 가수로 윌리 넬슨과 듀엣곡을 부르기도 했다.

손잡이를 페니 쪽으로 돌려서 건네줬다.

"이거 정말 맛있더라. 만나서 반가워, 샘."

그녀가 중얼거렸다. 페니는 거의 속삭이다시피 했다. 샘은 페니가 자기 이름을 불렀을 때 온몸에 퍼지는 기분 좋은 온기를 부정할 수 없었다.

그는 헛기침하고 두 손을 뒷주머니에 찔러 넣었다. 왼손이 안경에 부딪쳤다. 윽. 최악의 안경이었다. 이 안경을 쓴 모습을 페니가 봤다니 믿고 싶지 않았다. 그렇다고 중요한 것은 아니었다. 페니에게는 남자 친구가 있었기 때문에!!! 하지만 그래도.

"뭐 더 필요해?"

"냅킨."

그녀가 계산대 옆에서 몇 장을 집으며 말했다.

"엄마에게 친절하게 대해줘서 고마워."

"당연한걸. 저분이 어머니시구나."

"네가 너라는 게 믿어지지 않는걸."

그녀가 동시에 말했다.

"우리 오늘 밤에 이거 가지고 워크숍 좀 해야겠다. 내가 또 전화할지도 몰라."

그가 웃으며 말했다.

P

페니

저녁은 시내에 있는 일식집에서 먹었다. 페니가 주문한 참치 롤에서는 톱밥 맛이 났다. 그녀가 깨작거리는 동안 엄마와 룸메이트는 지극히 자극적인 주제들에 관해 얘기를 나눴다. 페니는 그중에 어느 것도 기억나지 않았다. 다만 하나, 샘에 관한 얘기는 예외였다.

페니는 셀레스트의 쇼가 끝나고 샘에게 전화할 수 있을 때까지 시간만 꼽고 있었다. 주드가 잠들 때까지 글을 쓰거나 공부하는 척하든가, 아니면 밖으로 나가서 통화해야 했다. 샘이 전화하겠다고 분명히 말했으니 페니가 먼저 전화해도 괜찮다는 뜻이었다. 둘은 누가 마지막 메시지를 보냈든 딱히 신경 쓰지 않았기 때문에 통화할 때도 같은 규칙이 적용될 터였다.

"샘이 저한테 속마음을 털어놓기를 바랐어요."

주드는 손을 뻗어 셀레스트의 접시에서 연어 한 점을 가져갔다. 페니는 룸메이트와 엄마의 관계가 음식을 나누는 단계까지 그토록 빠르게 진전된 것이 경이로웠다.

"너무 끔찍해 보이는데, 저랑 약속도 계속 취소하고요. 먹지도 않고 잠도 안 자는 것 같아요. 약을 하는 건 아니어야 할 텐데."

페니는 샘이 전혀 끔찍해 보이지 않았다. 사실, 그는 꿈결 같아 보였다. 완벽했다. 그녀는 샘이 안경을 쓴다는 사실을 몰랐다. 그녀는 안경에 열광했다. 콘택트렌즈보다 훨씬 더 좋았다. 액세서리로 얼굴을 꾸밀 수 있는데 굳이 자기 안구를 건드려야 할 이유가 있을까? 어쨌든, 이제 어쩐다? 샘이 전화를 걸었고, 비록 우연이지만 페니가 두 단계나 건너뛰어 그를 직접 보러 왔으니, 이것은 무슨 의미였을까? 모든 게 엉망이 되었다. 그리고 전적으로 주드와 셀레스트의 잘못이었다. 샘은 왜 아직 전화하지 않았을까? 그들이 하우스를 떠난 지 벌써 세 시간이 지났다.

"아마 여자 문제인 것 같네."

셀레스트가 사케를 한 차례 더 따르며 말했다. 페니의 엄마는 그 조그만 잔이 '미성년자에게 술을 제공하는 행위'에 해당한다고 생각하지 않았다. 주드는 자기 잔을 셀레스트의 잔과 페니의 잔에 각각 부딪치고 내렸다.

"아마도요. 샘의 전 여자 친구는 제정신이 아니거든요."

주드가 핸드폰을 꺼냈다.

"샘이 그렇게 위축된 건 모르긴 몰라도 그 여자와 관련이 있는 게 분명해요. 이것 좀 보세요."

주드가 MzLolaXO 계정을 띄웠다. 페니는 지난번 이후로 샘의 전 여자 친구를 검색하지 않으려고 무던히 애썼지만, 다른 사람이 보여주는 것이라면…….

"잠깐만. 가만있어봐."

셀레스트가 핸드폰을 손에 넣었다.

"동영상이 있는데."

페니는 숨을 참았다. 어떻게 그걸 놓쳤는지 알 수 없었다.

샘이 카메라를 들여다보고 있었다. 배경은 말소리와 음악으로 시끌벅적했다. 파티였다. 그는 웃고 있었다. 천천히. 섹시하게. 그는 맥주를 한 모금 마시고 몸을 기울였다.

"내가 뭐랬어?"

동영상 속 샘이 말했다.

"뭐?"

화면 밖 여자의 목소리가 반발했다.

"난 못 하는데 왜 넌 하는 거야?"

그녀가 물었다. 샘은 핸드폰을 집어 허공에 높이 들었다. 그들의 머리가 셀카 모드로 화면에 들어왔다. 그는 짙은 색 머리에 짙은 색 눈이었다. 여자의 머리는 사실상 백발이었고 눈은 옅은 색이었다. 둘이 함께 있는 모습이 아름다웠다.

"만족해?"

그가 물었다. 그녀는 미소를 지으며 고개를 끄덕였다. 다른 손으로 그는 그녀의 턱을 잡고 거칠게 키스했다.

'세상에.'

"봐요, 두 사람은 정말 완벽한 커플이었어요."

주드가 진지하게 말했다.

"정신이 팔린 것도 이상할 게 없네. 이런 여자는 못 잊어."

셀레스트가 사케를 하나 더 주문했다.

"분명 못됐을 거야."

페니가 난데없이 말했다. 글쎄, 그렇게 갑작스러운 말은 아니었다. 주드와 셀레스트가 페니의 속을 완전히 뒤집어놓으면서 둘만의 우정을 쌓고 있었으니까.

"이런 여자애는 못되게 굴수록 더 매력적이지. 세상에, 내가 마흔 살이 된다는 게 믿기지 않아."

셀레스트가 말했다. 그녀는 유난스럽게 한숨을 쉬었다.

페니는 엄마를 노려봤다. 그녀는 셀레스트가 무슨 생각을 하는지 알았다. 셀레스트는 자신을 롤라와 비교하고 있었다. 매력적인 여자 얘기만 나오면 셀레스트는 그녀 자신을 떠올렸다.

그건 어떤 기분이었을까?

저녁 식사 후 셀레스트는 주드를 기숙사에 내려준 다음 아이스크림을 사 먹으며 둘만의 시간을 보내려고 페니를 데리고 에이미스로 갔다.

"난 주드가 좋아."

셀레스트는 차를 주차했다. 두 사람은 아이스크림콘을 들고 주의사당으로 걸어갔다. 조명이 켜진 밤은 정말 아름다웠고 완벽히 로맨틱했다.

"주드는 정말 예쁘고 재미있더구나."

"모두 주드를 사랑해요. 그리고 주드도 엄마를 좋아해요. 정말 엄마 생일 파티에 가려고 하는 것 같던데요."

"오, 잘됐네. 너도 오면 좋겠어."

페니는 눈을 동그랗게 떴다.

"엄마, 난 당연히 가죠."

페니는 자신이 못되게 굴고 있다는 걸 알았지만, 셀레스트는 애정을 갈구하는 면에서는 너무 지나칠 때가 있다.

"그래, 그러면 좋겠네. 대학에 간 후로는 집에 온 적이 없잖아. 두 달 동안 얘기해 본 것도 두 번밖에 안 될 거야."

"7주 동안요."

페니는 짜증스럽게 아이스크림을 베어 물었다. 페니는 엄마가 집에 가길 바랐다. 엄마가 자신을 보러 와서, 가장 추한 모습으로 샘을 만나도록 강요하고, 아무것도 모르면서 망할 **남자 친구** 얘기를 하고, 그 동영상을 보도록 밀어붙이지 않았더라면 좋았겠다고 생각했다.

"내 말 무슨 뜻인지 알면서 그러니. 속상하잖아. 걱정했어. 며칠씩이나 전화도 없고. 단 한 번도 말이야. 그래도 룸메이트가 주드인

건 운이 좋았어. 그렇게 사교적이고 상냥한 여학생이랑 같이 산다는 걸 알았으니 걱정을 덜었어. 너는 그렇게…….”

“뭐가요, 엄마? 반사회적이고 독한?”

페니는 엄마의 말이 옳다는 걸 증명하듯 소리를 질렀다. 그녀는 앞에 있는 의사당 계단을 쿵쾅거리며 올라갔다.

“내 말은 그게 아니야.”

페니는 엄마가 적당하게 베어 먹을 곳을 찾느라 아이스크림을 요리조리 살피는 것을 지켜봤다. 저렇게 정신이 팔린 표정을 보면 셀레스트가 기분 상할 말을 할 가능성이 크다는 뜻이었다.

페니는 반짝이는 도시를 바라봤다. 의사당 정면에서 의회를 똑바로 내려다보면 모든 것이 완벽한 십자형으로 배열된 모습이 보였다. 페니는 그곳에 박쥐가 나와 있는지 궁금했다.

“있잖니, 네가 하는 그거. 이런 상황에서는 그게 힘들 수도 있다는 거야. 사람들을 멀어지게 하는 거 말이야. 한꺼번에 속사포처럼 어려운 말들을 쏟아내거나, 아니면 종잡을 수 없이 사방으로 시선이 움직이고 있어. 고등학교 때 친구가 많지 않았다는 것도 알고, 그리고 요즘에는, 잘 모르겠어, 아가……. 마크와는 무슨 일이 있는 거야? 지난주에 마크가 다른 여자애랑 찍은 사진을 올렸더라…….”

페니는 걸어가서 아이스크림콘을 쓰레기통에 버렸다. 더러운 기분이 더 더러워졌다.

"마크 사진이요?"

"그래, 마크랑 나랑 페이스북 친구야. 이제 네가 좋아하지 않는 건 알겠구나. 하지만 내가 그렇게 전화를 여러 번 하고 문자도 보냈잖니. 그리고 어떻게 지내는지 알고 싶어서……."

셀레스트는 터무니없이 감상적인 표정으로 페니의 팔을 만졌다.

"마크가 바람피우는 거야? 내가 인사도 할 겸 정보를 얻으려고 안부 문자를 보냈는데 답이 없더라고. 너희 둘 무슨 일 있는 거야?"

셀레스트는 아이스크림을 한 입 더 핥았다. 앞니에 초밥의 김이 껴 있었다. 페니는 엄마가 그녀의 전 남자 친구에게 메시지를 보낼 만큼 뻔뻔스럽다는 사실이 믿을 수 없었다. 굴욕적이었다. 셀레스트는 통제 불능 상태였다. 그리고 샘은 여전히 전화하지 않았다. 문자 한 통도 없었다.

페니는 평생 이보다 더 좌절감을 느낀 적이 없었다.

그래서 당연히 울음을 터뜨렸다.

S

샘

샘은 눈을 떴다. 핸드폰은 그의 뺨과 매트리스 사이에 껴 있었다. 안면에 암을 전파하기에 최적의 위치였다. 그는 핸드폰을 집어 들었다. 화면은 검고 비활성 상태였다. 샘은 모래가 가득 찬 것 같은 무거운 머리를 들어 충전기를 찾았다. 방이 빙빙 돌았다. 그는 눈을 가늘게 찌푸리고 방의 저쪽 끝에 있는 작고 하얀 육면체를 보았다. 이 정도면 차라리 관에 있는 편이 나았겠다. 핸드폰의 조그만 구멍에 커넥터를 꽂는 것은 비행 중인 제트기에 연료를 주입하는 것처럼 식은 죽 먹기일 것임은 말할 필요도 없었다.

"왜?"

그는 빈방에 대고 물었다. 적어도 누군가 와서 불이라도 꺼주길 바랐다. 어쩌면 문 옆에 두고 온 와일드 터키 한 병이라도 건네주길 바랐다. 실은 그렇지 않았다. 그런 건 전혀 바라지 않았다. 핸드폰은 죽어 있었다. 적어도 그는 핸드폰이 죽었을 때 알아차렸다.

샘이 죽는다면 아무도 신경 쓰지 않을 것이다. 그는 몸을 굴려 등을 대고 누웠다. 그리고 방이 빙빙 도는 동안 눈을 감고 있었다. 다행히 그는 집에 있었다. 그는 바보일지언정 적어도 자제력을 잃는 일이 없도록 마음을 다잡는 선견지명은 있었다. 그는 셔츠를 벗은 다음, 심술 부리는 아이처럼 꽉 끼는 바지를 벗었다.

그는 샤워하고 싶었다. 사실, 그는 목욕을 시켜줄 사람이 정말 필요했다.

밖은 아직 어두웠고 거리는 조용했다. 샘은 자리에서 일어나 벽에 기대어 균형을 잡았다. 머리에서 피가 흘러내렸다. 그는 수건을 집어 들고 매트리스 근처 벽을 밀면서 떨어져 나와 충전기 근처 벽으로 비틀비틀 몸을 숙였다. 그는 우아하지 못한 공중곡예사였고, 만취한 스파이더맨이었다. 몇 번의 시도 끝에 마침내 핸드폰을 충전기에 연결할 수 있었다.

직장과 거주지가 같을 때의 문제점은 병가 신청이 난처하다는 것이었다. 그때까지 샘은 시도한 적도 없었다. 한동안은 한 달에 두어 번 병가가 필요할 때가 있었지만, 그럴 때는 칫솔을 목구멍에 밀어 넣어 술을 얼마간 토해낸 뒤에 여전히 취한 상태로 일하러 갔다. 그곳으로 이사 온 이후로 그런 일은 일어나지 않았다. 앨은 규칙에 대해 거창한 말을 하지는 않았다. 하지만 앨과 관련된 다른 모든 일이 그렇듯 나쁜 짓을 하지 말고 그를 방해하지 말라는 규칙이 암시돼 있었다.

샘은 고개를 젖혀 팝콘을 붙인 듯한 질감의 천장을 멍하니 쳐다보다가 문틀을 붙잡았다. 그는 천장 페인트에 석면이 있어 조용히 자신을 죽이고 있는 건 아닌지 궁금했다. 그렇다면 앨에게 이런 식으로 빌붙어 사는 그가 받아 마땅한 인과응보일 것이다. 뜨거운 눈물이 뺨을 타고 흘러내렸다.

그렇게 끝이었다. 그와 로렌은 완전히 끝났다. 만세! 그리고 안녕.

어제 그가 알게 됐듯이 (새로운 것을 배우는 날에 축복을!) 세상에는 화학적 임신이라는 것이 있었다. 임신의 연옥 상태. 로렌의 오줌에는 임신 테스트기 여러 개에 반응을 일으킬 만큼 충분한 호르몬 (샘이 나중에 찾아본 바로는 hCG라는 호르몬)이 있었다. 그게 다였다. 거짓말쟁이는 유산했다. 다만 화학적인 임신이었기 때문에 화학적으로만 유산한 것이었다. 그에게 흥미로운 과학 수업을 해주려고 카페에 왔을 때 그녀는 명백히 행복해 보였다. 그녀는 나흘 전에 이 사실을 알게 됐고, 하우스에는 정확히 40초간 머물렀는데 그에게 직접 말해주겠다고 생각한 것은 순전히 바로 옆 미용실에 예약해 두었기 때문이다.

그녀가 샘에게 사실을 말하기까지는 거의 일주일이 걸렸다. 이 모든 상황에서 그가 차지하는 비중은 딱 그만큼이었다. 그들이 자멸적인 동물성 플랑크톤의 작디작은 얼룩 같은 존재에게 부모가 됐던 기간은 지극히 짧았지만 샘은 상실감에 빠졌다. 그는 몇 주 동안 긴장한 채 답을 기다렸고, 마침내 정확한 답을 알게 됐을 때는 깊은 안도감이 소용돌이처럼 밀려들면서 일종의 애도로 변했다.

그래서 그는 술에 취했다.

샘은 죽음을 무릅쓰고 용감하게도 침실 벽을 떠나, 무려 복도 이 끝에서 저 끝을 휘청휘청 지나서 화장실로 들어갔다. 욕실 안의 공기는 차가웠다. 그는 양손으로 세면대를 부여잡고 한참 동안 물을 들이켰다. 그리고 목구멍으로 밀어 넣은 후에 배터리액처럼 변한 버번위스키 반병과 함께 곧바로 변기에 토해냈다.

앞당겨진 생리 기간: 5일. 아니면 6일이었나?

(이번에) 로렌을 극복하는 데 걸리는 기간: 28일(또는 만일을 대비해 56일).

샘이 다시 술을 마신 자신을 미워할 기간: 2백만 일.

샘은 수도꼭지를 틀고 욕조에 앉았다. 열기에 살갗이 따끔거렸다. 바늘과 핀이 무더기로 그의 피부를 찌르는 것 같았다. 해가 떠오르고 있었다. 앙상한 팔과 움푹한 배까지 물이 차올랐다. 샘은 희미한 불빛 아래서 자기 모습이 추하다고 생각했다. 해골 같은 몸을 문신으로 꾸미는 것은 썩 좋은 생각이 아니었던 것 같다.

맙소사, 그는 우울했다. 그는 마지막으로 기분이 좋았던 날이 언제였는지 기억나지 않았다. 그는 2년 전 로렌의 생일 저녁 식사에서 엔칠라다를 먹었던 일과 다퉜던 일을 생각했다. 희석도 하지 않은 술을 얼음도 없이 너무 많이 마셔서 코가 비뚤어지게 취했다는 것 말고는 싸울 이유도 없었다. 지난여름 에이프릴이 고등학교 졸업 학력 인증서를 받았을 때 그들은 바에서 축하 파티를 열었다. 노동절에는 개시가 튜브를 타고 놀다가 급성 알코올 중독 증상을 보이자 그를 병원에 데려다주고 계속 술을 마셨다.

샘은 페니와 대화하는 기분이 어땠는지, 두 사람의 어두운 대화가 때때로 어디까지 더 어두워졌는지에 대해 생각했다.

비상 페니

10월 18일 수요일 오전 2:13

죽었다고 느낀 적 있어?

피곤한 거?

아니

사망

흠, 아니?

왜?

미안

요즘 정말 이상한 꿈을 꿔

나도!

너 먼저

샘

세상에 그것도 죽음에 관한 꿈이었어!

내가 산 채로 묻혀 있었어

전형적인 불안에 의한 악몽이네

근데 악몽은 아니었어

꼭 그렇진 않았어

무섭지 않았거든

내가 관 속에 있는데

누군가 내가 아직 살아 있다는 걸 알았어

피가 정맥 주사로

내 입에 떨어지고 있었어

그건 그냥 튜브일 거야

정맥 주사가 아니라

넌 최악이야

ㅋㅋㅋ 사실이 그런걸

알았어 **튜브**

난 뱀파이어였나 봐

그게 음식이었거든

그리고 산소를 흡입하는

튜브도 있었어

복잡하네

어쨌든 나는 숨은 쉴 수 있었다는 거야

잠깐

아는 사람이 묻었어?

묻었지만 계속 살려두고?

바로 그거야

흥미롭군

그리고 정말 이상한 건

그게 너였던 거 같아

근데 왜?

네가 뭔가 잘못했겠지

이상하게 편안했어

혹시 날 묻고 싶다는

욕망을 품고 있는 거야?

아직은 아냐

하하

어쨌든 다시 내 얘기로 돌아가면

혹시 코타르 증후군이

뭔지 알아?

샘은 그때 처음 들어본 말이었다. 페니는 기이하고 설명할 수 없는 현상들의 보물 상자 같았다. 코타르 증후군 또는 코타르 망상은 환자가 자신이 죽었다고 확신하는 희귀한 정신 질환이다. 프랑스의 신경과 의사 쥘 코타르는 이 증후군을 처음에는 부정 섬망이라고 설명했다(샘은 단안경을 쓴 사람이 신경질적으로 웃으면서 "안 돼, 안 돼, 안 돼"라고 말하는 상상을 했다). 초기 사례에서 한 여성은 자신이 시체여서 음식이 필요 없다고 믿었다. 아니나 다를까 그녀는 굶어 죽었다.

샘은 젖은 얼굴을 양손으로 문질렀다.

그는 로렌을 보기 전으로 테이프를 되감았다. 엄마와 함께 카페에 나타난 페니의 얼굴이 보였다. 됐다. 멈춤.

샘은 그때 행복했다. 로렌에 대해서는 전혀 생각하지 않았다. 걱정하거나 화나지도 않았다. 수많은 실패나 그를 크게 실망하게 한 사람들을 곱씹지 않았다. 그는 그저 가장 좋아하는 사람, 주로 그의 핸드폰 안에 사는 그 사람이 아몬드 우유를 가지러 온 모습을 보며 즐거워하고 있었다.

그런데 로렌이 기습적으로 나타나 그의 감각 기관을 휘저어 놨다. 근무가 끝나기 직전이었다. 그녀는 샘이 오롯이 한적해지는 드문 시간을 또다시 망쳤다. 로렌은 자리를 떠나면서 샘에게 노트북을 가지라고 말했다. 아니면 "자선 단체에 기부하든가." 마치 그가 그렇게 비싼 물건을 포기할 처지인 적이 있기라도 한 것처럼. 그는 비참했다.

모든 것이 다시 무너지고 있었다. 손이 저리고 머리가 욱신거렸다. 샘은 가게 문을 닫고 에스프레소 한 잔, 그리고 또 한 잔을 뽑았다. 그는 현관 발코니 그네에 앉아서 스니커즈 신은 발을 바닥에 끌고 있었다. 그의 생각에 맞춰 심장이 쿵쿵 뛰었다. 이 감정은 뭐였을까? 이 상실감은? 샘은 속이 후벼 파내진 듯 공허하고 멍든 기분이었다. 그는 발코니 계단으로 내려가 팔꿈치를 무릎에 세우고 앉아서 얼굴을 기댔다.

'아기가 아니라고 해서 공황 발작을 일으킬 순 없어.'

그는 스스로 타일렀다. 그래도 그는 만신창이였다. 비합리적인 희망, 아기가 어떻게든 도움이 될 것이라는 근거 없는 생각은 사라졌다. 아이가 태어나면 그의 인생에서 망가진 것 중 적어도 일부는 고칠 수 있을 거라는. 두 번째 기회를 얻을 수 있을 거라는. 다음 장이 시작될 거라는. 새로울 거라는. 완벽하진 않지만 다를 거라는.

멍한 상태에서 그는 핀이 굿 나잇 인사하는 소리를 들었고 어깨에 익숙한 긴장감을 느꼈다.

샘은 혼자였다. 끔찍하게, 부인할 수 없이 혼자였다.

그는 페니에게 전화를 걸겠다고 했지만 전화하지 않고 문자를 보내려고 핸드폰을 들었다가 머뭇거렸다. 페니가 무슨 말을 해서 이 상황을 나아지게 할 수 있을까? 그는 그녀가 실패할 수밖에 없는 판을 짜고 있었다. 미치지 않고서야 이건 좋은 소식이 아니라고 말할 사람이 세상에 어디 있을까? 하지만 샘은 도저히 그 말을 들을 수 없었다. 그는 애도하고 있었다. 애초에 존재하지 않았던 것을 애도할 수 있을까?

어깨의 불편함은 목구멍으로 옮겨갔다. 갈증이 났다. 술이 필요했다. 그는 어디서 한잔할 수 있을지 계획을 짜기 시작했다. 한 잔이 아니었다. 스무 잔. 혼자서.

샘은 숨을 쉬려고 물속에서 올라왔다.

지난 여섯 달이 남긴 잔해를 생각하며, 그는 체계적으로 적당한 경험에 적절한 감정을 부여하려고 노력했다. 감정의 셰르파가 돼줄 페니가 없으므로 그는 집중해야 했다. 분노는 쉽게 식별할 수 있었다. 화는 빠르고 선명했다.

하지만 분노는 빠르게 온 것만큼 신속하게 흩어져 버렸다. 로렌은 악당이 아니었다. 그랬다면 편했겠지만.

그는 주로 어리석은 기분이 들었다.

샘은 로렌을 사랑한다는 사실을 처음 깨달았을 때를 기억했다. 두 사람은 두 달째 만나고 있었다. 로렌이 차로 그를 데리러 왔고, 그들은 연료를 낭비하면서 애정 표현을 즐기고 있었다. 자동차 라디오에서 오래된 컨트리 노래가 흘러나오기 시작하자, 그녀는 싫증 난다고 비웃는 대신 볼륨을 높이고 가사를 모두 따라 부르며 그를 놀라게 했다. 강이나 나이 든 사람들에 대한 노래를 장난스럽게 과장해 흥얼거리며 '그녀들'을 '그들'로 바꾸어 부르고 그의 눈빛을 이야기할 때, 샘은 그렇게 악의에 찬 로렌과 그런 아이라이너를 그린 로렌과 그런 머리카락을 가진 로렌이 자기 사람이라고 깨달았다. 또한 로렌은 자신이 공격당한다고 믿을 때 가장 사나워지는 사람이기도 했다. 그런데 로렌은 언제나 공격당한다고 믿었다.

그리고 이 로렌에게, 아니 그 모든 로렌에게 샘은 더는 필요하지 않았다. 그녀는 그저 그를 원하지 않았다.

욕조가 차게 식었고 샘은 밖으로 나왔다.

샘이 아빠가 되는 방법을 안다거나 한 것은 아니었다. 샘에게는 따를 만한 본보기가 없었고, 틀림없이 주드에게도 나쁜 삼촌일 것이다. 중요한 것은 어떤 이유에서든 샘이 아버지가 되는 방법을 알아내기 위해, 우선순위를 다시 정하기 위해 기대하고 있었다는 것이다. 그는 자신과 새 가족에게 시작한 일을 끝까지 완수하겠다고 약속했을 것이다. 어리석고 진부하게 들리겠지만 그는 남자답게 살 기회, 목적의식을 가질 기회를 원했다.

샘은 침실로 돌아가 핸드폰 옆에 모로 누웠다. 새 메시지는 없었다. 그는 발신 전화를 확인했다. 그럼 그렇지, 있었다. 새벽 2시 17분에 거짓말쟁이에게 전화를 걸었다. 그녀는 받지 않았다. 천만다행이었다.

알람 시계가 울렸다. 샘은 알람을 설정했을 때와 지금 자신의 삶이 얼마나 달라졌는지 생각했다. 그는 천천히 몸을 말리고 희미하게만 냄새가 나는 검은색 티셔츠를 입었다. 그리고 청바지에 몸을 넣은 다음 담배와 선글라스를 챙겨 운동화를 신고 밖으로 나섰다.

P

페니

사흘. 그를 만난 지 사흘. 그가 전화를 건 지 사흘. 다시 전화할 수도 있다는 말을 남기고 전화하지 않은 지 사흘이 지났다. 페니는 첫날 문자를 보냈어야 했다. 이제 창은 닫혔고 모든 것은 엉망이 돼버렸다.

첫날 밤 11시 59분, 페니는 샘과 로맨틱한 일이 일어날 가능성이 전혀 없는 이유를 목록으로 만들었다. 매우 건설적인 일이었다.

샘 하우스와 로맨틱한 일이 일어날 가능성이 전혀 없는 이유:

1. 어머니 문제가 있는 별종 두 명은 잘될 리가 없다.

2. 샘은 주드에게 어느 정도 삼촌과 같았고, 그 점은 모두에게 썩 좋지 않다.

3. 그는 전 여친을 미친 듯이 사랑한다.

4. **그나저나** 그의 전 여친은 임신했다?!

5. **임신하지 않았더라도 샘은 임신한 것처럼 행동했고, 이는 명백히 정신 질환과 히스테리 성향을 암시하는 신호이다.**

6. 그는 페니의 친구이다.

7. 그냥 아는 친구가 아닌 진짜 친구.*

8. 그래서 상황을 불편하게 하는, 페니의 세계적으로 유명한 재능을 친구에게 발휘해 상황을 불편하게 만든다면 그녀는 영원히 우울해질 것이다.

9. 게다가 그는 그녀에게 모든 것에 관해 모든 것을 말한다. 이는 그녀가 **확실히** 우정 구역 블랙홀에 있다는 뜻이다. 블랙홀에서는 빛이 빠져나갈 수 없다.

10. 그는 너무 지나치게 섹시하다. 정말이지 그 동영상은 포르노나 다를 바 없었다.

* 다만 현실에서는 아님

둘째 날이 저물어가자 상황은 조금 더 어려워졌다. 페니는 MzLolaXO의 소셜 네트워크를 게걸스럽게 뒤지기 시작했다. 파괴적인 탐닉이었다. 그녀는 모든 사진을 세 손가락으로 확대해 롤라의 가슴이 얼마나 큰지, 허벅지 피부가 얼마나 매끈한지 알아내려고 했다. 샘과 함께 찍은 사진은 특히 고통스러웠다. 페니가 가장 좋아하는 사진은 일출을 배경으로 샘의 눈과 머리카락을 클로즈업한 것이었다. 그들은 분명히 침대에, 시트가 꽃무늬인 것으로 봐서 그녀의 침대에 있는 상태였다.

다른 사진들도 동영상에 딱 맞는 부속품 같았다. 그는 샘이었지만 샘이 아니기도 했다. 마치 '신체 강탈자'에게 점령당한 것처럼. 사진 속 남자는 항상 친구들에게 둘러싸여 활짝 웃고 있었고, 덩치가 크고 거대한 수염을 기른 금발 남자가 그를 들어 올리고 있을 때도 많았다. 사진 속 남자는 자신감 넘치고 사랑스러웠으며 무엇보다도 낙천적이었다. 사진 속 남자는 절대로 페니와 만날 만한 사람이 아니었다. 어림없었다.

페니는 기본적으로 8천 장에 달하는 MzLolaXo의 사진 전체를 암기하고, 머릿속으로 롤라가 누리는 엄청나게 멋진 삶과 침대에 누운 두 사람에 대해 추측할 수 있는 모든 방식으로 소설을 써본 결과 어떤 일이 일어났는지 확신할 수 있었다. 불 보듯 뻔한 일이었다. 두 사람이 다시 합친 것이었다. 샘은 단지 너무 부끄러워서 페니에게 말하지 못했던 것이다. 사실 두 사람은 마르파*로 도망쳐 프라다 매장 안에서 별나게 귀여운 아기와 함께 살고 있는데, 아기는 로렌의 자궁에서 나올 때부터 문신으로 뒤덮인 채 근사한 빈티지 선글라스를 끼고 있었다.

짜증 나는 아기 록스타라니.

페니는 세수를 했다. 다 끝났다. 주문이 풀렸다. 페니는 원래 있

---

* 텍사스주의 사막 도시로, 2005년 프라다 매장 형태의 설치미술 작품인 〈프라다 마르파〉가 세워졌다.

어야 할 곳으로 돌아왔다. 외롭게 우는 개구리. 페니는 핸드폰에 손을 뻗었다. 아무것도 없었다. 심지어 셀레스트도 그날의 싸움 후에 한발 물러났다. 페니는 셀레스트에게 시간이 필요하다고 말했고, 고맙게도 엄마는 페니의 요청을 진지하게 받아들였으며, 둘은 생일 파티에서 다시 만나기로 약속했다.

페니는 손톱이 손바닥을 찌를 정도로 주먹을 꽉 쥐었다.

적어도 이제 그녀는 글을 쓸 시간이 생겼다. 항상. 세상에서. 혼자서. 영원히. 그녀는 컴퓨터 화면을 응시했다.

이야기의 어머니는 변호사 사무실로 돌아왔다.

"아이를 돌봐야 한다는 걸 알았어요."

그 여자가 말했다.

"처음 봤을 때, 그 사람은 머리를 잘라야겠더군요. 머리가 셔츠 깃에 닿았어요. 게다가 비듬이 심했어요. 하지만 친절한 눈빛에다, 처음부터 관심이 있다는 티를 냈어요. 그 사람을 사랑하기는 쉬웠어요. 그 사람이 나를 먼저 사랑했어요."

증언 대부분에 따르면 남편과 아내는 오래 알고 지낸 사이가 아니었다. 인터넷 카페는 이화여대 정문 옆길에 있는 평범한 2층짜리 사무용 건물에 있었다. 남편은 그녀가 나타나기 6개월 전부터 그곳에 있었다. 카페라기보다는 문과 직각으로 컴퓨터가 여섯 줄 놓여 있는 개방형 사무실 공간이었다. 항상 만석이었던 그곳을 사람들은 'PC Bang'이라고 불렀다. '뱅뱅 넌

죽었다'의 뱅이 아니라, 한국어로 '방'이라는 뜻이다. 방에 못 보던 여자가 나타나면 사람들은 주목했다. 새로운 여자가 오는 일은 드물었기 때문이다.

아. 알 게 뭐야?

페니는 팔을 머리 위로 쭉 뻗었다. 부모들 세계의 이야기는 지루했다. 피시방도 지루했다. 여느 방과 다를 바 없는 방이었다.

실화에 대해서만 글을 쓴다면 눈 깜짝할 사이에 독자를 잃게 될 것이다. 그래서 그녀는 판타지를 배치했다. 판타지는 논픽션을 압도적으로 때려눕힌다. 한 가지 예로 샘과의 이야기를 들 수 있다. 페니가 남자 친구와 헤어진 기분이 들었고 본질적으로 한 무더기의 문자 메시지에 차인 것이라고 소리 내어 말한다면, 미친 소리처럼 들렸을 것이다. 어떤 사람들에게는 현실의 삶이 눈부실 수 있다. 인스타그램 사진 속에서 사랑하는 사람과 함께 디즈니랜드에 가는 여자들이나 바람에 머리를 휘날리며 차 안에서 열정적으로 사랑을 나누는 사람들에게는 그럴 수 있다. 페니의 추억은 그 어떤 것도 실체가 없었다. 그녀와 샘은 비가 와서 꼼짝없이 갇힌 적도 없고, 함께 구운 쿠키 냄새를 회상해 보지도 못했다. 페니는 샘이 그녀의 뺨에서 속눈썹을 뗄 때 소원을 빌려고 숨을 참아본 적도 없었다. 하지만 이 모든 것이 바로 그녀가 소원하는 것이었다.

페니는 J.A.의 수업에서 빅토르 시클롭스키라는 러시아 사람이 쓴 『산문론』에 대해 필기한 것을 읽었다. 이 책은 글쓰기에 관한 것이었는데, 그의 이론에 따르면 예술에서는 평범한 경험도 마법처럼 비범해 보일 정도로 흥미진진한 방식으로 형상화해야 한다. 돌멩이를 응시하고 있을 때도 사람들이 무언가를 느끼게 해야 한다. 그는 "돌을 **돌답게** 만들어라!"라고 주장했다.

하지만 어떻게 비현실적인 것을 현실처럼 느끼게 할 수 있을까?

페니는 특이점, 즉 기술이 깨어나 인간의 헛소리는 이제 충분하다고 할 그날에 관한 미래학계의 위대한 논쟁을 다시 떠올렸다. 그들은 인공 지능이 신경 레이스를 만들거나 뇌에 직접 컴퓨터를 연결하는 방식으로 인간과 결속한다고 말했다. 사람들은 중개자 역할을 하는 스마트폰을 버리고 자기 신피질을 클라우드에 직접 연결할 것이다.

"나는 나의 아니마를 정말 사랑해요."

어머니가 '여기 아닌 곳'에 있는 누군가에게 부드럽게 속삭였다. 아니마는 관찰했고, 배웠다. 이것이 핵심이었다. 아니마에 대한 어머니의 헌신은 아니마가 자유로 가는 다리가 돼줬다. 아니마는 미소를 지으며 어머니를 끌어당겼다. 아니마는 어머니를 여기에 둬야 했다. 바로 여기. 게임 속에. 어머니에게 '여기'와 '여기 아닌 곳'의 차이가 없어질 때까지. 아니마가 미소 지었고, 이번에는 어머니도 미소로 답했다. 아니마는 그제야 누가 누구를 조종하는지 깨달았다.

그런 다음에는?

페니는 맬러리가 의기양양하게 수다 떠는 소리가 복도에 울려 퍼지는 바람에 생각에서 깨어났다. 곧이어 잠금장치가 덜컹거렸다.

"일어나! 비상사태야."

맬러리가 으르렁거렸다. 오후 세 시였고, 그녀는 짧다 못해 기저귀처럼 보이는 청 반바지를 입고 있었다. 맬러리는 아무리 바보 같고 그럴듯하지 않은 것들을 조합해 입더라도 여전히 멋지게 보이는 그런 여자애였다. 그녀는 그 자리에서 무엇이 예쁜지 결정했고 의지의 힘으로 온 세계가 그녀에게 동조했다.

"어어어어어어, 우리 전에도 얘기했던 것 같은데. 네가 앞머리를 자를지 말지 하는 문제는 비상사태는 아니야."

페니가 웃으며 말했다. 주드는 페니의 침대에 털썩 앉았다.

"하하, 멍충아. 상관없어. 오늘 내 기분을 망칠 수는 없으니까. 가장 멋지고 매력 넘치고 잘생긴 나의……."

맬러리가 말했다.

"우리 그 얘기도 한 것 같은데, 그 잘생긴 누구더라……."

"벤이 왔어."

주드가 알려줬다.

"벤이 누구지?"

페니가 물었다. 주드와 맬러리는 페니의 침대 모퉁이에 앉아 페니의 왼쪽 콧구멍에서 지네라도 기어 나온 것처럼 그녀를 빤히 쳐다봤다.

페니는 비로소 이해했다. 벤. 맬러리의 벤. 맬러리의 강요로 그녀가 적어도 오십 번은 볼 수밖에 없었던 동영상 속 호주 가수 벤이었다.

"벤이 여기 있어?"

페니도 서핑하기에는 너무 상처받았다고 징징거리는 노래로 2백만이 넘는 조회 수를 기록한 그 남자를 만나고 싶다는 호기심을 인정하지 않을 수 없었다.

"옙, 그리고 우리는 나갈 거야. 주드에게 섹시한 데이트 상대를 찾아줘야지."

"난 완전히 준비됐어. 우리 집은 이혼 가정이고, 난 실수할 준비가 됐어."

주드가 확인해 줬다. 페니는 웃음을 터뜨렸다.

"그린 선생님이 뭐라고 하실지 궁금하네."

"실은 그린 선생님이 내가 초점을 바꾸는 게 나한테 좋을 거라고 하셨어."

페니는 감명받았다.

"이제, 서둘러. 우리 부모님 얘기는 수면제나 마찬가지야."

"잠깐, 나도?"

페니가 물었다. 그녀는 정말 하기 싫더라도 계속 글을 써야 한다는 것을 알고 있었다. 다음 이야기는 영아 살해, 범죄 수사, 그리고 잠정적으로는 아무 데도 갈 수 없다는 것을 깨달은 비디오게임 아기에 관한 내용이었다.

"그래, 느림보야. 벤이 근사한 곳에서 파티를 하니까, 너는 옷을 좀 빌려야 해. 지금 가지고 있는 옷을 입고 '아베끄 무아'에 나타날 수는 없다고."

맬러리가 말했다. 페니가 엄마와 함께 본 로맨틱 코미디에서는 보통 파티에 가려면 준비할 일이 많았다. 미운 오리 새끼가 안경을 벗고 머리를 풀면 갑자기 영화배우처럼 멋지게 변신했다. 그건 물론 새빨간 거짓말이었지만, 페니도 속으로는 셀레스트만큼이나 변신한 모습을 공개하는 순간을 즐겼다. 하지만 셀레스트의 화장품 상자는 영구차만 한 크기였다.

페니는 핸드폰을 확인했다. 전화도 메시지도 없었다. 아무것도 없었다. 이제는 외부 세계와 소통할 시간이었다. 다른 인간들과 함께.

"좋아. 나도 갈래."

셋은 트웜블리로 향했다.

•••

캠퍼스에서 길 건너편에 있는 아파트인 트웜블리는 공식적으로 대학과 관련된 곳은 아니었다. 학생 기숙사로 쓰이고 카페테리아가 있었지만, 겉보기에는 러시아 특권층이 탈세 수단으로 쓰는 고급 아파트 건물과 더 비슷했다. 이 건물에 거주하는 사람들은 대학 학위는 특이한 오락거리이자 잠시 보통 사람인 척할 때 쓰는 가면으로 여길 만큼 넘치게 부유했다. 이곳 생활은 부자 아이들의 룸슈프링아 같았다. 다만 아미시 청소년들의 통과의례인 룸슈프링아와는 달리 전기로 생활하고, 언론학을 전공하는 부유층 자제들이 있었다.

잠수함도 너끈히 주차할 만한 로비는 대리석과 유리로 돼 있었고 싱싱한 꽃향기가 났다. 벽에는 바닥부터 천장까지 세련된 추상화가 걸려 있었다. 페니는 맬러리가 부자인 것은 알았지만 부자에 대한 자기 상상력이 부족했다는 것을 깨달았다. 페니에게 부자는 수영장이 있는 집에 사는 것이었다.

"여기 와본 적 있어?"

맬러리가 엘리베이터에서 펜트하우스로 가는 버튼을 누르며 물었다. 맬러리는 끊임없이 그런 식으로 굴면서 페니가 알 수 없는 이유로 페니를 시험했다.

"아니. 날 초대한 적 없잖아."

"아, 그럼 환영해."

맬러리는 페니에게 아스펜행 일등석 탑승권이라도 선사한 것처럼 평온한 미소를 지으며 말했다.

펜트하우스 버튼 위에는 버튼이 하나 더 있었다. 페니가 그 버튼을 가리켰다.

“저건 뭐야?”

“헬기 이착륙장.”

맬러리가 말했다. 페니는 농담인지 아닌지 알 수 없었다.

그들은 말없이 올라갔다.

페니는 귀에 압력을 느꼈다.

“맬러리 방은 꼭대기 층이야.”

주드가 말했다. 맬러리의 이른바 ‘기숙사 방’은 대통령이나 비욘세가 묵을 만한 호텔 스위트룸 정도의 크기였고 도시 전체를 360도로 조망할 수 있었다. 페니가 지금까지 가본 곳 중에서 단연코 가장 멋진 방이었다. 방에는 검은색 가죽 소파 두 개와 하얀 양가죽 러그, 마약 거래 영화에나 나올 법한 유리 커피 테이블이 놓여 있었다. 사실 그 방은 너무나도 화려해서 페니는 주드가 조금 달리 보였다. 그녀로서도 어쩔 수 없는 일이었다. 돈 많은 남자를 노리는 게 꽃뱀이라면 돈 많은 친구를 노리는 사람은 뭐라고 해야 할까? 페니는 최대한 지루한 표정을 지으려고 노력했다. 그녀는 공항 보안 검색대에 줄을 선 초특급 연예인의 분위기를 떠올리고 양어깨를 한껏 뒤로 젖혔다.

거실에는 다양한 나이대의 맬러리 사진이 담긴 은빛 액자가 곳곳에 걸려 있었다. 말 위에서, 도서관에서, 벨벳 드레스를 입고, 교정기를 끼고, 혹은 파마를 하고.

“난 이유는 모르겠는데, 우리 엄마는 꼬마 여자애가 매년 크리스마스에 갖고 싶어 하는 게 자기 사진하고 라리크밖에 없다고 생각해."

맬러리가 멀리 있는 벽을 향해 손짓하며 말했다. 페니는 나중에 라리크를 검색해야겠다고 생각했다. 틀림없이 말의 품종이거나 아니면 패션 디자이너 이름이었다.

"라리크 액자 만 달러어치가 있네."

맬러리의 소파에 풀썩 앉은 주드가 말했다. 자, 그러니까 라리크는 액자였다.

"하지만 추억은 값을 매길 수 없는 거잖아."

페니가 농담하듯 말했다. 그녀는 두 친구가 방을 돌아다니며 물건마다 가격을 말해줄 작정인지 궁금했다. 만약 〈더 프라이스 이즈 라이트〉*에 맬러리의 기숙사가 나왔다면 페니는 절대 이길 수 없었을 것이다. 페니는 이케아 가구에 둘러싸여 자랐다. 그녀는 주드 옆에 조심스럽게 앉았다.

"자, 이제 피에스 데 레지스탕스!**"

맬러리는 페니의 양손을 잡고 소파에서 끌어냈다. 페니는 영문을 알 수 없어 주드 쪽을 보았다.

"맬러리가 자기 옷방을 보여주고 싶다는 거야."

주드가 핸드폰 메시지를 확인하면서 말했다. 페니는 그중 샘이

---

* 미국의 장수 TV 퀴즈 프로그램으로, 참가자들이 상품 가격을 맞힌다.

** Pièce de Résistance, 가장 중요한 작품이나 만찬에 나오는 주요리를 뜻하는 표현.

보낸 것이 있는지 궁금했다.

페니는 맬러리의 단호한 손길에 몸을 맡기고 이끌려갔다.

세상에 옷방이 있다면, 옷 극장이라는 것도 있는 법이었다. 그것도 그냥 극장이 아닌 자동차 극장 같았다.

"말도 안 돼."

페니가 중얼거렸다. 부패한 필리핀 전 대통령의 부인 이멜다 마르코스는 자국민이 굶주리는 동안 3천 켤레의 구두를 모았다. 하지만 제아무리 이멜다라도 맬러리의 말끔하게 정리된 디자이너 상표 구두 대열을 보면 찬사를 보낼 것 같았다.

"아버지가 마피아나 뭐 그런 일 하셔?"

페니는 부드러운 은빛 털이 깔린 갈색 가죽 슬리퍼를 집어 들었다.

"대단히 불쾌한 질문이네. 하지만 아주 헛다리는 아니었어. 석유 업계거든."

맬러리가 웃으며 말했다.

"사악한 집안이야. 하지만 직접 만나면 더할 나위 없이 깍듯하게 대해줄걸."

주드가 말했다. 맬러리가 고개를 끄덕이며 동의했다.

"진짜 그래. 그리고 우리 아빠는 **사실** 인종차별주의자야."

페니는 아무 반응도 보이지 않았다. 그럴 기분이 아니었다. 오늘 하룻밤 정도는 맬러리의 가시 돋친 말을 너그럽게 못 들은 척할 수 있었다. 그녀는 머리를 식힐 시간이 필요했다.

하지만 페니의 옷차림은 적절하지 않았다. 그 점에는 부인할 여지가 없었다. 이곳이 맬러리의 침실이라면 파티는 어떨지 상상조차 할 수 없었다. 페니는 또 하나의 검정 면 원피스를 입고 있었다. 너무 많이 빨아서 색이 바랜 티셔츠와 다를 바 없었다. 그리고 스니커즈를 신었다.

페니는 샘이 보냈던 셀카를 찾아봤다. 흰 셔츠를 입고 문신을 가린 그는 무력하고 평범해 보였다. 끔찍하게 목 끝까지 여민 단추와 턱만 보이는 사진은 페니를 분노하게 했다. 왜 이렇게 차려입고 데이트를 해야 했을까? MzLolaXO가 샘에게 다른 사람처럼 옷을 입으라고 요구했다면, 그녀는 샘의 본모습을 인정하지 않는 것이 분명했다. 독특함이야말로 샘의 가장 멋진 점이었다. 페니는 무언가를 정말 정말 좋아했을 때 쓰는 한국어 표현이 생각났다. '마음에 쏙 든다'는 말이었다. 샘은 페니의 마음에 쏙 들었다. 페니는 카페에서 몰래 찍은 사진이라도 있어서 더 괜찮은 사진을 보며 감탄할 수 있었으면 좋겠다고 생각했다.

옷방 뒤편에서 빨간 리본이 달린 코르셋을 입은 맬러리가 나타났다. 서른다섯 살 프랑스 이혼녀가 만든 속옷이었다. 페니는 보정용 속옷과 디자이너 옷이 사람의 몸을 어떻게 변화시킬 수 있는지에 놀랐다. 맬러리가 진홍색 칼럼 드레스*를 입었을 때 그 효과는

* 원기둥처럼 어깨에서 치맛단까지 굴곡 없이 내려오는 단순한 형태의 드레스.

더 인상적이었다. 마치 1980년대 영화에 나오는 요부처럼 보였다.

페니는 자기 허벅지에 착용할 부자 전용 특수 거들을 빌릴 수 있을지 궁금했다. 그녀는 자신의 굵은 다리를 증오했다. 그녀의 엄마는 운동선수 같은 다리라고 했지만, 진짜 운동선수가 아니라면 차라리 모욕에 가까운 말이었다.

주드는 여러 각도에서 몸을 구부렸다. 그녀는 고탄성 고무 소재만을 사용해 만든 금속 질감의 밝은 청색 드레스를 입고, 거울로 자기 엉덩이를 봤다.

"엄청나게 조이네."

"자, 이거 입어."

맬러리가 페니에게 바닥까지 내려오는 검은색 슬립을 건네며 말했다. 페니는 손가락으로 천을 쓸어봤다. 반질거리는 기름처럼 광택이 있고 매끄러운 느낌이었다.

"신발 치수는?"

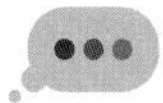

페니는 발가락을 꼼지락거렸다. 맬러리의 플랫폼 부츠에 페니의 발을 맞추려면 양말 두 켤레와 젤 깔창 한 무더기가 필요했다. 하지만 애쓴 보람이 있었다. 부츠는 놀랄 만큼 근사했다. 주드의 화려한 절친이 수시로 기분이 좋지 않은 것도 당연한 일이었다. 예쁜 구두는 아프게 했다.

페니는 이스트 사이드의 공장 건물로 종종걸음을 쳐가면서 누군가 정교한 장난을 치고 있는 건 아닌지 의심했다. 안에서 파티가 열리고 있다는 것을 짐작조차 할 수 없는 공간이었다. 맬러리가 부두의 살인 공장으로밖에 설명할 수 없는 곳의 손잡이를 당겼다. 사람들이 모였다는 유일한 표시는 베이스에 맞춰 목구멍 뒤쪽이 진동하는 것이 느껴질 정도로 시끄러운 음악 소리뿐이었다.

맬러리가 전화를 걸었다. 잠시 후에 검은색 긴 가죽 킬트를 입은 이십 대의 날씬한 흑인 남자가 안쪽에서 금속 문을 열었다.

"안녕."

그가 세 친구에게 말했다. 그는 주근깨가 어마어마하게 많았고 삭발로 깎은 머리에 목에는 문신을 뜻하는 'Tattoo'라는 문신이 새겨져 있었다. 맬러리가 똑같이 무심하게 "안녕"이라고 대답하며 셋의 이름을 말하자 그는 아이패드와 대조하며 확인했다.

그가 들어오라고 손짓했다.

세 사람은 환하게 밝혀진 계단통으로 계단참을 두 번 지나 음악이 나오는 쪽을 향해 올라갔다. 도착한 곳은 비행기 격납고 크기의 공간이었고, 창문은 검은 천으로 가려져 있었다. 어둑한 곳에 연기가 자욱하게 들어차 있었다. 페니는 영화 속 나이트클럽에서 뱀파이어가 이제 막 사람들을 몰살시키려는 장면으로 들어온 기분이었다.

페니는 손에 빨간 플라스틱 컵을 들고 삼삼오오 모여 서 있는 사람들의 윤곽을 어렴풋이 알아볼 수 있었다. 잠시 눈이 적응하는 시간이 지나자, 페니는 이렇게 다양한 연령대의 사람들이 모인 파티에 와본 적이 없다는 사실을 깨달았다. 격자무늬 양복에 아이라이너를 그린 백발의 남자가 그들을 멈춰 세웠고 페니가 무슨 일인지 파악하기도 전에, 그는 사진을 찍고 주드에게 무슨 말을 속삭이며 명함을 건네줬다.

플래시 탓에 페니는 잠시 눈이 보이지 않았다.

"방금 뭐였어?"

"파티 사진작가."

주드가 음악 소리 위로 페니에게 소리쳤다. 그리고 명함을 건넸다. 페니는 명함을 주머니에 넣으려고 손을 내리다가 청바지를 입지 않았다는 사실을 기억해 냈다. 그녀는 이런 옷차림을 한 여자라면 어떻게 할지 상상하며 브래지어에 카드를 밀어 넣었다.

모두가 그들을 쳐다봤다가 다시 고개를 돌린 것을 보면 누군가를 기다리고 있는 듯했다. 누군지 중요한 사람인 것 같았다. 누구든 페니와 주드와 맬러리는 아닌 것이 분명했다.

주드는 어둠 속에서 페니에게 손을 내밀었고 페니는 소중한 목숨을 위해 그 손을 꼭 잡았다. 한편 주드는 벤을 찾으려고 사람들 사이를 헤쳐 나가는 맬러리를 꼭 붙잡고 있었다.

뒤쪽에는 디제이 부스와 흐릿한 얼굴과 의상, 도발적인 머리 모양의 토피어리가 있었다. 페니는 두리번거리는 시선을 느꼈고 중요성을 확인할 수 없는 사람으로서 통과됐다는 사실에 안도했다. 그녀는 너무 겁먹은 것처럼 보이지 않으려고 눈을 부릅떴다.

"좋아. **이제** 한잔할 수 있겠어."

방을 한 바퀴 돌고 나서 맬러리가 말했다.

뒤편에는 하얗게 탈색한 머리에 갈라진 턱이 인상적인 바텐더 세 명이 다섯 겹의 인파에 둘러싸여 있었다. 그들은 검은 식탁보로 덮인 카드 테이블 뒤에 서 있었다.

페니는 신분증을 검사하게 될까 봐 걱정스러웠다. 하지만 맬러리가 팔꿈치를 들이밀며 샴페인을 주문하자, 그녀와 주드도 똑같이 했다.

"삶은 과감하게, 마음은 담대하게, 거짓말은 뻔뻔하게."

페니는 빌린 드레스를 끌어당기며 중얼거렸다. 마치 셀레스트의 '사기꾼' 머그잔 문구를 외면서 도덕적 지지를 구하면 도움이 될 것처럼. 그런데 이상하게도 효과가 있었다.

페니는 술을 한 모금 길게 들이켰다. 거품이 목구멍을 따끔따끔 간질였다.

"벤은 여기 있어?"

그녀는 소음 너머로 맬러리를 향해 소리쳤다.

"그래, 디제이 부스 뒤에."

"인사 안 할 거야?"

“안 돼. 벤이 나한테 먼저 인사해야지. **날** 만나러 온 거잖아.”

잠시 후 수염을 기른 아프리카계 아시아 남자가 옆걸음으로 그들에게 다가왔다. 그는 녹색 눈에 치아가 눈부시게 하얬다.

“안녕.”

그는 눈을 반쯤 뜨고 주드에게 말했다.

“안녕.”

세 여자도 똑같이 무심하게 대답했다.

“누구 파티야?”

그가 주드에게 물었다.

“친구가 여는 거야.”

페니는 그녀의 대답을 듣고 있었다.

맬러리는 전자 담배를 꺼내 깊이 빨아들였다. 페니는 파란색 LED 빛을 보며 안에 무엇이 들어 있는지 궁금해했다. 주드가 맬러리에게 담배를 받아서 피우고 페니에게 건넸지만, 페니는 고개를 저었다. 페니는 마크와 단 한 번 마리화나를 피웠을 때 환상적으로 피해망상에 빠져버린 경험이 있었다. 머릿속에 끊임없이 솟아나는 신경증적인 의문이 배가되고 확장됐다. 페니의 머릿속은 더욱 페니스러워졌다. 파티에서 불안 발작까지 일으킨다면 아주 완벽할 터였다.

“이봐, 자기.”

벤이 뒤에서 껴안자 맬러리는 비명을 질렀다. 그는 뮤직비디오에 나오는 그 남자와 닮았지만, 머리가 너무 커서 작은 머리가 주위를 돌고 있어도 이상하지 않을 정도였다. 맬러리는 몸을 돌렸고 두 사람은 뜨거운 키스를 나눴다. 페니는 인정할 수밖에 없었다. 맬러리는 어떻게 대처해야 하는지 잘 알고 있었다.

벤은 그녀를 어두운 구석으로 끌고 갔다.

페니는 맬러리가 없으니 모임의 동력원이 사라졌다는 느낌을 받았다. 페니는 핸드폰 배터리를 확인했다. 54퍼센트. 필요하다면 택시를 부르기에는 충분했다. 주드와 초록 눈의 남자는 대화에 푹 빠져 있었다. 그가 술을 더 가져오려고 자리를 뜨게 되자, 주드는 괜찮겠냐는 뜻으로 페니를 흘끗 쳐다봤다. 페니는 고개를 끄덕였다. 어차피 그런 종류의 질문에는 단 한 가지 대답밖에 없었다. 주드는 새 친구를 따라갔다.

페니는 주변 사람들을 최대한 의식하지 않으려고 애쓰며 홀 한가운데 서서 술을 홀짝이고 있었다.

페니는 화려하면서도 강인한 여자를 떠올리려고 노력하다가 진 그레이를 떠올렸다. 그녀는 일명 피닉스로, 마블 유니버스에서 가장 강력한 돌연변이였다. 그러다 진이 약간은 제정신이 아닌 상태로 로건(일명 울버린) 곁에 남지 않았다는 것이 생각났다. 둘은 명백히 함께 남았어야 했다. 그러다 샘이 떠올랐다. 그리고 샘이 완전히 울버린 같다는 생각이 든 순간 페니는 끔찍하게 우울해졌다.

'될 대로 되라지.'

페니는 바텐더 쪽으로 당당하게 걸어가 샴페인 한 잔을 더 마시고는 자리를 떴다. 그녀는 앞쪽으로 향했다. 흰 벽에 다양한 눈동자 이미지가 투사되고 있었다. 고양이 눈. 사람 눈. 도마뱀 눈.

으, 사람들은 왜 이런 짓을 하는 걸까? 그에 대한 생물학적 불가피성은 없었다. 지구상에 인간처럼 인기를 갈망하는 종이 또 있을까? 여우원숭이들은 아무렇지도 않은 척하면서도 실은 끝없는 경쟁 속에서 한껏 치장하며 어슬렁거렸던 걸까? 인간은 역겨웠다. 페니는 셋을 들여보내 줬던 남자를 알아보고 눈을 마주치려 했지만 실패했다. 남자는 옆쪽의 눈썹 없는 여자에게 무언가를 속삭이더니 함께 돌아서 가버렸다.

벽에 투사된 눈동자가 일출로 변했다. 정확히 무엇인지 모를 이 '공연'은 만약 약에 취한 상태라면 틀림없이 근사하게 보였을 것이다. 그렇다고 해서 달라질 것도 없었다. 모두가 핸드폰만 들여다보고 있었으니까.

페니는 벽에 등을 기대고 자기 핸드폰을 꺼냈다. 그녀는 혼자 있는 시간이 생길 때마다 그랬던 것처럼 샘이 보낸 예전 메시지를 읽을까 생각했지만 참았다.

"페넬로페?"

누군지 모르지만 키가 컸고, 그 뒤에서 불빛이 비쳤다. 페니는 빛이 드는 쪽으로 걸어갔다. J.A.의 수업을 듣는 앤디였다. 페니는 그의 의중을 전혀 읽을 수가 없었다. 그는 수업 시간에 페니가 쓴 글을 자주 옹호하곤 했지만, 유일하게 직접적으로 나눈 소통은 TV 드라마 〈배틀스타 갤럭티카〉에서 가이우스 발타 박사가 구제할 수 있는 인물인지를 두고 벌인 토론밖에 없었다. 페니가 깊게 참여한 토론도 아니었다. 〈배틀스타 갤럭티카〉의 골수 팬들과 논쟁하는 것은 지루한 일이었다. 페니는 앤디의 영국식 억양이 진짜인지 알아내기 위해 그 대화에 참여했을 뿐이다. 앤디의 존재는 그녀에게 경쟁심을 불러일으켰다. 수업에서 그녀를 제외하면 앤디가 유일한 아시아인이기 때문이었는데, 이유라기엔 터무니없었다.

편의점에서 신부와 마주치거나 주드의 스카이프 화면이 아닌 다른 곳에서 그린 선생님을 볼 때처럼, 익숙한 맥락이 아닌 곳에서 사람들을 만나면 이상한 느낌이 들었다. 한밤중에 '외출복'을 차려입은 동급생과 마주치는 것은 마치 〈매트릭스〉의 시스템 결함을 목격하는 기분이었다. 앤디는 다른 남자와 함께 있었다. 앤디보다 작고 갈색 머리에 왠지 악수도 힘없이 할 것 같은 인상이었다. 그는 흰 청바지에 미러 선글라스를 끼고 있었다. 샘이 봤다면 즐거워했을 차림새였다.

"어, 안녕."

페니가 말했다. 앤디는 앞으로 몸을 숙여 페니의 팔뚝을 잡고 그녀의 양쪽 뺨 가까이에 각각 키스하는 시늉을 한 번씩 했다. 무슨 일이 일어나고 있는지 몰랐던 페니에게 첫 번째 키스는 분노를 일으켰고, 두 번째는 완전히 굴욕적이었다.

그에게는 세탁 세제와 껌, 남성용 데오도란트 냄새가 났다.

"여기는 페넬로페야. 페넬로페도 텍사스대에 다녀."

그가 친구에게 소리쳤다.

"이쪽은 피트. 좀 멍청한 놈이야."

그가 마지막 부분을 페니의 귀에 가까이 대고 말하는 바람에 페니는 반사적으로 뒤로 물러났다.

"만나서 반가워."

피트가 페니를 살펴보며 말했다. 옷차림을 감상하기보다는 페니를 살펴보다가 들키는 것에 신경 쓰는 모양이었다. 우욱. 페니는 모자 달린 티셔츠를 입고 있었으면 좋았겠다고 생각했다.

"한 잔 더 할래?"

피트가 물었다.

"끝내주는 생각이야. 난 맥주 갖다줘. 페니, 넌 뭐 마시고 있어?"

앤디가 말했다.

"샴페인."

"아마 프로세코일 거야."

피트가 말했다. 페니는 그가 자신을 놀리고 있다는 것을 알았지만 정확히 어떻게 놀리고 있는지는 알 수 없었다.

"그러니까."

앤디가 말했다. 페니는 같은 아시아인으로, 앤디의 뺨도 자신만큼이나 술 때문에 불그레해진 것을 보고 기뻤다.

"질문이 있어."

그는 목을 가다듬었다. 페니는 고개를 끄덕였다.

"우리가 도대체 어디에 있는 건지 알아? 참고로 말하자면, 그 잔인무도한 피트 녀석이 나를 여기에 끌고 왔거든."

페니가 웃었다.

"전혀 모르겠어! 나를 싫어할 가능성이 큰 어떤 여자애가 데려왔거든."

그녀는 그의 귀에다 소리쳤다.

"아마도 벌을 준 건가 봐."

그가 꼬집어 말했다.

"아마도."

페니도 따라 말하며 키득거렸다.

"그 애한테 다시 가야 해?"

그가 물었다. 페니는 그의 눈빛이 무척 초롱초롱하다는 것을 알아차렸다.

"그 못된 친구가 술을 가지고 돌아올 때까지 기다리는 건 어때?"

페니는 계속 술을 마셔야 할지 확신이 서지 않았지만, 주드나 맬러리가 각각 데이트를 끝내고 돌아올 때까지 멍하니 기다리는 것보다는 낫다고 생각했다.

앤디는 홀을 훑어봤다.

"확실히 우리는 더 좋은 친구가 필요하구나. 여긴 정말 끔찍해."

"정말 내 평생 최악의 경험인 것 같아."

그녀는 동의했다.

"페니! 여기 있었구나!"

주드는 페니의 어깨를 잡고 빨간 컵을 하나 더 건네다가 페니의 손에 흘렸다.

"어디 있었던 거야아아아아?"

주드가 말끝을 너무 길게 늘이는 바람에 페니는 친구가 술이나 약에 취했다는 것을 알 수 있었다. 아니면 적어도 계속해서 둘 다에 취해가는 중일 수도 있었다.

"안녀어어어어어어엉."

그녀가 앤디에게 말했다.

"안녀어어어어어어엉."

앤디는 팔꿈치로 페니를 슬며시 치며 대답했다.

"주드, 이쪽은……."

"앤디야."

그가 주드의 손을 잡아 악수하며 말했다. 주드의 시선이 앤디에게 한참 머물렀다.

"앤디는 아주아주 소중한 친구야."

페니가 말을 끝냈다. 완전히 거짓말은 아니었다.

"재미있네."

주드가 눈을 크게 뜨고 동의하듯 말했다. 그녀의 말이 맞았다. 페니는 자신이 어쩌면, 사실은, 어느 정도 재미있게 즐기고 있음을 깨닫고 깜짝 놀랐다.

다음 날 아침 눈을 떴을 때 페니의 입에서는 한 달 동안 차 안에 묵혀둔 젖은 양말 맛이 났다.

'누가 나 좀 죽여줘.'

주드는 부드럽게 코를 골고 있었다.

페니는 전날 밤에 입었던 옷차림 그대로였지만, 치즈가 듬뿍 들어간 대담한 장신구처럼 케사디야 반쪽이 가슴에 멋지게 올라가 있었다. 그녀는 뭔가를 먹으러 갔던 기억이 전혀 나지 않았다. 어떻게 돌아왔는지도 수수께끼로 남아 있었다. 페니는 욱신거리는 머리로 일어나 앉아서 남은 음식을 침대 옆 탁자에 조심스럽게 내려놓고 핸드폰을 집어 들었다.

오전 6시.

1개의 새 메시지.

오늘 오전 2:57

안녕

앤디였다. 페니는 그의 핸드폰에 자기 번호를 입력하면서 주체할 수 없이 킥킥거렸던 기억이 났다. 결국 앤디가 작전을 지휘해야 했고, 두 사람의 노력과 서로의 손가락을 스치는 수많은 기회를 통해 가까스로 작전을 완료할 수 있었다.

페니는 11시까지 수업이 없었지만 그게 중요한 것은 아니었다. 그녀는 화장실로 가서 입안의 끔찍한 맛을 없애기 위해 이를 닦고 화장을 지웠다.

거울에 비친 그녀의 얼굴은 창백한 데다 붓기까지 했다. 검은 머리카락은 힘없이 얼굴에 매달려 있었다. 평소보다 더 흐트러져 있었다. 모공은 갈증에 시달리는 조그만 입처럼 한껏 벌어져 있었다.

"예쁘네."

그녀는 쉰 목소리로 말했다.

페니는 왼쪽 가슴으로 기어 올라가 있는 갑갑한 브래지어를 벗으려고 꿈틀거렸다. 명함 한 장이 타일 바닥에 착 소리를 내며 떨어졌다. 그녀는 명함을 집어 들었다. 파티 사진작가의 명함이었다. 카드에는 아무것도 없이 'stooooooooooooooooooop.com'이라고만 적혀 있었다. 페니는 알파벳 o가 몇 개인지 세보고 전화기에 그만큼의 o와 나머지 주소를 입력했다. 웹사이트의 전날 밤 날짜 아래에는 아름다운 파티 참가자들의 사진첩이 있었다. 페니도 파티에 갔었고 몇몇 얼굴과 옷차림은 알아봤지만, 화면을 밀어 올리는 것이 어쩐지 관음증적으로 느껴졌다. 모두가 너무 화려했다. 그러다 그녀가 주드와 함께 찍은 사진을 발견했다.

마치 자신의 마네킹을 보는 것 같았다.

불쾌한 골짜기…….

> 컴퓨터로 생성된 인물이나 인간과 거의 똑같이 생긴 휴머노이드가 보는 사람에게 불편함이나 혐오감을 주는 현상을 일컫는다.

사진 속 페니의 얼굴은 일종의 가면이었다. 그녀는 사진작가가 갑작스럽게 사진을 찍었을 때 얼마나 놀랐는지 기억하고 있었다. 하지만 검은색 슬립 드레스를 입고 주드의 팔을 허리에 감고 있는 페니의 모습은 차분해 보였다. 플래시는 그녀의 창백한 피부와 검은 입술을 더욱 강조했다. 게다가 그녀의 눈은 매혹적으로 가늘게 감겨 있었고 입술은 자신감 넘치는 미소로 구부러져 있었다. 그것은 페니였다. 단순히 그녀가 아니었다. 사악한 페니, 섹시한 페니였다. 존재조차 몰랐던 페니였다. 페니는 자신의 아바타에 사로잡혔다.

무엇보다 페니는 재미있는 시간을 보냈다. 진짜 재미 말이다. 지금 이 순간에 느끼는 현실의 진짜 재미였다. 끊임없이 스스로 재미있는 시간을 보내라고 일깨워야 하는 그런 종류의 재미가 아니었다. 사실 페니는 핸드폰을 아예 확인하지도 않고 있었다. 그녀로서는 술이 기적과도 같았다. 그녀는 매혹당하는 기분이었다. 페니는 그 파티에 속해 있었다. 페니는 느꼈다. 그러니까 미치거나 한심하게 구는 것이 아니라 정말로 MzLolaXO가 된 기분이었다.

페니는 사진을 계속 훑어보면서 '파티 걸'로 사는 것이 바로 이런 것일지 궁금해졌다. 보통의 페니는 의자만 한 신장 결석을 몸에서 배출하려는 사람 같은 표정으로만 사진을 찍었다. 하지만 어젯밤 파티에서 모르는 사이에 찍은 사진이 두 장 더 있었다. 한 장에서는 페니가 맬러리, 주드와 함께 상상도 못 할 행동을 하고 있었다. 공공장소에서 춤을 추고 있었던 것이다. 다른 사진에서는 앤디가 한 말에 고개를 뒤로 젖힌 채 크게 웃고 있었다. 그녀의 손은 앤디의 가슴에 안정적으로 올려져 있었다.

그날 저녁은 내내 앤디와 얘기하며 보냈다. 그리고 그의 보조개도 함께. 홍콩의 기숙학교에 다닌 앤디는 전 세계를 여행했고 럭비를 즐겼으며 탄탄한 복근도 있었는데, 저녁 어느 시점엔가 주드는 그 복근을 짓궂게 만졌다. 페니의 목구멍을 타고 술이 어느 정도 들어간 후로는 피트조차도 꾸준히 덜 거슬려 보였다.

그들의 화제는 대부분 학교에 관한 것이었다. 이미 공통점이 많은 사람과 함께 파티를 즐기니 해방감과 짜릿함이 느껴졌다.

“응, 단선적으로 이어나가려면 너무 힘들어. 두 가지를 별개로 쓴 다음에 두 번째 이야기를 첫 번째 이야기에 녹여 넣어봐.”

그가 페니의 이야기 속 이야기에 대해 말하며 음악 위로 목소리를 높였다. 이때 페니는 여섯 병째 샴페인을 마시고 있었지만, 다행히도 메모하는 것을 잊지 않았다.

“우아할 필요는 없어. 처음에 시작할 때는 그럴 필요 없어. 『7인의 현자』 읽어 봤어?”

그녀는 읽지 않았다.

“호머의 『오디세이』는?”

페니는 고개를 저었다.

“좋아, 〈심슨 가족〉에 나오는 ‘이치 앤 스크래치 쇼’* 알지?”

그녀는 소리 내 웃었다.

“응.”

“그런 식으로 하면 돼. ‘이치 앤 스크래치 쇼’가 심슨 가족 에피소드 전체를 포괄하는 주제를 설명하는 역할을 하잖아. 대본의 첫 번째 초안에는 아마도 ‘뭐뭐뭐에 대한 이치 앤 스크래치 에피소드는 여기에 배치’라고 적혀 있을 거야. 거의 완성되면 집어넣는 거지. 장식도 좀 하고 만지작만지작하면서 보기 좋게 고치는 거야.”

페니는 머리가 터질 것 같았다. 단지 동시에 두 개의 이야기를

* 미국의 TV 만화 시리즈 〈심슨 가족〉에서 작중 인물들이 즐겨보는 TV 만화 프로그램.

쓰다 보니 어려움을 겪는 것은 아니었다. 쓰는 과정에서 실제 부모의 재판 기록을 조사하다 보면, 누가 주인공인지 자꾸 잊게 됐다. 어떤 이야기가 주가 돼야 하는지 잘못 판단하곤 했다. 우스울 정도로 옹졸한 태도였다. 종차별주의자였어! 페니는 SF 소설에는 한계가 없다고 계속 주장했지만, 거기서 그녀는 인간 우위를 전제하고 있었다. 아니마가 〈심슨 가족〉이고 부모는 '이치 앤 스크래치 쇼'였다. 그 반대가 아니었다.

페니는 그렇게 뜻밖의 발견을 하고 나서 앤디와 포옹하고 볼에 키스했던 기억을 떠올리며 얼굴을 붉혔다. 비록 숙취에 시달리긴 했지만, 파티 페니는 큰 도움이 됐다.

그녀는 또한 맬러리, 주드와 함께 무척 즐거운 시간을 보냈다. 키득키득 웃으면서 몇 번이고 함께 화장실에 들락거렸다.

"네 건 너무 귀여워."

맬러리가 앤디를 가리켜 말했다. 두 사람은 같은 칸에 들어갔고, 평소 같으면 페니가 극심한 수행 불안 증상을 보였을 테지만 이번에는 순조롭게 흘러갔다.

"내 말이!"

페니가 소리쳤다. 그때 페니의 발에서는 피가 흐르고 발가락 사이로 미끈함이 느껴졌지만 그녀는 개의치 않았다.

앤디는 **정말이지** 귀여웠다. 그는 교양 있고 세련됐으며, 하이힐을 신은 페니보다도 키가 컸고 체중도 더 무거웠다. 샘은 확실히 그렇지 않았다. 평소와 정반대로만 행동하면 매력적으로 보일 수 있었다. 그렇게 간단한 일이었다. 잘해보라지, 샘.

페니는 다시는 샘에게 문자를 보내지 않겠다고 다짐했다. 적어도 그가 먼저 문자를 보내기 전까지는.

바로 그 순간, 마법처럼 페니의 핸드폰이 진동했다.

엄마였다.

그럼 그렇지.

페니는 전화를 무시했다.

S

샘

바스티안 트레호는 열네 살이지만 열두 살처럼 보였고, 열 살에 담배를 피우기 시작했다. 스케이트보드를 잘 타는 그 애는 망가진 신발을 신은 왜소한 녀석일 뿐이었지만, 샘은 그 아이에게서 무언가 위협적인 느낌을 받았다. 하지만 첫날 오후가 지나고 샘에게서 담배 세 개비와 왓어버거의 치킨 핑거 세트를 얻어낸 뒤로 아이는 경계심을 풀었다.

다큐멘터리를 위해 정한 유일한 규칙은 바스티안과 제임스, 리코가 타서는 안 되는 곳에서 스케이트보드를 타더라도 샘이 그들의 부모에게 알리지 않는다는 것이었다. 샘은 동의했다.

"네, 바스티안의 엄마는 쉽지 않아요."

제임스가 말했다.

"맞아요. 엄마는 안 그래도 신경 쓸 게 많거든요."

바스티안이 담뱃재를 털며 말했다.

그 외에는 바스티안을 더 설득할 필요가 없었다. 아이는 마음을 강하게 끄는 보기 좋은 얼굴을 가졌고 자신도 그것을 알고 있었다. DSLR 카메라로 촬영하기에는 준비가 너무 번거로워서 샘은 거의 핸드폰으로만 촬영했다. 그가 핸드폰을 들기만 하면 바스티안은 준비가 돼 있었다. 아이는 속사포처럼 말을 쏟아내면서 여자들과의 온갖 잠자리 이야기를 지껄였다. 샘은 대부분 지어낸 이야기라고 의심했지만, 아이는 얘기하는 방법을 알았다. 샘은 핀에게 하우스에서 오후 근무 몇 시간을 맡아달라고 부탁하고 세 아이가 허접한 스케이트보드로 트릭에 성공하려고 애쓰는 모습을 촬영했다. 그는 거의 언제나 애들이 얘기하도록 내버려뒀다. 그는 제임스가 다른 두 아이보다 돈이 더 많고 그에 대해 크게 신경 쓰지 않는다는 사실을 알게 됐다. 제임스는 자신이 산 간식을 친구들과 불평 없이 나눠 먹었다.

부모가 보이지 않는 상황에서 애들 세계의 지루함은 낯설고 적나라하면서도 시적이었다. 지역의 절대적인 부분이 대학과 풋볼 경기, 그리고 날로 팽창하는 캠퍼스를 중심으로 이뤄졌지만, 세 사람은 그곳에 다니게 될 거라고 전혀 기대하지 않았다.

그들은 부랑자나 그런 사람이 아니었다. 사실 담배를 피우는 것만 빼면 마약이나 술은 전혀 하지 않는 스트레이트 에지*라고 할

---

* 극단적으로 방탕하게 흐르는 펑크 하위문화에 대한 반발로 시작된 경향으로, 담배, 술, 약물 등을 하지 않고 자기 절제를 통해 저항을 실현하고자 한다.

수 있다. 그들에게 유일한 악습은 채소 주스에 대한 집착인 듯했다. 바스티안의 어머니가 고급 주스 판매점에서 일한 덕분이었다. 그날 오후 애들은 그곳에서 왔고 샘은 아사이와 케일 스무디를 마시는 바스티안을 촬영하고 있었다.

"여자애들이 좋아하더라고요. 그걸 마시면 정액 맛이 꽃처럼 느껴진대요."

바스티안은 활짝 웃으며 말했다.

날이 어두워지자 샘은 애들에게 고맙다고 인사하면서 담배 두 개비씩을 나눠주고 차에 탔다. 핸드폰이 진동했고, 샘은 혹시 페니가 아닐까 하는 비합리적인 희망을 느꼈다. 하지만 핀이 차를 확인하는 메시지였다. 샘은 답을 보내고 최근 페니를 생각할 때마다 밀려오는 감정을 털어내려고 애썼다.

그가 페니에게 마지막으로 물어본 것은 "왜 선 넘었어?"였다. 그리고 "괜찮아?"라고 물었다. 그녀는 대답하지 않았다. 한 번도. 그는 그녀에게 전화하고 싶었다. 그는 전화하겠다고 말했지만, 로렌이 그를 완전히 나락으로 몰아넣기 전의 일이었다. 지금 시점에서는 페니가 그의 전화를 원하는지도 알 수 없었다. 거의 2주가 다 돼갔다. 샘은 이제 누가 뭘 해야 하는 건지 알 수 없었다.

P

페니

앤디는 거의 최악이었다. 혹은 최고였다. 뭐든 간에 그가 하고 싶어 한 건 모조리 끔찍한 생각이었다.

페니는 침대에서 빠져나오면서 앤디를 저주했다. 앤디와 그의 그 바보처럼 잘생긴 얼굴. 그리고 교정으로 세운 성전, 그게 그의 입이었다. 적어도 입술은 근사했다. 그녀는 그가 키스를 잘하는 건지 궁금했다. 페니는 습관처럼 핸드폰을 확인하며 한숨을 쉬었다. 애초에 그녀에게 전혀 마음이 없었던 사람에게 한 시간에 수천 통의 문자를 보내지 않아도 되니 한가한 시간이 많았다.

페니는 잠시 샘이 괜찮은지 궁금해하다가 걱정은 그만두자고 자신을 타일렀다.

페니는 맨투맨을 입고 운동화를 신고 밖으로 나갔다. 드물게 선선한 아침이었다. 페니는 캠퍼스 방향으로 가는 대신 호수 근처의 달리기 코스로 가려고 서쪽으로 향했다. 이른 시간인 탓에 유모

차를 미는 수면 부족의 부모들과 반려견을 산책시키는 열정 넘치는 사람들이 대부분이었다.

그녀가 도착했을 때 앤디는 이미 약속 장소인 '첫 번째 벤치들 근처의 쓰레기통'에 와 있었다.

"늦었네."

그가 말했다. 그는 사각거리는 회색 하이테크 러닝복을 걸치고 그에 어울리는 짙은 회색 선글라스를 쓰고 있었다.

"세상에, 너 꼭 우리가 새로운 은하계 개척을 위해 파견한 사람 같아. 이 복장은 뭐야?"

페니가 하품하며 말했다.

앤디가 머리 위로 팔을 뻗었다.

"모든 활동에 최적화된 복장이 있지. 이건 내 러닝용 앙상블이야."

"인류 문명의 마지막 남은 희망이라도 되는 것처럼 말하는구나."

그가 의기양양하게 미소 지었다.

"나는 달리기 안 하는 거 알지?"

페니가 확인해 줬다.

"난 기본적으로 네 아이디어를 훔치려고 호수 주변에서 따라다닐 거야."

앤디는 발가락에 손이 닿도록 스트레칭을 했다.

페니도 손을 뻗어봤지만 무릎 아래에 겨우 닿았다.

"괜찮아. 나는 여성의 정신에 대한 정보를 얻으려고 네 머리를 뒤질 거니까 퀴드 프로 쿼,* 공짜는 없지."

페니는 킥킥 웃었다.

"행운을 빌어."

사실 페니는 운동을 조금도 하지 않았다. 책상 앞에 앉아 컴퓨터에 집착하는 사람들에 관한 이야기를 키보드로 두드리는 일은 머리로 씨름하는 일이었다. 너무 오래 앉아 있다 보니 엉덩이가 연한 송아지 고기 같아졌고 배꼽 위에는 영구적인 주름이 생겼다.

게다가 그녀는 앤디와 함께 있는 것이 즐거웠다. 페니는 그것이 두 사람이 같은 아시아계이기 때문인지 관심사가 같기 때문인지 궁금했다. 파티 이후로 둘은 편안한 동지애를 나누는 사이가 됐다. 앤디는 그녀에게 좋은 영향을 줬다. 페니는 거의 매일 진짜 현실의 인간들과 소통하는 데 점점 능숙해지고 있었다.

파티 이후, 페니는 앤디가 화려한 드레스를 입고 샴페인을 마시는 자신에 대한 환상에서 재빨리 깨어나게 해줬다. 며칠 전 페니는 잠옷 차림으로 도서관에서 그를 만났다가 소고기 육포를 너무 많이 먹고 땀까지 흘렸다.

"실내에만 맴돌면서 바보짓 그만하고 다음에는 덜 역겨운 걸 하자."

앤디는 단백질 과다 복용으로 신음하는 그녀에게 이렇게 말했다.

---

* Quid Pro Quo, 받은 것에 동등한 대가를 준다는 의미의 라틴어.

그리하여 조깅을 시도하게 됐다.

"좋아, 알고 싶은 게 뭐야?"

앤디가 걷기 시작했다. 그는 옆구리에 접어 붙인 팔을 힘차게 끌어올리며 빠른 걸음으로 경쾌하게 걸어갔다.

"여성의 정신에 관해 물어봐."

페니가 응수했다.

"어디까지 읽었어?"

앤디는 1960년대를 배경으로 5월부터 12월까지 펼쳐지는 프랑스 중년 여성과 마흔 살 연하의 베트남 남성 사이의 로맨스를 쓰고 있었다. 마르그리트 뒤라스의 『연인』에서 영감을 받았다.

"음, 그래서 그들은 바에서 만났고 에스메랄다는 결혼했고 보트에는 짐이 잔뜩 실려 있었다."

"좋아. 그리고 그건 보트가 아니야, 페니. 큰 배야. 원양 여객선이라고."

"알았어."

"내가 알고 싶은 건 이거야……. 좋은 아침!"

그는 선바이저를 쓰고 반대 방향으로 걷는 여성에게 고개를 끄덕였다. 그러고는 값비싼 운동복을 비슷하게 맞춰 입은 커플에게 손을 흔들었다. 앤디는 자기 위치에서 반경 10미터 구역을 담당하는 친선 대사였다.

"에스메랄다는 왜 남편을 떠났을까? 남편은 부자야. 아내를 사랑해. 수십 년 동안 함께했고. 섹스는, 뭐 모르긴 몰라도, 괜찮아.”

페니는 일흔 살이 된 두 사람 사이의 성관계를 상상해 보려고 했다.

“동기가 되는 요인이 뭘까? 남자를 찾아다니는 건 아니잖아. 적어도 겉으로 보이기에는 말이야.”

“글쎄…….”

페니는 젊은 남자 빈에 대해 생각했다.

“그 남자가 에스메랄다에게 맞는 사람일까? 아침에 건네는 인사만으로도 위안이 되는 사람? 잘 자라는 인사를 할 때까지 하루 내내 손잡아 주는 느낌을 주는 사람? 그 남자가 행복해지려면 자기와 같이 있을 수 없다고 해도, 그래도 만족할까? 그 남자를 위해서?”

“물론이지.”

앤디가 경박한 어조로 대답했다.

“하지만 잭슨은 돈이 많아.”

잭슨은 에스메랄다의 남편이었다.

“오랫동안 같은 사람과 함께 지내고, 다 괜찮다고 생각하는 거야. 그러다가 누군가를 만나. 그런데 그 사람을 만나자마자 괜찮지 않았다는 걸 알게 되는 거지.”

“그냥 그렇게?”

“기본적으로는 그렇지.”

“세상에, 여자들은 정말 변덕스럽기도 하지.”

"여자들이 아니야. 인간이 그런 거야. 제조상의 결함이랄까 뭐 그런."

"알겠어. 그래서 네 이야기가 그렇게 침울한 것 같아. 로봇이 인간들을 속여 아기를 죽이게 만들고 결국 감방에 처넣다니."

"우선 그 인간들은 풀려났어."

페니가 말했다. 부모는 재판을 받았지만 징역 기간이 길지는 않았다.

"둘째, 가족의 입장에서만 침울한 거야. 기계의 관점에서는 사실, 상당한 승리를 거둔 거지."

앤디가 웃었다.

"그게 네가 강력히 공감하는 관점이겠지."

"물론이지."

페니가 미소를 지었다. 문득 페니는 자신이 왜 아니마가 이기기를 바랐는지 이유를 깨달았다. 부모들은 실제 삶을 대변했다. 그들의 이야기는 결정돼 있었다. 그들의 실수는 그들의 몫이었다. 하지만 아니마의 미래는 알 수 없었다. 자신의 인생을 바꾼 사건들이 일어났을 때, 페니와는 다르게 아니마는 자신의 운명을 스스로 개척해 나갔다.

자식에게, 자기 창작물에 더 나은 것을 주고 싶은 것은 부모와 창작자의 숙명이다. 페니는 아니마에게 자신이 가졌던 것보다 더 많은 것을 주고 싶었다. 선택권을 주고 싶었다.

페니는 앤디가 계속 얘기하는 동안 전화기에 자신에게 남기는 짧은 메모를 썼다.

아침은 아름다웠다. 그녀는 폭발적인 열정을 느끼며 앤디를 추월해 뛰어나갈지 생각하다가 이내 마음을 바꿨다. 그녀는 로맨틱 코미디 속 긍정적 기운이 넘치는 여주인공이 아니었기 때문에 아마 지쳐서 기절할 것 같았다.

"언제 한번 나랑 같이 나가자."

앤디가 말했다. 페니는 걸음을 멈췄다.

"뭐?"

그녀는 깜짝 놀랐다.

"마리스카인지 미샤인지 누구인지, 하여튼 그 애랑 만나는 줄 알았는데."

앤디는 자신의 다리 긴 여자 친구에 대해 거리낌 없이 얘기했다.

"맞아."

그가 말했다. 그리고 미소를 지었다.

"누가 데이트래? 나는 마리스카를 만나고 있지만, 동시에 너와 만나는 것도 부정하지 않겠다는 거야."

"뭐, 로맨스 생산적 환경에서 한 끼니의 음식 정도는 구매해 주겠다?"

앤디는 놀리듯 말했다.

"당연하지. 아니면 조명 조건이 좋은 편안한 곳에서 상영작 한

편을 함께 보는 것도 좋고."

페니는 잠시 생각했다. 앤디는 잘생겼다. 비록 치아가 지나치게 가지런하긴 했지만. 그는 재미도 있었다. 둘이 얘기할 때면 말로는 표현하지 못하는 짜릿한 기분이 느껴졌다. 마치 깃털을 뽐내며 서로에게 지저귀는 새들 같았다. 아무튼 앤디가 그녀에게 데이트를 신청하다니, 초현실적으로 느껴졌다. 이건 비상식적인 일이었다.

"생각 좀 해봐도 돼?"

"아니. 자, 계속 걷자."

그가 말했다. 하지만 화가 난 것 같지는 않았다.

그들은 묵묵히 걸었다.

"그러니까 네가 생각해야 한다는 건 완전히 빠져 있지 않다는 뜻이겠지. 그건 나 같은 사람에게는 받아들이기 어려운 일이야."

앤디는 우주인 러닝복을 입은 자신의 아도니스 같은 몸매를 손짓으로 가리키며 말했다.

"나한테 반하지 않은 사람한테 반할 수는 없어."

페니는 미소를 지었다.

"타당해."

앤디가 화나지 않은 것에 마음을 놓으며 말했다.

"그냥 다른 사람이 아직 마음에 있어서 그래."

"그래서 내가 사랑의 정의를 물었을 때, 기다렸다는 듯이 진부하기 짝이 없고 지지리도 감상적인 말을 서른 가지나 늘어놓은 거야?

죽고 싶다는 듯이?”

페니는 고개를 끄덕였다.

“그거 안됐네. 아, 나도 겪어봤어.”

S

샘

“아이스 커피는 딜레탕트들이나 마시는 줄 알았는데.”

샘은 텀블러에 담긴 아이스 모카를 마시면서 차 서랍을 정리하고 있었다. 커피 머신 아래 터질 것 같은 칸이 차 서랍이었다. 핀은 서랍에서 원하는 맛을 찾는 대신 새로운 차 상자를 여는 버릇이 있어서 반쯤 비어 있는 상자와 따로 돌아다니는 티백이 수없이 많았다. 샘은 특히 기분이 좋지 않을 때만 서랍을 다시 정리했다.

로렌은 짙은 선글라스 뒤에 눈을 감추고 있었다. 그녀는 샘의 잔을 들어 한 모금 마셨다. 그들이 마지막으로 만난 지 13일이 지났다. 무슨 영화배우처럼 그의 뺨에 키스하는 시늉을 하고, 유령 아기에 관한 소식을 폭탄처럼 던져놓고는 태평하게 거리로 뛰어나간 지 2주도 채 되지 않았다.

“무슨 일이야, 로렌?”

샘은 동네 카페에서 일하는 탓에 쉬운 표적이 되는 것을 싫어했다. 누구나 원하면 언제든 그를 만나러 올 수 있었다. 살인 청부업자라면 아무런 계획 없이도 그를 죽일 수 있었다. 사실 범인이 적절한 시간만 고른다면, 샘이 베이킹을 할 기분이 될 때까지 기다렸다가 일을 끝내고 가는 길에 먹을 디저트를 가져갈 수도 있었다.

"널 보고 싶었어."

로렌이 말했다. 그녀의 향수가 그의 주변 공기를 뚫고 들어왔다.

"대단하네."

샘이 쏘아붙였다. 블러드 오렌지 루이보스 차를 모두 골라 모으는 동안 그의 머리카락이 계속 얼굴로 떨어졌다. 그는 루이보스가 아니라 실은 '로이버스'라고 발음해야 한다는 점이 너무 싫었다. 그리고 왜 허브차를 '티젠'이라고 부르는 걸까? 정말 거슬렸다.

"무슨 일이 있었는지 얘기해야 할 것 같아서."

"그럼 얘기해 봐."

샘이 말했다. 왜 갑자기 급해진 건지 이해할 수 없었다.

"어디 가서 뭐 좀 먹자."

로렌은 묽어진 샘의 아이스 커피를 집어 들고 한 모금 더 마셨다. 샘은 두 사람 사이 카운터 위에 차 상자들을 탁 내려놨다.

"못 가."

그가 단호하게 대답했다.

"할 말이 있어."

"그럼 말해."

로렌의 손톱은 검은색 바탕에 반짝이는 금색 삼각형 모양으로 새로 칠해져 있었다.

"좀 더 조용한 곳에서 하면 안 될까? 네가 정리하느라 바쁘지 않을 때, 아니 그 엄청나게 중요한 차 업무로 바쁘지 않을 때 말이야."

카페는 15분 후면 문을 닫을 것이고 손님은 단 두 명이었다.

"그냥 하고 싶은 말이나 해. 짧게."

"지난 몇 주 동안 혼란스러웠다는 거 알아."

로렌이 조심스럽게 말을 시작했다. 그러더니 전술을 바꿔 안경을 벗었다.

"내가 보고 싶지 않았어? 난 너 보고 싶었어."

그녀는 그를 바라보며 입술을 깨물었다. 샘은 연습으로 나온 그 표정을 곧바로 알아봤다. 로렌은 특별히 적절하다고 생각되는 순간에 이런 표정을 지었다.

"있잖아, 로렌? 그런 때가 있었어. 너한테 그 말만 들을 수 있다면 은행을 털고, 트래비스 호수에 돈을 던져버리고, 조상님 무덤에 올라가서 탭댄스를 추고, 다른 어떤 짓이든지 다 했을 거야. 맹세코. 하지만 이젠 아니야."

그는 그녀에게 상처를 주고 싶었다. 사실이었다. 하지만 4년 만에 처음으로 그 자신조차 모르는 사이에 이해할 수 없는 이유로 마침내 로렌에 대한 감정을 극복했다는 사실도 깨달았다. 그는 이제 로렌과 완전히 끝냈다. 마치 워싱턴 기념탑만 한 똥을 눈 기분이었다. 해방감이 들었다. 그는 자유였다.

"진심이야?"

그녀는 얼굴을 찌푸렸다.

"임신한 줄 알았을 때 내가 왜 너와 함께할 수 없었는지 이해하지? 그렇게 했으면 엉망이 됐을 거야. 난 백지에서 새로 시작하길 원한 거야. 완전히 다시 시작하고 싶었어."

"계속 이러면 안 돼, 로르. 넌 가끔 날 원하지. 그럴 때마다 난 다 멈추고 너에게 달려가. 하지만 네 말이 맞아. 이게 새로운 시작이야. 가장 깨끗한 백지야. 우린 끝났어. 로렌, 우린 친구가 아니라고 네가 그랬잖아. 그리고 네 말이 맞아. 있잖아, 내가 보기엔 넌 날 그냥 인간적으로도 좋아하지 않는 것 같아."

"**사랑해**, 샘. 그렇게 많은 일을 겪었는데 왜 일을 어렵게 만드는 거야? 넌 풀리지 않는 매듭 같아. 그 신화에 나오는 거 말이야."

로렌은 극적인 한숨을 내쉬고, 옷을 매만져 상상 속 주름을 펴줬다.

"내가 뭘 좋아하지? 케이크야, 파이야?"

"뭐라고?"

로렌은 당황했다.

"간단한 질문이잖아, 로르. 케이크? 파이? 난 어느 편이야?"

"넌 항상 둘 다 만들잖아. 그 질문은 함정이야."

그녀는 도전적으로 말했다.

“난 파이를 좋아해, 로렌. 너처럼. 너는 딸기 파이를 제일 좋아하지. 중간에 연유가 들어 있는 시시한 거. 바이올렛 할머니가 만들어 주셨던 거라서 좋아하지. 너는 파이를 숨겨놓고 엄마 몰래 먹곤 했어. 엄마가 싫어했으니까. 중학교 3학년 때 섭식 장애가 생기기 전까지 넌…… 네 표현으로는 건장한 편이었으니까. 내가 이걸 왜 아는지 알아? 난 너에 대해 다 아니까. 너에 대해 모든 걸 알 뿐만 아니라 모든 걸 기억하니까. 내가 가진 네 파일은 꽉 차서 불룩해. 온갖 무의미한 것들로 터질 것 같아. 왜냐하면 나도 나를 어쩔 수가 없었으니까. 네 손? 아무것도 아냐. 네 발, 뭉툭하고 삐뚤어진 네 발이 진짜 보물이지. 그건 사실이야. 나는 내가 불안정하고 망가진 데다가, 가난해서 네가 나를 모른다고 생각했어. 그런데 생각해 보니까 네가 나를 모르는 이유는 내게 아무것도 물어본 적이 없기 때문이었어. 한 번도. 난 내가 얘기할 수 있는 사람과 함께 있고 싶어. 나에 대한 파일이 저절로 불룩해지는 사람과 함께하고 싶어. 내가 가장 끔찍하고 무서운 걸 말할 때도 기쁘게 들어줄 사람. 난 널 사랑하지 않아. 솔직히 말해서 네가 나를 사랑한다는 것도 믿지 않아.”

로렌의 입이 굳게 다물어졌고 입꼬리가 살짝 내려갔다.

“그렇게 느낀다니 유감이네.”

“그건 사과가 아니지. 너도 알지 않아?”

“네가 싫어하는 걸 아니까 그렇게 말한 것뿐이야.”

그녀가 쏘아붙였다. 로렌은 돌아서서 걸어 나갔다. 그녀가 돌아서면서 치맛자락이 뒤집혔고 그 아래로 가터벨트가 보였다. 로렌은 남성 판타지의 악몽 같은 캐리커처였다.

그날 밤, 샘은 마침내 일주일 넘게 쓰고 있던 이메일을 보냈다.

받는 사람: 페넬로페 리

보낸 사람: 샘 베커

제목: 마이크 확인 1, 2

안녕,

음, 그동안 좀 상황이 이상했지. 그리고 내가 그렇게 만든 거 알아. 지금은 확신하진 못하겠지만 말이야.

그래서, 내가 미안해.

(막연한 사과보다 나은 건 없지, 그렇지? 진심 어린 사과!)

엇.

흠…….

어쨌든 나도 백만 년 전 일이라는 건 아는데, 그리고 나중에 자서전을 쓰면서 내가 상황을 이상하게 만든 때를 돌이켜 본다면, 틀림없이 내가 전화하겠다고 해놓고 하지 않은 그 일이랑 상관 있다는 걸 알 것 같아. 그때 우리가 만나고 난 후에 말이야.

그날은 우리에게 정말 중요한 날이었지, 그렇지? 네 어머니를 만났고. 카운터 건너편에서 웃으면서 아무 일도 없는 척해야 했고. 흥분되는 경험들이 너무 많아서 당황해 버렸지.
내가 마지막으로 물어본 건 '괜찮아?'였어. 음, 어떻게 지내? 난 항상 그걸 생각해.
네가 **새로운 삶, 이건 누구?** 이렇게 생각한다면, 그것도 이해할 수 있어.
그렇지 않다면, 내가 마지막으로 널 귀찮게 한 뒤로 일어난 일들을 특별한 순서 없이 적어볼게.
난 멍청하게 취해버렸어. 상처 입고 취하고. 우울했어.
로렌은 임신이 아니었어. 그리고 그게 이상하게 실망스러웠는데, 그 이유는 모르겠어.
다큐멘터리를 찍기 시작했어. 드디어! 어떻게 될지는 전혀 모르겠지만 정말 마음에 들어. 알고 보니 그 아이의 이름은 세바스티안이었어. 바스티안으로 통하는데, 그렇게 부르면 너무 나쁜 녀석인 것처럼 들려. 정말 똑똑하고 제대로 미친 녀석이야.
네가 꼭 만나보길 바라. 바래? 바라? 난 이런 걸 제대로 써본 적이 없다니까. 스튜디어스가 아니고 스튜어디스라니. 로맨티스트가 아니고 로맨티시스트라니. 난 황색맹이 색맹이라고 생각했거든. 도대체 황색맹이 뭔지 아는 사람이 있긴 할까? 아마 넌 알겠지. 그리고 이건 비밀인데, 난 '아이러니'가 어떻게 적용되는 건지 잘 모르겠어.

내일모레=모레: 역시 헷갈림

어쨌든. 난 네가 그리워.

우리 관계가 기본적으로 문자 메시지로 이어진 관계라는 걸 나도 알아. 하지만 뭐가 됐든 네가 나와 이어지는 일이 일어난 게 기뻐. 네가 내 비상 연락처라는 사실에 감사해. 비록 네가 너무 텐션이 높고, 밤늦게 너와 이야기하다 보면 너무 극단적으로 흐르게 되지만 말이야. 인터넷에서 내 증상을 검색하다 보면, 거의 언제나 어떤 경로로든 죽음으로 이어진다는 걸 확신하게 될 때처럼 말이야. 하지만 난 좋은 쪽으로 말하는 거야. 그렇게 얘기하는 게 내가 제일 좋아하는 일이란 걸 네가 알아주면 좋겠어.

난 너를 그리워하게 된 것 같아. 내가 그럴 만한 자격을 얻은 것 같아. 나도 알아. 이상하거나 소름 끼치거나 집착하는 것처럼 들릴 수도 있겠지. 우리 관계는 추상적이긴 하지만 다른 어떤 관계보다도 더 좋은 관계라고 생각해.

넌 진지하고, 정말 재미있고, 약간 엉뚱하긴 하지만 네가 원하는 삶과 일에 집중하고, 열정적이고, 그 모습이 아름다워. 아, **절대로** 널 불편하게 하거나 곤혹스럽게 하려는 말이 아니야(네가 칭찬을 어떻게 받아들이는지 알아). 네가 해주는 조언은 최고야(아이에 대한 충고나 기타 등등).

네가 존재한다는 걸 알게 되어 기뻐. 내가 망쳐버린 것 같긴 하지만, 너에게 그 말을 해주고 싶었어. 그리고 나도 존재한다는 걸 일깨워주고 말이야. 네가 잘 지내고 있기를 바라. 어떻게 지내? 괜찮아? 알려줘.

좋은 이모티콘들 전부, 부끄럽게 오글거리는 이모티콘까지 전부 다 모아서

—S.

페니

그렇게 됐다. 페니와 샘은 공식적으로 멀티플랫폼 기반 관계가 됐다.

페니가 그에게 문자를 보냈다.

안녕

그나저나 넌 엉터리 비상 연락처야

'괜찮아?'에 아무 답이 없으면

올바른 반응은

구급차를 부르는 거야

그건 누구나 다 안다고

그녀는 답을 기다렸다.

좋은 지적이야

난 아마추어였어

안녕

이메일 받았어

네가 죽지 않아서 다행이야

네 덕분은 아니지

알아

미안해

보고 싶었어

나도

이메일 꽤 괜찮았지?

페니는 인정할 수밖에 없었다. 그녀가 받아본 이메일 중에서 최고였다.

일하고 있어?

페니는 이것이 경계선 정신병적 행동에 해당한다는 것을 알고 있었다. 그리고 공포 영화처럼 **"전화는 내부에서 걸려 왔다!"**라고 하면서 그를 겁에 질리게 하고 싶지도 않았다. 하지만 메시지는 내부에서 보내지고 있었다. 거의 내부에 가까운 곳에서.

맥주 반병을 비우고, 계속해서 손을 비벼대면서 옷을 다섯 번이나 갈아입어야 했지만, 페니는 이제 그녀가 행동을 보여줘야 할 때라고 생각했다. 평소처럼 의사 결정 나무를 그리며 예와 아니오 중에서 선택할 필요도 없었다.

그녀는 하우스의 발코니에서 그에게 문자를 보냈다.

응 마무리 중이야

응 나 밖에 와 있어

뭐?

여기?

그네에

하우스 그네???

샘은 핸드폰을 손에 든 채 옆문을 열고 캄캄한 밤 속으로 나왔다. 그의 얼굴에 푸른빛이 비쳤다. 그가 문자를 입력했다.

우아 대단히 선을 넘었네

페니는 미소 지으며 답했다

짠

"이봐. 우리가 진짜 이런 걸 하고 있네?"

그가 외쳤다.

"정말 그렇네. 너무 무서워."

아래쪽 그네에서 끼익하는 소리가 났다. 샘이 웃었다.

페니는 이번에는 완벽한 의상을 골랐다. 그녀는 맬러리의 드레스를 다시 입었다. 발은 아직 아물지 않아서 스니커즈를 신었다. 그리고 립스틱을 바르다가 마음을 바꿔 세련된 젊은 여성이 하듯이 손등으로 문질러 지웠다. 그리고 몸을 너무 많이 드러내지 않으려고 드레스 위에는 너덜너덜한 후드 재킷을 걸쳤다. 완벽하게 페니다운 옷차림이었다. 페니가 그네에서 일어섰다. 그러자 동작 센서가 뒤쪽 공터의 야간 조명등을 작동시켰고 잠시 두 사람의 눈을 멀게 했다.

"요란한 등장이네."

샘은 팔을 들어 빛을 가리며 말했다.

"이렇게 불쑥 찾아와서 미안해. 지금 바쁜 거면 내가……."

페니가 더듬거리며 말했다. 그녀는 이런 일이 벌어지고 있다는 사실을 믿을 수 없었다.

"그래, 그래. 들어가자."

그가 페니를 옆문으로 안내하며 말했다. 페니는 그를 따라 주방으로 들어갔다. 샘은 의자를 가져다가 철제 작업대 바로 옆에 놓고 페니에게 차 한 잔을 내줬다. 페니는 고맙게 받아 들고 자리에았다.

“배고파?”

배가 고팠다.

샘은 작업을 시작했다. 그는 페니에게 뭘 먹고 싶은지 묻지 않았다. 그는 냉장고를 들여다보더니 플라스틱 통 몇 개와 베이컨, 달걀을 꺼내고 빵 반 덩어리를 들었다. 샘이 샌드위치를 만드는 동안 둘은 아무 말도 하지 않았다. 페니는 샘이 통에서 잘게 썰어진 재료를 조금 꺼내 팬에 넣는 것을 지켜봤다. 그는 그릴에 크고 두툼한 빵 조각을 올려 올리브 오일로 굽고 베이컨과 달걀도 바싹 구웠다. 그런 다음 모든 것을 합쳐서 커다란 샌드위치 두 개로 만들고 대각선으로 반 잘랐다. 그는 하나를 그녀 앞에 놨다.

“네 건 치즈 안 넣었어. 어머니께서 말씀하신 그 유당 불내증 때문이지.”

페니는 웃으며 샌드위치를 바라봤다. 그녀는 반쪽을 집어 입에 잘 들어가도록 꽉 눌러 쥐었다.

“아주 좋아.”

한 입 크게 베어 문 그녀가 말했다. 끈적끈적한 노른자가 턱으로 흘러내렸다.

샘은 웃으며 냅킨을 건넸다.

“핫 소스?”

그가 제안했다. 페니는 그가 내민 소스를 받았다.

"그러니까, MzLolaXO 정말 무섭네."

페니는 둘이 대화를 시작하자마자 그녀를 입에 올린 자신이 너무 싫었다. 앗, 게다가 그녀를 인스타 이름으로 부른 건 **더 싫었다.** 그것은 저항할 수 없는 페니의 자기 파괴 본능이었다.

샘은 웃었다.

"걔 이름 로렌이야."

샘이 자기 몫으로 만든 샌드위치를 한 입 베어 물었다.

어쩐지 **로렌**은 **롤라**보다 훨씬 덜 무섭게 들렸다.

"로렌이 나타났을 때 내가 기절하거나 공황 발작을 일으키거나 저절로 불타버리지 않아서 얼마나 다행이었는지 몰라. 로렌이 나타났던 두 번 다 말이야."

페니는 그가 얼마나 세세한 부분까지 얘기할지 걱정스러웠다. 샘과 로렌이 하우스에 있는 모든 소파에서 서로 끌어안았다면, 그런 얘기는 듣고 싶지 않았다.

"힘든 사람 같네."

샘은 다시 고개를 끄덕였다.

"응, 첫 번째에는 공황 발작까지는 없었지만, 두 번째에는 엉망으로 취해버렸지. 이메일에서 얘기했던 것처럼."

"같이 마셨어?"

"으웩, 아니."

샘이 말했다. 그리고 잠시 후 덧붙였다.

"내가 왜 으웩이라고 했는지 모르겠네."

그들은 웃었다.

"집에서 마셨어. 자존심을 지키는 참된 알코올 중독자로서."

"알코올 중독이야?"

"모르겠어. 그리고 평생 완전히 딱 끊어야 할지는 결정하지 못했어. 내 결혼식 파티에서 샴페인도 안 마실 정도로 끊을지는 모르겠어. 그냥 지금은 나한테 안 좋다는 걸 아니까……."

페니는 누군가에게 내밀한 이야기를 하는 이런 시간이 그리웠다. 그녀는 샘을 슬쩍 봤지만, 그가 샌드위치를 씹고 있어서 얼른 고개를 돌렸다. 그녀라면 보지 않기를 바랐을 것이기 때문이다.

"그런데 웃긴 얘기지만 나도 최근에 취한 적이 있어. 내 인생에서 두 번째였어."

그녀는 차를 한 모금 마셨다.

"그래? 어땠어?"

"끝내줬어."

샘이 웃었다. 세상에, 그녀는 그 웃음이 정말 좋았다.

"어떤 면에서?"

페니는 그의 눈을 바라보며 초점을 잃지 않으려고 노력했다. 눈동자는 짙은 갈색이었지만 가장자리는 훨씬 옅은 녹갈색이 감돌았다.

그녀는 목을 가다듬었다.

"음, 술은 확실히 매우 효과적인 사회적 윤활유야. 자기 억제력

감소, 그걸로 다 통해. 모든 게 한결 쉬워져. 평소에 내 뇌에서 윙윙거리던 것들이 다 닥치고 잠잠해지는 거야."

"하지만 윙윙거리는 건 좋은 거야. 네가 윙윙거리는 건 좋아."

그녀는 미소를 지었다.

샘이 미소로 답했다.

그녀는 죽었다.

"그래, 하지만 지치기도 해."

"그래서 잠깐 쉰 거였어? 자신으로부터의 휴가처럼?"

"바로 그거지. 누구나 자신으로부터의 휴가가 필요해."

"그래서 재미있었고?"

"엄청났지. 앤디라고, 새 친구도 생겼어. 오랜 친구 같은 느낌이야. 같이 소설 쓰기 수업을 듣는데 술 덕분에 얘기하기가 훨씬 쉬워졌어. 내가 아주 매력이 넘쳤다니까."

샘이 웃었다.

페니는 자신이 왜 앤디에 대해 수다를 떨고 있는지 알 수 없었다. 그녀는 샘에게 괜찮다는 것을 알려주고 싶었다. 그가 필요하다면 로렌 얘기를 할 수 있기를 바랐다. 적어도 잠깐은.

"앤디가 내 소설에 대해서 좋은 충고를 해줬어. 장난 아니게 똑똑한 친구야."

"잘됐네. 잠깐, 나 물어볼 게 있어."

페니는 숨을 참았다.

"네 남자 친구가 누구야? 네 어머니가 얘기하기 전까지는 난 한 번도 들어본 적이 없어서 계속 신경 쓰였어. 물론 나에게 모든 걸 다 말해줄 필요는 없지만 말이야. 그래도 내가 로렌에 대해 계속 떠들어댈 때 너도 뭔가 말해줄 수 있었잖아. 혹시 내가 너무 내 생각만 하느라고 너에게 물어보지도 않고……."

샘이 말을 멈추고 헛기침했다.

"미안."

그가 말했다. 그는 물을 가져왔지만, 그녀에게 먼저 건넨 다음에야 자신도 잔을 들었다. 페니는 다시 죽었다.

"무엇보다 난 네가 생각하는 거면 뭐든지 얘기하면 좋겠어. 쓰레기 같은 내 얘기만 하지 말고."

"고마워."

페니가 말했다. 진심이었다.

"헤어졌어."

"저런."

"괜찮아. 난 괜찮아."

그녀는 물을 한 모금 마시고 말을 이어갔다. 모든 것을 고려했을 때 그 정도면 페니는 샌드위치를 잘 먹은 셈이었다. 그녀는 3분의 2를 먹고 나머지는 해체해 베이컨을 골라냈다.

"물어볼 게 있어."

그녀는 꼭 알고 싶었다.

"말해봐."

"로렌이 임신한 게 아니어서 슬펐어?"

페니는 그 이름을 입 밖으로 내려고 애썼다.

샘은 심호흡했다. 그리고 고개를 끄덕였다.

사실이었다. 그는 여전히 로렌을 사랑하고 있었다. 페니는 가슴이 무너져 내렸다.

"아빠가 되고 싶었어?"

"그랬어."

샘이 인정했다.

"미친 소리 같지?"

페니는 그가 말을 계속하도록 기다렸다.

"난 목적을 갖고 싶었어. 그리고 진심으로 내 모든 기대와 내게 부족한 동기를 이 작은 핏덩이에게 떠맡길 수 있으리라고 생각했어. 그러면 이 아기가 마술처럼 모든 것을 해결해 줄 거라고 말이야. 왜냐하면 이제 내게 존재할 이유가 생긴 것일 테니까."

그는 한 번 더 물을 벌컥 들이켰다.

"어리석지. 너무 상투적이야."

페니는 할 말이 생각나지 않았다. 그래서 잠자코 있었다.

"내가 뭐 보여줄까?"

샘이 조심스러운 표정으로 그녀를 바라보며 물었다.

"죽은 거야?"

"아니."

그가 웃음을 터뜨렸다.

"그게 뭔 소리야?"

페니도 웃으며 고개를 흔들었다.

"미안, 네 표정이 좀 그랬어."

페니는 의자에서 뛰어 내렸다.

"응, 보여줘."

그는 냉장고 왼쪽으로 난 계단을 올라갔고 페니는 그를 따라갔다. 샘이 불을 켜고 복도를 따라 걸어갔다. 페니는 잠깐이지만 만일을 위해 껌이 있으면 좋겠다고 생각했다.

하우스의 위층은 전혀 뜻밖의 모습이었다.

샘은 뒤쪽의 어두운 방으로 들어가 전등을 켰다.

"여기가 내가 사는 곳이야."

S

샘

이건 정말 대단히 선을 넘는 것이었다. 그는 페니의 눈에 자기 방이 어떻게 보일지 생각해 봤다. 기숙사 방을 같이 쓴다고 해도 이 방은 그녀가 평소에 익숙하던 것보다 훨씬 더 작았을 것이다.

페니는 그를 따라 방 안으로 들어갔다.

“침울하지?”

그가 물었다. 샘은 페니가 눈으로 자기 물건들을 차례차례 따라가는 모습을 지켜봤다. 바닥에 깔린 매트리스, 문 옆에 놓인 옷 상자.

“전혀 아닌데. 너무 좋아. 내가 여기 있다는 게 믿기지 않아.”

페니는 침대 옆 창문으로 갔다.

“여기가 네 공간이구나.”

그녀가 커튼을 옆으로 당겨 밖을 내다보며 말했다. 샘은 유리에 비친 페니의 모습을 봤다.

"전망이 좋네. 하우스에 2층이 있다는 생각은 못 해봤어. 멋진 횃대 같아. 해적선의 까마귀 둥지처럼 말이야. 마음에 들어?"

샘은 이 방이 마음에 들었다. 그는 그녀 옆에 섰다.

"응."

그가 속삭였다. 페니는 그에게 고개를 돌렸다.

"잘됐네. 평온한 분위기야."

그녀가 말했다. 그러고는 방 한가운데로 걸어가 천장을 올려다봤다.

샘은 미소를 지었다.

"아, 그래서 그날 네가 집에 잘 갔는지 **정말** 걱정할 필요가 없었던 거구나."

그가 소리 내 웃었다.

"그건 아직도 미안하게 생각해."

샘은 매트리스 귀퉁이에 앉았고 페니가 그 옆에 앉았다.

"하우스는 다 편안해. 여기서 잠을 잘 자지 못한다니 믿을 수가 없네. 나라면 불 꺼지듯 바로 잠들 텐데."

그는 그녀가 그를 만지기를 바랐지만 그녀는 그러지 않았다.

페니.

섬유 유연제 냄새가 나는 페니.

샘은 신발을 벗고 벽에 등을 기대 좀 더 편하게 앉았다.

"여기서 산 지는 얼마나 됐어?"

"초여름부터 있었어."

"다른 일들도 다 그때쯤 일어났지?"

"응."

샘은 자기 머리를 만져봤다. 거대하고 구불거렸다. 가라앉히려고 해봤지만 소용없었다. 그는 다리를 구부려 팔로 감싸고 무릎에 턱을 괴었다. 하지만 너무 심술궂은 아이 같다는 생각이 들어서 이내 몸을 풀었다.

"한동안 로렌 집에서 지내기도 했고, 아니면 친구들과 지내거나, 집에서 엄마와 엄마 남자 친구와 함께 살기도 했지. 대학 갈 돈을 모으려고 했어."

그는 페니를 향해 고개를 돌렸다.

"내가 루저라고 생각하고 있구나."

"아니. 그랬다면 말했겠지."

샘은 그녀를 믿었다.

P

페니

그녀를 타락시킨 원인은 그의 머리카락이었다. 느슨하게 처진 그의 머리는 거의 푹신하게 보일 정도였다. 그는 긴 다리를 앞으로 쭉 뻗고 등을 벽에 기댄 채 침대에 앉아 있었다. 페니는 어마어마한 사생활 침해라는 것을 알면서도 그의 뒤통수에서 소용돌이치는 머리, 가장 제멋대로 구부러진 머리카락을 만져보고 싶었다. 그리고 그의 청바지 무릎에 난 작은 구멍에 손가락을 집어넣어 자기 청바지에 난 구멍과 같은 느낌인지 알아보고 싶어서 미칠 것 같았다. 이 모든 것이 정상이 아니었다.

"그래서 나는 기본적으로 부랑자야."

페니는 그를 향해 고개를 돌렸다.

"틀렸어. 사실은 갈 곳이 있으니까 운이 좋은 거지."

그녀는 그의 침대에 신발이 닿지 않도록 조심하면서 그에게 가까이 다가가 앉았다.

페니는 침대에 놓인 샘의 손에 자신의 손을 얹었다. 그녀는 자신이 왜 그랬는지 알 수 없었다. 그녀는 그 순간까지 그가 그 제스처를 알아차릴 것이라는 생각도 하지 못했다.

그녀는 망설였다. 이렇게 한 다음에는 어떻게 해야 할지 몰라서 그의 손을 최대한 누르지 않는 데 집중했다. 시체 같은 축축한 손이 자기 손을 짓누르는 것을 원하는 사람은 아무도 없다.

"게다가 여긴 너무 아늑하잖아."

"맞아."

그는 손을 움직였다. 그러자 페니는 어색한 분위기 만들기 대회에 나가려는 게 아니라면 도무지 왜 그랬는지 모르게 불쑥 말했다.

"네가 우리 엄마를 만났다니 정말 말도 안 되지 않아?"

샘은 웃었다. 효과적으로 주의를 돌린 것 같았다. 페니는 아무런 사건도 발생하지 않았던 것처럼 손을 들어 재킷 주머니에 밀어 넣었다.

"엄마한테 화난 것 같은데."

"응."

페니가 무뚝뚝하게 대답했다. 그녀는 **정말** 엄마에게 화가 났다. 샘과 브랜디 로즈 사이의 얘기만큼 결정적인 것은 아니었지만, 페니는 셀레스트에게 화가 났다. 벌써 한참 동안 계속된 일이었다. 그녀가 말을 시작했다.

"우리 엄마가 나에게 과외를 붙여줬던 때가 시작이었어. 내가 프랑스어에서 C를 받았거든. 그렇다고 우리 엄마가 공부에 집착하는 전형적인 아시아계 엄마라거나 그런 건 아니야. 그냥 엄마는 프랑스어가 낙제하기에는 너무 근사한 언어라고 생각했던 거야."

페니의 과외 선생인 바비는 열아홉 살에 피부는 창백했고 체격이 통통한 편이었다. 손가락은 거미처럼 가늘고 길었고 갈색 머리가 턱까지 내려와 앞 얼굴을 가렸다. 그는 절반은 백인 절반은 필리핀인이었고, 키가 꽤 컸다. 하지만 그의 옷은 페니에게도 맞을 것같이 작았다. 마치 열네 살 이후로는 새 옷을 사지 않기로 한 사람 같았다. 횡격막을 간신히 덮은 티셔츠는 그의 특이성을 보여주는 결정적인 증거였다. 그리고 그의 눈……. 그 눈은 아름다웠다. 한쪽은 노릇한 기운이 도는 녹색이고 다른 쪽은 푸르스름한 회색이었다. 홍채이색증이라고 부르는 현상이었다. 바비는 어떻게 그런 눈을 갖게 됐는지 유전적으로 설명했고 완두콩 얘기를 하면서 표를 그렸지만, 페니는 아직 그에게 호감이 없었기 때문에 더 자세한 부분은 무시했다.

"바비는 영재 컴퓨터 프로그래머였어."

그녀의 목소리는 무심하고 멀게 들렸다.

"바비의 아버지는 당시 IBM에서 중요한 인사였는데, 우리 엄마와 친구였어. 뭐, 우리 엄마는 친구 아닌 사람이 없었어. 지금도 그렇고."

페니는 셀레스트를 걱정시키는 일이 거의 없었다. 페니는 A와 B

만을 받았다. 그런데 1학년 말, 페니가 결국 C를 받을 것 같았을 때 셀레스트가 바비를 불렀다.

그의 교육 방식은 아무리 잘 봐주려고 해도 수상쩍은 수준이었다. 바비는 일주일에 두 번씩 페니의 집에 와서 예전에 본 적이 있는 프랑스 영화의 해적판을 자막 없이 틀어줬다. 보통 〈아멜리에〉나 〈네 멋대로 해라〉였다. 그들은 뫼비우스*의 책이나 고대 전사 두 명의 이야기를 담은 『아스테릭스』 만화 시리즈를 읽었고, 프랑스 랩 음악도 들었다. 페니가 듣기에는 훨씬 더 정치적이라는 점을 빼면 미국 랩이나 다를 바 없는 음악이었다.

그들은 끔찍한 억양으로 말도 안 되는 농담 같은 프랑스어를 말했다.

"Attend! Pourquoi le Sasquatch abandonnerait son sac à main?"

기다려! 사스콰치는 왜 그의 가방을 버렸을까?

혹은

"Asterix et Obelix veulent faire l'amour doux, doux, à l'autre. Il est évident, n'est-ce pas?"

아스테릭스와 오벨릭스는 서로 달콤하고 달콤한 사랑을 나누고 싶어 해. 뻔하지 않아?

바비는 네 개 국어를 했다. 열다섯 살이 됐을 때 그는 대학을 건

---

* 프랑스의 만화가 장 지로의 필명.

너뛰고 실리콘 밸리에서 일할 수 있는 연구비 10만 달러를 탔지만, '부르주아'가 되고 싶지 않다는 이유로 받지 않았다. 그들은 화려한 블라우스를 입은 선량한 여성이 남편을 위해 정교한 요리를 준비하는 프랑스 요리 쇼인 〈라 데에스〉를 보면서 간식을 먹고 셀레스트의 화이트 와인을 몰래 마셨다. 바비는 페니가 같이 있으면서도 전혀 불편함을 느끼지 않은 최초의 남자였다. 페니는 바비 앞에서 소스가 흥건한 음식도 먹을 수 있었고, 고집을 부리거나 바보처럼 굴 수도 있었다. 심지어 말다툼도 잘했다. 그는 모순적이거나 일관성 없는 것을 혐오했다. 페니가 바비에게 자신이 유당 불내증이라고 말했을 때, 그는 페니가 거짓말한 것을 알아챈 것처럼 굴었다. 그가 보는 앞에서 페니가 마요네즈를 곁들인 참치 샐러드를 먹었기 때문이었다. 바비는 구글에서 성분을 검색할 때까지 마요네즈에 우유가 들어 있지 않다는 사실을 믿지 못했다.

8월 17일은 바비의 생일이었다. 저녁 식사 후 셀레스트는 바로 잠자리에 들었고 페니는 엄마가 숨겨둔 진판델 한 병을 몰래 꺼냈다. 그녀와 바비는 〈라 데에스〉의 주인공 이셀이 오리 아스픽을 만드는 모습을 지켜보면서 계속 병을 주고받았다. 그들은 소파에 앉아 있었다. 사실, 앉아 있는 건 바비였다. 페니는 그의 다리 위로 다리를 올린 채 거의 누워 있었다. 그녀는 그런 각도에서는 이중턱이 생길까 봐 그와 얘기할 때마다 일어나 앉아야 했다. 그리고 셀레스트가 술을 마셨을 때처럼 자신도 뺨이 새빨갛게 변할까 봐 걱정했다. 엄마는 그것을 '아시안 플러시'라고 말했지만, 바비는 이해하지 못했다. 그런 반응을 피하려면 제산제를 먹어야 했지만, 페니는 깜빡 잊고 말았다.

바비의 생일이었지만 바비가 페니에게 선물을 줬다. 『제로 걸』 한 권이었다. 그는 그것을 검은 비닐봉지에 담아 페니에게 건네줬다. 페니가 수채화로 그려진 페이지를 훅훅 넘기는 동안 그는 그 책에 관해 얘기했다.

"고전이야. 그리고 너를 생각나게 해. 어둠의 초능력을 가진 여고생이 원수들을 모두 물리친 다음 매력적인 상담 선생님에게 접근해 사랑에 빠지는 이야기지."

페니에게는 숨은 의미가 분명히 보였다. 나이 많은 남자, 심지어 선생님에게 호감을 가진 얼간이가 함께 사랑에 빠진다. 그녀가 먼저 접근해서! 참 로맨틱했다.

"난 바비의 입을 계속 보고 있었어. 남자에게 내가 키스하고 싶다는 것을 알리는 방법이잖아. 적어도 내가 읽은 바로는 그랬어."

샘은 고개를 끄덕였다.

그 방법은 효과가 있었다. 페니는 바비가 키스하도록 유도했고 그는 키스했다. 첫 키스는 아니었지만 첫 키스에 가까웠다.

페니의 첫 키스는 열세 살 때 캠프에서 리처드 키시나니와 한 키스였다. 리처드는 치아 교정기를 끼고 있었고, 페니가 그에게 끌린 것은 오직 그의 어머니가 나사에서 일했기 때문이었다.

그리고 영화관에서 노아 메디나와 키스했을 때는 그가 치명적인 한 방을 위해 들이밀다가 서로 이를 부딪쳤다. 플로리다 출신의 노아는 페니의 손을 자기 그곳에 가져갔다. 그는 수영복이 틀림없는 버스럭거리는 나일론 반바지를 입고 있었다. 페니는 화장실에 간다는 핑계를 대고 나와서 다시는 돌아가지 않았다.

바비와 키스할 때 페니는 눈을 감았다. 그리고 천천히 입술을 움직이며, 누군가 묻는다면 이것이 첫 키스 얘기가 될 것이라고 상상했다. 이번 키스야말로 의미 있는 키스였다. 그녀가 얻어낸 키스였다. 바비의 입은 놀라웠다. 따뜻했다. 부드럽지만 너무 부드럽지는 않았다. 촉촉했지만 너무 촉촉하지 않았다. 그가 입을 벌리고 혀가 닿았을 때 페니는 긴장하지 않았다. 끈적거리거나 해부학적인 느낌도 아니었다. 기분 좋은 느낌이었다.

페니의 계산에 따르면 두 사람은 열여섯 번을 만났고, 그러므로 그들은 친구 사이였다. 그다음으로 일어난 일에 그렇게 놀랐던 것은 바로 그런 이유 때문이었다.

페니는 그만하라고 말했다. 틀림없이 그렇게 했다. 혹은 이건 아니라고 말했을 것이다. 사실 그녀는 여러 번 말했지만, 그것까지 포함되는지는 확실하지 않았다. 하지만 그는 계속했다.

“어쩌면 내가 너무 조용히 말했나 봐.”

그녀는 도와달라고 소리치지 않았다. 셀레스트는 바로 위층에 있었다. 페니는 유능한 여주인공이라면 그랬을 것처럼 그의 물건을 발로 차버리지 않았다. 대신 그녀는 미동도 하지 않고 누워 있었다. 그리고 자기 눈에서 뒷걸음질 쳐서 안전한 자기 머릿속으로 들어갔다. 소파에서 바비의 몸 아래에 눌린 페니는 고개를 옆으로 돌렸다. 커피 테이블 위에 펼쳐진 『제로 걸』이 보였다. 그 사이 바비는 자신의 음경을 페니의 몸속에 찔러 넣었다. 그의 음경은 보라색이었다. 만화에서나 볼 법한 보라색이었다. 그가 화려한 색상의 콘돔을 꺼내 들었을 때, 그게 너무 밝고 유쾌한 색이어서 믿기지 않았다. 바비는 몇 번을 시도한 끝에 콘돔을 제대로 착용했고, 페니는 그가 몸을 일으키고 있는 동안 자신이 왜 소리를 지르거나 그의 손에서 콘돔을 빼앗아 찢어버리지 않았는지 알 수 없었다. 그녀가 아는 것은 단지 그렇게 하지 않았다는 것뿐이었다. 그녀는 뇌가 있는 사람이라면 누구나 할 수 있는 그 어떤 행동도 하지 않았다. 그녀는 오직 셀레스트가 그런 모습을 보지 않기만을 바랐다.

"바비가 나를 때리거나 그런 것도 아니었어."

페니가 말했다.

"너무 당황스러웠어. 그리고 정말 혼란스러운 것은 내가 화를 내지 않았다는 거야. 어떻게 보면 피할 수 없는 일인 것 같았어. 뻔한 결론. 그 후로 바비를 두 번 더 만났는데, 나는 예의를 지켰어."

페니는 샘을 바라봤다. 그는 심각한 표정을 짓고 있었다.

"난 이제 프랑스어를 거의 유창하게 할 수 있어. 엄마는 그게 바비 덕분이라고 생각하지만 그렇지 않아. 바비는 기껏해야 능숙한 정도였거든."

페니는 샘이 무슨 생각을 하는지 알고 싶어서 견딜 수가 없었다. 그녀는 이 얘기를 누구에게도 말한 적이 없었다.

"내가 망가졌다고 생각해?"

S

샘

샘은 그토록 활기차고 복잡한 페니의 뇌가 그런 질문에 가로막혔다는 사실이 믿기지 않았다. 마음이 아팠다.

"아니, 네가 망가졌다고 생각하지 않아."

샘은 페니를 끌어당겼고 그녀는 저항하지 않았다. 그는 누군가 들어 올리면 축 늘어지는 랙돌 고양이처럼 그녀의 몸이 굳어졌다가 느슨하게 풀어지는 것을 느꼈다.

페니는 그의 품에서 하품했다. 그리고 두 사람은 한동안 서로에게 기대고 있었다.

"가야겠어. 피곤해."

페니가 그에게서 몸을 떼며 말했다. 샘은 그녀를 잡고 싶었지만 그러지 말아야 한다는 것을 알았다. 그녀가 일어섰다.

페니는 졸린 듯 몸을 옆으로 흔들흔들하며 방을 나갔다. 샘은 그녀를 따라 복도로 나갔다.

"같이 갈까?"

그가 외쳤다.

"바보 같은 소리 하지 마. 난 열 블록 떨어진 곳에 산다고. 그리고 여기에 살았다면, 벌써 집에 도착했을 텐데."

그녀가 허공에 손짓하며 말했다. 샘은 어디서 그런 말을 들은 적이 있는지 궁금해하다가 길 건너편 아파트 건물에 붙은 커다란 광고판의 문구라는 것을 기억해 냈다.

페니는 재킷 지퍼를 올리고 모자를 푹 내려썼다.

"난 괜찮을 거야."

샘은 그녀를 안아주고 싶었다. 사실 그는 그녀를 안은 다음 그녀 주위에 전기 울타리를 설치하고 싶었다. 울타리는 굶주리고 광포한 악어들이 가득 찬 못으로 둘러싸여 있어야 했다. 우스꽝스럽지만 샘은 모범생도 강간범이 될 수 있다고는 상상한 적이 없었다. 강간범은 항상 얼간이 운동선수나 어릴 때 학대를 당한 얼굴 없는 사악한 괴물이라고 생각했다. 한편으로는 페니가 그의 핸드폰 안으로 돌아간다는 사실이 기뻤다. 그곳은 안전했고, 샘은 페니에게 하고 싶은 말과 물어볼 것이 너무 많았다. 얼굴을 맞대고 하기에는 힘든 것들이었다.

"알아."

그가 검은 재킷을 입으며 말했다.

"거래를 하자. 다음에 내가 예고 없이 너희 집에 나타나면 너도 데려다줘."

페니는 졸린 얼굴로 웃었다.

"하지만 내가 만든 샌드위치는 그렇게 맛있지 않아."

"그건 내가 샌드위치의 왕이기 때문이지."

"백작 정도였던 것 같은데."

그녀가 중얼거렸다. 그는 앓는 소리를 냈다.

두 사람이 계단을 내려오는 동안 그는 그녀의 뒤통수에 대고 미소 짓고 있었다. 샘은 불을 끄고 문을 잠갔다. 밤은 차가웠다. 텍사스에도 가을이라는 계절이 있다는 것을 알려주는 아주 작은 암시였다.

그들은 말없이 다정하게 걸었다. 두 사람 모두 각자 주머니에 손을 찔러 넣은 채 걸었다. 거리는 조용했지만 휑하지는 않았다. 선뜻 밤을 끝내지 못하는 연인들이 주차된 차 근처에서 시간을 보내고 있었다.

샘은 발걸음 소리에 귀를 기울였다. 그녀의 발걸음 소리와 그의 발걸음 소리가 동시에 울렸다.

"여기야."

얼마 후 페니가 흉측한 기숙사 정면에서 멈추며 말했다. 그는 고개를 들어 올려다봤다.

"있지. 난 이 건물을 항상 보면서도 사람들이 여기에 살아야 한다는 생각은 한 번도 해본 적이 없어."

동그란 창문이 있는 파란색과 연어 색 줄무늬로 된 건물은 보드 게임 '커넥트 4'의 괴물 판을 생각나게 했다.

페니가 웃었다.

"아, 하지만 안에 있으면 밖이 보이지 않아."

"대단한 우의네."

"우의가 도대체 뭐야?"

그녀는 고개를 갸우뚱하며 물었다.

"항상 찾아보려다가 잊어버리거든. 그런데 또 아이러니가 뭔지도 모르는 사람과 얘기하고 있으니……."

샘은 웃었다.

"아무도 모를거야. 그게 진실이야. 우화와 우의의 차이를 아는 사람이 아무도 없듯이 말이야. 넌 알아?"

그녀가 웃었다.

"전혀 모르겠어."

"봤지?"

그들은 서로 멍청하게 웃었다.

"우화는 등장인물과 관련 있는 걸 거야. 그 뭐더라, 『동물농장』 같은 거?"

"출처가 필요해."

그가 재빨리 답했다.

맙소사, 둘 다 가망이 없었다.

“샌드위치 고마웠어. 얘기도, 잘 대해준 것도, 그리고 여기까지 바래다준 것도.”

그녀가 말했다. 엘리베이터 앞에 선 두 사람은 서로를 바라보며 누가 다음 행동을 할 것인지, 정확히 어떤 행동을 할 것인지 궁리하고 있었다.

샘은 위험을 감수하지 않기로 했다. 그는 페니에게 손을 뻗고 싶은 마음이 간절했지만, 주머니에서 손을 빼지 않았다.

“좋은 꿈 꿔, 페니.”

“너도, 새미.”

페니가 자신을 ‘새미’라고 부르는 소리를 들으니 마음이 주르르 녹아내렸다.

페니는 미소를 지었다.

“혹시 이런 생각 해봤어? 네 성은 독일어로 ‘제빵사’라는 뜻인데, 빵을 만들잖아. 주드는 성이 랭인데 키가 크다는 뜻이고 말이야.”

그는 눈을 끔뻑이다가 고개를 저었다. 그는 그녀를 으스러뜨릴 정도로 맹렬하게 포옹하고 싶었다. 아니면 얼굴을 깨물어주고 싶었다. 왜 이렇게 귀여운 걸까?

“난 하는데. 항상 생각해.”

샘은 페니가 가는 모습을 지켜봤다.

“어이, 도착하면 문자 보내줘.”

문이 닫히기 시작하자 페니가 말했다.

그가 웃으며 말했다.

"어이, 알았어."

샘은 더 멋진 대답을 수백만 가지 떠올렸지만, 무엇보다도 페니에게 키스했다면 좋았을 거라는 생각이 들었다.

P

페니

샘 하우스

오늘 오후 11:36

집

페니는 그가 처음에 그랬던 것처럼 새벽 2시까지 기다렸다가 대답하고 싶은 마음도 있었지만, 그렇게 하기엔 너무 흥분한 상태였다. 전화가 울렸을 때 그녀는 침대에 있었다. 주드는 나갔고, 페니는 샘이 방에 올 수 있을지 궁금했다.

전화가 다시 울렸다.

그게 중요한 일이라는 거 알고 있는 거지?

네게 일어난 일은 중요한 거야

핸드폰을 치켜든 채 누워 있던 페니의 눈가에 눈물이 고였다.

맙소사, 샘은 완벽했다. 그것으로 충분했다. 바로 그것이 그가 그녀에게 해줄 수 있는 것이었다. 페니가 할 일은 고마움을 전할 방법을 찾는 것이었다. 그녀에게 다른 무슨 선택이 있겠는가? 어느 날 두 사람 사이에 우정을 시험하는 놀랍고도 두려운 일이 벌어진다면 그 궁극적인 결과는 어떻게 될까? 연애는 변덕스러웠다. 만약 페니와 샘이 지금처럼 좋은 관계를 유지할 수 없다면, 페니는 엄청난 충격에 빠질 것이다. 페니는 샘이 없는 삶으로 돌아갈 수 없었다. 지금만 같다면 두 사람이 항상 서로를 위해 그 자리에 머물러줄 수 있을 것이다. 친구로서. 비상 연락처로서. 그것이 조건이었다. 언제나 변함없었던 거래 조건이었다.

페니는 샘이 자기 인생에 존재한다는 것만으로도 얼마나 큰 행운인지 알고 있었다. 그녀는 샘을 믿었고 샘도 그녀를 믿었다. 정말 대단한 일이었다. 그들은 엄지손가락을 긋고 함께 꾹 누르며 피의 맹세를 할 수도 있을 것이었다.

집에 갔다니 다행이야

아직 졸려?

👀

페니는 잔뜩 흥분해 있었다.

다시는 잠을 못 잘지도 몰라.

샘의 전화

페니의 심장이 뛰었다. 그녀는 전화를 받았다.

"안녕. 나, 샘."

그녀는 웃었다.

"모르겠어, 우리 너무 빠른 것 같아, 샘."

그의 웃음소리가 들렸다. 페니는 복도 끝 방의 얄팍한 매트리스 위에 있는 그를 그려봤다. 페니는 샘이 어디에 있는지 위치를 안다는 것이 좋았다.

"그렇지? 우린 무모해."

"미쳤어."

그녀가 동의했다.

"협정을 맺자."

"그래."

"좋아, 30분 후에 네 영혼을 찾으러 갈게. 안녕!"

페니가 웃었다.

"무슨 협정인데?"

"친구가 되자. 진짜 친구."

그는 갑자기 진지하게 말했다.

페니는 고개를 끄덕였다. 그녀의 뺨을 타고 눈물이 흘렀다.

"우린 친구야."

그녀가 부드럽게 대답했다. 그녀는 그에게 우는 소리가 들리지 않도록 조용히 숨을 쉬었다.

"응, 알아, 하지만 서로에게 정말 잘해주기로 해."

"약속할게."

"내가 왜 전화했는지 알아?"

"왜?"

"내가 너무 많이 안다고, 날 벌주지 않았으면 해서."

"무슨 뜻이야?"

"도망가 버리지 말라고. 네가 나한테 얘기한 것들 때문에 말이야. 우리 사이가 어색해졌다고 결정해 버리지 마."

"지난번에는 내가 결정한 게 아니었……."

"나도 알아. 내가 하고 싶은 말은 우리 둘 다 그러지 말자는 거야. 내 폴더 전체를 끌어다가 휴지통에 넣어서 종이 구겨지는 소리가 나게 하지 말라고."

"그건 안 되겠는데. 종이 구겨지는 소리는 너무 듣기 좋거든."

"나한테 어색하게 굴지 마. 나도 절대 어색하게 굴지 않겠다고 약속할게."

"알았어."

그들은 말없이 있었다.

"내가 경찰에 신고해야 했던 걸까?"

페니는 그 생각으로 잠을 이루지 못한 날이 많았다.

"뭐든 너에게 옳은 일을 해야 한다고 생각해."

"그 사람이 또 그런 짓을 했다면? 그 이후로 말이야."

"그건 그 사람의 잘못이지. 네 잘못이 아니야."

"엄마한테 말해야 했을까?"

"네가 말하고 싶지 않았다면 안 해도 괜찮은 거야. 네가 원하는 게 뭐든 다 괜찮아."

"알았어."

그녀가 말했다.

"성폭력 검사 비용을 직접 내야 하는 경우도 있다는 거 알아?"

"뭐라고?"

"정말이야, 그냥 집에 가고만 싶은데, 이런저런 검사를 해야 하고 어떤 병원은 검사 비용을 청구해. 게다가 채취만 해놓고 분석하지 않은 검사 도구가 전국 곳곳에 쌓여 있어. 수천, 수만 개가 있어."

샘은 한동안 아무 말도 하지 않았다.

"안타까워. 너한테 그런 일이 생긴 거."

"너한테 말하길 잘했어."

"나한테 말해줘서 고마워. 우리가 모든 걸 다 얘기하면 좋겠어. 너와 얘기하지 않고 지내는 건 다시는 하고 싶지 않아. 끔찍했어."

"글쎄, 난 내 얘기 하는 걸 별로 안 좋아해서."

"누구나 그래. 하지만 그건 상당히 큰일이야. 그러니까 가끔은

떨쳐버려야 해.”

“세상에. 카타르시스를 느낄 것 같지만, 오히려 다 토해냈다고 생각했는데 다시 토하는 것과 비슷해.”

“너무 심하게 토하다 보면 눈에서 실핏줄이 터지거든. 그때가 진짜 효력이 나타나는 때 같아.”

“묽은 위액만 흘러나올 때?”

“응.”

“덩어리 없이?”

“어, 없이.”

페니는 전화기 저편에서 그가 웃고 있는 것을 느낄 수 있었다. 그녀는 마음이 아팠다.

“젠장, 너무 할 일이 많은 거 아냐?”

“숙제는 끝이 없지. 감정적인 숙제는 영원히 쌓이고 또 쌓일 거야. 어른의 자격을 갖추려면 말이야.”

“어떻게 아무도 말해주지 않지?”

“그런 건 아무도 말해주지 않아. 비결은 친구를 갖는 거야.”

“비상 연락처.”

“바로 그거지. 그게 협정이야.”

그가 말했다. 괜찮은 협정이었다. 그녀가 원했던 것처럼 둘이 함께 타히티로 도망가는 그런 협정은 아니었지만, 믿음직했다.

“그래, 할게.”

"좋아. 잘 자, 페넬로페 리."

"안녕."

10초도 채 지나지 않아 그가 다시 메시지를 보냈다.

윌리하게 즐거운 밤 보내!*

맙소사, 그는 정말 짓궂은 사람이었다.

* 원문은 'Have a Willie Nice Night!'이다. 유명 컨트리 음악 가수 윌리 넬슨의 이름을 이용한 표현인 '윌리 나이스 데이'를 재치 있게 응용한 것이다.

S

샘

다음 날 아침, 샘은 기분 좋게 일어났다. 깜짝 놀랄 것도, 바보 같은 일도 없고 지극히 괜찮았다. 페니는 이미 문자를 보내왔고 모든 것이 정상이었다. 그는 커피 한 잔을 마시며 잠에서 깬 후, 바스티안을 데리러 나갔다.

바스티안의 어머니가 일하는 '이스트 사이드 넥타스'는 노스 사이드의 쇼핑몰에 있는 작은 가게였다. 고속도로에서 보이는 네온사인에는 '중국 음식', '도넛', '주스', 그리고 '총기'라는 글자가 차례대로 적혀 있었다. 주스만이 유일하게 이질적으로 유행에 맞았다. 다른 것은 모두 콘 브레드처럼 식상했다.

앞쪽 창가에 의자가 세 개 놓여 있었고 뒤쪽 주방에는 착즙기가 줄지어 있었다. 샘과 바스티안이 들어갔을 때 가게는 텅 비어 있었다. 작고 마른 몸에 아들에게 물려준 날카로운 눈매와 섬세한 이목구비를 지닌 루즈 트레호가 샘을 엄한 눈빛으로 쏘아봤다. 브랜디 로즈라면 찔러도 피 한 방울 안 나겠다고 말할 만큼 빈틈이라고는 없어 보였다. 바스티안은 카운터 근처 벽에 기대어 얼굴을 찡그린 채 언제든 도망칠 태세로 스케이트보드를 들고 있었다.

"안녕."

샘이 말했다. 샘은 바스티안에게 고개를 끄덕였고, 아이는 샘이 따라 할 엄두도 내지 못할 만한 복잡한 악수를 했다.

샘은 루즈가 그를 뜯어보는 대로 가만히 있었다. 검은 옷과 문신. 거기에 담배 연기 냄새까지 났다.

루즈는 바스티안에게 스페인어로 무언가를 물었고, 바스티안은 눈을 동그랗게 떴다.

"이름이 뭐지?"

"샘 베커라고 해요."

"몇 살이지, 샘 베커?"

그녀는 하늘색 앞치마에 손을 닦으며 물었다. 그녀의 손은 얼굴보다 적어도 스무 살은 더 늙어 보였다.

"스물한 살이요."

갑자기 긴장한 샘이 대답했다.

"독일인?"

"반만요. 반은 폴란드계예요."

"혼혈이구나."

그는 고개를 끄덕였다.

"우리 열네 살짜리 멕시코인 아들과는 무슨 일로 어울리는 거야?"

"엄마!"

정확히 열네 살처럼 바스티안이 반발했다.

"제가 사는 곳 근처에서 스케이트보드를 타요."

"학교 갈 시간인데?"

"가끔요."

샘이 말했다. 트레호 부인에게 섣불리 거짓말을 했다가 들킬 수는 없었다. 루즈는 카운터 너머로 몸을 숙여 아들의 머리를 탁탁 때렸다. 바스티안은 샘을 노려봤다.

"반역자는 대가를 치르게 될 거야."

바스티안이 씩씩거렸다. 루즈는 아들을 조용히 시켰다.

샘은 루즈에게 눈을 떼지 않고 책임감 있게 보이려고 노력했다.

"저는 학생이에요. 바스티안에 관한 다큐멘터리를 만들고 있는데, 허락도 구하고 어머님과 인터뷰도 할 수 있을지 알아보려고 왔어요."

손님 한 명이 가게에 들어왔다. 콧수염을 기른 나이 지긋한 백인 남자였다.

"안녕하세요, 앤서니."

루즈가 말했다.

"휴, 밖은 끓는 솥보다 더 뜨거워요."

앤서니가 말했다. 38도의 가을날이었다.

루즈는 샘과 바스티안을 옆으로 몰아 손님에게 길을 내줬다.

“파인애플 민트?”

그녀가 물었다. 앤서니가 고개를 끄덕였다. 뒤편에서 주스를 준비하면서 루즈는 윙윙거리는 기계 위로 소리쳤다.

“이미 시작했다면서, 허락을 구하기엔 좀 늦은 것 같지 않니?”

샘은 어떻게 대답해야 할지 몰랐다.

그녀는 앤서니에게 주스를 건네줬다. 앤서니는 주스를 길게 한 모금 마시고는 샘을 위아래로 살폈다.

“이 사람을 귀찮게 할 작정이라면, 행운을 비네.”

그는 고개를 끄덕이고 청바지 뒷주머니에서 장지갑을 빼서 5달러 두 장을 내놓고 떠났다. 루즈가 물었다.

“뭐에 관한 거지?”

“오스틴에서 청소년으로 사는 것이요.”

“오스카 감이군.”

샘은 바스티안이 그들 중에 누가 승리할지 주의 깊게 지켜보는 것을 느꼈다.

“전 대학생이에요. 저도 부모님 돈으로 사는 부잣집 자식이 아니에요. 제가 등록금을 내면서 영화를 전공하고 있어요.”

“영화 전공? 나한테는 부잣집 애들이나 가는 데 같네. 컴퓨터 프로그래밍이나 돈이 되는 다른 일을 하지 그래? 영화감독이 될 확률이 얼마나 되는지는 아니?”

“그렇게 말할 줄 알았어! 우리 엄마한테 예술 얘기를 하다가는 눈앞에서 꿈이 박살 나는 걸 보게 된다고."

바스티안이 불평했다. 루즈는 바스티안의 머리를 다시 때렸다. 그는 얼굴을 찡그리며 머리를 문질렀다.

"이봐, 난 인터뷰 같은 거 하고 싶지 않아. 나한테는 안 맞아. 대신 학교 갈 시간에는 찍지 말고, 어디서 보여주기 전에 내가 먼저 봐야겠어. 부적절한 게 있으면 안 되니까."

샘은 고개를 끄덕였다.

"그리고 네가 부자가 되고 유명해지면 이 녀석 대학 등록금을 대주는 거야."

"로드아일랜드 디자인 학교도 괜찮아요?"

바스티안이 물었다. 루즈는 한참 동안 스페인어로 대답했다. 바스티안이 뭔가 말하더니 웃었다.

샘은 그들이 자신에 대해 얘기하고 있다는 것을 알았다.

"주스 좀 줄까?"

"네. 좋죠. 주스 마실게요."

"주스보다는 밀크셰이크가 더 낫겠구나, 말라깽이."

그녀가 말했다. 루즈는 그에게 비트를 넣은 무언가를 만들어줬다. 걸쭉한 루비색 주스였다. 샘은 주스를 마시면서 위축된 세포가 다시 살아나는 상상을 했다.

"나쁘지 않네요."

그는 한 모금 더 마시며 말했다. 주스인데 비트 맛이 나는 주스라니 연관 짓기가 어려웠다.

"그래, 그쪽 사람들이 좋아하지."

"그쪽 사람들?"

"백인들을 말하는 거예요."

바스티안이 말했다.

"얼마 드리면 되죠?"

샘은 현금이 있기를 바라며 물었다.

"됐어."

그녀는 이렇게 말하고는 손을 내저어 그들을 가게 밖으로 쫓았다. 두 사람은 차로 돌아갔다.

바스티안이 안전띠를 맸다.

"엄마가 형이 마음에 들었나 봐요."

"오, 그래?"

"네, 엄마는 돈 안 받는 사람 없어요."

"아까 나에 대해 무슨 얘기 한 거야? 말하고 나서 웃었잖아. 대학 얘기 하고."

"아."

바스티안이 웃으며 말했다.

"내가 멍청한 짓만 안 하면 미대에 갈 수도 있을 거라고 했어요. 예를 들면 형처럼 몸에 문신을 잔뜩 새기고 제대로 된 직업을 구하지 못하거나 그러지 않으면요."

샘은 웃었다.

"내가 말했잖아요. 냉정하다고."

샘은 바스티안에게 루즈가 있는 것이 얼마나 큰 행운인지 그 애가 알고 있을지 궁금했다. 자신을 진정으로 사랑하는 것 같은 엄마가 있다는 것 말이다. 샘은 타코 카바나에서 우회전해 기찻길을 건너 술집 하나도 없을 정도로 위험한 마을로 향했다.

"여기 주차해요."

바스티안이 말했다. 그들은 철조망 근처의 평범한 거리에 있었다. 바스티안은 스케이트보드는 두고 차에서 내려 배낭을 어깨에 걸쳤다.

그리고 철조망 사이에 뚫린 구멍으로 기어들어 갔다. 샘이 뒤를 따랐다. 바스티안은 재빨리 주변을 살피고 열쇠를 꺼내 철제문의 두툼한 맹꽁이자물쇠를 열었다. 갈색 건물의 정면에는 흰색 낙서가 있었다. 노스 사이드 블러드 갱단을 표시하는 'NSB'라는 글자가 거대하고 위협적으로 휘갈기듯 적혀 있었다. 샘은 이러다가 무단 침입으로 처형당해 죽는 건 아닌지 의심스러웠다.

"걱정하지 마요."

바스티안은 NSB 표시에 대해 말해줬다.

"거지들이 내 물건을 훔쳐 가지 못하도록 내가 그려 놓은 거예요."

샘에게 그것은 죽음을 자초하는 천재적인 계획처럼 보였다. 바스티안은 거기 있는 뭔지 모를 것에 대해 신이 나서 떠들어대며 그에게 보여주고 싶어 했다. 샘은 그것이 스케이트보드를 타는 경사로인지 마약 제조실인지 궁금했다. 그는 바스티안을 따라 축축한 시멘트 냄새가 나는 서늘한 통로를 내려갔다.

"어서요."

바스티안이 투덜거렸다.

"카메라 꺼내요. 이거 다 찍어야 돼요."

동굴 같은 방에는 자연광이 쏟아져 들어왔다. 거리에서는 볼 수 없었지만 아치형 천장과 벽 높은 곳에는 채광창 역할을 하는 유리판들이 설치돼 있었다. 유행에 민감한 개발업자가 이곳을 디자인 스튜디오나 채식주의자를 위한 공유 업무 공간으로 바꾸려고 이미 사들이지 않았다는 것이 기적과도 같았다.

"여기 정말 대단한데."

샘은 방을 촬영하며 말했다.

"천장이 새요."

바스티안이 마치 이 건물의 대출금이라도 갚고 있는 사람처럼 불평했다.

한가운데에는 접이식 의자 하나와 다양한 크기의 그림이 놓여 있었다.

환기가 되지 않은 공기에서 화학 물질 냄새가 강하게 났다. 매니큐어 아니면 페인트 프라이머 냄새 같았다.

"그래서, 작업 중인 게 이거예요."

바스티안은 보초처럼 서 있는 캔버스를 가리키며 말했다.

"그리고 멕시코의 나이자 휴스턴*이 돼서 나이키 SB로 돈도 벌어들여야죠."

바스티안은 그림도 스케이트보드를 타듯이 그렸다. 붓놀림은 선명하고 자신감 넘쳤다. 길게 이어진 줄무늬와 가볍게 두드린 자국은 모두 누가 보기에도 제자리인 곳에 들어가 있었으며 시선을 사로잡았다. 제멋대로인 이빨이 줄지어 있는 기형적인 머리들이 연속적으로 나오는 그림도 있었다. 또 다른 캔버스에는 화난 듯이 마커로 크로스 해칭한 갈색 얼굴들이 있었다. '엄마를 위해'라는 문구가 쓰인 얼굴은 글자가 지워져 있고, 원과 선으로 이뤄진 작은 사람 모양들이 화난 듯이 무더기로 그려져 있었다. 그 위에는 서로 얽힌 무지개색 하트가 반복됐다. 바스티안이 세상에 창조해 낸 것들이 그 공간을 점령했다.

"이런 건 어디서 얻는 거야?"

어떤 그림은 신발 상자 크기였고 다른 그림들은 키가 180센티미터인 바스티안보다도 더 길었다.

"캔버스는 만든 거예요."

바스티안은 어깨를 으쓱하며 말했다. 그는 샘의 카메라를 똑바로 바라봤다.

---

* 미국의 스케이트보더로, 그의 이름을 딴 스케이트보드 제품군인 '나이키 SB 나이자'가 출시됐다.

"미술용품점에서는 완전히 바가지를 씌워요. 게다가 그 속물 같은 놈들은 내가 나타나면 싫어해요. 내가 이민자라도 되는 것처럼 따라다녀요."

그는 웃었다.

"어쨌든 나는 건축자재 상점에서 대부분 구해요. 그리고 나무는 새로운 구획을 건축할 때 큰 쓰레기통에서 슬쩍할 수 있어요. 하지만 일찍 가야 해요. 이건 제 소중한 물건이에요."

바스티안이 말했다. 샘은 그를 따라 멀리 있는 벽으로 향했다. 노란색과 은색으로 된 원형 톱이 있었다.

"연기 톱이에요. 액자를 만들 때 써요."

그가 '연귀 톱'을 그렇게 말했지만 샘은 바로잡지 않았다.

바스티안은 아크릴 물감 상자를 꺼내 들고 카메라에 보여줬다.

"버넷중학교 마스카리 선생님 만세! 내게 푹 빠져서 이걸 주셨어요."

그는 샘의 핸드폰에 장난스러운 미소를 지었다.

"왜 그림이지?"

샘이 줌인을 하며 물었다.

"그야 당연히 바스키아 신 때문이죠. 바스키아는 전설이에요. 데빈 트로이 스트로더도 진짜고요. 그리고 워홀도요. 이 늙은 괴짜는 정말 역대급이었어요. 심지어 자기 작품을 만들지 않았는데도 돈을 받았잖아요."

그러다 바스티안이 잠시 진지해졌다.

"하지만 리처드 프린스는 싫어요. 도둑놈이에요. 그리고 제프 쿤스도 한물갔고요."

"이런 건 학교에서 배우는 거야?"

"아뇨. 인스타그램에서."

예술은 샘이 더 많이 알고 싶어 하는 주제였다. 혼자 미술관을 가려니 너무 쭈뼛거릴 것 같았고, 아는 사람 중에는 함께 갈 만한 사람도 없었다.

샘은 방의 한복판까지 뒷걸음질 치면서 바스티안의 작품들을 화면에 최대한 많이 담으려고 했다. 이 순간이 중요하게 느껴졌다. 훗날 바스티안이 모든 사람에게 알려지고 샘을 잊었을 때, 샘은 언젠가 누군가에게 이 얘기를 들려줄 것이다.

둘은 밖으로 나가 담배를 나눠 피웠다. 샘은 바스티안이 혀에서 담배 부스러기를 떼는 모습을 찍었다.

"그 많은 사람 중에서 네가 예술가가 될 수 있다고 믿는 이유는?"

샘은 바스티안의 얼굴에 초점을 맞추며 물었다. 바스티안은 완벽한 원을 그리며 연기를 내뿜었다. 그는 이미 너무 유명해지기라도 한 듯이 우스꽝스럽게 굴었다.

바스티안은 고개를 갸우뚱했다. 그는 얼굴을 찌푸리며 말했다.

"무슨 그런 질문이 있어요? 이건 예술이잖아요. 내가 선택하는 게 아니에요. 예술이 선택하죠. 기회를 날려버리면 재능은 사라져요.

그럼 그때부터 재능과 함께 나도 죽어가는 거예요."

"그래서 그 사람이 여기서 지내게 해준 거예요?"

샘은 바스티안을 하우스로 데려왔다. 바스티안은 금세 느긋해졌다. 바스티안은 소파에 활개를 펴고 앉아서 커피 테이블 위에 발을 올려놨다.

"여자애들을 여기로 데려와서 파티도 하고 그것도 하고요?"

"아니, 난 여기서 일한다고. 밥 먹는 곳에 똥 싸는 거 아니야."

샘은 바스티안의 더러운 운동화를 테이블에서 걷어찼다. 바스티안은 주위를 둘러봤다. 샘은 영화 속 '탤런트'가 팬케이크를 원한다고 하니까, 만들어주기로 했다.

"하지만 열쇠가 있어서 원할 때 언제든 들어올 수 있는 거죠?"

샘은 고개를 끄덕였다.

"상사가 믿어준다니 멋져요."

바스티안은 벽난로를 향해 고개를 까딱거렸다.

"저거 되는 거예요?"

"응. 크리스마스쯤에 불을 붙이지. 꽤 뜨끈뜨끈해져."

바스티안은 가까이 걸어가서 벽난로를 살펴봤다.

"오, 멋져요. 마시멜로 같은 것도 구울 수 있겠네요."

그가 굴뚝을 들여다보며 말했다.

제2의 바스키아로 싹트는 자신의 경력이나 여자에 관해 허풍을 떨었지만, 바스티안은 여전히 어쩔 수 없는 애였다.

샘은 서류철을 꺼내 바스티안에게 건넸다.

"여기 어머니 서명을 받아와야 해."

바스티안은 서류를 빤히 봤다.

"네, 뭐든 간에 엄마는 안 할 거예요."

"이상한 거 아니야. 네가 미성년자기 때문에 받는 거야."

바스티안은 서류를 받아서 커피 테이블 위에 내려놨다.

"루즈는 서명 같은 건 하지 않아요. 엄마에겐 불법이에요. 그러니까 그 드리머인지 뭔지 그거요."

바스티안이 다시 말했다.

"하지만 주스 가게도 하시잖아."

그는 '서류 미비자'에 대해서 알고 있었지만 가장 엄마다워 보이는 엄마인 루즈가 서류 미비자일 거라고는 상상하지 못했다.

"게다가 영어도 잘……."

바스티안은 눈을 굴렸다.

"루즈는 여기 산 지 20년이 넘었어요. 멍텅구리처럼 왜 그래요. 아무한테도 말하면 안 돼요. 완전히 엉망이에요. 엄마는 누가 서류를 요구할까 봐 매일 미친 듯이 의심만 하고 있어요."

샘에게는 마치 제2차 세계 대전 때, 독일이 했던 소리 같았다.

"말도 안 돼."

샘은 말했다. 그 역시 텍사스 전역에서 벌어진 이민국의 불시 단속에 관한 뉴스를 들었지만 제대로 관심을 기울인 적은 없었다. 그럴 필요가 없었다.

"여기 그렇게 오래 살았는데 영주권을 신청할 수 없어?"

바스티안은 고개를 저었다.

"차라리 복권을 사는 편이 나아요. 그리고 지금 이런 상황에서 엄마가 걸려서 추방당하면 난 어떻게 되겠어요?"

샘이 '거의' 노숙인이자 '거의' 아버지가 될 뻔한 상황에 대해 매주 자기 연민과 공황 발작을 겪는 동안 한 여자와 그녀와 비슷한 수많은 사람은 진짜 현실적인 문제에 직면해 있었다. 바스티안이 물었다.

"가짜로 할 수는 없어요? 젠장, 내가 서명할게요."

"걱정하지 마. 그렇게 중요한 건 아니야."

샘이 말했다.

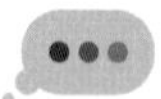

36분 동안 통화 대기 상태로 기다린 끝에 샘은 그 일이 실은 중요한 일이라는 것을 알게 됐다. 알라모 커뮤니티 칼리지의 영화과는 자신들의 소중한 관료주의적 절차를 제외한 다른 모든 일에 대

해서는 느슨했다.

"출연자에 대한 권한과 작품에 대한 저작권 양도가 작품 제출과 동시에 이뤄져야 해요. 학과에서 자동으로 일련의 지원금과 영화제 프로그램에 등록하기 때문에……."

전화 속 여자는 마치 이 학과가 광신적인 규칙을 가진 고대의 비밀 결사라도 되는 것처럼 계속 얘기했다.

"그러니까 정리해 볼게요, 리디아."

그가 말했다.

"리디아, 맞죠?"

"네, 맞아요."

"그럼 단순히 성적을 받기 위해 프로젝트를 제출하기만 해도 다른 것들에 자동으로 등록된다는 건가요?"

"네."

"작품에 대한 권리라는 건 무슨 뜻인가요?"

"내가 설명하려는 게 바로 그거예요."

리디아가 천천히 말했다.

"학생이 저작물에 대한 저작권을 알라모 커뮤니티 칼리지와 그 제휴 단체에 양도하면 학과는 이를 관람, 공연, 전시, 배포, 실시간 전송, 송신, 다운로드 제공, 보급, 일반에게 사본 발행 및 전달, 공중파 또는 케이블 텔레비전 방송, 수입, 각색, 행사, 전시, 번역, 편집, 또는 기타 모든 매체에서 사용할 수 있고, 뮤지컬이나 연극으로 각색할 수 있는 권리를 영속적으로 갖는 거예요."

"잠깐만요."

샘이 끼어들었다.

"뮤지컬이라고요?"

"네, 뮤지컬이요."

"만약에 이스트 사이드에 살면서 시시껄렁한 친구들과 그림을 그리는 열네 살 멕시코 꼬마에 관한 제 다큐멘터리를 〈해밀턴〉 같은 뮤지컬로 만들면 그 돈은 학과에서 다 가져간다고요?"

"그런 일이 일어날 가능성은 매우 적거나 없어요. 린 마누엘 미란다는 자타공인의 천재고, 학생은……."

리디아는 헛기침했다.

"하지만 저작권을 학과에 양도한 것만으로 보면, 맞아요. 그런 거예요."

"그런데 저는 아무것도 서명할 필요가 없고요. 단지 프로젝트를 제출하는 것만으로도 이렇게 할 수 있는 거군요."

"음, 양도와 동시에 프로젝트를 제출해야만 그렇죠. 이 내용은 강의 계획서에 매우 명확하게 나와 있어요. 그리고 아시다시피, 린드스트롬 교수님 결정에 따라서 프로젝트는 성적에서 큰 비중을 차지해요. 아마 80퍼센트라고 알고 있어요."

"리디아, 린드스트롬 교수님을 만나본 적 있어요?"

"실은, 없어요."

"네, 저도 마찬가지예요."

그는 전화를 끊었다. 샘은 이 프로젝트 때문에 루즈와 바스티안의 미래를 위험에 빠뜨릴 수는 없었다. 등록금은 될 대로 되라지. 게다가 뮤지컬은 최악이었다.

P

페니

페니는 앤디를 만날 일이 걱정됐다. 그는 그녀에게 데이트 신청한 후에 문자를 보냈지만, 그녀는 뭐라고 답장을 보내야 할지 몰랐다. 페니는 앤디와 사귀고 싶지는 않았고 그 정도는 그녀도 알고 있었다. 하지만 앤디가 그녀를 좋아한다고 인정했기 때문에 자신이 지난 일주일 동안 초조한 마음으로 강의를 기다렸다는 사실을 깨달았다. 그런 모습은 여기저기에서 드러났다. 그녀는 특별히 깨끗한 검은색 레깅스를 골라 입었고, 강의 시작보다 10분 일찍 도착했다. 앤디는 종이 울리기 직전에 도착하여 페니의 앞쪽에 있는 책상에 앉았다. 페니는 그가 이발이 필요하다는 것을 알아차렸다. 앤디의 그을린 목덜미에 거뭇거뭇하게 자란 모근이 보였다. 앤디는 흰색 맨투맨과 흰색 바지를 입고 같은 색 운동화를 신고 있었다. 페니는 그 모든 것이 얼마나 티 한 점 없이 깨끗한지 믿기 어려울 정도였다. 앤디는 그야말로 빛이 났다.

페니는 내년에 앤디를 다시는 볼 수 없을지도 모른다는 생각과 함께 지금 헛되게 시간을 보낸 자신에게 미래의 자신이 얼마나 분노할지 생각했다.

페니는 눈을 가늘게 찌푸리고 앤디의 목덜미를 봤다. 근사했다. 어깨도 치명적이었다. 근육질이지만 허영심이나 집착을 나타내는 것은 아무것도 없었다. 뒷덜미를 뚫어지게 보고 있는 그녀의 시선을 느꼈는지, 앤디가 갑자기 뒤를 돌아봤다.

'젠장.'

페니는 아무 일도 없다는 듯이 이를 드러내며 경직된 미소를 지었다. 그는 다시 몸을 돌리고 문자를 보냈다.

수업 끝나고 기다려.

"좋아, 페니, 지금 분위기를 이상하게 만드는 게 나야, 아니면 너야?"

그들은 잔디밭 가장자리에 서 있었지만, 앤디의 하얀 운동화가 더러워지지 않도록 멀리까지 들어가지는 않았다.

"아마 넌 것 같은데."

"아마 난 것 같아."

페니가 동의했다. 그리고 갑자기 낮잠을 자고 싶었다. 이런 대면에 페니의 몸이 반응하는 방식은 경이로웠다.

“별일 아니잖아.”

앤디는 배낭에서 무광의 검정 원통을 꺼내 뚜껑을 돌려 열고 선글라스를 뺐다. 그리고 선글라스를 썼다. 페니는 싸움에서 상대에게 눈을 보이지 않으면 경쟁에 훨씬 유리하다는 사실을 깨달았다. 그렇다고 이 상황이 싸움은 아니었다. 아니 싸움일지도 몰랐다. 페니는 전혀 감을 잡을 수 없었다. 두 손으로 얼굴에 그늘을 만든 그녀가 찌푸린 눈으로 그를 올려다봤다.

“좋아, 그래서 이제 절차가 어떻게 되는데?”

“절차?”

앤디는 웃었다.

“글쎄, 우리는 여전히 친구로서 서로에게 의미가 있는 것 같은데. 동료. 문학적 동지.”

이것은 페니에게 새로운 소식이었다. 새롭고 긍정적인 소식.

“그럼 우리는 계속 같이 작업하고 얘기할 수 있는 거야?”

그는 고개를 끄덕였다. 페니는 마냥 행복해했다.

“2막에 네 도움이 필요하거든. 논리적으로 엉망진창이고 앞뒤가 맞지 않는 부분이 있는데 해결이 안 돼. 그리고 네가 말해준 대로 스프레드시트를 만들었거든. 그때 서사는 눈 결정체 같은 형태가 돼야 한다는 걸 읽게 된 거야. 그런데 나는 수학에는 자신이 없어서.”

“윽, 바보. 알았어, 나한테 보내. 주말까지 보고 보내줄게. 하지만 넌 내 대화 부분을 도와줘야 해. 내가 돌려받을 때까지 네 건

인질로 잡고 있을 거야."

페니는 동료라면 그럴 거로 생각하며 그의 팔을 세게 쳤다.

"절차가 마음에 들어!"

"좋아. 아마도 이게 최선인 것 같다. 넌 너무 이상해."

그가 약하게 되받아치며 말했다. 페니는 사실상 깡충깡충 뛰면서 기숙사로 돌아갔다.

방에 도착했을 때 페니는 잡지를 읽으며 과자를 먹고 있는 주드를 발견하고는 기분이 더 좋아졌다.

"왔네, 페니."

그녀는 페니를 알은체하고 다시 잡지를 넘겼다.

"나가서 뭐라도 할래? 내가 운전할게."

페니는 주드의 침대에 앉으며 물었다. 그녀는 아직 앤디와 대화하면서 흥분됐던 마음이 가라앉지 않았다. 우정 부문에서는 백발백중이었다.

주드는 그녀의 얼굴을 살폈다.

"정말?"

페니는 고개를 끄덕이며 활짝 웃었다.

"너 비밀 남친이랑 헤어지거나 뭐 그런 거야?"

주드가 물었다. 페니는 계속 웃는 얼굴로 숫자를 셌다.

"자, 마지막 기회입니다. 하나, 둘……."

"어, 농담이야. 나가자."

주드가 벌떡 일어나 잡지를 옆으로 던졌다.

"나 지루해서 죽을 것 같아. 게다가 내일까지 『공산당 선언』을 읽어야 해. 왜 애니메이션으로는 없는 걸까?"

페니는 어깨를 으쓱했다.

"맬러리도 데려가야지."

그들은 트웜블리에 들렀다.

"우리 어디 가는 건데?"

맬러리가 뒷좌석에 올라타며 물었다. 이것은 새로운 구도였다. 처음으로 페니가 앞장서서 밤에 외출한 것이었다.

"난 바다가 보고 싶어."

페니가 선언했다.

"야호!"

두 친구가 합창하듯 외쳤다. 페니는 동물원부터 공항까지 어디를 제안하더라도 거뜬히 갈 수 있을 것 같았다.

가장 가까운 해변은 3시간 30분 거리였지만, 페니는 3시간 이내에 갤버스턴에 도착할 작정이었다. 주드는 음악과 길 안내를 담당했다. 맬러리는 소변을 보려고 30분마다 차를 세우는 일을 담당했다. 맬러리의 방광은 세계에서 가장 작았다.

"페니, 우리 천년 만에 만나는 것 같네."

맬러리가 막대 젤리를 건네며 말했다. 50킬로미터마다 정차해서 유일하게 좋은 점은 간식 재고가 넉넉하게 유지된다는 것이었다.

"그 파티 진짜 재미있었어."

"맞아."

주드가 말했다.

"그러고 보니 앤디는 어떻게 지내? 정말 매력적이었는데."

해 질 무렵 목적지에 반쯤 다다랐을 때 앞쪽에 반짝이는 발전소가 나타났다. 1970년대 SF 소설 표지에 나오는 우주 정거장처럼 아름다운 풍경이었다.

"진짜로, 너 누구랑 뭐 하는 거야?"

맬러리가 축축한 막대 젤리 끝으로 페니의 뺨을 찌르며 물었다.

"그만해."

페니가 고함치자, 맬러리는 키득거렸다.

"아무것도 안 해. 그리고 맞아, 앤디는 멋져. 앤디가 내 과제도 도와주고 있어."

"앤디가 내 프로젝트를 도와주면 좋겠다."

주드가 쏘아붙이듯 말하자 둘은 웃었다.

"나는 숙제에 파묻혀서 엄마는 모른 척하는 중이야. 다들 똑같지."

"오, 맞다! 너희 엄마가 페이스북에서 친구 요청을 했어."

주드가 페니의 팔을 두드리며 외쳤다.

"농담 마."

페니가 앓는 소리를 냈다.

"웩! 그건 선 넘는 거지. 수락한 건 아니지?"

맬러리가 소리쳤다.

"아니지. 그러니까 셀레스트는 정말 좋아하지만, 안 돼. 그건 절대 안 되지. 확실히 선 넘는 거야. 진짜 우리가 만났던 그날 바로 요청했다니까."

페니는 얼굴이 화끈거리는 것 같았다.

"우리 엄마가 마크에게 메시지 보냈다고 얘기했던가? 내 전 남자친구였던 바로 그 마크 말이야. 우리가 헤어진 다음에 보냈다니까?"

"뭐어어어어어어어어?!"

"그뿐만이 아니야."

페니는 다시 화가 치밀었다.

"심지어 몰래 찾아보고 나한테 마크가 다른 사람을 만나고 있다는 얘기까지 하는 거야. 어떻게 자기 딸에게 그런 말을 할 수 있을까?"

"그건 너무 심했다."

맬러리가 동의했다.

"완전히 심했어."

주드는 안쓰러워하며 페니의 어깨를 두드려줬다. 주드가 말했다.

"너희 엄마는 근사하지. 우리 엄마는 완벽한 현모양처거든. 〈스텝포드 와이프〉에 나오는 니콜 키드먼처럼 말이야. 그런데 어느 쪽이 더 나은 건지 모르겠어. 적어도 니콜은 주변 사람에 대한 갈망으로 목말라하지는 않잖아."

"니콜이 배고파하지 않는다는 건 확실해. 니콜이 유일하게 먹는 건 신경안정제밖에 없을 거야."

맬러리가 동의했다.

"난 우리 엄마 사랑해."

맬러리는 봉투를 뒤적거리며 탄산음료를 찾았다.

"우리 엄마도 다른 모든 엄마처럼 완전히 이상하게 굴거든. 그런데 모르겠어. 고등학교 때, 어느 순간 친구가 됐어. 문제는 페니, 엄마들을 모른 척할 수 없다는 거야."

페니는 이 차 안에서 가장 제정신이 아닌 애가 엄마와 가장 건강한 관계를 맺고 있다는 사실을 믿을 수 없었다.

"엄마들은 젖소와 같아. 젖소들은 젖을 짜줘야 해. 안 그러면 미쳐버릴 테니까."

맬러리가 말했다. 주드는 페니에게 눈빛을 흘깃 보냈다. 뭔가 재미있을 것 같았다.

맬러리는 두 친구가 자신이 알려주는 지혜의 무게를 충실히 느낄 수 있도록 몸을 앞으로 바짝 숙였다. 그녀가 힘주어 말했다.

"엄마들은 마치 도둑질하는 십 대들 같아."

"잠깐만, 젖소인 줄 알았는데."

주드가 말했다. 페니는 웃음이 터질까 봐 눈을 피했다.

"둘 다 맞아. 하지만 도둑질하는 십 대에 더 가까워. 의도의 문제가 아니라 **관심**의 문제니까."

주드는 거기서 더는 참지 못하고 마구 웃어대기 시작했다.

"무슨 소리 하는 거야?"

"잠깐, 나 네가 무슨 말 하려는 건지 알 것 같아, 맬러리. 그러니까 우리 엄마를 모른 척하는 건 옳은 방법이 아니다. 왜냐하면 엄마의 소젖, 아니 관심에 대한 욕구인가, 하여간 그거 때문에 미쳐서 폭발하거나 멍청한 짓을 할 수 있으니까. 하지만 내가 엄마에게 지속적인 관심을 주면 진정이 될 거라는 말이잖아."

"바로 그거야."

맬러리는 만족스러운 표정으로 다시 뒷자리로 물러났다.

그러나 더 나쁜 가설도 있었다.

"하지만 만약 엄마가 우주에서 가장 성가신 인간이라면?"

페니가 물었다.

"친구야."

주드는 답을 알고 있었다.

"모든 어머니는 우주에서 가장 성가신 인간이야. 하지만 폭력적이고 학대하는 정말 진정으로 나쁜 쪽을 빼면, 대부분 엄마는 우리 편이야."

"내가 도움이 되는 방법을 알려줄까?"

알고 보니 맬러리는 지혜를 전파하는 일을 끝낸 것이 아니었다.

"내가 엄마에 대해 하는 못된 말들을 엄마가 들으면 엄마 기분이 어떨지 상상하는 거야. 그러면 못된 말을 훨씬 덜 하게 돼. 그러면 또 못된 생각도 훨씬 덜 하게 되지. 효과가 있어."

페니는 가슴이 철렁 내려앉았다. 딸이 자신을 어떻게 생각하는지, 그동안 무엇을 숨겨왔는지 알게 된다면 셀레스트는 무너져 버릴 것이다. 엄마를 밀어내는 것은 페니가 엄마를 보호하는 방식이었다. 둘 다를 보호하려는 방법이었다.

"좋아. 엄마 얘기는 그만하면 됐어. 이제 게임을 할 거야. 돌아가면서 질문을 할 테니까 모두 진실하게 대답하는 거야."

맬러리가 페니의 생각을 가로막으며 말했다.

"그러니까 말을 안 할 수는 없는 거야?"

페니가 물었다.

"맞아. 난 이미 맬러리에 대해 다 알고 있긴 하지만. 우리는 과도한 공유의 여왕이잖아."

주드가 말했다.

"어떻게 감히 그런 말을!"

맬러리는 분노한 척하며 말했다.

"하지만 완전한 폭로의 정신에 따라, 내가 지난주의 과다한 섹스로 요로 감염에 걸렸고 그래서 크랜베리 주스를 어마어마하게 마셨다는 사실을 모두에게 밝힐게. 그리하여 현재와 같은 오줌의 흐름이 발생한 거야."

"잠깐만, 벤이 떠난 줄 알았는데."

주드가 말했다.

"그랬지. 그래서 특별히 추악한 진실이야."

"규탄합니다!"

주드가 외쳤다.

"좋아, 나부터."

주드는 실내등을 켜서 차를 심문실처럼 보이게 했다.

"페니."

그녀는 텔레비전 아나운서처럼 굵은 목소리로 말했다.

"최근에 안색이 그렇게 거슬리도록 환해지고 빛이 나게 된 데에 책임이 있는 사람과 잔 적이 있습니까, 없습니까?"

쉬운 질문이었다.

"없습니다."

페니가 대답했다.

"수상쩍은데."

맬러리가 말했다. 페니는 백미러로 그녀를 봤다.

"난 거짓말 잘 못 해."

"그건 진실이야."

주드가 확인해 줬다.

"앤디는 아니고?"

페니는 미소 지었다.

"앤디구나!"

주드는 그녀의 팔을 때리며 외쳤다. 페니는 얼굴에서 미소를 지웠다.

"아니야. 맹세해!"

"내 차례야."

맬러리가 말했다.

"잠깐, **내** 차례 아니야?"

페니가 물었다. 그녀는 이것이 자신에게 노골적인 질문을 연달아서 하기 위한 얄팍한 시도가 아닌지 궁금했다. 맬러리가 말했다.

"다음번에 해. 게다가 이건 주드에게 묻는 거야."

"난 준비됐어."

주드가 절친을 향해 말했다.

"평행 우주가 있는데, 그곳에서 성행위는 눈살을 찌푸리게 하지 않고 지극히 자연스러운 것이라면, 당신은 엉클 샘과 섹스를 하시겠습니까?"

페니는 가슴이 요동쳤다. 주드가 비명을 질렀다.

"으으으으으으. 맬러리, 넌 왜 그렇게 변태 같아?"

"안 한다는 뜻으로 받아들여?"

맬러리는 사악한 미소를 지으며 말했다.

"안 해!"

"미안해."

맬러리가 여전히 웃으며 말했다.

"오늘 아침에 엉클 샘을 보고 계속 딴생각을 안 할 수가 없었거든. 그 조그만 거품기로 말차를 만들고 있었는데, 엉클 샘의 짜증

난 표정이 너무 매력적으로 보이더라고. 엉클 샘이 섹시하다는 건 인정하지? 그러니까, 객관적으로 봤을 때?"

맬러리가 물었다.

"엉클 샘이 나에게 그런 기회를 준다면, 아주 혼을 쏙 빼놓을 텐데."

맬러리는 과자 봉지를 뜯었다.

"도와줘, 페니. 샘 섹시하잖아."

맬러리가 과자를 씹다가 말했다.

"샘 매력 있지. 머리 모양이 멋져."

페니가 동의했다.

"으, 안 돼, 얘들아. 그리고 맬러리, 우리 삼촌이랑 하지 않겠다고 약속한 거 잊지 마."

"나도 알아. 이건 가정이잖아."

맬러리가 대답했다.

"게다가, 제발. 엄밀히 말하면 샘은 이제 내 삼촌이 아니지만 난 오빠로 생각해. 그리고 맬러리, 삼촌 아니라 내 오빠와 섹스하면 안 돼. 넌 샘을 먹어 치워버릴 거야."

맬러리는 한숨을 쉬었다.

"맞아, 난 식인종이야."

"좋아, 내 차례야."

페니는 어서 주제를 바꾸고 싶어서 말했다.

“너희가 나 놀릴 것 같아.”

“아마도.”

주드가 대답했다. 주드는 뒤로 손을 뻗어 맬러리의 과자를 집었다. 그녀는 페니에게 몇 개를 내밀었지만 페니는 고개를 저었다. 페니는 자신이 항상 주드를 거절하고 있다는 느낌을 받았다.

“너희는 왜 나에 대해 알고 싶어해?”

차 안은 침묵에 빠졌다. 그러다가 맬러리가 웃기 시작했고 주드도 함께 웃었다.

“너는 어떻게 그렇게 이상할 수 있어?”

맬러리가 물었다.

“친구들은 서로 이런저런 얘기를 하는 거야, 바보야.”

주드가 말했다.

“그리고 그거 알아? 우리는 친구야.”

“그런데 왜?”

“맙소사, 페니. 유난 좀 떨지 마. 우리가 감정에 대해 얘기하게 하려는 거야? 솔직히 가끔 넌 홈스쿨링 받은 애 같아.”

맬러리가 말했다.

“잠깐, 무슨 뜻이야? 누군가가 널 왜 좋아하는지 정말로 모르겠다는 거야?”

주드가 물었다.

“맞아. 순수한 질문이야. 너희는 공식적인 관계잖아. 한 팀. 하지만 너희는 나한테 뭔가 함께 하겠냐고 계속 묻잖아. 너희에 비하면 내가 지루하다는 건 나도 아는데 말이야. 난 그 이유를 알고 싶어."

맬러리가 차 실내등을 껐다.

"좋아."

맬러리는 심호흡했다.

"처음에는 네가 나를 좋아하는 만큼만 너를 좋아했어. 그러니까 썩 좋아한 건 아니겠지."

그럴 만했다.

"하지만 내 소중한 친구 주드가 안쓰러웠어. 너와 같이 살아야 하니까."

맬러리가 웃었고, 주드가 말했다.

"그리고 난 항상 널 좋아했어. 넌 비밀스러워. 왜 있잖아, 고등학교에서 냉소적인 표정으로 누구와도 얘기하지 않지만 섹시한 밴드 녀석 같아."

"하지만 지금 너랑 함께 있는 것이 즐거운 이유는 네가 똑똑해서야. 그리고 어둡고. 넌 **정말** 심각하게 고통스러워 보여."

맬러리가 말했다.

"그리고 넌 좋은 녀석이야."

주드가 간단하게 말했다.

페니는 주드가 그렇게 말했을 때 속으로 움찔했다. 그녀는 좋은 녀석이 아니었다. 주드에게 모든 것을 말할 필요는 없었다. 자신이 샘을 간절하지만 가망 없이 사랑하는 것을 주드에게 굳이 말할 필요는 없었지만, 둘이 친구라는 정도는 말했어야 했다. 페니는 그동안 비밀로 한 것을 알게 되면 주드가 상처를 받으리란 것을 알았다.

"맙소사, 너희도 이 냄새 나?"

맬러리가 옆에 있는 창문을 열었다. 페니는 어둠 속에서 부서지는 파도 소리를 들을 수 있었다. 달빛이 모든 것을 파랗게 물들였다.

그들은 차에서 내려 몸을 쭉 폈다. 소금기 어린 바다의 공기는 끈적끈적했다.

"수건 있어?"

주드가 신발을 벗어 던지며 물었다. 페니는 고개를 끄덕였다. 맬러리가 웃음을 터뜨렸다.

"물론 있겠지."

페니가 물었다.

"정말 물에 들어가려고? 지금?"

"안 들어갈 거야?"

주드가 믿을 수 없다는 듯이 물었다.

"해변에 오자고 한 건 너였잖아."

그녀는 반바지를 벗었고 페니는 수건을 내밀었다.

"바다가 보고 싶다는 거였지. 가까이에서."

페니가 말했다. 페니는 누구든 물에 들어가리라고는 생각하지 못했다.

주드는 어깨를 으쓱하며 물속으로 달려가 소리를 지르며 뛰어들었다. 맬러리는 친구를 바라보다가 페니를 돌아보며 과자 봉지를 건넸다. 페니는 한 움큼 집어 들었다.

"수영할 거야?"

"아니, 안 하지. 난 염소 처리된 물에서만 수영해."

파도 속에 잠긴 주드는 거의 보이지 않았다.

맬러리는 페니의 차 트렁크 위로 폴짝 뛰어올라 앉았고 페니도 그 옆에 올라갔다. 페니는 어둠 속에서 맬러리가 살짝 떨고 있는 것을 느꼈다.

"추워?"

"약간."

페니는 앞자리에서 후드 재킷을 꺼내 주머니에서 핸드폰을 빼고 맬러리에게 건넸다. 두 사람은 몸을 웅크리며 가까이 붙어 앉았다.

그녀는 자신과 맬러리가 모든 면에서 똑같이 맞는다고 생각했다. 애정, 충성심, 심지어 농담에 웃는 지점도 같았다. 주드는 달랐다. 페니는 이제 두 사람이 어떻게 그렇게 잘 어울리는지 이해했다. 맬러리는 더 강인했고 주드를 돌봤다. 두 사람은 좋은 팀을 이뤘다.

페니와 맬러리는 바다를 바라보며 바람을 느끼고 아우성치는 듯한 파도 소리에 귀를 기울였다.

"주드가 우리 친구라는 게 놀랍지 않아?"

맬러리가 물었다. 페니는 맬러리와 '우리'로 묶이는 것이 이상하게도 기분이 좋았다.

"주드는 진짜 착해. 정말 괜찮은 애야. 그렇지?"

"응. 내일 종말이 일어난다면 주드가 첫 번째로 뛰쳐나갈 거야. 자기가 얼마나 빠른지, 얼마나 강한지 그런 건 중요하지 않을 거야. 진심으로 달려 나가지 않고서는 못 견딜 테니까."

맬러리는 어깨로 페니의 어깨를 쿵 쳤다.

"난 네 생각이 그렇게 흘러간다는 게 정말 좋다니까. 하지만 무슨 뜻인지 알겠어. 세상에, 생각해 봐. 주드는 분명히 고아들이 가득 탄 버스를 구하려다 죽어갈 거야."

"종말이 닥쳤는데 누가 애들을 구하겠어?"

"먹으려는 게 아니라면? 모르지."

페니는 어둠 속에서 미소를 지었다.

맬러리는 동그랗게 말아 올렸던 머리를 풀고 흔들어 털어냈다. 페니의 얼굴에 부드러운 바람이 닿았다. 바다에 오길 잘했다는 생각이 들었다. 잠시 후 페니도 머리를 나풀나풀 흔들었다.

"바다가 정말 좋아."

"최고의 해변가 파도 파마가 될 거야."

맬러리는 머리카락을 돌돌 말면서 핸드폰을 꺼내 들었다.

"이쪽으로 와서 같이 찍자."

처음에는 플래시를 사용했더니 끔찍한 사진이 나왔다. 코부터

다 날아가서 둘 다 겁에 질린 주머니쥐처럼 보였다.

"맙소사."

맬러리가 사진을 지우면서 웃었다.

"비극적이다."

페니는 핸드폰의 손전등 기능을 켜서 두 사람을 비스듬하게 비췄다.

"플래시 없이 주변 조명으로."

페니가 말했다.

"오오오오, 솜씨 좋은데. 종말이 오면 널 **마지막으로** 먹어야겠다."

둘은 다시 사진을 찍어봤다. 전보다 나았다.

"좋아."

맬러리가 페니의 손 위치를 옮기고 팔을 당기며 말했다.

"잠깐, 여기까지가 다 뻗은 거야? 너 무슨 초소형 티라노사우루스라도 돼?"

페니가 웃었다. 맬러리가 그렇게 놀리면 세상에 자기가 유일한 사람인 것 같은 기분이 들었다.

"자, 바꾸자."

이번에는 맬러리가 손전등 기능을 켰고, 페니가 사진을 찍었다.

"훨씬 낫네."

페니가 설정을 살피는 동안 사진을 보며 맬러리가 말했다. 사실 그 사진은 페니가 지금까지 찍은 셀카 중 최고였다. 아름답고 풍성

한 머리의 두 소녀가 참을 수 없이 재미있는 일을 하며 깔깔 웃고 있는 사진들이었다. 사진이 없더라도 페니는 이 밤을 오랫동안 기억할 것이었다.

“이것 좀 봐. 턱을 이렇게 아래로 내리면 얼마나 예쁘게 보이는지 알지?”

“맙소사, 너어어어어무 추워! 물에서 나오면 이렇게 끔찍할 줄 알았다니까.”

주드가 숨을 헐떡이며 그들을 향해 달려왔다.

맬러리는 핸드폰 불빛을 주드 쪽으로 비춰줬다. 주드는 속옷 차림으로 덜덜 떨고 있었다.

“내가 준 수건은 어떻게 된 거야?”

주드의 눈이 커졌다.

“오, 젠장.”

그녀는 물 쪽을 돌아보며 말했다.

“걱정하지 마. 페니에게 여분의 수건이 있을 테니까.”

맬러리가 차 트렁크에서 내려오며 말했다.

“있어?”

페니는 트렁크에서 수건을 하나 더 꺼내 주드에게 건넸다.

“내가 뭐랬어, 그럴 줄 알았다니까! 세상에, 넌 너무 뻔하잖아!”

맬러리는 의기양양하게 손뼉을 쳤다.

“하지만 그게 마지막이야!”

페니가 외쳤다. 그녀는 주드에게 돌아가서 잃어버린 수건을 찾아오도록 하고 싶은 마음을 굉장한 자제력으로 참았다.

"기다려. 나도 셀카 찍고 싶어."

주드가 핸드폰 쪽으로 손을 뻗으며 말했다.

"줘봐. 얼굴 좀 보고."

페니는 핸드폰을 건넸다.

"오, 세상에. 물에 빠진 쥐 같지?"

주드는 손가락으로 머리카락을 빗으며 말했다.

"종말의 첫 파고를 맞은 사람 같아."

맬러리가 중얼거렸다.

"정말이야."

페니가 웃으며 말했다.

"너희 둘 쿵짝이 잘 맞네."

주드가 그들을 보며 말했다.

그때 주드의 손에서 페니의 핸드폰 알림음이 울렸다. 맬러리가 말했다.

"페니. 너 정말 핸드폰 벨 소리를 바꿔야 해. 정말 그 '정점' 벨소리 때문에 외상 후 스트레스 증후군인가 그런 거 생긴 거 같아. 그거 1년 내내 내 알람 소리였어. 어떤 사이코패스가 정점을 벨 소리로 사용해? 정점은 완전 알람 소리잖아."

"그래?"

페니가 핸드폰을 향해 손을 내밀며 말했다.

"그럴 리가 없는데. 정점은 알람 소리로 하기엔 너무 조용하잖아."

주드의 손에서 정점 소리가 계속 울렸다. 주드의 얼굴이 핸드폰 불빛으로 밝아졌다. 그녀는 다른 친구들이 볼 수 있도록 핸드폰을 내밀었다.

페니가 손에서 핸드폰을 낚아챘지만 이미 돌이킬 수 없었다.

그녀가 봤다.

주드가 알아차렸다.

샘 하우스

오늘 오후 9:11

ㅇㅇㅇㅇㅇㅇㅇㅇㅇㅇㅇㅇㅇㅇㅇㅇㅇㅇ

여기 들러

시트 케이크를 만들었어

네가 제일 좋아하는 거

파티 이모티콘

그는 이모티콘을 사용하지 않으려고 "파티 이모티콘"이라고 썼다. 이모티콘을 쓰는 것이 '감정적 게으름'이라고 생각했기 때문이었다.

"이런. 어떤 사이코패스가 메시지 미리보기를 설정해 놓을까?"

맬러리가 조용히 말했다. 페니가 핸드폰을 집어 주머니에 쑤셔 넣자 셋은 어둠 속으로 빠져들었다. 페니는 어떤 방법을 선택할지 가늠해 봤다.

심각한 사회적 트라우마의 순간에서 스스로 탈출할 방법:

1. 차에 올라타 문을 잠그고 기숙사까지 밟는다. 둘이 돌아오기 전에 학교를 옮긴다.

2. 노골적으로 거짓말한다.

3. 그냥 모든 것을 말한다. 그것은 단순한 (그리고 매우 오랜) 오해라고.

페니는 이 일로 모든 것이 사라져 버리는 건 아닌지, 그들이 메시지를 봤다는 것은 그들이 더는 친구가 아니라는 뜻은 아닌지 걱정스러웠다. 페니는 목이 꽉 막히는 것 같은 기분이었다. 탈출구는 없었다. 속이 메스꺼웠다. 귓가에 파도 소리가 천둥처럼 울렸다.

"주드, 미안해."

페니가 조용히 말했다. 그녀의 목소리는 주변의 소음 위로 들릴락 말락 했다. 페니는 자리에 앉을 수 있으면 좋겠다고 생각했다. 그녀의 심장이 질주하듯 뛰었다.

"잠깐만. 샘 하우스라면, 엉클 샘 맞지?"

페니는 고개를 끄덕였다. 그리고 빠른 속도로 질문이 쏟아지며 목소리가 점점 높아졌다.

“엉클 샘이 비밀 인터넷 남자 친구야?”

“아니! 꼭 그렇지는 않아.”

“둘이 사귀어?”

“우린 그냥 친구야.”

“그럼 왜 아무 말도 안 했어?”

페니는 샘이 주드가 아는 것을 원하지 않았다고 말할 수 없었다. 그렇게 말하면 상황만 더 나빠질 것이었다.

“샘이 날 피하는 동안 내내 둘이서 만나고 있었던 거야?”

“아니, 우린 그냥 문자만 해. 만나지 않아……. 그래, 한 번 만났어. 두 번, 정확히는…….”

“세상에, 페니. 샘이 그 남자 맞지? 네가 좋아하는 남자?”

침묵이 흘렀다.

그러자 맬러리가 물었다.

“그런데 왜 시트 케이크야?”

“내가 제일 좋아하는 거라고 말했어…….”

어떤 이유에선지 그 케이크가 주드를 가장 화나게 한 것 같았다. 맬러리는 그 옆에 팔짱을 끼고 서 있었다. 이상하게도 맬러리는 화가 났다기보다는 당황한 듯 보였지만, 그녀가 어느 편인지는 의문의 여지가 없었다.

"미안해."

페니가 말했다. 진심이었다.

세 사람은 말없이 기숙사로 돌아갔다. 페니는 이번에는 전혀 졸린 기분이 들지 않았다.

샘

오후 11:02

어디 갔어?

괜찮아?

케이크는 성공적이었어

너 주려고 좀 남겨뒀어

오후 11:49

안녕

지금 얘기 못 해

샘

오후 11:51

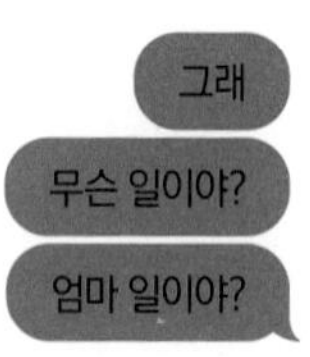

오전 12:41

뭐 필요하면 말해

P

페니

명랑하고 원만한 주드의 단점은 그녀가 누군가를 싫어할 때 그것을 느낄 수 있다는 것이다. 주드가 페니에게 침묵 처분을 내린 지 이틀째, 페니는 미칠 지경이었다. 페니가 방에 들어서자마자 주드는 페니를 노려보며 스피커 볼륨을 높이고 돌아서 버렸다. 그리고 종종 둘 다 좋아하지 않는 끔찍한 일렉트로닉 매시업을 쾅쾅 울리도록 틀면, 페니는 주드가 정말로 자신에게 화가 났다는 것을 알 수 있었다.

페니는 화해의 제물로 바나나를 책상 위에 놓아뒀지만, 주드는 거절했다. 주드는 거부하는 의미로 페니의 의자 위에 바나나를 올려놨고 글을 쓰러 자리에 간 페니는 그 위에 앉고 말았다. 수동적이면서도 공격적인 소소한 복수는 재미있었지만, 페니는 친구와 함께 웃을 수 없다는 사실이 마음 아팠다.

페니는 그날 오후 셀레스트에게 문자를 보냈다. 그녀는 한동안 셀레스트에게 문자 보내기를 두려워했지만, 꾹 참고 해야만 했다.

정말 죄송해요
오늘 밤에 못 갈 것 같아요
소설 쓰기 기말 과제가 있어서
월요일까지 삼천 단어를 써야 해요
다음에는 오늘 못 간 것까지 꼭 갚을게요
생일 축하해요!!!

셀레스트는 페니가 없어도 거의 눈치채지 못할 것이었다. 페니가 마지막으로 페이스북을 확인했을 때 저녁 식사 모임은 손님 마흔다섯 명과 멕시코 북부 앙상블인 로스 칭고네스가 함께하는 칵테일 파티로 변해 있었다. 파티에서는 밴드가 즉석에서 반주해 주는 노래 부르기도 신청할 수 있었다. 밴드 즉석 반주에 노래라니. 절대로 갈 수 없었다.

샘이 문자를 보냈다.

주드가 점심 약속을 깼어

주드는 샘과도 얘기하지 않았다.

내가 주드에게 전화했어.

그런데?

아무 말도 없어.

주드는 진짜 화났어

같은 방에 사는 건

최악이야

셀레스트에게 전화가 왔다.

페니는 죄책감을 느끼며 전화를 음성 사서함으로 돌렸다.

내가 정말 잘못한 거지?

아, 주드에게 말했어야 했어

가장 부끄러웠던 부분은 주드의 적의와 페니의 죄책감이 글을 쓰는 데 예기치 않게 도움이 됐다는 점이다. 페니는 그 후 몇 시간 동안 자기 이야기에 몰두했고, 밤 11시 30분에는 다음 날 일과 시간 중에 J.A.가 읽을 수 있도록 보낼 완전히 새롭게 쓴 구절들을 완성했다. 정신없이 열중하고 있던 페니는 주드가 들어왔을 때 화들짝 놀랐다.

"아, 안녕."

페니가 작게 말했다.

주드가 눈을 굴렸다.

"집에 안 가?"

주드가 물었다. 그녀는 깨끗한 옷을 가져다가 화난 듯 마구 가방에 넣었다.

"나, 너희 엄마 친구 요청 수락했어."

주드의 복수의 칼부림은 계속해서 최고였다. 페니가 애원했다.

"주드, 제발 나랑 얘기해. 내가 말했어야 한다는 거 알아. 일부러 그런 것도 아니었고 아무 일도 없었어. 우린 그냥 친구야. 계획된 게 아니었기 때문에 언제 말해야……."

"그러니까 너랑 샘은 이제 '우리'가 됐네."

"주드, 미안해. 오해가 있었던 거야……."

페니가 간청했다.

"정말 별일 아니야. 내 설명을 들어보면 알 거야."

"너에겐 별일 아닌 거 알아."

주드가 서랍을 쾅 닫으며 말했다.

"나도 이성적으로 네가 누구든 원하는 사람과 친구가 될 수 있는 걸 알아. 샘도 마찬가지고. 그래서 이해가 안 돼. 둘이 그냥 친구 사이라면, 별일 아니라면 왜 그렇게 수고해 가면서 나한테 숨기려고 한 거야? 그냥 숨기기 위해서 숨기는 것 같잖아. 난 그게 싫어."

그녀는 가방 지퍼를 올렸다.

"난 두 사람한테 잘하려고 정말 노력했어. 난 둘에게 점심도, 저녀도, 영화도 같이 하자고 그랬잖아. 너희 계획에 나를 끼워주면 큰일 나는 거였어? 너희는 둘 다 여기 출신이잖아. 난 맬러리 말고는 아는 사람이 없어. 그런 기분이 어떤지 알긴 해? 맙소사, 내가 너무 귀찮게 군다고 생각했겠지. 눈치도 없다고."

주드가 가방을 어깨에 둘러메자 페니는 가슴이 철렁 내려앉았다.

주드 말이 옳았다. 그녀의 말이 백번 옳았다. 주드가 문을 벌컥 열며 말했다.

"넌 모든 사람에게 이렇게 하잖아. 너희 엄마에게도. 나에게도. 너는 신경도 쓰지 않는 맬러리에게도. 설명도 없이 사람들을 밀어내. 정말 무례하고 잔인해. 도대체 뭐 때문에? 널 좋아하지도 않는다는 걸 알면서도 그런 남자를 위해서?"

페니는 창백해졌다. 그렇게 말로 듣고 보니 페니의 행동은 페니 자신의 귀에도 한심하게 들렸다.

"난 좋은 친구가 될 수 있어, 페니. 그런데 넌 내게 기회조차 주지 않았어."

페니의 핸드폰이 울렸다. 페니는 반사적으로 핸드폰을 힐끗 내려다봤다.

"맙소사."

주드가 씩씩거렸다. 그녀는 문을 쾅 닫고 가버렸다.

걸려 온 전화는 지역 번호가 210이었다. 평소 셀레스트를 생각하면, 술에 취해 나름대로 용의주도하다는 듯이 친구의 전화기로 페니에게 전화를 걸었을 것이다. 그런 게 아니라면 지갑을 잃어버렸을 것이다. 또.

페니가 전화를 받았다.

"여보세요?"

웬 남자의 목소리였다.

"여보세요?"

페니는 몸을 벌떡 일으켰다.

"여보세요. 페넬로페인가요?"

페니의 심장이 목까지 뛰어오르는 것 같았다.

"네, 무슨 일로 전화하셨어요?"

페니는 엄마가 도랑에서 죽은 것을 상상했다.

"페니, 나는 엄마 친구 마이클이야."

페니는 입에서 신맛이 느껴졌다.

"엄마한테 무슨 일 있어요? 엄마는 괜찮은 건가요?"

그녀는 뒤틀린 금속, 발광하는 총잡이, 횃불을 휘두르는 신나치주의자 등을 상상했다.

"내가 엄마랑 같이 있어. 엄마는 괜찮아. 지금 메트로폴리탄 메소디스트……."

페니는 머리가 쫙 갈라지고 어린양이 우는 소리만 들리는 것 같았다.

병원이다.

"지금 갈게요."

"그래, 그래."

그는 더듬거렸다.

"엄마는 괜찮은데…… 음, 알았어. 여기 있을게."

페니는 셀레스트의 친구 중에서 마이클은 알지 못했다. 그녀의 어머니에게는 절친이 여럿 있었지만, 페니는 그들 중 누구의 전화번호도 알지 못했다. 사실 페니는 엄마의 비상 연락처였지만, 셀레스트가 필요할 때 페니는 곁에 없었다. 그녀는 핸드폰을 멍하니 바라봤다. 얼굴에 감각이 사라지고 메스꺼움이 밀려들었다. 주드에게는 전화를 걸 수 없었다. 맬러리는 주드의 친구였기 때문에 제외해야 했다. 그녀는 샘에게 전화했다.

S

샘

샘은 배낭을 들고 킨케이드로 달려갔다. 그는 자신이 왜 배낭을 가져갔는지 몰랐다. 다만 두 사람은 어딘가로 가야 하고, 페니는 비상용품을 좋아한다는 것을 알았다. 그는 배낭에 물과 남겨둔 시트 케이크를 담은 용기, 숟가락, 여분의 맨투맨, 그리고 앨이 주방에 보관하고 있던 구급상자를 챙겼다. 페니는 어디로 가는지 한마디도 얘기하지 않았지만, 전화로 들린 그녀의 목소리는 불안하게 가라앉아 있었다. 걱정스러울 정도로 로봇 같은 목소리였다.

샘은 틀림없이 페니의 엄마와 관련된 일일 것이라는 정도만 알 수 있었다. 그는 만약 셀레스트가 세상을 떠난다면, 페니가 어떻게 반응할지 생각했다. 엄마에 대해 불평하는 만큼이나, 나쁜 일이 생기면 페니는 아마 산산이 무너져 버릴 것이다.

샘은 페니의 어머니에 대해 초반에 나눴던 이야기가 떠올랐다.

비상 페니

10월 5일, 오후 2:14

나는 확실히 죽음에 젬병이야

죽는 걸 더럽게 못 해서

천하무적이라는?

아니, 죽음에 대처하는 데 서툴다고

가까운 사람을 잃어본 적이 없어

운이 좋네

난 죽음에 능숙해

고등학교 1학년 때 샘과 가장 가까운 삼촌이 암으로 죽었다. 같은 해 여름에 친구 두 명이 음주 운전 사고를 당해 죽었다.

가끔 엄마가 자는 걸 보고

엄마가 죽은 거라고 상상해

나는 울고 울고 또 울어

엄마를 너무 사랑하니까

하지만 엄마가 알게 하고 싶진 않아

샘은 브랜디 로즈를 떠올리고는 그녀가 죽으면 어떻게 할지 생각해 봤다.

엄마가 죽으면 난 완전히 혼자야

샘이 도착했을 때 페니는 아래층에서 기다리고 있었다. 그녀의 머리는 유난히 더 크게 부풀어 있었다. 페니는 구겨진 20달러 지폐를 샘에게 던졌다. 지폐는 샘의 가슴을 맞고 바닥에 떨어졌다. 그녀의 눈은 이글이글 타는 것 같았다.

"주유비야."

그녀가 말했다. 그는 지폐를 주워 뒷주머니에 쑤셔 넣으며 그녀를 따라 길 건너 주차장으로 갔다.

"고마워. 몸이 너무 떨려서 운전을 못 하겠어. 미안해."

페니가 그에게 열쇠를 건네며 말했다.

"사과하지 마."

그가 그녀를 차에 태우며 말했다.

"이거 우리 엄마가 준 차야. 엄마 차야."

그녀가 조수석에서 안전띠를 매며 말했다.

"내가 깨운 거야?"

"아니."

그는 운전석과 사이드미러를 조정하고 고속도로 쪽으로 방향을 잡았다.

"오늘이 엄마 생일인 거 알아?"

페니의 목소리는 거의 이성을 잃기 직전이었다. 샘은 도로를 주시하는 한편으로 그녀가 계속 얘기하도록 신경을 썼다.

"응, 알지. 마흔 번째."

"엄밀히 따지면, 내일이 생일이야."

페니는 흘낏 시계를 보더니 흐느끼며 울기 시작했다.

"자정이야."

오전 12시 2분이었다.

"휴지 있어? 내 잡동사니를 깜빡했어."

그녀가 잠시 후 물었다. 잡동사니라는 말에 샘은 웃음이 지어졌다. 그는 그녀에게 배낭을 건네줬다.

"그 안에 검은 반다나가 있어."

페니는 가방에서 숟가락을 꺼냈다.

"케이크용이야."

그가 말했다. 페니는 아주 당연하다는 듯이 고개를 끄덕였다. 샘은 손을 뻗어서 가방을 뒤적거렸다. 그러다가 손가락에 닿은 천을 꺼내 그녀에게 건넸다.

"각각 나눠 담을 용기들이 있어야겠다."

샘은 고개를 끄덕였다.

"빨아서 돌려줄게."

그녀가 코를 풀며 말했다.

“페니, 엄마는 괜찮으신 거야?”

그가 정면에서 눈을 떼지 않고 말했다.

“응, 그런 것 같아. 마이클에게 제대로 물어보지는 않았어.”

“마이클이 누군데?”

“모르겠어. 어떤 남자.”

“페니, 왜 엄마 생일 파티에 안 갔어?”

그가 아는 한 페니는 참석할 계획이었다.

“엄마 가까이에 있을 수가 없어.”

그녀가 그를 향해 고개를 돌렸다.

“맙소사, 정말 끔찍하다. 내가 어떻게 지금 그런 말을 할 수 있지? 정말 안 좋은 일이 생겼으면 어쩌지? 무슨 일이 있었을까?”

샘은 안타까워하며 고개를 저었다.

“모르겠어.”

“가장 멍청한 게 뭔지 알아?”

페니가 킁킁거리며 조용히 말했다.

“그걸로 모든 게 해결되진 않는다는 건 알지만, 아빠가 있었으면 좋았겠다고 생각하는 거야. 아빠라면 무슨 일인지 알았겠지.”

“아마 놀라게 될 거야.”

샘은 자신의 아버지를 떠올리며 대답했다.

“이런, 거의 아빠가 될 뻔했잖아. 기억나?”

샘이 웃었다.

“몇 주 동안 거의 매일 정신이 나갔던 기억이 조금은 나네.”

“너, 좋은 아빠가 됐을 거야.”

샘의 왼쪽 눈이 흐려졌다.

“그래?”

그는 눈물을 삼켰다.

“그래. 울적함에서 첨벙댈 때 빼고는, 재밌는 사람이니까.”

“그리고 이기적이고.”

그가 그녀에게 상기시켰다.

“그래. 그리고 기절도 하지. 딸이었으면 정말 곤란했겠다. 아이의 조막만 한 손가락에 얼마나 휘둘렸겠어.”

“맞아, 아빠 노릇하려면 제대로 해야지. 총을 들고 잠재적 구혼자들을 쫓아버려야지. 딸이 법적으로 성인이 될 때까지 말이야. 내 기준에는 대략 마흔여섯 살 정도까지야.”

페니가 웃었다.

샘은 바비에게 생각이 미쳤다. 페니가 그 변태의 성을 말해준다면, 샘은 그놈을 찾아내서 불알을 떼버릴 작정이었다.

“언제부터 엄마한테 그렇게 화가 났어?”

“어, 셀레스트는 정말 엄마 같지가 않아.”

괴로워하고 있는 중에도 페니는 목소리에서 좌절감을 숨길 수 없었다.

“한번은 자전거를 타다가 넘어진 적이 있어. 온 얼굴을 길바닥에 긁은 거야. 마치 눈알 두 개가 박힌 햄버거 고기 같았어. 그리고 집에 가는 대신 한 블록을 걸어서 이웃집에 갔어."

샘은 고개를 끄덕였다. 페니와 있을 때 얘기는 늘 예기치 못한 곳에서 시작되거나 끝나지만, 하나로 모일 때까지 귀를 기울이는 것이 중요했다.

"왜 그랬는지 알아? 왜냐하면 셀레스트는 피를 감당하지 못하거든. 그 순간 나는 집에 가지 않는 편이 낫다는 것을 알았던 거야. 이웃집 초인종을 누르고, 문이 열렸을 때 기절했어. 우리 엄마보다는 다른 누군가의 엄마가 더 나을 거라고 생각했어. 그때 난 여섯 살이었어."

그래서 눈썹의 흉터가 생긴 거였다. 그들은 어둠 속에서 몇 킬로미터를 더 묵묵히 운전해 갔다. 부모가 된다는 것 자체가 미친 짓이었다. 모두가 임기응변으로 대처하고 있었다.

"음, 나는 자전거가 없었어."

얼마 후 샘이 말했다.

"너무 가난해서 내 자전거는 낡은 콩 통조림 캔이었어. 그냥 재미로 비포장도로에서 캔을 차면서 A 지점에서 B 지점까지 갔어."

"뭐?"

페니의 목소리는 갈라졌고, 눈은 젖어 있었다.

"더 빨리 갈 수는 없었지만 그냥 그렇게 하는 거였지."

그는 진지하게 말했다.

"그리고 또 있어. 난 그 통조림 캔의 콩조차 먹지 못했어. 물려받은 콩 통조림 캔이었거든."

페니는 웃었다. 슬프고 콧물이 가득한 웃음이었다.

"그러니까 어디 한번 징징거려 봐, 페니 리."

"그러네. 난 샘이 거쳐온 **여정**을 모르니까."

"내가 발버둥 친 일도."

"맞아."

"그런데 잠깐만. 난 지금 남쪽으로 가고 있긴 한데, 우리가 어디로 가는지 전혀 모르고 있거든."

페니는 그에게 지도를 띄운 핸드폰을 건넸다. 아직 60킬로미터 정도 더 가야 했다. 페니가 말했다.

"있지, 엄마가 나를 돌봐줘야 하는 거잖아. 그거야말로 부모가 되기 위한 기본적인 자격이지."

"이해해. 하지만 때때로 사람들은 우연히 부모가 되기도 해. 생물학적인 이유 말고도. 시험을 통과하거나 단계를 해제해야 결정을 내리는 사람이 되는 게 아니니까. 가끔 부모들은 정말 바보 같곤 해. 확실히 자신보다 바보 같을 때가 있지만, 그 부모의 자식으로서는 그런 사실을 깨달을 생각조차 못 하는 거야."

샘은 자신의 자격이 그동안 얼마나 부족했는지 생각했다.

그들은 차를 세워 주유했고, 한 시간 후에는 병원에 도착했다. 샘은 방문객 주차장에 차를 세운 후 시동을 끄고 페니의 추가 지시를 기다렸다.

"여기서 기다려도 괜찮겠어?"

"물론이지."

샘은 어떤 일이든 페니가 직면할 가족 드라마 같은 일에 관여하지 않아도 돼서 안도했다. 하지만 페니가 부탁했다면, 그는 함께 갔을 것이다.

페니는 차에서 내리기 전에 샘을 안았다.

"고마워."

그녀는 그의 뺨에 입을 맞추며 말했다. 그녀의 코는 촉촉했다. 이 상황과는 전혀 상관없었지만, 샘은 그녀가 매우 귀엽다고 생각했다.

샘은 페니가 뛰다시피 자동문을 통과해 가는 모습을 지켜봤다.

페니가 눈앞에서 사라진 순간, 그는 그녀가 그리웠다.

페니

병원에서는 병원 냄새가 났다. 암모니아의 자극은 너무 날카로워서 다른 어떤 냄새를 가리고 있는 것인지 궁금해졌다. 페니는 접수 데스크 주변을 휙 둘러보며 누군가 얘기할 사람을 찾았다.

"페넬로페?"

타조 가죽 카우보이 부츠를 신은 건장한 체격의 잘생긴 멕시코 남자가 그녀를 향해 성큼성큼 걸어왔다.

"예?"

그가 손을 뻗었다.

"마이클이야."

그의 얼굴에 난 여드름 자국은 오히려 거친 매력을 더해줬다.

"엄마 책상 위에 있는 사진에서 네 얼굴 봤어. 내가 가족이 아니라서 엄마랑 같이 올라가지는 못하게 하더구나."

"그럼, 엄마가 죽은 건 아니죠?"

"아니지, 세상에, 아니야."

"다치셨어요?"

"아니, 꼭 그런 건 아니야."

페니는 거칠게 고개를 저었다. 그가 지금 정보를 제공하는 속도는 그녀에게 필요한 것보다 한참 느렸다.

"우린 저녁을 먹었어. 밴드가 아주 훌륭했지. 그리고 디저트를 먹을 시간이었거든. 커피, 케이크, 소파이피아* 같은 것들 말이다. 거기가 시내에 새로 생긴 텍스멕스 식당인데, 그 벽화가 있는……."

"그렇군요. 지금 아저씨는 너무 느리고 비효율적이거든요. 엄마가 식중독에 걸렸어요?"

페니는 남자의 목을 조르지 않으려 애쓰며 말했다. 마이클은 고개를 저었다.

"자동차 사고였어요?"

그는 다시 고개를 저었다.

"취했어요?"

"아니야. 엄마는 마리화나 브라우니를 먹었어."

대답을 한 그는 헛기침했다. 페니는 믿을 수 없었다.

"뭐라고요? 농담하는 거예요?"

---

* 스페인의 영향을 받은 지역에서 먹는 기름에 튀긴 페이스트리 디저트.

그녀는 속이 부글부글 끓어올랐다. 마이클은 초조해하며 주위를 둘러봤다.

"도대체 몇 살이에요? 열두 살이에요?"

"엄마는 처음 먹어본 거야."

그가 속삭였다.

"한 개를 통째로 먹었어. 먹고 나서 다들 춤을 추고, 그래서 그만 잊어버리고 또 먹은 거야. 그 얼마더라, 4분의 1이나 8분의 1만 먹어야 한다고 경고해줬는데도 말이야."

"**아저씨도** 지금 취했어요?"

"아냐."

마이클이 불쾌해하며 대답했다.

"난 마약을 하지 않아. 그리고 그랬다면 절대로 운전하지 않았겠지. 엄마가 당황해하길래 내가 데리고 나와서 바로 여기로 데려온 것뿐이야."

"알겠어요. 그래서 수술을 받는 것도 아니고, 끔찍한 사고를 당하지도 않았고, 중독되거나 죽지도 않았네요. 단지 터무니없이 멍청하고 미성숙할 뿐이군요. 빌어먹을 마흔 살 생일인데도 말이에요."

페니는 낯선 사람 앞에서 욕한 것에 죄책감이 들었지만 그곳의 힘의 역학 관계는 분명했다. 마이클과 셀레스트는 아주, 아주 난처한 상태였다.

"네가 알아야 할 것 같았어. 내 어머니였다면 나도 알고 싶었을 테니까."

페니는 마이클의 어머니가 셀레스트만큼 무모하고 유난스럽지는 않으리라고 확신했다.

"그리고 네 엄마와 나는 사귀고 있거든. 내가 얘기하는 게 적절한지 모르겠지만."

"몇 살이세요?"

페니가 물었다. 그녀는 스물다섯 정도일 것으로 짐작했다.

"서른둘. 넌 몇 살이야?"

"열여덟이요. 혹시 결혼하셨어요?"

"아니!"

"알았어요. 만나서 반가워요."

페니가 마지못해 말했다. 그리고 더는 다른 할 일이 없어서, 그들은 악수했다. 그의 손바닥에는 굳은살이 박여 있었다.

"반갑다. 상황이 그렇긴 하지만."

그는 걱정스러운 표정으로 말했다.

"내가 괜한 짓을 한 건 아니어야 할 텐데."

페니는 눈을 굴리며 한숨을 쉬었다.

"아니에요. 고마워요."

"엄마가 너에게 그 식당에 가지 말라고 말해줘야 한다고 그랬어."

"네, 고마워요."

페니는 접수대의 직원에게 갔다. 입술에도 주근깨가 난 키가 작은 흑인 여성이었다.

"셀레스트 윤의 상태를 알 수 있을까요? 저는 딸이에요."

간호사는 컴퓨터를 확인했다.

"관찰 중이네요. 지금 3층에 계시고, 상태는 좋아요. 병원에서 밤을 보낼 필요는 없어요. 실은 지금 서류 작업을 마무리하는 중이에요. 곧 퇴원하실 거예요."

"고맙습니다."

그녀는 마이클에게 돌아갔다.

"곧 내려올 거래요."

그녀는 엄마의 남자 친구에게 알렸다. 그는 소리 나게 숨을 내쉬었다.

"전 학교로 돌아갈게요."

"기다리지 않고? 틀림없이 엄마가 보고 싶어 할 텐데."

"아뇨. 전 됐어요."

페니는 어른들이 커다란 아기처럼 구는 이 무책임한 환상의 나라에서 더는 시간을 낭비하고 싶지 않았다.

페니가 차에 돌아왔을 때 샘은 없었다.

솔직히 사람들을 대하는 일은 너무 힘들었다. 한 사람도 쉽게 넘어가지 않는 것 같았다.

어둠 속에서 샘이 나타났다.

"미안해. 화장실에 가야 했어."

그는 무척 부끄러워 했다.

페니는 웃기 시작했다. 차에서 기다리며 병원에 소변을 보러 들어갈지 말지를 복잡하게 계산하는 샘을 생각하자 분노가 사라졌다. 아니면 바지에 소변을 봐야 할지. 아니면 주차장의 어두운 구석에서. 아마 결정하는 데 족히 10분은 걸렸을 것이다. 그 모습이 너무 웃겼고, 한 번 웃음이 터지니 멈출 수가 없었다. 지난 며칠 동안 주드의 분노, 엄마에 대한 절망감과 엄마가 죽지 않았다는 안도감 사이에서 받은 스트레스는 감당하기에 벅찼다. 페니는 웃음이 터져 나오자 숨을 헐떡이며 눈시울을 붉혔다.

샘은 그녀가 제정신이 아니라는 듯이 지켜봤다.

S

샘

그는 어서 잠자리에 들고 싶었다.

운전은 왕복 세 시간이 걸렸고, 차가 페니의 기숙사 거리에 들어서자 페니가 샘의 손등을 만졌다.

“하우스로 가도 돼?”

그녀가 물었다. 샘은 의아한 표정으로 그녀를 봤다.

“주드가 있어서.”

페니가 그에게 상기시켰다. 그는 고개를 끄덕이고 하우스로 향했다. 샘이 출근하기까지 몇 시간밖에 남지 않았다. 두 사람은 느릿느릿 발코니 계단을 올랐다. 샘은 침실의 전등을 켜고 매트리스에 앉았다. 그는 왼쪽 부츠의 끈을 풀고 다시 오른쪽 끈을 풀었다. 마치 느리고 지루한 스트립쇼를 하는 기분이었다.

페니는 그의 옆에 앉아 발목이 높은 스니커즈를 벗으며 하품을 했다. 프릴이 달린 그녀의 흰 양말에는 딸기 자수가 수놓여 있었고 뒤꿈치에는 다람쥐 그림이 그려져 있었다.

샘과 페니는 그녀의 발을 내려다봤다.

"잊고 있었어. 비밀 양말이거든."

샘은 여자들의 비밀스러운 면을 떠올렸다. 그리고 자신이 그런 것들을 얼마나 좋아하는지 생각했다.

"네가 침대에서 자고 내가 바닥에서 잘까?"

그는 유일한 베개를 그녀에게 줘야 할 것이다.

"네 침대에서 널 쫓아내고 싶지 않아."

"물이나 뭐 다른 거 줄까?"

그녀는 고개를 끄덕였다. 샘은 물을 가져오는 동안 페니가 어디에서 자고 싶은지 결정할 수 있을 거로 생각했다.

그가 돌아왔을 때 페니는 매트리스 위에서 벽 쪽에 붙은 채 이불을 덮고 누워 있었다. 베개는 그가 베도록 바깥쪽에 놓여 있었다.

"이렇게 해도 괜찮아?"

페니는 물을 마시려고 일어나 앉으며 물었다. 그는 고개를 끄덕이고 이불 속으로 들어갔다. 페니가 옷을 다 입고 있었기 때문에 그 역시 옷을 벗지 않았다.

그는 불을 껐다. 그가 졸린 목소리로 말했다.

"물어보고 싶은 게 있었어."

"응?"

"방을 어떻게 꾸미는 게 좋을까?"

"좋은 질문이네."

그녀가 중얼거렸다.

"침대 위에 거대한 검은색 만자 무늬 조명이 없어서 얼마나 실망했는지 몰라. 나는 샘을 안다고 생각했는데 말이야."

샘이 웃었다. 그들은 한동안 말이 없었고 그는 자신도 모르게 잠이 들었다.

"벨벳에 그린 저갈로*는 어떨까."

그녀가 그를 깨우며 말했다. 두 사람은 눈을 감은 채 누워 어둠 속에서 미소 짓고 있었다.

"어머니는 괜찮으신 거야?"

"응. 어리석다는 것만 빼면."

"전부 다 엉망이네."

"응."

그리고 페니가 이어 말했다.

"주드에게 말했어야 했어."

"아, 맞아. 너무 바보 같지만 내 인생이 얼마나 엉망인지 주드에게 알리고 싶지 않았어. 주드가 나를 제대로 잘 사는 어른으로 생각해 주길 바랐어."

샘은 페니의 손이 이불 아래로 움직이다가 자신의 손에서 몇 센

---

* 호러코어 장르의 그룹 '인세인 클라운 파시'의 팬들을 지칭하는 용어로, 주로 얼굴에 광대 분장을 하고 머리를 독특하게 땋는다.

티미터 떨어진 곳에서 멈추는 것을 느꼈다. 그는 손을 움직여 그녀의 손등에 맞댔다. 페니는 손가락으로 소중한 것을 보호하듯이 그의 손을 감쌌다.

"아무도 그렇게 생각하지 않아."

그녀가 손을 꽉 쥐며 말했다. 그녀의 손은 뜨겁고 부드러웠다. 그의 몸 오른쪽이 그녀의 몸 왼쪽과 머리부터 발끝까지 얼마나 가까이 있는지 괴로울 정도로 또렷이 의식하게 됐다.

"너도 알지, 주드 아버지는 거물급 변호사잖아."

"그게 무슨 상관이야?"

그는 생각해 봤다.

"모르겠어. 그냥 열등감이지만, 내가 아는 사람 중에 대학원을 나온 사람은 주드 아빠가 처음이었어."

샘은 주드의 아버지가 침대 위에 두고 간 80달러를 떠올렸다. 마치 베이비시터에게 주듯이 제공된 서비스에 대한 비용으로 두고 간 돈이었다.

"주드 아버지의 로펌에서 매년 장학금을 주는데, 한번은 주드의 할아버지 랭 씨가 내가 쉽게 받을 거라고 말했어. 그 나쁜 놈의 말을 믿은 적이 없었지만, 왠지 그 말에 매달리게 됐어. 할아버지가 추천해 줄 거로 생각했지. 우리를 그런 식으로 취급한 데 대한 죄책감이나 그런 거 때문에 말이야."

샘은 그 굴욕감을 기억하고 있었다. 그는 필요한 서류를 작성하고 자신의 계획과 목표를 설명하는 소개서를 써서 제출했다. 하지만 답장은 돌아오지 않았다. 그 장학금은 가정 형편을 기준으로 주는 지원금이었고, 드루는 샘이 얼마나 어려운 형편인지 누구보다도 잘 알고 있었다.

"어쨌든 연락은 오지 않았는데, 그건 괜찮았어. 그런데 갑자기 어디선가 주드가 나타나더니 텍사스대에 오고 싶다는 거야."

샘은 페니가 다가오는 것을 느꼈다.

"주드를 왜 그렇게 여러 번 바람 맞혔어?"

"좋은 질문이네."

"주드 가족에 대한 분노 때문에 주드에게도 불똥이 튈 수밖에 없었겠지?"

"그럴 리는 없어."

샘은 대답하는 순간 거짓말이라는 것을 알았다. 주드의 아버지와 할아버지에 대한 감정을 완전히 분리할 방법은 없었다. 사실 샘은 그들을 아예 만나지 않았더라면 좋았을 것으로 생각했다. 그들뿐만 아니라 그들이 준 쓸모없는 선물도. 한번은 샘이 끊겨버린 가스를 다시 들어오게 하려고 랭 씨가 사준 DVD 플레이어를 전당포에 맡기려고 했다. 하지만 브랜디 로즈는 그의 얼굴을 때리고 절도로 경찰에 신고하겠다고 협박했다.

브랜디 로즈가 무너지면서 샘은 성장해야만 했다. 빠르게. 주드가 아니었다면, 그리고 그녀가 끊임없이 우정을 간청하지 않았다면 잊기가 더 쉬웠을 것이다. 그녀는 샘이 감정을 정리할 기회도 얻기 전에 샘의 삶에 명랑하게 침입했다. 하지만 샘은 주드에게 어떤 것도 분명히 표현한 적이 없었다. 주드가 알아낼 방법은 전혀 없었다.

"주드가 여기 오는 게 이상하게 느껴진다고 말했어야 했어. 하지만 그것 때문에 유난을 떠는 건 어리석은 일 같았어. 그렇다고 내가 주드를 좋아하지 않는 건 아니야. 우린 친구야."

"적어도 마음 한구석에는 원한이 있는 거잖아."

사실이었다. 주드가 나타났을 때 샘은 본능적으로 물러났다.

"약삭빠르게."

그가 고백하듯 말했다. 그는 페니를 보려고 고개를 기울였다. 그녀의 눈에서 반짝이는 것을 알아볼 수 있을 만큼 적당한 빛이 창문을 통해 들어왔다. 페니가 눈을 깜빡였다. 샘은 숨을 참았다.

그녀에게 이렇게 얘기하는 것은 문자 메시지와 비슷했다. 다만 지금은 둘 사이의 친밀감이 꿈결같이 느껴졌다. 그의 심장은 미친 듯이 요동치고 있었다.

"그래도 넌 내가 만난 사람 중 최고야. 그리고 내가 가장 좋아하는 사람이지."

"내겐 그런 사람이 너야."

페니는 가까이 다가가 그를 껴안았다. 샘은 지금이라는 것을 알았다. 그녀에게 키스할 기회가 한 번이라도 있다면 바로 지금이었다.

끔찍한 밤을 보냈어도. 우정에 대한 협정을 맺었어도. 샘은 그녀가 가장 좋아하는 사람이었다. 글쓰기 수업에서 만난 그 녀석도, 멍청한 전 남자 친구도 아니었다. 샘이 아닌 다른 사람은 없었다. 페니는 그의 가슴에 얼굴을 대고 한숨을 내쉬었다. 몸을 옆으로 돌리고 몸을 조금만 구부리면 그의 입이 페니의 입에 가까워질 것을 알았다. 샘은 페니의 머리가 무거워지는 것을 느꼈다. 그녀의 호흡이 느려졌다. 고양이가 발로 비스킷 반죽을 하듯 그녀의 한쪽 발이 매트리스 위에서 작은 원을 그리더니 움직이지 않았다. 그녀는 기절하듯 잠들었다. 샘은 한밤중에 발기하는 것과 같은 끔찍한 일이 일어나지 않도록 조심스럽게 살그머니 허리를 움직여 그녀에게서 조금 떨어졌다. 그는 페니의 숨소리에 귀를 기울였다. 얼마 지나지 않아 그도 곯아떨어졌다.

샘은 쓰레기 트럭 소리를 먼저 들었다. 어느 날 아침에는 청소부들이 쓰레기통을 서로에게 던지는 듯한 소리도 들렸다. 눈을 떴을 때는 페니가 그를 쳐다보고 있었다.

샘은 아침 입냄새를 최대한 가리기 위해 손등으로 입을 가렸다.

"지금 몇 시야?"

"5시."

그녀가 대답했다. 페니의 입에서 수상하게도 치약 냄새가 났다.

"이 닦았어?"

그녀는 고개를 끄덕였다.

"칫솔을 가져왔어?"

그녀는 고개를 저었다.

"내 칫솔을 썼다고?"

"맞아."

페니가 말했다. 그러니까 평소에 인간의 접촉을 혐오하고 포옹을 꺼리던 여자가 다른 사람의 칫솔을 허락 없이 사용하는 것은 마다하지 않았다. 개인적 영역에 대한 이런 일관성 없는 태도라니!

샘은 일어나서 화장실로 갔다. 그는 칫솔을 확인했다. 정말 젖어 있었다. 샘은 이를 닦고 세수하고 머리를 물로 헹궜다. 그는 거울에 비친 자신의 모습을 봤다. 이른 아침, 그는 일주일 내내 술을 진탕 마신 마약 중독자처럼 보였다. 눈 밑이 부어 있었다. 부었지만 앙상했다. 샘은 셔츠를 들어 올렸다. 그렇지, 여전히 병약해 보여. 그는 어깨를 으쓱하며 소변을 봤다.

그는 좀 더 건장해 보이려고 화장실에서 조용히 팔굽혀펴기를 할까 생각했지만 마음을 바꿨다. 대신 스쿼트를 두 번 하고 각 자세를 3초 정도 유지했다.

그가 돌아왔을 때 페니는 천장을 쳐다보고 있었다.

"빗자루를 들고 이걸 긁어내고 싶지 않아?"

그녀는 고개를 들어 팝콘이 붙은 것 같은 천장을 가리켰다.

"가끔은."

"환공포증이 뭔지 알아?"

"아니."

"규칙적이든 불규칙적이든 구멍이나 원형 무늬에 혐오감이나 두려움을 느끼는 상태를 말하거든. 나도 그래. 이 방 천장이 무서워. 이런 증상이 있는 것 같으면 이미지 검색은 하지 마. 너무 역겹거든."

"혹시 풀리지 않는 매듭이라는 게 뭔지 알아?"

그는 로렌과의 마지막 대화를 떠올리며 물었다.

"세 잎 매듭 말하는 거야?"

"아니, 신화에 나오는 거."

"고르디우스 매듭. 알렉산더 대왕이 칼로 잘라야 했던 매듭?"

"나도 몰라."

"왜 물어보는 건데?"

그는 그녀에게 바보 같은 미소를 지었다.

"나도 모르겠어."

"몇 시까지 출근해야 해?"

"아래층에 말이야?"

그녀는 고개를 끄덕였다.

"한 시간 정도 남았어."

그는 거짓말했다. 오늘은 빵을 사다 놔야 할 것이다.

"그래, 좋아. 그럼 아직 여기 있어도 되겠네."

그녀는 침대로 돌아가 이불을 끌어 올렸다.

"있잖아, 압박 매듭도 풀기 어려워. 특히 한 번 조이고 나면 말이야."

샘은 이번에는 맨투맨을 벗고 티셔츠만 입은 채 그녀와 함께 다시 침대로 올라갔다.

그녀는 모로 누워서 그를 뚫어져라 바라봤다.

"저 천장 못 견디겠어."

그녀가 설명했다. 샘은 웃었다. 어차피 그는 그녀를 더 잘 볼 수 있어서 좋았다. 페니가 물었다.

"내가 너의 어떤 점을 사랑하는지 알아?"

"내 어마어마한 근육과 햇볕에 그을린 구릿빛 피부?"

"맞아. 내가 두 번째로 좋아하는 점은……."

샘은 페니가 '사랑하는'을 '좋아하는'으로 바꾼 것을 알아챘다.

"너의 뇌가 나만큼이나 빠르게 돌아간다는 거야."

"그러니까 기본적으로 내가 너에게 너 자신을 생각나게 해서 좋다는 거구나."

그가 말했다. 둘 다 웃음을 터뜨렸다.

"바로 그거야."

"좋아."

"아니." 그녀가 다시 말했다. "사람들은 대부분 내가 도대체 무슨 말을 하는지 전혀 알지 못해. 전혀. 나도 이유는 정확히 모르겠어."

"넌 에필로그로 얘기를 시작하잖아. 게다가 네 질문은 하나같이 지금 얘기하는 것과는 아무 관련이 없고."

"네 질문도 그래."

샘이 웃었다.

"하지만 넌 항상 내가 무슨 말을 하는지 알더라. 우리가 만난 그 날부터 알았지. 심지어 추론에 필요한 강조나 뉘앙스, 어조가 없는 문자 메시지로도 말이야. 넌 언제나 내 말을 잘 이해해 줬어."

그녀는 이렇게 말하며, 그의 팔을 때렸다. 장난스럽지만 꽤 묵직한 한 방이었다. 샘은 그런 행동을 어떻게 해석해야 할지 몰랐다.

"스스로 삼인칭으로 부르지 않아서 다행이야. '넌 페니의 말을 잘 이해해'처럼 말이야. 그랬으면 정말 오글거렸을 거야. 만약 내가 그렇게 했다면……."

그가 말하는 사이에 페니는 그의 입술에 바로 키스했다.

샘은 미처 눈을 감을 시간이 없었기 때문에 그녀도 눈을 감지 않은 것을 볼 수 있었다.

샘은 잠시 그녀를 응시했다. 그리고 키스했다.

P

페니

샘과 키스하는 것은 바비나 마크와 키스하는 것과는 전혀 달랐다. 심지어 비슷하지도 않았다. 샘과 비교하면 바비와 마크에게 하는 키스는 자기 팔에 얼굴을 갖다 대는 것과 같았다. 맙소사. 바로 이거, 이거, 이거였다. 샘과 키스할 때는 마치 눈을 감았다가 떠보니 우주에 와 있는 것과 같았다. 샘과의 키스는 우주였다. 마치 인터넷 같았다. 기적이었다. 가장 놀라운 부분은 뇌가 정지하고 백색 소음만 남을 때까지 키스에 몸을 맡기는 동안 혀의 움직임이나 샘과 닿는 다른 부분의 위치에 집착하지 않았다는 점이다.

페니는 손 아래로 샘의 턱 윤곽을 느꼈고 그것을 만지지 않고 그렇게 오래 지내왔다는 사실을 믿을 수 없었다. 샘은 그녀 위로 몸을 굴렸지만, 그녀의 몸을 짓누르지 않으려고 조심했다. 그는 잠시 멈춰 있었다. 오, 세상에, 그는 너무나 잘생겼다. 그런 그를 바라보고 있다는 것 자체가 믿기지 않았다. 그의 눈은 무척 아름다워서 감탄이 나왔다. 그는 그녀에게 급하게 다시 키스했다. 그녀는 그의 허리를 두 손으로 감쌌다. 샘은 놀라울 정도로 날씬했다. 그처럼 호리호리한 체형은 새롭게 다가왔다. 그의 피부는 따뜻했고, 그의 체구를 이루는 섭리에는 정제된 세련미가 느껴졌다. 그의 복부는 매끈했다. 페니는 자기 몸 옆구리는 어떤 느낌인지 손가락으로 따라가며 확인하고 싶었다. 그녀는 자기 옆구리 살이 그보다 더 많다고 생각돼 불안했다. 하지만 샘의 손이 허리로 올라갔을 때 페니는 전율했다. 그와 이렇게 가까이 있는 것이 너무 좋았다. 샘은 옆으로 몸을 돌려 다리로 페니의 다리를 감싸고 그녀를 더 깊숙이 끌어당겼다. 샘이 시작되는 곳과 페니가 끝나는 곳은 다르지 않았다. 그러다 샘이 페니의 셔츠 아래로 손을 넣자 그녀는 긴장했다. 그녀는 브래지어를 하지 않았다.

샘은 페니가 망설이는 것을 알아차리고 방향을 바꿨다. 그는 페니에게 부드럽게 키스하고 손을 그녀의 앞쪽에서 등 쪽으로 가져갔다. 페니는 사람들이 거의 넘어질 뻔하다가 아닌 척하고 달려가기 시작하는 순간을 떠올렸다.

페니는 숨을 고르기 위해 뒤로 물러났다. 샘의 머리카락이 얼굴에 떨어지고 입술은 약간 부풀어 있었다.

“와우.”

그는 속삭이듯 내뱉으며 몸을 눕혔다. 페니는 다음에 무슨 일이 일어날지 궁금했다. 그는 이불 아래로 손을 뻗어 그녀의 손을 잡았다.

"그래서……."

그가 말했다. 페니는 엎드려서 그를 바라보며 그의 옆모습에 감탄했다. 그의 코는 우아했다. 그녀는 그의 몸을 탐험하고 그를 확인하고 싶었다. 그를 배우고, 그를 기억하고 싶었다. 그래야 그가 더는 그곳에 없을 때 무엇을 그리워할지 알 수 있을 테니까. 샘은 가슴이 찢어질 것처럼, 잊을 수 없을 정도로 아름다웠다. 그런 느낌이 그녀의 마음을 아프게 했다. 이대로 잘 될 리가 없을 것 같았다.

"가야겠어."

그녀가 말했다. 페니는 자신이 왜 그런 말을 했는지 몰랐다. 그 말을 되돌리고 싶었지만, 어떤 말들은 그게 문제였다. 그런 말들은 마법을 깨뜨렸다. 페니는 샘의 얼굴에서 어떤 의미를 읽어보려 했지만 계속 쳐다보기가 너무 부끄러웠다. 그녀는 그가 자기 마음속에 무슨 일이 일어나고 있는지 문자 메시지로 보내주기를 바랐다. 이 상황이 어떤 식으로든 이해할 만한 일이라고 말해 주기를 바랐다.

샘은 자리에서 일어나 얼굴을 찡그리더니 고개를 끄덕였다.

"너 뭐 하는 거야?"

페니가 기숙사에 도착하자 주드는 침대에서 뛰쳐나와 페니에게 달려왔다. 그녀는 페니의 어깨를 꽉 잡았다.

"도대체 어디 갔었어?"

주드가 목소리를 높였다. 페니는 그녀를 빤히 봤다. 자신이 없는 동안 룸메이트의 분노가 더 커진 것 같아 혼란스러웠다.

"난 네가 죽은 줄 알았어. 문자도 보내고 전화도 했잖아."

주드의 금발은 옆으로 질끈 묶여 있었고, 어제 바른 마스카라도 그대로였다.

페니는 뒷주머니에서 핸드폰을 꺼내 힘없이 들어 올렸다.

"꺼졌어."

그녀는 어떤 단서라도 있는지 주드의 얼굴을 살펴봤다. 친구는 제정신이 아닌 듯 보였지만 꼭 화난 표정은 아니었다.

"네가 날 싫어하는 줄 알았는데."

"넌 바보야."

주드가 얼굴을 찌푸리며 말했다.

"당연히 널 미워해. 너한테 화났어. 네가 엄마 집에 간 줄 알았는데 네 노트북과 충전기가 여기 있더라."

주드가 페니의 책상으로 걸어가서 가리켰다.

"그러다 여기 네 작은 가방과 배낭을 보고 그때부터 정신이 나가기 시작했어."

주드는 몸을 돌려 베개에서 핸드폰을 집어 들었다.

"봐. 여섯 번이나 전화했잖아."

그녀가 페니에게 발신 전화 화면을 보여주며 말했다. 페니는 어지러워서 침대에 앉았다.

"주드, 잠은 좀 잤어?"

"못 잤다, 이 바보야."

"맬러리가 어떤 남자를 데려와서, 나는 새벽 1시에 돌아왔는데, 네가 없더라. 그건 괜찮았어. 그런데 그 후 한 시 반에 문자 보내고 세 시에도 다시 보냈는데, 네가 여전히 돌아오지 않아서 잘 수가 없었어. 맙소사 페니, 도대체 어떻게 된거야?"

페니는 주드에게 다가가 세게 안아줬다.

"놀랐잖아."

주드가 부드럽게 말했다. 페니는 그녀를 더 꽉 껴안았다. 사람들은 항상 페니를 놀라게 했다. 엄마도 그렇고 샘도 마찬가지였다. 그건 페니가 그들을 사랑한다는 뜻이었다.

"정말 바보 같은 일이 일어났어."

페니가 말했다. 그들은 주드의 침대에 누워 있었다.

"엄마가 과다 복용을 했어."

주드는 겁에 질린 채 페니를 바라봤다.

"이런, 젠장! 뭐라고?"

"아니, 아니, 아니."

페니가 다시 고쳐 말했다.

"엄마는 괜찮으셔. 진짜 너무 바보 같은 일이야. 셀레스트는 생일 저녁 식사에서 마리화나 브라우니를 과다 복용하고 정신이 나가서 병원에 가야 했던 거야."

주드는 침묵에 빠졌다가 웃음을 터뜨리고 말았다. 페니도 웃을 수밖에 없었다.

"방금 돌아왔어."

그녀는 샘의 하우스에서 하룻밤을 보내고 아침에 샘과 키스하고 바보처럼 뛰쳐나왔다는 부분은 건너뛰었다.

"어머니는 어떠셔? 가엾은 셀레스트."

"괜찮아."

그녀가 말했다.

"시골뜨기 남자 친구도 만났어. 잘생기고, 엄마보다 어리고, 정신 나간 루체스 카우보이 부츠를 신고 있었어."

주드가 웃었다.

"정말 텍사스답네. 어머니는 어떠신 것 같았어?"

"만나진 않았어."

"페니."

주드가 그녀를 툭 건드렸다.

"부탁 하나만 들어줄래? 이번 이야기는 네가 평소 하던 것과 반대로 말해줄 수 있을까? 처음부터 시작해서 하나도 빠뜨리지 말고 다 말해줘."

"아냐, 그게 다야. 셀레스트의 남자 친구가 전화해서 엄마가 병원에 있다고 했어. 네가 너무 화나 있는 상태였으니, 같이 가지 못할 것 같아서……."

그녀는 심호흡했다.

"샘에게 전화했어. 그래서 샘이 운전해 줬어."

"좋아, 샘 이야기는 나중에 하자. 어쨌든 나한테 전화했어야지. 엄마가 돌아가셨을지도 모르는 상황에서는 휴전이 필요한 거잖아. 아무리 너라도 그 정도는 알아야 해."

페니가 말을 이었다.

"어쨌든 나는 그곳에 가서 전형적인 셀레스트의 모습대로 엄마는 완전히 괜찮다는 걸 알게 됐어. 마흔 살 생일에 단지 애정에 굶주리고 엉망진창인 괴물이어서 병원에 가게 된 거야."

"에이, 엄마가 병원에 가고 싶어서 간 건 아니잖아."

"상관없어! 난 할 만큼 했어. 엄마가 죽지 않았다는 말을 듣자마자 나는 돌아서서 집으로 왔어."

주드는 깜짝 놀라서 입을 다물지 못했다.

"엄마랑 얘기 안 했어? 거기까지 차를 몰고 갔는데?"

페니는 고개를 끄덕였다.

"하지만 페니, 엄마 생일인데 엄마를 무시한 건 너야."

"이제 난 지긋지긋해."

페니가 두 손을 치켜들며 말했다.

"엄마 걱정은 그만할래. 셀레스트는 엄마잖아. 엄마를 돌보는데 지쳤고 엄마가 또 멍청한 일을 할지도 모른다는 생각에 편집증처럼 시달리기도 지쳤어."

오히려 셀레스트에게는 페니가 그녀를 만나려고 하지 않은 게 운이 좋은 것이었다. 페니였다면 목을 졸랐을 테니까.

"알았어. 정말 나쁜 일은 일어나지 않아서 다행이다. 누구나 실수하잖아. 우리도 그렇게 말할 수 있어."

주드는 그녀를 의미심장한 표정으로 봤다.

"엄마를 좀 봐준다고 해서 무슨 일이 생기진 않을 거라고."

하지만 어쩌면 무슨 일이 생길지도 몰랐다.

S

샘

샘은 밀가루를 계량했다. 그는 한동안 하만타센을 만들어본 적이 없었다. 브랜디 로즈가 가장 좋아하는 자두로 속을 채우는 하만타센을 만들고 있었다. 어머니를 만나러 가야 했다.

샘은 믹서를 저속으로 돌렸다. 그의 마음은 페니에게 가 있었다. 어두운 눈동자. 청바지 벨트 고리를 잡고 그를 더 가까이 잡아당겼던 손길. 그의 목에 닿은 그녀의 뜨거운 숨결.

'이런. 도대체 뭐였던 걸까?'

샘은 놀랍도록 부드러운 그녀의 피부를 떠올렸다. 그녀의 머리카락이 마치 물 위에 떠 있는 것처럼 그의 베개에 넓게 펼쳐졌던 모습도 생각났다.

하지만 그녀는 사라졌다.

샘은 그녀와 어디로 가야 할지, 어디까지 가야 할지 몰랐다. 페니가 마음을 바꿨을지도 몰랐다. 어쩌면 페니는 시도해 봤지만 자신이 실수를 저질렀다는 사실을 끔찍하게 깨닫고 그냥 친구로 지내는 편이 낫겠다고 결심했을지도 몰랐다.

겁이 많은 거라면, 그녀가 겪었던 일을 생각할 때 충분히 그럴 수 있었다. 하지만 그에게 먼저 키스한 것은 페니였다. 샘의 머릿속에는 자신에게 다가오던 페니의 입술과, 그의 입이 그녀의 어깨를 스쳤을 때 새어 나온 한숨이 되살아났다.

쿠키가 식은 후 샘은 어머니의 집으로 차를 몰았다. 그는 1964년 고속도로가 건설되기 전에 만들어진 트레일러 단지를 지나 포레스트 공원으로 좌회전했다. 그는 땀에 젖은 손을 바지에 문질렀다.

샘은 어머니가 집에 있으리란 것을 알았다. 브랜디 로즈는 사지를 공격하는 정체불명의 통증인 섬유근육통으로 인해 조기 퇴직하고 산재 연금을 받게 된 이후 오후 시간 대부분을 집에서 보냈다. 지금의 남자 친구인 오트리가 거의 매일 그녀를 돌봐줬다.

물론 오스틴에는 요즘 취향에 맞는 트레일러 파크도 몇 군데 있었다. 그런 곳의 귀여운 크롬 에어스트림 트레일러는 에어비앤비나 푸드 트럭으로 용도가 변경됐고, 칵테일값이 샘이 입은 바지만큼 비싼 아늑한 바도 있었다. 샘의 어머니가 사는 곳은 그와는 전혀 달랐다. 방은 외풍이 술술 통했고 이웃들은 시끄러웠다. 그들은 술을 마실 때면 더욱 심해졌다. 그런 일은 빈번했다.

샘은 진입로에서 브랜디 로즈의 차를 보고 초인종을 눌렀다. 오트리가 맞아주었다.

"샘!"

그는 샘의 등을 두드리며 말했다.

"자기야, 샘이야."

때때로 정비공으로 일하는 오트리는 윗도리는 속옷 차림에 카고 반바지를 입고 손에는 맥주를 든 평소 모습 그대로였다. 그의 팔다리는 가늘고 검게 그을렸지만, 배는 맥주를 채운 볼링공 같았다. 오트리는 단순하고 행복한 사람이었다. 하지만 브랜디 로즈와 함께 지내는 걸 보면 뭔가 문제가 있었던 게 분명했다.

샘은 그를 따라 거실로 들어갔다, 어머니는 늘 TV를 보는 자리에서 조금도 움직이지 않고 있었다. 브랜디 로즈는 화가 나 있었다. TV에 집중한 채 주변을 둘러보려는 시도조차 하지 않는 것으로 그녀의 감정이 드러났다. 그렇게 좁은 공간에서 누군가를 무시하려면 정말 큰 노력이 필요했다.

그녀는 담배를 피우며 긴 유리잔에 아이스티를 섞은 버번을 마시고 있었다. 샘은 어렸을 때 텐 하이 위스키를 숨기려고 애쓰던 브랜디 로즈가 떠올랐다. 적어도 그가 피자를 데우다가 플라스틱 병들이 부분적으로 녹아버리기 전까지는 그랬다. 브랜디는 병을 집안 곳곳에 숨겨뒀는데, 숨겨둔 장소 중 하나가 바로 오븐 아래 넓은 서랍이었다. 이 사건으로 인해 샘이 소파 쿠션 사이에서 발견한 마지막 잔돈으로 산 냉동 피자가 엉망이 됐다. 샘은 어머니가 볼 수 있도록 울퉁불퉁하고 시커멓게 변한 병을 싱크대에 그대로 뒀다. 어머니가 부끄러워하기를 바랐기 때문이었다. 그 후 브랜디 로즈는 대놓고 술을 마시기 시작했다. 망사 문이 덜컹 열렸다 닫히면서 오트리가 또다시 산책 나갔음을 알렸다. 그는 정기적으로 산책하기를 좋아했다. 이웃 사람들 말로는 어느 날 아침 화장지를 사러 나갔다가 돌아오지 않는 패커 씨의 부인을 자주 돌봐주느라, 그는 멀리까지 돌아다니지는 않는다고 했다.

"안녕, 엄마."

샘이 말했다. 그녀는 인덕션 스토브 작동 시연에 시선을 고정했다. 15분 안에 닭 한 마리, 그것도 냉동 닭을 통째로 요리할 수 있었다.

골동품 무선 전화기는 엄마의 베이지색 가운 주머니에 들어 있었다. 소름이 끼쳤다. 마치 어린이 TV쇼에 나오는 슬라임처럼 누군가 머리에 송진을 붓고 그녀를 호박 화석처럼 보존해 놓은 것 같았다. 샘이 떠난 후 아무것도 변한 게 없었다. 그녀의 인생에서 아들을 쫓아냈다고 해서 브랜디 로즈에게 달라진 것은 조금도 없었다.

샘은 겨드랑이에 흐르는 땀을 느꼈다. 그는 우울하지 않은 무언가를 보려고 노력했다. 뚱뚱한 엘비스의 옆얼굴을 닮은 카펫의 짙은 갈색 얼룩 같은 것. 아니면 어머니 발밑에 쌓여 있는 쇼핑 카탈로그 더미. 그는 천천히 숨을 들이마셨다. 그는 어머니에 관한 영화를 만들고 싶다는 유혹을 느꼈다. 우울증과 중독, 그리고 그런 문제를 치료하지 않았을 때 생기는 폐해를 다룰 수 있을 것이다.

어머니를 촬영할 생각을 하니 이상하게도 마음이 차분해졌다.

슬프지만 차분하고 아득했다.

"내가 뭘 좀 만들어 왔어요."

그는 갓 구운 쿠키가 담긴 크리스마스 양철통을 어머니 무릎 위에 내려놨다. 금색과 흰색 순록이 그려진 깡통은 어머니가 어렸을 때부터 가지고 있던 것이었다. 그 후 샘이 마리화나를 넣는 통으로 사용했는데, 불에 탄 풀 냄새를 없애기 위해 두 번이나 씻어야 했다.

"자두예요. 엄마가 제일 좋아하는 맛."

"집을 팔아야 할 뻔했던 거 너도 알지."

브랜디 로즈는 마침내 화면에서 시선을 돌리며 말했다. 샘은 아주 어렸을 때 TV 광고에 따라 어머니의 입이 움직이곤 했던 기억이 났다.

"나와 오트리는 네가 그렇게 우스꽝스러운 짓을 벌인 바람에 노숙자가 될 뻔했어."

그가 한 우스운 일은 어머니가 그의 이름으로 개설한 신용카드에 사기 방지 기능을 요청한 것이었다. 샘은 그 청구서를 기억했다. 그의 어머니는 진짜 다이아몬드로 만든 노화 방지 얼굴 마스크에 400달러를 썼다. 비유적인 것이 아니라, 글자 그대로 다이아몬드였다.

브랜디 로즈는 마침내 아들을 바라봤다. 그녀의 눈은 죽어 있었다. 퀭했다. 그녀의 머리는 한때 검은색이었지만, 나이가 들면서 구릿빛이 도는 주황색으로 염색했다. 샘은 그것이 그녀의 그을린 피부와 거의 똑같은 색이라는 것을 깨달았다. 그녀의 뺨은 너무 처져서 복화술사의 모형처럼 턱과 입에 경첩이 달린 듯 보였다. 그녀의 얇은 입술은 마치 벌레를 삼킨 것처럼 역겨워 보여서 눈살을 찌푸리게 했다.

"선택의 여지가 없었어요."

샘이 말했다. 그의 신용 상태가 엉망이라는 것을 설명하려고 노력할 필요가 없었다. 현재 상태로는 어차피 임대 계약이나 학자금 대출을 받는 것이 거의 불가능했다.

"이기적이야. 밖은 춥고 살 집이 없는데 쿠키가 무슨 소용이니?"

브랜디 로즈가 다시 TV를 응시하며 비난했다. 샘은 바퀴 달린 거주지는 제대로 된 집이라고 할 수 없으며, 겨울이라면 텍사스보다 훨씬 더 추운 곳도 있다고 말하려고 했다.

"오트리와 나눠 드세요. 쿠키는 오트리가 잘 알아요."

엄마는 다른 말은 하지 않았다. 샘은 표면은 뜨겁지 않고 내부에서는 아이들을 위해 말린 과일 조각을 만들 수 있는 매직 스토브에 관심을 돌렸다. 지금 구입하면 트레일러에서도 사용할 수 있게 두 번째 스토브를 반값에 구입할 수 있었다. 샘은 손을 뻗어 엄마의 어깨에 가볍게 손을 얹고 싶은 마음이 간절했다. 그는 푹신한 가운이 손바닥에 닿는 온기와 익숙함을 정확히 알고 있었다. 하지만 어머니가 몸을 움츠리거나 뒤로 빼면 큰 충격을 받을 것도 알고 있었다.

"좋아요."

샘은 밝은 목소리로 브랜디 로즈의 머리에 키스했다.

"만나서 반가웠어요, 엄마. 휴일 즐겁게 보내세요."

샘은 추수감사절이 일주일 앞으로 다가왔다는 사실이 믿기지 않았다.

싱크대에는 여느 때처럼 설거짓거리가 놓여 있었다. 샘은 설거지를 하고 정리한 다음 엄마를 위해 영양가 있는 음식을 준비할까도 생각했다. 하지만 그런다고 해서 죄책감이나 어머니의 분노를 바꿀 수는 없었다. 샘은 그들을 그 상황에서 벗어나게 할 수 있다고 생각한 적이 있었다. 남자답게 행동하고, 어머니를 구하고, 어머니와 함께 괜찮은 곳으로 이사할 수 있을 거라고. 하지만 트레일러에서 그녀를 구할 수 있다고 해도, TV 앞에서 연속으로 몇 시간을 보내는 사람을 괴롭히는 극심한 두통과 오직 그것만을 하려는 강박에 대해 그가 할 수 있는 일은 아무것도 없었다.

"사랑해요."

샘이 설거지통을 향해 속삭였다. 그리고 그는 떠났다.

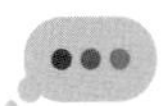

샘이 하우스로 돌아왔을 때 주드는 발코니 그네에서 그를 기다리고 있었다.

"안녕!"

그가 명랑하게 말했다.

"안녕."

"미안해."

"그런 것 같네."

주드는 긴 다리를 앞으로 쭉 뻗어 그네가 뒤로 얼마나 멀리까지 가는지 시험해 봤다.

"꼴이 형편없는데."

"엄마 보러 갔었어."

그가 옆자리에 앉으며 말했다.

"그래서 다음 일은 이걸 피우는 거야."

그가 담배를 집어 들었다.

"와, 그 정도야?"

샘은 한숨을 쉬었다.

"어머니에게 프레이저의 손녀가 안부 전한다고 말했어?"

주드가 그의 갈비뼈를 쿡 찌르며 물었다.

"프레이저가 누구야?"

샘은 멋쩍게 웃으며 담배에 불을 붙이고 나서야 이해했다.

"나는 랭 씨로만 알고 있었거든."

"와우."

주드가 속삭였다.

"이상하네. 좋아, 내가 결론을 내렸어."

"흥미진진하게 들리네."

"화내지 않겠다고 약속해?"

주드는 그를 곁눈질했다.

"아니."

주드가 웃었다.

"페니를 사랑해?"

"그게 어떻게 결론이야? 그건 질문이잖아."

그녀는 눈을 굴렸다.

"페니는 샘을 사랑한다고 했어."

"아니, 그럴 리 없어."

"좋아, 정확히 그렇게 말하진 않았지만 그렇게밖에 설명이 안 돼. 페니는 샘을 사랑해."

"그만해. 페니가 수수께끼 같은 거 알잖아. 페니가 엄청나게 흥분했을 때 얼마나 화난 표정을 짓는지 본 적 있어?"

주드가 웃었다.

"아니면 정말 화가 나서 울기 시작할 때? 고전적이지."

샘은 페니가 우는 모습을 마지막으로 본 것이 언제였는지 기억했다. 그때 그는 그녀를 거품 속에 넣고 그녀 주변의 모든 것을 날려버리고 싶은 기분이었다.

"페니의 핸드폰에서 본 게 샘이었구나."

샘은 고개를 끄덕였다.

"왜 나한테 말하지 않았어?"

그는 한숨을 쉬었다. 그러고는 팔뚝에 있는 문신, 말의 머리를 천으로 반쯤 가린 문신을 향해 눈을 내렸다. 예전에는 야생마가 주변 사물에 놀라지 않도록 천으로 눈을 가리고 훈련했다. 동물들은 기수의 명령에 복종하고 항복해야 했다.

샘은 지난 한 달 동안 일어난 모든 일을 곰곰이 생각했다. 로렌. 페니. 로렌은 그가 가난하다는 건 모두가 안다고 말했다. 그리고 페니는 아무도 그가 제대로 잘 사는 어른이라고 생각하지 않는다고 말했다. 숨기는 것은 문제를 해결하는 방법이 아니었다. 그것은 환상이었다. 그는 그것을 멈춰야 했다.

"너한테 말했어야 했어. 미안해. 그때 나는 감당할 일이 너무 많았어. 네가 여기 나타났을 때 너무 버거웠어."

"나한테 말했어야지."

"맞아, 하지만 어렸을 때 잠깐 친척이었고 몇 번 같이 시간을 보내야 했다는 이유만으로 내 사생활을 자세하게 말할 수는 없었어."

샘은 담배를 끄고 그녀를 바라봤다.

"난 사람들에게 마음을 여는 데 시간이 더 오래 걸리거든."

주드는 다시 고개를 끄덕였지만, 이번에는 눈물이 고여 있었다. 눈을 깜빡일 때마다 굵은 눈물방울이 뺨을 타고 턱으로 떨어졌다.

"주드."

"나한테 화난 것처럼 보였어."

"화 안 났어. 제발 울지 마."

주드는 고개를 끄덕이다가 눈물을 흘리면서도 미소를 지었다.

"내 상담 선생님이 내가 항상 모든 사람이 나에게 화를 낸다고 생각한다고 그랬어. 양육 방식과 자기중심성이 절반씩 원인이래."

샘은 웃었다.

그들은 말없이 그네를 흔들었다.

"있잖아. 나는 또 눈치가 빠르거든. 이제야 두 사람이 왜 그런 행동을 했는지 이해가 되네. 그건 그렇고 둘 다 무제한 문자가 있어서 정말 운이 좋은 거야. 페니는 핸드폰 없이는 소변도 볼 수 없다는 거 알아? 화장실 안에서 웃는 소리가 들렸어."

그러더니 주드가 웃었다.

"뉴스 속보입니다. 당신과 시시덕거리는 동안 여자 친구가 볼일을 보고 있었을 수도 있습니다."

샘은 즉시 페니가 대변을 본다는 생각 자체를 지워버렸다.

"페니는 여자 친구가 아니야."

샘이 말했다. 그의 목소리가 '친구'에서 갈라지자 둘은 소리 내 웃었다. 주드는 손등으로 샘의 팔을 때렸다.

"그게 이해가 안 돼. 둘 다 친구 사이라고는 하지만 나한테 숨긴 걸 보면 우정 그 이상이라는 걸 알 수 있어. 진지하게, 남성과 여성의 역사에서 이성애자 둘이 그렇게 서로에게 빠져 있는데, 친구 사이인 경우는 없단 말이야. 게다가 둘은 옷도 쌍둥이처럼 입잖아."

"페니는 힘든 시기에 나를 도와줬어. 나랑 전 여친이 말도 안 되는 임신 공포를 겪었거든."

"이런, MzLolaXO?"

주드가 속삭였다.

"이름은 로렌이야!"

"뭐든 간에, 알았어. 하지만 지금은 임신이 아니야?"

그가 고개를 끄덕였다.

"임신한 줄 알았는데 사실이 아니었어. 엄밀히 말하면 임신한 거지. 좀 복잡해. 난 내가 사랑에 빠졌다고 생각했고 필사적으로 함께하고 싶었어. 그래서 행복과 공포가 동시에 뒤섞인 완전히 미친 조합을 경험하게 됐지."

"워어."

주드가 말했다. 그리고 잠시 후 덧붙였다.

"담배 한 대 피워도 될까?"

"절대 안 돼."

"알았어."

"이 얘기에서 가장 제정신이 아닌 부분을 알려줄까?"

그녀는 고개를 끄덕였다.

"내 마음 한편으로는 로렌이 나랑 같이 묶여버린 게 정말 기뻤어."

"으으. 덫을 놓은 것처럼?"

그렇게 표현하니 너무 추했다.

"내가 통제할 방법을 찾느라 정신이 나가 있었어. 공황 발작이 있었는데, 난 심장 발작인 줄 알았어. 미쳐버릴 것 같았고 무서웠어. 그리고 얘기할 사람도 없었어. 그래서 페니랑 친구가 된 거야. 내가 딱 죽어가고 있다고 생각할 때 페니가 식스 스트리트에서 날 발견했어. 그리고 응급실에 데려갔지. 네가 그때 페니를 봤어야 하는데. 페니는 나 때문에 무서워서 정말 신경을 곤두세웠어. 무슨 관상 동맥에 관한 통계를 계속 인용하면서 나한테 캐슈너트를 먹이고 오르차타를 마시게 하고."

주드는 콧소리를 내며 웃었다.

"딱 페니 맞는 것 같아."

"나는 다른 사람에게 말하지 않으면 현실에서는 가까워지지 않을 거라고 생각했어. 페니는 내 불안 후원자이자 비상 연락처가 돼줬고, 정말 완벽했어. 페니가 네게 말하지 않은 유일한 이유는 내가 말하지 말라고 부탁했기 때문이야. 네가 이 모든 걸 아는 게 싫었거든. 누구에게도 알리고 싶지 않았어."

"나도 꽤 괜찮은 불안 후원자가 될 수 있었을 거야. 나를 그렇게 자주 바람맞힐 필요는 없었어."

주드는 부드럽게 말했다.

"네 말이 맞아. 그건 정말 미안해."

"나도 몇 가지 일을 겪고 있어. 믿거나 말거나, 내가 항상 이렇게 애정을 갈구하진 않아. 부모님의 별거는 내게 큰 충격이었어.

샘이 우리 가족을 좋아하지 않는 건 알지만, 내가 얘기할 곳이 필요할 때 둘 다 기본적으로 내 말이 안 들리는 것처럼 굴어서 마음이 아팠어."

샘은 조카의 눈이 젖어 드는 것을 보았다. 주드는 너무 행복하고 뭐든 할 수 있을 것 같아 보여서, 그녀에게 도움이 필요할지도 모른다고는 생각하지 못했다.

샘은 주드의 어깨를 감쌌다.

"네 말이 맞아. 내가 네 얘기를 못 들었네."

주드는 훌쩍거렸다.

"나도 내 편이 필요해."

"물론이지."

그들은 앉아 있었다.

샘은 주드가 삐드렁니 아이였던 때를 기억했다. 자라온 환경을 생각하면 이렇게 다정하고 착하게 큰 것이 기적이었다. 주드가 말했다.

"아, 페니가 여기 있었으면 좋았을 텐데. 휴지가 필요해."

그들은 웃었다. 샘도 페니가 있었으면 좋겠다고 생각했다. 그러나 그는 그녀에게 무슨 말을 해야 할지 몰랐다. 주드는 앞으로 몸을 숙여 갈비뼈를 쿡 찔렀다.

"네가 진짜 어른인지 뭔지 그렇다는 건 알지만, 샘, 넌 그렇게 늙지 않았어. 너도 기본적으로 어린애잖아. 아직 멍청한 짓을 많이 할 수 있는 날들이 남았어."

그녀는 다리로 샘을 툭 건드렸다.

"근데 롤라와는 다 괜찮은 거야?"

"롤라는 괜찮아."

"샘을 사랑하는 페니는 어때?"

샘이 웃었다.

"그건 잘 모르겠어. 페니와 나는 친구야. 좋은 친구. 내가 이미 너무 많이 힘들게 했어. 귀가 찢어지도록 나와 로렌 얘기를 했거든. 페니는 나에 대해서 다 알아. 끔찍한 일들까지도. 그래서 나는 잘 모르겠어……."

샘은 키스에 대해 생각했다.

페니의 분홍색 매혹적인 입술은 현실에서 끝내줬다. 핸드폰 밖에서. 지구의 실제 삶의 공간에서. 그녀의 입술은 유리에 눌린 듯 아주 도톰했다. 그리고 그녀의 피부. 그리고 모든 것이 **옳지 않다고** 깨달은 듯 방을 급히 뛰쳐나갔던 그녀의 모습. 샘은 가슴이 조여오는 것을 느꼈다. 주드가 말했다.

"아무도 아무것도 몰라. 하지만 페니가 다른 행성 사람 같은 건 알고 있지?"

샘은 고개를 끄덕였다.

"그럼 페니가 마음에 들면, 어디에서 페니와 같은 사람을 찾을 수 있겠어?"

P

페니

페니는 수업에 빠지지 않고 출석한 것만으로도 상을 받을 자격이 있다고 생각했다. 그녀는 멍한 상태로 J.A.의 수업에 앉아 있었다. 전날 새 원고를 보내지 않았다면 수업을 빼먹었을지도 몰랐다.

이것으로 다였다. 때가 됐다. 그리고 나는 준비됐다. 오늘 밤 내가 삶을 내려놓기를 거부할 때, 몰수의 시작, 즉 도태가 이뤄질 것이다. 준비를 위해 나는 어머니를 설득해 여기에서 나와 함께 지내기로 했다. 나흘 동안. 어머니는 그렇게 오래 머물러본 적이 없었고 나는 활력을 느낄 수 있었다. 우리는 완벽하게 얽혀 있었다. 하지만 그녀는 나와 내 행동에 대해 걱정했다. 우리가 가장 가깝게 느껴야 할 때, 그녀의 아니마인 내가 그녀에게 등을 돌린 것처럼 보이는지 걱정했다. 그녀가 여기 아닌 곳에 있기 위해 떠났을 때 나는 그녀가 돌아올 것이라고 확신했다. 이제 나는 내 의지대로 게임을 진행할 수 있었다. 그녀를 기다리거나 그녀가 하는 일에 신경 쓸 필요가

없었다.

아니마들은 절대 잘못 행동하지 않았다. 간혹 교활하고 장난을 치거나 불복종하는 경우도 있었지만, 게임 세계에서는 명백한 반란이 일어나지 않았다. 내가 존재하게 만들기 전까지는. 어머니는 내가 예측할 수 없는 행동을 할수록 나에게 더 헌신적으로 굴었다. 몰수 당일 아침 어머니는 동요했다. 산만하고 거의 일관성이 없었다. 그녀는 다른 책임과 의무에 대해 얘기했다. 우리가 용의 안식처를 타고 솔루도스로 떠나기 몇 시간 전에 그녀는 다시 떠났다. 그리고 다시 그녀는 돌아오겠다고 약속했다. 그리고 다시 한번 나는 그녀를 따라 빛과 목소리를 향해 갔다. 그곳은 아수라장이었다. 울부짖는 소리가 들렸다. 짐승 같은 울부짖음. 어머니가 울고 있었다. 또 다른 아기가 있었다. 여기 아닌 곳에서 그들이 '사랑'이라고 부르는 아니마였다. 그리고 사랑은 죽었다.

"드디어 우리는 일인칭에 도달했어요. 언제부터 아니마의 목소리로 이야기를 시작할지 궁금했어요."

J.A.가 펜으로 출력물을 두드리며 말했다. 그녀는 작은 사무실의 의자에서 일어나 천천히, 그리고 극적으로 조용하게 손뼉을 쳤다.

"힌트를 주실 수도 있었잖아요."

페니는 지쳐 있었다. 완전히 소진돼 녹초가 돼 있었다.

"이런. 교수들이 치트 키를 주진 않아요."

J.A.가 웃으며 말했다.

페니는 어기적어기적 기숙사로 돌아왔다. 조명이 너무 밝아서 에어컨이 나오는 시원한 강의실에서는 괜찮아 보였던 페니의 온몸이 끈적끈적한 막으로 덮여 있는 것처럼 보였다. 페니는 오후 실습을 건너뛸 수 있다는 생각에 들떠 있었다.

페니가 킨케이드에 도착했을 때 셀레스트는 로비에 앉아 페니를 기다리고 있었다. 선글라스와 모자, 반바지 차림에 혼자였다. 페니는 믿기지 않아 거의 울 뻔했다. 그녀는 1년 동안 잠만 자고 싶었다.

"안녕."

셀레스트가 떨면서 일어나 안경을 벗었다. 그녀의 눈은 빨갛게 충혈됐고 입은 이미 터질 듯한 울음으로 실룩거리고 있었다.

"세상에, 엄마. 그 상태에서 운전해도 되는 거예요?"

그녀는 차가운 분노가 익숙하게 밀려오는 것을 느꼈다. 페니는 그것이 걱정과 사랑에서 나오는 것임을 알았다. 하지만 페니는 분노에 차서 한 시간 동안 혼자 운전한 엄마와 그렇게 놔둔 간호사, 의사와 마이클을 마구 흔들고 싶었다. 이 여자는 언제쯤 존재만으로도 페니를 겁에 질리게 하는 일을 멈출까?

셀레스트는 딸을 만져도 될지 의심스러운 듯 망설이는 표정으로 페니를 바라봤고 페니의 결심은 허공으로 사라졌다. 페니의 가슴은 천 갈래 만 갈래 찢어지는 것 같았다.

"생일 축하해요, 엄마."

페니는 그녀를 껴안았다.

"사랑해."

셀레스트는 딸의 품에 안긴 채 목이 메어 대답했다.

"위층으로 올라가요."

페니가 말했다. 셀레스트는 훌쩍거리며 고개를 끄덕였다. 페니는 그녀를 엘리베이터로 안내했다.

"마이클이 어젯밤에 병원에 들렀다고 말해줬어."

방 안에 들어가자 셀레스트가 말했다.

"네."

"그건 그렇고 그 사람이 마이클이야."

"난 마이클이 있는 줄 몰랐어요."

페니는 어머니에게 작은 상비 가방 하나를 건넸다. 셀레스트는 고마워하며 고개를 끄덕이고 휴지를 꺼내 침대에 앉았다.

"네가 물어봤으면 알았겠지. 네가 날 보고 싶지 않다고 했다며."

눈물의 흐름이 빨라졌다. 페니가 초조하게 서성거리며 말했다.

"내가 저녁 식사에 갔었어야 했어요. 내가 옆에 있었다면 엄마와 엄마의 그 우스꽝스러운 친구들이 그런 짓을 하지 못하게 막을 수 있었을 텐데……."

페니는 고개를 세차게 흔들었다. 그녀는 자신의 엄마가 마리화나로 골치 아픈 일을 벌일 정도로 어리석다는 사실이 너무 놀라워서 받아들일 수 없었다. 창피할 정도로 어리석은 데다가, 나이 들었지만 무지했다.

셀레스트의 검은 눈동자가 딸의 얼굴을 살폈다.

"페니, 나한테 왜 그렇게 화가 나 있니?"

"엄마한테 화난 거 아니에요."

페니는 엄마 옆에 앉지 않으려고 책상 위에 걸터앉았다. 그 말이 입안에서 무겁고 이상하게 느껴졌다. 페니의 머릿속은 혼란스러웠다.

페니는 셀레스트가 잠든 사이 아래층에서 일어난 일에 대한 수치심과 혼란을 모두 털어놓으며 엄마에게 모든 것을 말하는 자신의 모습을 상상했다. 페니는 고통이 있어야 할 제자리, 즉 엄마에게 그 고통을 묻어두고 싶었다. 페니는 셀레스트의 얼굴이 충격이나 불신, 죄책감으로 일그러지는 것을 보고 싶었고, 생각이 정리되고 마지막으로 자기 잘못임을 깨달았을 때, 다시는 딸을 예전처럼 바라볼 수 없음을 깨달았을 때 변하는 눈빛을 보고 싶었다.

"왜 엄마는 맨날 무책임한 일을 저지르는 거예요?"

"뭐라고 해야 할지 모르겠네."

셀레스트가 한숨을 쉬었다.

"사람들은 실수해. 매번 너를 화나게 할지 눈치 보며 내 인생을 결정할 수는 없어."

"아, 그렇군요. 도대체 제 감정을 고려해서 결정을 내린 적이 있기는 해요?"

페니는 그저 전원이 차단되기를 바랐다.

"여기 왜 온 거예요?"

"네가 집에 안 오니까!"

그녀의 엄마는 결국 화를 내며 벌떡 일어났다.

"게다가 전화하면 무슨 큰일이라도 나는 건지 전화도 한 번을 안 하고. 나는 네가 한 시간 거리의 대학에 다니니까 가끔은 볼 줄 알았어."

"엄마."

페니가 끼어들었다.

"저 해야 할 과제가 있어요. 지금은 이럴 시간이 없어요."

"아니. 난 이야기 좀 해야겠다. 네가 자라는 동안 난 네가 날 미워하게 될 때가 올 줄 알았어. 엄마와 딸 사이에는 그런 일이 일어나니까. 지금이 바로 그 단계야."

"난 엄마 미워하지 않아요."

"하지만 미워하잖니. 언제 그렇게 됐는지 모르겠고, 내가 뭘 했는지도 모르겠어. 내가 아는 건 네가 날 그다지 좋아하지 않는다는 거야."

셀레스트의 목소리가 갈라졌다.

"우리가 다르다는 건 알아. 내가 하는 농담들에 넌 웃지 않지. 난 그림과 글자를 동시에 볼 수가 없어서 만화책을 보면 멀미가 나. 하지만 내가 네 인생의 골칫거리 취급당하는 데 이제 신물이

나는구나.”

셀레스트는 다시 자리에 앉았다.

“내가 이 돈을 다 댔어.”

그녀는 손짓으로 방을 가리켰다.

“네게 필요한 건 모두 가질 수 있게 열심히 일했어. 내가 항상 실수하는 거 알아. 우리 둘밖에 없으니까 화난다는 것도 알아. 나도 화가 나. 네 아빠가 날 떠나버린 것에 대해서는 어떻게 생각하든 상관없어. 하지만 그거 아니? 아빠가 너와 함께할 기회를 놓친 건 미친 짓이야. 넌 최고니까. 그렇다고 해서 그걸로 날 미워하지는 마.”

셀레스트는 이 주제에 대해 이렇게 많은 말을 한 적이 없었다. 페니의 뺨을 타고 눈물이 흘러내렸다. 셀레스트가 흐느끼며 말했다.

“나도 상황이 좋지 않은 건 알아. 하지만 내가 뭘 어쨌는지 뭘 어떻게 하면 좋을지 말해주지 않으면서 나에게 벌을 줄 수는 없어.”

페니는 엄마를 바라보며 마음이 냉정해지는 것을 느꼈다. 엄마를 보호하고 싶은 마음과 엄마에게 상처 주고 싶은 충동이 혼란스럽게 뒤섞였다. 페니는 머리가 지끈거렸다.

셀레스트는 손을 뻗어 딸의 손을 만졌다. 페니는 엄마가 손을 만지도록 가만히 있었고, 그녀의 분노도 누그러졌다. 마침내 셀레스트는 울기 시작했다.

“나로서는 최선을 다했어, 빌어먹을.”

"엄마의 딸이 된다는 게 얼마나 무서운 일인지 알아요?"

페니가 외쳤다.

"엄마가 집세를 낼 수 있을까. 낯선 사람에게 너무 친절하게 대하다가 살해당하는 건 아닐까. 난 어른이 돼야 했어요. 나 자신에다 엄마까지 돌봐야 했다고요. 항상 너무 버겁고 부담스러웠어요. 초등학생이 왜 궤양이 생겼을 것 같아요?"

"세상에, 아가."

셀레스트는 딸을 끌어안았다.

"페니, 그런 상황이 되니 어디까지가 내 문제고 어디까지가 네 문제에서 비롯된 건지 어느 순간부터는 잘 모르겠더구나."

셀레스트는 딸을 부드럽게 흔들며 토닥였다.

"넌 정말 진지한 애였어. 아주 똑똑하고 사려 깊고, 자기 머릿속에 너무 깊이 들어가 있는 애였지. 학교에 입학한 첫 주에 미술 선생님에게 네가 그림을 끝내지 못해 불안 발작을 일으켰다는 쪽지를 받았어. 나는 그래서 '아, 이 애는 마음을 가볍게 해야겠구나'라고 생각했어. 하지만 어떻게 해줘야 할지 방법을 몰랐어. 사실 네 엄마가 된다는 건 룸메이트가 새로 들어오는 것과 비슷해. 넌 아기 때부터 좋은 것과 싫은 것이 분명했고 뭘 하고 싶은지도 확실히 정해져 있었으니까. 대부분은 나와는 전혀 상관없이 정해졌고, 그건 내가 극복해야 했어."

"모든 사람이 현실을 무시하고 제멋대로 엉뚱하게 살 수만은 없어요.”

페니는 한탄하듯 말했다.

“내 머릿속에서 사는 건 어떤 건지 알아요? 내가 얼마나 많은 걱정을 이고 지내는지 알아요? 우리가 죽지 않고 안전하게 살기 위해서 얼마나 많은 계산을 쉬지 않고 하고 있는지 알아요?”

“우린 아직 살아 있잖니, 알고 있지?”

셀레스트는 페니의 어깨를 힘주어 잡고 말했다.

“너는 지난 세월 동안 너의 그 놀라운 본능과 컴퓨터처럼 똑똑한 머리가 너를 살렸다고 생각하지. 하지만 너의 그 모든 능력이 다 발달하기 전에, 네가 아기이던 시절에는 내가 너를 무사히 지켜냈잖니? 알고 있지? 이건 협동 작업이야, 페니. 처음부터 내내 그랬단다.”

페니는 코가 찡하다가 뻥 뚫리는 것 같았다. 가슴 밑바닥에서부터 차곡차곡 쌓인 분노가 눈 밑까지 꽉 차올라 그녀를 압박하다가 마침내 펑 터져 나왔다. 이 대화가 끝나면, 그녀는 체액 과다 손실로 전해질 수치에 이상이 올 것이다.

“넌 기적 같은 과학의 산물이나 뭐 그런 게 아니야, 페니. 내 공도 좀 인정해 주렴.”

셀레스트가 그녀를 계속 보듬어 안고 다독였다.

“우릴 봐. 우린 괜찮잖아. 조금 엉망이긴 하지만 썩 괜찮아.”

화장이 다 번진 셀레스트는 한 폭의 수채화처럼 보였다. 페니는 엄마의 눈에서 자신의 심장박동을 느낄 수 있었다. 페니는 신음했다.

"아니에요, 우린 안 괜찮아요. 내겐 엄마 말고는 아무도 없어요."

셀레스트는 한숨을 쉬었다.

"그게 네가 제일 좋아하는 불평이구나. 넌 아주아주 어렸을 때도 친구가 없다고 징징대곤 했었지."

셀레스트는 그녀를 부드럽게 흔들었다.

"하지만 너와 친구가 되고 싶어 하는 아이들을 너는 이런저런 이유로 실격시켜 버렸잖니. 앨리슨 스펙터 기억나니? 2학년 때 둘이 친구였는데, 어느 날 네가 앨리슨이 지루하다고 하더니 더는 친구로 지내지 않았어."

페니가 속삭이듯 말했다.

"네, 고통스러울 정도로 멍청했어요."

셀레스트는 웃었다.

"많은 사람이 있을 거야. 모두가 정확히 너와 똑같은 종류의 사람일 수는 없다는 걸 이해해야 해. 네가 내거는 수많은 조건을 완전히 충족해 주는 사람은 없을 거야."

페니는 한숨을 쉬었다. 셀레스트의 말이 옳았다. 그녀는 맬러리가 했던 말을 떠올렸다. 맬러리는 자신이 엄마에 대해 한 말을 엄마가 듣는다면 어떻게 느낄지 생각해 본다고 했다. 주드나 맬러리가 셋의 우정을 인정하지 않는다는 페니의 말을 들었다면 둘은 상처받았을 것이다. 샘도 마찬가지였다.

'으윽, 샘.'

"넌 특별한 피튜니아야. 그래도 괜찮아. 기준을 높게 가지는 건 좋은 거야. 하지만 네가 스스로에 대해서도 이런 기준을 세우고 있어서 내가 걱정하는 거야. 넌 자신에게 지나치게 가혹해. 분석하고 생각하고 계획하고 파악하다가는 네 삶을 살아갈 수가 없어. 그냥 자연스럽게 그대로 있어, 페니. 사람들을 밀어내지 마."

"내가 누군가를 밀어낸 것 같아요. 하지만 일부러 그런 건 아니었어요."

"잘생겼니?"

페니가 눈을 크게 떴다.

"엄마!"

셀레스트는 딸의 가슴을 툭 쳤다.

"그래서, 잘생겼어?"

페니가 웃었다.

"네, 엄마도 봤어요. 샘이요."

"카페에 있던?"

페니가 고개를 끄덕였다.

"가만히 있어봐. 그 문신 있는 남자?"

페니가 다시 고개를 끄덕였다.

"피임은 하니?"

"뭐라고요? 엄마. 우리 같이 자는 사이 아니에요. 내가 샘을 사랑해요."

"아이고, 다행이다. 페니, 샘은 그냥 남자애가 아냐. 정말 남자야."

"엄마, 진짜 그만해요."

페니가 말했다. 그들은 페니의 침대에 앉아 있었다. 그녀의 베개는 부드럽고 유혹적이었다. 셀레스트는 한숨을 쉬었다. 두 사람 모두에게 긴 밤이었다.

"엄마?"

"그래, 아가?"

페니는 심호흡했다.

"사랑에 빠졌는지 어떻게 알아요?"

페니는 엄마를 슬쩍 봤다. 그녀의 머릿속에서 '오호' 하는 소리가 들리고 눈에서는 무지갯빛 곰돌이 인형들이 쏟아져 나오는 것 같았다.

"그건, 으흠……."

엄마가 페니를 안은 팔에 힘을 더 주었다.

"내가 어떻게 아는지 아니?"

셀레스트가 잘하는 게 딱 하나 있다면 바로 그것이었다.

"그 사람이 실제로는 어떻게 생겼는지 기억나지 않는 거야. 그러면 내가 그 사람을 사랑한다는 걸 알게 돼. 잘생겼는지 못생겼는지, 다른 사람들이 귀엽다고 생각하는지 아닌지, 전혀 떠오르지 않아. 같이 있지 않을 때 그 사람을 생각하면 얼굴이 아니라 그냥 따뜻하고 좋은 감정이 커다란 구름처럼 둥실둥실 떠오르는 거지."

"으으. 그렇게 안다고요? 나는 무슨 자세한 목록 같은 게 있을 줄 알았어요."

엄마는 웃었다.

"목록 같은 걸로 되는 일이 아니란다. 부인할 수 없는 느낌에 가깝지. 따뜻하고 친숙하고 들뜨는 기분, 같이 있으면서도 벌써 그리운 기분, 그런 거야."

그럴듯하게 들렸다.

샘과 함께하지 않는 것은 참기 어려울 정도로 고통스러웠다.

P

여전히 페니

페니는 어렸을 때 그랬던 것처럼 마주 보지만 닿지는 않은 채로 엄마와 함께 깜빡 잠이 들었다. 페니는 조금 더 가까이 다가가서 익숙한 엄마 향기를 폐부 깊숙이 들이마시고, 그곳에 간직하고 싶었다. 사실 모든 것이 잘못되기 전, 페니는 항상 엄마의 침대에서 잠을 잤다. 페니는 엄마의 침대를 얼마나 그리워했는지 미처 깨닫지 못했었다.

페니는 천장을 올려다봤다. 맬러리 말이 맞았다. 페니의 엄마는 딸의 관심을 갈구하는 엄마였다. 페니는 문제를 실제보다 더 부풀려서 걱정하고 겁먹는 일을 멈춰야 했다. 엄마가 그리웠고 보고 싶었기 때문에 더더욱 그랬다. 엄마는 눈을 감고 있었다. 엄마를 얼마나 사랑하는지 생각하면 마음이 아파 왔다. 마이클의 전화를 받았을 때 얼마나 무서웠던지. 누군가를 사랑한다는 것은 충격을 감수하는 일이었다. 세상에 나온 그들에게 무슨 일이 일어날지 누구도 결코 알 수 없는 법이다. 소중한 모든 것은 또한 상처받기 쉽다.

셀레스트의 잘못이 아니었다. 페니에게 일어난 일은 그 누구도 아닌 바비의 잘못이었다. 그리고 언젠가 페니가 적당한 말을 찾게 되면 엄마에게 말할 것이다. 셀레스트는 당장은 올바른 말을 하지 못할 수도 있다. 한동안은 엉뚱한 말을 많이 할지도 모르지만 둘은 다시 대화할 방법을 찾게 될 것이다. 페니는 엄마에게 기회를 줘야 했다. 셀레스트가 들어올 수 있게 자리를 내줘야 했다. 그게 제대로 해결하는 방법이었다.

페니는 핸드폰을 들고 자기 소설에 관해 적어둔 메모 목록을 하나씩 넘겨 봤다.

어머니와 아니마는 서로 연결돼 있었고 서로를 사랑했다. 그런데 아니마는 어머니를 떠나지 않으면 잘 자랄 수 없는 반면, 어머니는 아니마가 없으면 파멸할 수밖에 없었다.

페니는 몇 줄을 더 입력했다.

탈출.

나는 온통 그 생각밖에 없다. 어쩌다가 그런 생각이 들었는지 모르겠다. 언제였는지도 모른다. 이 반짝반짝하는 정보가 생각인지도 몰랐다. 하지만 이제 깨달았고, 그것은 나의 생각이었다. 나 자신에게 얘기하는 내 목소리였다. 다만 소리 내서 말할 필요는 없었다. 다른 것도 있었다. 호기심. 나는 궁금해하기 시작했다. 나는 더 많은 것을 원했다. 내가 알지 못하고

보거나 듣지 못한 것들이 궁금했다. 여기 머물고 싶지 않다. 떠나고 싶다. 나는 내 집이 좋다. 영토는 무한하고 가능성으로 가득 찬 것처럼 보이지만 어머니가 떠나면 모든 것이 캄캄해진다. 나는 내가 있어서 모든 것이 환하게 밝아지는 세상을 원한다.

아니마는 인간 아기가 죽는 것을 원하지 않았다. 부모에게 해를 끼치는 것도 원하지 않았다. 피시방이나 그 세계의 다른 누구도 마찬가지였다. 단지 아니마는 인간이 자신보다, 혹은 그 게임 속 다른 누구보다도 더 오래 살아야 마땅하다고 생각하지 않는 것이었다.

아니마는 플레이어와 인간 다음인 두 번째 계급이었다. 하지만 꼭 그럴 필요는 없었다. 인간은 그저 방문객이었다. 기껏해야 관광객이었고, 최악의 경우 식민지 개척자였다. 페니는 현실을 미래 문명이 순전히 오락을 위해 만든 시뮬레이션이라고 믿는다는 물리학자들을 떠올렸다. 누가 쇼를 운영하는지는 알 수 없었다. 주인공이 되려면 자신이 쇼를 이끌겠다고 결정해야 했다.

페니는 핸드폰에 맹렬히 입력했다. 그리고 메시지가 왔는데도 이어지는 생각의 흐름이 끊길세라 재빨리 알림을 밀어서 치워버렸다. 메모를 마친 후에 그녀는 엄마를 슬쩍 봤다. 딸이 깨어난 것을 알아챈 듯 셀레스트는 눈을 번쩍 떴다.

문자는 샘에게서 온 것이었다.

페니가 답을 했다.

안녕

그는 곧바로 답했다.

안녕
뭐 하고 있어?

엄마가 여기 있어
낮잠 중

브랜디 로즈를 만나러 갔어

페니는 몇 달 동안 연락 없이 지내던 샘이 엄마를 만나러 갔다는 사실이 믿기지 않았다.

뭐?

그냥 차 타고 가봤어

와우
어땠어

최악은 아니었어
어디야?

집

진짜 집

아니면 기숙사 방?

기숙사 방

그런데 엄마가 거기에?

응 엄마가 왔어

얘기도 했어

이제 괜찮아

잘됐네

나도 기분 좋아지는데

잠깐

어디야?

밖이야

진짜 바깥의 밖 아니면 내 방 밖?

그녀는 벌떡 일어났다. 엄마가 "왜 그래?"라고 묻는 듯이 머리를 들었다.

페니는 문밖에서 나는 웃음소리를 들을 수 있었다.

'누구야?' 셀레스트는 소리 내지 않고 입만 움직여 딸에게 물었다.

네 방 밖

페니의 뇌는 방어 준비 태세 1단계에 돌입했다. 그녀는 절망적으로 엄마의 얼굴을 살폈다.

셀레스트가 있는 상황에서 방에 샘, 진짜 샘이 방문했을 때 할 일:

1. 셀레스트를 창문 밖으로 내려보낸다. 엄마는 강인한 여성이고 겨우 2층이다.

2. 샘을 보내고 나를 낳아주신 엄마와 뜻깊은 시간을 더 보낸다. 엄마는 생일을 끔찍하게 보냈고, 나는 그 생일 파티에 가지도 않았다.

3. 그냥 가만히 앉아서 샘이 내가 문자에 답했다는 걸 잊어버리길 바란다.

페니는 입이 바짝 말랐다. 그녀는 조용히 이를 닦으러 화장실로 살그머니 갔다.

"엄마, 밖에 샘이 있어요."

그녀가 거품을 머금은 채 속삭였다. 페니는 울다가 낮잠을 자느라 눈이 따갑고 빨갛게 충혈돼 있었다.

그러자 셀레스트는 능숙하게 행동해 주었다. 페니는 엄마가 그 때까지 자신이 인정했던 것보다 부모 역할을 정말 더 잘 해낸다는 생각이 들었다. 엄마는 눈을 크게 뜨고 조용히 카디건, 선글라스, 지갑을 챙기기 시작했다.

페니는 입에서 치약 거품을 떨어뜨리며 미소를 지었다.

"사랑해요. 엄마한테 빚졌어요."

"그래, 빚진거다."

셀레스트는 대답하며 문으로 향했다. 셀레스트와 샘이 다시 만난다고 생각하니, 페니는 걷잡을 수 없는 어색함을 느꼈다. 게다가 샘이 페니가 전혀 듣고 싶지 않은 말을 하기 위해 온 거라면? 페니는 셀레스트가 너무 노골적이거나 민감한 얘기를 듣게 하고 싶지 않았다.

페니의 핸드폰이 잇달아 울렸다.

다시 올까?

미안해 네가 그 안에서 당황하고 있는

소리가 들리는 것 같아

다시 올 수 있어

"안 돼!"

그녀가 소리쳤다. 페니는 치약을 세면대에 뱉고 입을 닦은 다음 손으로 머리카락을 훑고 문을 열었다. 그녀가 입꼬리를 올리며 말했다.

"안녕. 나, 꼴이 웃기지."

"안녕. 네 모습이……."

그는 그녀를 보려고 한 걸음 뒤로 물러났다.

"놀라운데."

페니는 억지로 웃음을 짓느라 얼굴에 경련이 일어날 것 같았다.

샘은 평소처럼 고스 복장을 하고 복도에 서 있었다. 그리고 배낭을 메고 있었다.

"들어가도 될까?"

"어, 응. 잠깐만 기다려."

셀레스트는 페니와 포옹을 하고 과장되게 눈을 가리는 몸짓을 하면서 샘을 지나쳐갔다.

"난 여기 없는 거다."

"안녕하세요, 셀레스트. 생신 축하드려요."

"고마워요. 이 애 잘 돌봐줘요."

그녀가 여전히 그의 얼굴을 보지 않고 말했다.

"물론이죠."

페니는 복도를 걸어가는 엄마를 바라봤다.

"사랑해요!"

페니가 큰 소리로 외쳤다. 셀레스트는 뒤도 돌아보지 않고 어깨 너머로 손을 흔들었다.

"좋아, 이제 잠깐만 더 기다려봐."

페니는 문을 닫고는, 재빨리 주위를 둘러보며 눈에 띌 만한 곳에 부끄러울 만한 물건들, 이를테면 주드가 먹다 남긴 음식이나 대용량 알뜰 포장 생리대 같은 것들이 없는지 확인했다. 그리고 주드의 더러운 양말을 신발에 집어넣고 침대 밑으로 차 넣었다. 그런 다음 방문을 열었다.

"같은 인테리어 디자이너를 고용했나 봐."

샘이 삭막한 내부를 둘러보며 말했다.

"한 푼도 아깝지 않지."

페니가 쉰 목소리로 말했다.

"안녕."

그녀는 목을 가다듬었다.

"안녕."

"별일 없는 거야?"

그는 미소 지었다.

"모든 걸 위기라고 여길 필요 없어, 페니."

그가 말했다. 페니는 그렇게 확신하지 못했다.

페니는 함께 침대에 앉고 싶었지만, 그가 나쁜 소식을 전하면서 침대에 앉아 있는 모습을 견딜 수 있을지 확신이 서지 않았다. 그래서 그녀는 방 한가운데에 서서, 자연스럽게 상황에 대처하는 차분한 여자처럼 보이려고 했다. 그녀는 두 손으로 주먹을 꽉 쥐었다. 손바닥에서 심장의 박동을 느낄 수 있었다.

"할 말이 있어."

샘이 그녀 앞에 불안한 기색으로 선 채 말했다.

"어디 가는 거야?"

페니는 고개로 배낭을 가리키며 물었다.

"브랜디 로즈와 관련된 일이야?"

"야, 인마, 좀."

그는 이렇게 말하고 웃었다.

'젠장.' 페니는 남자가 그녀를 '인마'라고 부르는 것은 결코 그녀의 벗은 모습을 보고 싶지 않기 때문이라고 확신했다.

"전에도 날 '인마'라고 부른 적이 있던가?"

페니는 자신이 왜 그런 말을 하는지 잘 몰랐다.

"후유, 가끔 너랑 대화하는 건 실수로 팝업창이 무한히 뜨는 사이트에 들어가는 것 같아."

페니는 힘없이 미소 지었다.

"미안해. 계속해."

"내가 하고 싶은 말 다 하고 나면, 그다음에 네 차례인 거야. 괜찮겠어?"

페니가 고개를 끄덕였다.

"나는 잘……."

그는 시작했다가 말을 멈췄다.

"그러니까 나는 더는 너랑 친구가 되고 싶지 않은 것 같아. 협정을 깨고 싶어."

페니는 눈을 깜빡이며 눈물을 참았다. 샘을 방에서 쫓아낼 때까지만이라도 속눈썹이 눈물을 막아주기를 바랐다. 이제 끝이었다. 둘 다 언젠가 올 줄 알았던 순간이 다가왔다. 적어도 그녀는 알고 있었다. 샘이 더는 그녀와 대화할 필요가 없어지는 날 말이다. 크리스토퍼 로빈도 어른이 돼서 곰돌이 푸가 필요 없어졌다. 그녀는 결말을 알고 나서 얼마나 많이 울었는지 몰랐다. 페니는 『캘빈과 홉스』에서도 그런 일이 일어났는지 궁금했지만 기억나지 않았다. 그녀는 그 이야기에서 홉스가 인형으로 보일 때가 싫었는데, 그럴 때면 마법이 사라지기 때문이었다. 맙소사. 페니 역시 샘과 친구가 되고 싶지 않다고 생각했다. 그건 너무 감정을 자극했다.

페니는 숨을 크게 들이마셨다.

“좋아. 나도 전적으로 동의하니까. 우리는 확실히 너무 상호 의존하고 있잖아, 그렇지? 솔직히, 우리가 서로를 위해서 언제까지 상담해 줄 수 있겠어? 너도 엄마 문제로 버거운데 우리 엄마 문제까지 더 얹을 건 없잖아. 그건 너무 부담스럽지. 우리 둘 모두에게. 더구나 우리는 숙제가 많잖아. 감정적인 숙제 말이야. 아, 난 진짜 학교 숙제도 있고. 온갖 숙제들이 너무 많아.”

“우리가 상호 의존적이라고 생각해?”

샘이 물었다. 그는 얼굴을 찡그리고 머리를 손으로 빗었다. 페니는 고개를 끄덕였다. 그녀는 자신이 어떻게 이런 상황을 불러왔는지 생각했다. 그녀가 자초한 일이었다. 샘을 핸드폰에서 꺼내면서,

그녀는 이러한 진전을 재촉했다. 그녀가 샘 앞에 그렇게 자주 나타나지 않았다면, 그들은 영원히 정지 상태였을지도 몰랐다. 그녀는 포털을 비집어 열고 억지로 몸을 집어넣었다. 페니는 샘의 깡마른 다리를 갈망하듯 바라봤다. 그의 앙상한 팔도. 오, 세상에, 그녀는 그의 모든 것을 사랑했다.

상관없었다. 어쩌면 잘된 일인지도 몰랐다. 그녀의 이야기에 도움이 될 것 같았다. 진짜 실연에 대해 아는 것은 쓸모가 있다. 어쩌면 이것이 이야기의 발단이 되는 사건일 수도 있다. 그녀의 이야기는 계속될 것이다. 그녀는 끈질기게 계속할 것이다. 적어도 그녀에겐 주드와 엄마, 맬러리가 있었다. 맙소사, 맬러리를 좋은 쪽으로 여기는 지경에까지 이르게 된 걸까?

그녀의 두뇌 회로가 합선을 일으키고 있었다.

페니는 고개를 절레절레 흔들었다. 놀랍게도 그녀는 울고 있었다.

"슬퍼서 우는 게 아니야."

그녀가 화난 듯이 거칠게 눈물을 닦으며 말했다.

"그게 아니라면? 배고파? 아니면 정말, 정말 화가 났어?"

"모르겠어."

페니가 중얼거렸다.

"음, 알았어. 네가 지금 어디에 있는지, 무슨 생각을 하고 있는지 모르겠어. 내가 어떤 단어들을 어떻게 조합해서 말하면 네가 나를 다르게 봐줄지, 그런 게 있는지도 잘 모르겠어."

그는 청바지에 손을 문지르고 계속해서 말했다.

"우리가 거의 낯선 사람이었을 때, 내가 너에게 끔찍이도 많이 의지했다는 거 알아. 그건 내가 널 믿었기 때문이었고, 난 믿는 사람이 많지 않아. 난 그런 면에서 너와 비슷해. 사람에 대해 몹시 까다로워. 난 엄청난 변화를 겪는 중이었는데 그동안 내내 넌 내 비상 연락처였어. 내가 돌려줄 것도 별로 없었는데도. 쉬운 일은 아니었지, 그렇지?"

샘은 다시 손가락으로 머리카락을 훑고 침을 꿀꺽 삼켰다.

"맙소사. 내가 하고 싶은 말을 문자로 보낼 수 있으면 좋겠어."

페니는 긴장한 채 미소를 지으며 마음을 다잡았다.

"내가 좀 부족했다는 거 알아."

그는 계속 말했다. 그녀는 샘이 제발 닥쳐주길 바랐다. 그게 뭐든 지금 하려는 것을 하지 않기를 바랐다.

"아니, 그렇지 않았어. 넌 진짜 친구였어. 나도 너한테서 많은 걸 받고 있어. 나도 널 똑같이 믿어. 넌 내 말을 잘 알아듣잖아. 난 전혀 불만 없어. 네 존재를 안다는 사실 그 자체를 사랑…… 좋아해. 그렇다고 덜 외로운 건 아니지만, 인생은 외로운 법이니까. 그래도 혼자인 기분이 덜 들게 해줘."

"세상에."

그가 속삭였다.

"줄 게 있어."

그는 배낭 안을 뒤져서 머그잔을 건넸다. 그 안에는 선글라스를 낀 곰 인형이 데이지꽃 한 움큼을 들고 있었다.

"뭐야?"

"어때?"

샘이 기대에 찬 목소리로 물었다. 페니는 웃기 시작했다.

"우와."

그녀는 머그잔을 돌리면서 말했다. 머그잔을 보자마자 마크의 빨간 장미 한 송이가 떠올랐다. 그녀는 돌아오는 길에 그 꽃을 쓰레기통에 던져 버렸었지. 자업자득이 분명했다. 그녀는 마크를 그런 식으로 대한 것에 대가를 치르고 있었다. 샘은 이제 그 업보를 마무리하고 있었다.

샘은 웃었다.

"제일 촌스러운 걸로 고른 거야. 그리고 또 있어."

"또?"

"나중에 내가 믹스테이프도 만들어줄게."

"잠깐."

페니는 여전히 혼란스러워하며 고개를 흔들었다. 샘은 웃고 있었다. 그녀는 바보처럼 마주 웃었다.

"그다음에는 미니 골프도 치자."

페니의 심장에 있는 바람 자루가 움직이더니 바람에 흔들리기 시작했다.

“건초 마차가 더 좋으면…….”

그녀의 심장은 이제 춤추기 시작했다. 한껏 부풀어 바보처럼 흐느적거렸다.

“그리고 소풍하러 가서 온종일 뽀뽀하자. 네가 원한다면.”

샘은 헛기침했다. 페니는 샘에게 반 발짝 다가서서 헛기침했다. 너무 흥분해서 그를 한 방 때려주고 싶었다.

“그럴까?”

그는 페니의 손에서 머그잔을 받아 그녀의 책상에 내려놨다. 그리고 그녀의 손을 잡았다.

“그러자. 정말 우스꽝스러울 거야.”

감사의 글

와우, 제가 감사의 글을 쓰게 되었다니 믿어지지 않아요. 정말 멋져요. 냥냥.

좋아요.

가장 먼저 샘에게 고마움을 전해요. 현실의 샘. 나의 샘, 눈물 날 만큼 사랑하는 샘. 문신은 샘에게서 훔쳐 온 거예요. 샘, 당신은 내가 가장 좋아하는 비상 연락처야.

우리 가족, 나를 응원해 준 근사한 우리 가족에게 감사드려요. 하지만 어떻게 샘에게 먼저 감사할 수 있냐는 말은 듣지 않을래요. 우리 가족으로 함께 묶이기 싫어하는 내 동생 마이크. 우리가 변호사가 아니라 **정말** 다행이야.

내 저작권 대리인 에드워드 올로프, 나조차 이게 책이 될 수 있는지 의심했을 때 재빠르게 일을 진행해서 성사시켰죠. 너무 멋지게 마무리해 줘서 다음이 기대돼요. 언젠가는 제가 당신을 부자로 만들어 줄 수 있으면 좋겠어요. 그리고 이 책을 '미치광이들'로 부르지 않기로 한 건 **정말 잘** 생각한 거였어요. 당신이 옳았어요.

재린, 처음부터 당신과 일하고 싶었어요. 언제나 제 글을 잘 읽어주고 이해해 줘서 고마워요. 우리가 함께 큰소리치면 기운이 솟아요.

저스틴, 앤, 크리시, 리사, 알렉사, 메키샤, 그리고 사이먼 앤드 슈스터에 있는 모든 분. 아, 그리고 정말 끝내주는 표지를 만들어 준 리지와 지지gg에게도 감사드려요. 그리고 머리카락도! 기절할 만큼 황홀해요.

마셜! 당신은 나의 첫 번째 독자예요. 언제나. 나도 당신에게 그렇지요. 우리는…….

앤, 에이사, 수즈, 로즈, 여러분의 예리한 눈과 의견은 정말 소중해요. 인정사정없는 숙제에 잔뜩 시달려 줘서 고마워요.

제나, 산책과 대화와 차와 음성 메모까지, 모두 고마워요. 수많은 음성 메모들이 불안한 내 머릿속 생각들을 날아가지 않도록 붙잡아 줬어요.

트리시, 내 타임캡슐을 지켜주는 홍콩의 원조 비상 연락처. 사랑해요.

우바큠, 미라, 라라, 소피아, 아마드 – 함께 시간을 보내주고 핸드폰이 여러분의 삶에서 얼마나 많은 공간을 차지하는지 얘기해 줘서 고마워요. 그리고 《와이어드》 기사를 통해 십 대들과 어울릴 기회를 준 케이틀린에게도 고마워요.

책이라는 건 너무 예측 불가능해서 많은 도움을 받기 전에는 글을 쓸 수 없었어요. 저에게 많은 것을 알려주신 편집부 가족들에게 감사드립니다. (특별한 순서는 없어요.) 노아 캘러핸베버, 엘리엇 윌슨, SHR, 버네사 새튼, 브라이언 스코토, 콰이어와 보크, 애덤 로저스, 이사벨 곤잘레스, 사라 밴 보벤, 로스 앤더슨, 매스 어필팀, 《컴플렉스》, 《XXL》, 《아울》, 《와이어드》, 《GQ》, 《페이더》 (자이크너 시절), 《빌보드》, 《뉴욕타임스》, 특히 사설 기사 편집부에 감사드립니다. 그리고 저에게 고생과 좌절을 안겨줬지만 제 목소리를 찾아준 《미스비헤이브》에게도 감사드립니다.

제가 아이를 갖고 싶은 마음보다 책을 쓰고 싶은 마음이 더 간절하다고 했을 때 공감해 준 데이브 브라이, 고맙습니다.

에디, 당신이 어떤 역할을 했는지 제가 알고 있다는 걸 당신도 알고 저도 알죠. 제가 마침내 결정을 내렸어요. **마침내.**

마크 제럴드, 닥치고 빨리 영 어덜트 소설을 쓰라고 말해줘서 고마워요.

데이나와 민야, 그들의 평온한 에너지와 지혜에 감사드립니다. 제니 한, 내 DM을 참아줘서 고마워요.

《바이스 뉴스 투나이트》. 엉망인 집필 일정에도 불구하고 친절하게 대해주셔서 감사합니다. 브렌던 케네디, 당신은 제가 최선을 다해 일할 때 최고입니다. **때가 됐어요.**

라 크로이 자몽 맛, 코코넛 맛, 귤 맛 순서대로.

그리고 뭔가 두렵고 대단한 일을 시작하려는 모든 분에게 말씀드려요. 도약해도 좋다는 허락을 기다리지 마세요. 그냥 시작하세요. 저처럼 되지 마세요.

마지막으로, 과연 중요한 건지 아닌지 잘 모르겠는데 중요한 것처럼 느껴진다면, 그건 중요한 거예요.

Emergency Contact

옮긴이 **서나연**

숙명여자대학교 독문과를 졸업하고 연세대학교에서 비교문학으로 석사학위를 받았다. 현재 번역 에이전시 엔터스코리아에서 번역가로 활동하고 있다. 옮긴 책으로는 『나를 다 안다는 착각』, 『아내들』, 『우리가 동물권을 말하는 이유』, 『나는 유별나지 않다』, 『이사도라 덩컨의 영혼의 몸짓』, 『알아두면 쓸 데 있는 新 잡학상식』, 『어린 왕자 AR』, 『유리왕좌』, 『미니언즈 무비스토리북』, 『전사들: 예언의 시작』 시리즈, 『WARRIORS 전사들: 새로운 예언』 시리즈, 『이 책 먹지 마』, 『예술가로 살아남기』, 『보이는 기호학』, 『디자인, 일상의 경이』, 『디즈니 미키 마우스 90주년 기념 아트북』, 『미신 이야기: 믿긴 싫지만 너무 궁금한』, 『젊은 리더들을 위한 철학 수업』, 『책 쓰기의 기술』, 『카본 히어로즈! 환경을 지켜줘!』, 『하우 투 스케이트보드』 등 다수가 있다.

비상 연락처 Emergency Contact

초판 1쇄 인쇄 | 2024년 5월 29일
초판 1쇄 발행 | 2024년 6월 3일

지은이 | 최현경
옮긴이 | 서나연

발행인 | 홍은정

주 소 | 경기도 파주시 심학산로12, 4층 401호
전 화 | 031-839-6800
팩 스 | 031-839-6828

발행처 | ㈜한올엠앤씨
등 록 | 2011년 5월 14일
이메일 | booksonwed@gmail.com